구럼비의 노래를 들어라

구럼비의 노래를 들어라

글 이주빈   사진 노순택

제주 강정마을을 지키는 평화유배자들

오마이북

그해 여름, 나는 바다에 있었다. 더 이상 해녀들의 숨비소리가 들리지 않는 수상한 바다. 아파트 한 채만 한 케이슨(caisson, 방파제용 대형 콘크리트 구조물)이 해녀 대신 잠수를 준비하는 해괴한 바다. 자리돔 한 마리 낚아채지 못하는 '국익'과 '안보'라는 사나운 그물이 마구마구 던져지고 있는 포획의 바다. 그렇게 시퍼렇게 멍들어가는 강정바다와 함께 울고 있었다.

그 뜨거웠던 여름, 나는 바위 속에 누워 있었다. 길이 1.2킬로미터의 너럭바위, 너비보다 큰 추억을 품고 있는 바위. 하지만 지금은 높이 3미터 철제 펜스가 그에게로 가는 길을 막고 있는 강요된 단절의 바위. 해군기지 만들겠다며 인간들이 굴착기에 정을 박아 몸을 산산이 깨고 있는 아픈 바위. 그러나 신음소리조차 내지 못하는 슬픈 바위 구럼비와 함께 치떨고 있었다.

그 여름, 나는 사람들 한가운데 있었다. '육지 것들'의 서늘한 외면을 운명처럼 받아들이고 4년 넘게 해군기지 건설을 반대하며 외롭게 싸워온

착한 섬사람들. 감옥 가고 벌금 내고 소환당하고 조롱받으면서도 전쟁보다 평화를 사랑한다고 외치는 당당한 사람들. 그들의 벗이 되겠노라고 프랑스에서 대만에서 서울에서 구례에서 대전에서 달려온 맘씨 고운 사람들과 그 섬에 함께 있었다.

여기 실린 글들은 2011년 7월, 8월, 9월, 그 여름 석 달의 기억이다. 강정마을은 처음으로 '서울 뉴스'의 첫머리를 차지했고, 뉴스에 자주 오르내릴수록 가혹한 탄압을 받았다. '육지경찰'이 투입됐고, 2년 만에 공안대책협의회가 열렸으며, 38명이 연행돼 7명이 구속됐다. 보수언론은 "국책사업 방해하는 종북좌파들"이라며 선한 강정마을 사람들을 빨갱이로 매도했다.

아픈 여름, 슬픈 여름, 그러나 결코 좌절하지 않았던 희망의 여름, 기쁨의 여름. 그리하여 머지않은 날 현실이 될 우리 모두의 평화의 여름. 이 오진 평화의 여름을 기록할 수 있게 해준 강정사람들과 강정바다, 구럼비와 바람 그리고 돌담 밑 좀민들레 꽃에게 감사한다.

2011년 9월
이주빈

차례

후회, 앞에서 서성거린다
몰랐더라면, 차라리 만나지 말았더라면

좋았던 기억이,
초라한 사진 몇 장 속에서만 나풀거릴 수밖에 없을 때,
사진은 감옥이 된다, 기억을 가둔다

어떤 구럼비는 이미 부서졌다
어떤 구럼비는 겨우 목숨을 부지하고 있다
하지만 지금은, '있다'가 '있었다'가 되어가는 시간

머리를 쪼개보면 나오는 꾸불꾸불한 뇌에 거무스름한 물감을 입힌다
그것을 수만 배 확대하고, 단단하게 굳혀, 바닷가에 앉힌다
구럼비는 딱 그렇게 생겼다. 따뜻하게 품을 수 있는 검은 돌의 물결

군인들이 동원한 굴착기가 구럼비를 부수고 있다는 비명들이,
문자로 날아들 때, 비참하게도 비명은 침묵 속에서 읽힌다
들리지 않고 읽힌다. 그러므로 나도 읽었다
우리는 비명을, 통곡을, 읽는 세상에 살고 있다

나의 아이가 남의 아이와 뒤섞여, 어느새 우리 아이들이 되어,
구럼비에서 뛰어놀고, 헤엄치고, 작은 손에 할망물을 받아 마시던 기억이,
그 새까맣게 탄 콩알 같은 얼굴들이, 사진 안에 있다
나는 그것들과, 그들을 사진 안에 가뒀다, 좋아할 수밖에 없는 이들이었기에
하지만 만나지 말았더라면

예쁜 것을 사랑한다. 그러므로 추한 것을 바라본다
뇌가 부서지고 나면, 우리는 읽는 것도 멈춰야 하리

노순택

강정마을을 지키는 평화유배자

'강정상단 대행수' 문정현

길 위의 신부,
강정마을 주민 되다

바람조차 뜨거운 7월의 제주도 강정마을 중덕해안. '길 위의 신부'로 잘 알려진 문정현 신부가 스쿠터를 타고 나타났다. 스쿠터는 강우일 천주교 제주교구 주교가 선물한 것이다. '길 위의 신부'가 강정마을 주민으로 새 삶을 시작한 것과 사제 서품 이후 처음으로 주소지까지 옮겨서 '민간인 마을'에 거처를 마련한 것을 축하하는 의미였다.

문정현 신부는 "축하 선물이 아니라 코가 걸린 것"이라고 했다. 하지만 그는 "사제 서품을 받은 지 45년 만에 처음으로 주교님에게 받은 선물"이라며 아이처럼 천진난만하게 웃었다. 강동균 강정마을 회장은 "주민들도 신부님을 강정마을 주민으로 묶어두려고 여러 가지 코를 걸었다"고 거들었다. 동네에서 가장 쓸 만한 빈집을 알아봐주었다는 것이다. 문정현 신부는 그렇게 2011년 7월에 강정마을 주민이 되었다.

　사람들은 그를 '길 위의 신부'라고 부른다. 미군기지 이전으로 강제 이주를 당해야 했던 매향리, 대추리 주민들과 함께 그는, 길 위에 있었다. 단군 이래 최대 매립사업이라던 새만금 방조제 사업으로 삶터를 잃은 계화도 주민들과 함께 그는, 길 위에 있었다. '평화바람'(문정현 신부를 단장으로 하여 2003년에 만든 평화운동단체)이라는 유랑단을 이끌고 전국 60여 개 도시의 길 위에, 그는 서 있었다. 용산참사의 피눈물이 채 마르지 않은 슬픈 거리에, 그는 서 있었다. 85호 크레인에서 수개월째 '정리해고 무효'를 외치고 있는 김진숙을 무사히 내려오게 해달라는 190여 대의 희망버스와 함께 그는, 부산 영도 아스팔트에 서 있었다.

　길이 자꾸만 그를 부르는 것인가, 아니면 그가 스스로 길이 되고 있는 것인가.

　"평택 대추리 싸움을 할 때였어. 〈MBC 스페셜〉팀이 나를 주인공으로 프로그램을 만든다며 한 달을 따라다니는 거라. 국방부, 미8군 앞 오만천지를 차 몰고 돌아다녔는데 계속 따라다녀. 그러더니 어느 날 전화가 왔어, 프로그램 제목을 정했다고. 그게 〈길 위의 신부〉야.

　듣는 순간 딱 이거다 싶은 거야. 뭐랄까, 내 좌우명이 생기는 것 같았

© 이주빈

어. 예수님은 '길 위의 사람'이거든. 발 닿는 대로 숙식을 하며 사람들과 함께하셨지. 예수님에 비하면 난 풍요롭게 사는 것이지. 오토바이도 생기고, 살 집도 생기고……."

길이 좌우명이 된 것은 근래의 일이지만 그가 길에 나선 것은 이미 오래전 이야기다. 1975년 4월 9일, '인혁당 재건위' 사건으로 사형선고를 받은 여덟 명에 대해 대법원 확정판결이 난 지 불과 18시간 만에 사형이 집행되고 말았다. 국제법학자협회가 '사법사상 암흑의 날'로 선포한 바로 그날이다.

그날 '젊은 신부, 문정현'은 "초라하고 처절하게 노여워하는 유가족들의 눈빛"을 보았다. 이제는 고인이 돼버린 김수환 추기경, 윤보선 전 대통령, 함석헌 선생, 윤형중 신부 등의 이름 뒤에 자신의 이름 석 자를 올렸다. 무자비한 사법 살인의 책임을 묻는 성명이었다. 그렇게 그는 길 위에 서기 시작했다.

어떤 길이든 처음에 나서는 이들은 많다. 그러나 어느 굽이에 이르면 그 많던 이들은 어디론가 떠나가고 터벅터벅 홀로 걷고 있는 자신을 발견하게 된다. 길의 고독이다. 하물며 부당하게 집행되는 공권력과 맞서 싸우며 걷는 길이다. 숱한 고빗길이 파도처럼 몰려왔을 테고, "한 번도 제대로 이겨보지 못했다"는 자괴감에 치 떨리는 밤은 또 얼마나 많았을 것인가.

"공권력과 부딪친다는 것은 탄탄한 벽 앞에 서 있는 것과 같아. 힘으로는 저것들에게 한 방에 없어질 내가, 어찌 됐든 무너뜨려보겠다고 벽 앞에서 발버둥 치고 있는 거지. 지금 여기 강정에서도 해군과 삼성과 대림이라는 벽 앞에 힘없는 주민들과 내가 서 있어. 이런 경우를 계란으로 바위 치기라고들 하지.

그런데 말이야, 그거 알아? 바위도 달걀로 수없이 치니까 넘어지더라. 박정희 쓰러지고, 군사독재 무너지는 것 봐. 그러니까 처절하게 저항해야 해. 예수님은 지극히 현실적이었지만 한없이 낙천적이기도 하셨거든."

달걀에게 '낙관'이 없었다면 바위에 제 몸을 수천 번 아니 수만 번 날리지도 않았을 것이다. 그래서 아름다운 낙관은 그 자체로 희망이 되고 연대의 밑거름이 되기도 한다. 지금도 도처에서 "한 번도 제대로 이겨보지 못했다"는 '길 위의 신부'를 애타게 기다리는 까닭은 무엇일까? 아무 근거가 없더라도 '낙관'을 이야기하며 함께 벽 앞에 서줄 벗이 그립기 때문은 아닐까.

그는 대추리에서 행정대집행이 벌어지던 날을 잊을 수가 없다고 했다.

시커먼 제복을 입은 경찰 2만 명이 까마귀 떼처럼 달려들고, 하얀 헬멧을 쓴 용역들이 몰려오고, 하늘엔 헬리콥터가 사납게 날아다니고, 개천 너머에선 중장비들이 집어삼킬 듯 부웅부웅 굉음을 내고…… "얼마나 겁에 질렸는지 몰라" 하며 내뱉는 짧은 한숨 사이, 늙은 신부의 두 눈에 쓴 눈물이 잠시 스쳤다.

눈물, 측은지심이 없는 분노는 허망하다. 벗의 아픔을 헤아리는 마음이 말라버린 연대는 삭막하다. 함께 울 줄 모르는 사랑은 강퍅하다. 함께 무너뜨려야 할 벽이 도처에 많은데, 그의 눈물로 위로받고자 하는 이들이 갈수록 늘어나는데 '길 위의 신부'는 왜 강정마을에 머물기로 한 것일까?

"강정마을은 대추리와 하나도 다르지 않아. 아픈 곳이니까 온 거야. 몸이라도 함께 있어야지. 그게 우리의 신분이야. 가난하고 고통받고 빼앗기고 있는 사람들 곁에 있는 것…… 이게 성직자의 본분이야. 하늘이 주신 신분을 버리고 어디로 가겠어?

성직자는, 사제는 항시 자유로워야 해. 가난하고 고통받고 빼앗기고 있는 사람들 곁으로 주저 없이 다가설 수 있게. 묶여 있으면 못 가잖아. 언제든지 길에 나설 수 있게 자유로워야 해. 그래서 우리 종교에선 독신을 요구하는 거고. 유혹도 없는 건 아니지만 잘라내야지. 그래야 이렇게 올 수 있지."

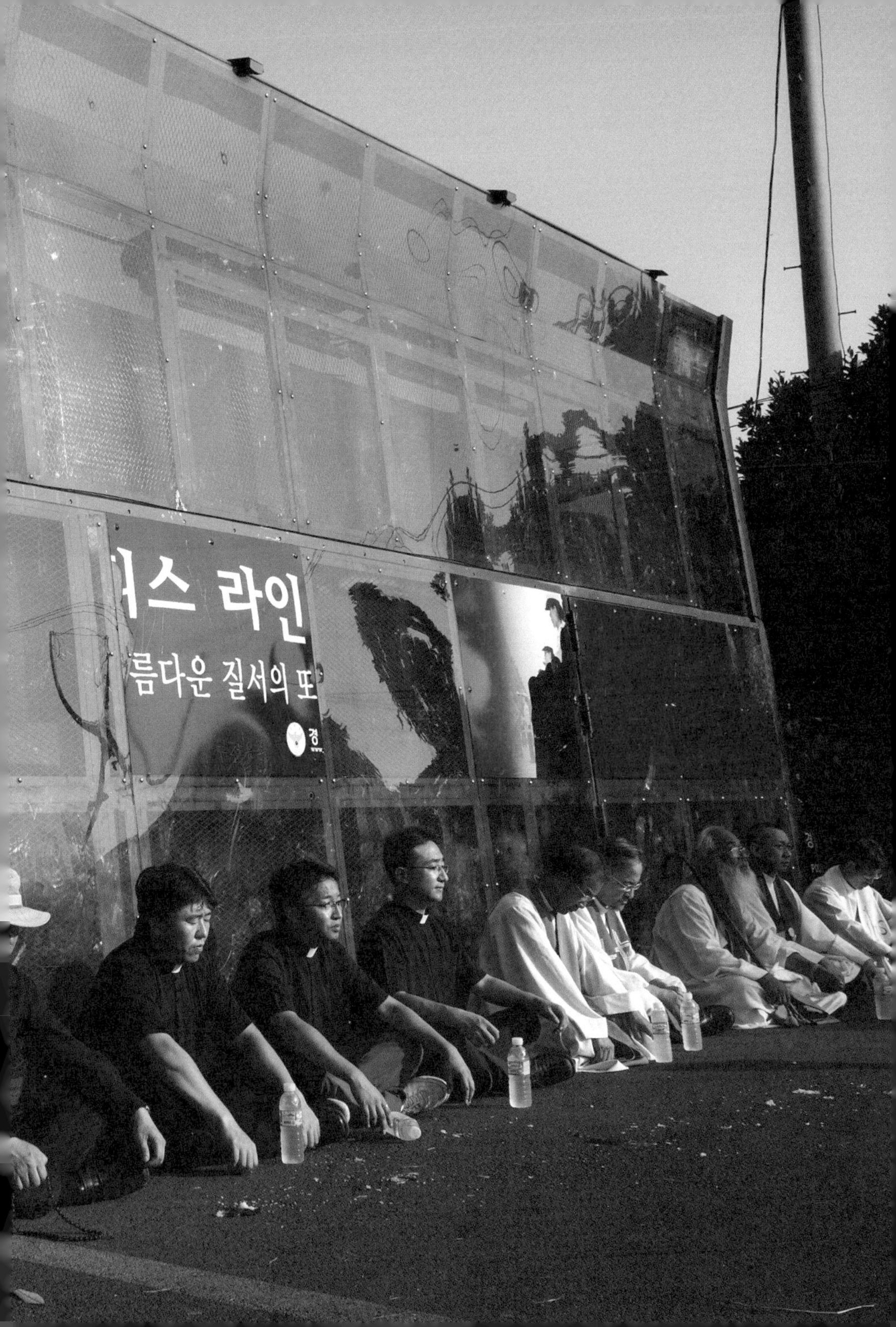

스 라인
름다운 질서의 또

그는 어느 강론에서 "오, 주여, 당신 안에 쉬기까지 쉴 수가 없습니다"라는 성 아우구스티누스의 기도를 인용하며 "많은 이들이 가기 싫어 망설이고 두려워하는 곳, 그런 자리들이야말로 교회가 있을 곳"이라고 역설한 적이 있다.

열정의 궁극까지 자신을 온전히 밀어 올리며 쉼 없이 길에 나서는 그를 두고 어떤 이들은 '빨갱이 신부' 혹은 '폭력 사제'라고 한다. '길 위의 신부'와 '빨갱이 신부'의 간극에 있는 것은 무엇일까? 일치하지 않는 호칭처럼 서로 그리는 평화조차 다르다면 대체 평화란 무엇일까?

"해고 노동자들에게 평화는 자기가 열심히 일하던 자리로 돌아가는 것이지. 장애인들은 손발이 불편해도 자기가 가고 싶은 곳에 맘껏 가게 해달라고 기도해. 장애인에게 이동권이 보장되면 그것이 평화야. 대추리에서 평화는 올해도 내년에도 내가 농사짓던 땅에서 농사짓는 것이었어.

강정의 평화는 무엇일까? 살던 대로 사는 것이지. 날마다 보던 범섬 그대로 보고, 매일같이 놀던 구럼비에서 그대로 놀고…… 그런데 그것을 콘크리트로 막아서 해군기지를 만든다고 하니까 마을 사람들이 저항을 하는 거야.

평화는 저절로 오지 않아. 빼앗길 때 빼앗길망정 온몸과 온 마음을 다 부려서 지켜야지. 난 그냥 거기 작대기 하나처럼 끼여 있는 거고. 비행기에서 내려다보면 그 많은 자동차들도 조그맣고 아무것도 아닌 듯 보이잖아. 사람들이 그렇게 함께 모여 있으면 아무것도 아닌 것처럼 보이지만, 그 아무것도 아닌 이들이 모이면 큰 힘이 되는 것이거든."

'작대기 하나처럼 끼여' 지낸다는 그는 요즘 무척 바쁘다. 강정마을 주민이 되기로 작정하고 나서 벌인 '사업' 때문이다. 주민들이 잡은 멸치와 다시마 그리고 그들이 만든 전복젓과 소라젓, 참조기 등을 판매하는 것이 '주력사업'이다. 벌써 1500군데에 배송을 마친 상태다.

수익금은 강정마을에 기부할 예정이다. 그는 2007년에도 주민들이 잡은 갈치 등을 판매해 1300만 원을 강정마을에 기부했다. 한 청년이 사업수완이 뭐냐고 물었다.

"그동안 자주 못 와서 미안하니까 막 호소하는 것이지, '강정', '강정' 외치면서. 이제부턴 여기서 살아야 하니까 주민으로서 역할도 해야 하고. 호소문 쓰고 전단이라도 만들어서 나눠주려면 돈이 필요하잖아. 절박하니까 하는 것이지."

청년은 "이제 '길 위의 신부님'이라고 부르지 말고 '강정상단 대행수님'이라고 불러야 한다"고 너스레를 떤다. 거기, 그렇게 있다는 것만으로 위안이 되고 힘이 되는 이. 강정에서 '길 위의 신부'는 그런 존재다. 사람들은 수시로 그를 찾아와 일을 부탁하거나 상담을 한다.

오후엔 다큐멘터리 촬영을 준비하고 있는 젊은 감독들에게 쓰디쓴 당부를 했다. 나중에 그럴싸한 작품 만들 생각 하지 말고 지금 이 순간의 강정 소식을 전해달라고. 매향리에, 대추리에 수천 대의 카메라가 있었지만 그때그때 소식을 전한 카메라는 없었다는 것이다. 그 순간에 벌어지고 있던 일들이 실시간으로 전해졌다면 대추리가 그렇게 허망하게 당하진 않았을 것이란 얘기다. 그리고 가늘게 떨리는 목소리로 물었다.

"이 처절한 절규가 너희들에겐 작품 대상이냐?"

길은 늘 사람들 앞에 놓여 있지만 누구나 길을 떠나지는 않는다. 마찬가지로 누구나 홀연히 길 떠날 수 있는 자유로운 상태로 살 수는 없는 노릇이다. 두려움 없이 길 떠난 이는 만인의 벗이 되고자 자처한 이다. 마치 예수가 그러했듯이.

다행스럽게도 젊은 감독들은 '길 위의 신부'가 던져주는 쓴 조언을 '벗의 충고'로 기쁘게 받아들였다. "언제나 함께 머무는 벗처럼 사제들이 먼저 벗이 되는 삶, 종이 되는 삶을 살아야 한다"는 그의 진심이 전해졌

구럼비의
노래를
들어라

기 때문일 것이다.

 '길 위의 신부, 문정현'. 그가 다음엔 어느 길, 어느 고빗길에서 가난하고 아픈 벗들과 조우할지 아직은 모른다. 다만 우리는 그의 간절한 기도 속에서 그가 어떤 소금으로 세상에 남을지 가늠할 뿐. '가난하고 고통받고 빼앗기고 있는 이들'의 벗이 되어주고 있는 그에게도 참된 벗이 필요치 않을까?

기를 쓰고 살지만 도무지 가난에서 벗어날 수 없는
사람들이 있습니다.
그럴 수밖에 없습니다.
가난한 사람들과 살다 보면
그런 억압적인 사회구조를 알 수 있습니다.
누가 빼앗는 사람이고, 누가 빼앗기는 사람인지
한눈에 보입니다.
같이 울 수밖에 없습니다. 같이 탄식합니다.
그들 곁에 머물며 해결 방법을 찾아볼 수밖에 없습니다.
－문정현 신부, '2011년 사순절기 강론' 중에서

해군기지
결사반대
정을 뺏고자
한면!
나. 적이오

강정마을을 지키는 평화유배자
'강정 김씨' 시조 김민수

강정의 외로운 싸움은
끝나지 않았다

　변변한 왕실 하나 없는 나라에 왕의 후손들은 넘쳐난다. 돈만 되면 아무 거리낌 없이 폭력을 휘둘러대는 세상에 '상놈의 자식'은 한 명도 없고 하나같이 '양반의 자손'이다. '전주 이씨', '김해 김씨', '밀양 박씨' 등등 저마다 내거는 성씨의 본(本)을 따지는 것이 큰 무게를 얻지 못하는 까닭이다.

　많은 사람들은 출신 지역, 출신 학교를 따진 뒤 반드시 본을 캔다. 본이 같으면 파를 가른 후 항렬에 따라 기어코 아저씨나 조카 따위의 날줄을 엮는다. 심지어 '경주 최씨', '경주 이씨'처럼 성씨는 달라도 본이 같으면 결혼을 해선 안 된다는 관습헌법의 유령이 아직도 떠돌아다니고 있을 정도다. 한국 사회에서 피로 얽힌 씨족의 유산은 그만큼 강력하다.

본을 바꾸는 것은 자유지만 실제로 본을 바꾸는 경우는 그래서 드물다. 자기 고향인 미국의 지방 사투리 쓰듯 경상도말을 '리얼하게' 구사하는 로버트 할리처럼 귀화한 한국인이라면 몰라도.

2011년 4월, 제주도 강정마을을 본으로 한 '강정 김씨'라는 새로운 성이 생겨났다. 시조는 김민수. 그는 나이 서른둘에 새로운 족보 맨 꼭대기에 자기 이름을 새겨 넣었다. 로버트 할리처럼 귀화한 한국인도 아니다. 가문이 멸문지화를 당하고 혼자 살아남아 불가피하게 새로운 성과 본을 만들어야 하는 처지도 아니다. 강정 김씨 시조가 되기 전까지만 해도 그는 조선시대 세도가였던 '안동 김씨'의 후손이자 '수도권(경기도 안산) 시민'이었다. 본을 바꾸기 위해 재판을 받을 때 판사가 까닭을 묻자 그는 이렇게 답했다.

"제 영혼은 이미 강정에 있습니다."

판사는 이유가 추상적이라며 구체적인 이유를 대라고 했다.

"강정에 제 인생의 모든 것이 있기 때문입니다."

판사는 더 이상 다그치지 않았다. 인생의 모든 것이 그곳에 있다는데 더 이상 무슨 추궁이 필요했겠는가. 그렇게 그는 합법적으로 강정 김씨 시조가 되었다.

5천 년 가까이 살로 뼈로 습속화된 혈통을 바꾸는 일이다. 아버지에게

서 물려받은 피로 기골을 세우고 살을 채워 사람 노릇을 하고 살아온 이력을 지우는 일이다. 지우고 바꾸기로 마음먹은 순간부터 그는 파르르 에이는 마음을 다독이느라 숱한 밤을 뒤척였을 것이다.

그럼에도 그는 홀연히 단절의 길을 택했다. 일가친척 하나 없는 외딴 길을 걷기로 한 것이다. 무엇 때문이었을까?

"3년 전에 처음 강정마을에 와서 중덕해안을 바라봤어요. 너무 아름다워서 한눈에 반해버렸죠. 제 잔은 항상 채워지지 않는 빈 잔이었는데 강정에 와서 조끔씩 채워지는 그런 느낌이었어요. 그 후로는 한 번도 뭍에 올라가지 않았습니다."

사실 그는 고등학교 3학년이던 1999년에 〈재즈〉라는 작품으로 등단한 만화작가다. 한국 예술계가 일반적으로 그렇지만 '만화판'도 도제식 서열이 엄격하기로 유명하다. 그런데 불과 열아홉 살에 자기 작품을 들고 등단했다는 것은 그만큼 그의 내공이 만만치 않다는 증빙인 셈이다.

실력을 알아본 일본 애니메이션 관계자들이 2004년 그를 스카우트했다. 도쿄에서 그는 애니메이션 제작 진행을 책임지는 하급 매니저에서부터 원화 작가, 작품 감독 등으로 약 3년 동안 일했다. 제작에 관여한 작품만 24편. 계약금 외에 극장 수익금 등 별도 개런티를 받아 수입이 많을 때는 연봉이 1억 원을 넘기도 했다고.

남들이 보기엔 부러울 뿐인 도쿄 생활이었지만 그는 스스로 접었다. 만화작가, 애니메이션 감독도 엄연한 창작자인데, 스폰서가 해달라는 대로만 작업해야 하는 생활은 재미가 없었다. 한국에 돌아와서 이곳저곳 유랑하고 있던 그를 강정마을로 부른 이는 고권일 강정마을 해군기지반대대책위원장. 역시 만화작가인 고 위원장과는 같은 만화잡지에 연재를 한 인연이 있다. 그런 인연으로 2008년 처음 강정마을에 도착했을 때만 해도 그는 만화 작업을 미치도록 하고 싶었다. 하지만 그의 희망은 포말이 되어 흩어지고 말았다. 해군기지 반대싸움 일이 너무 많기 때문이다.

강정마을 주민들은 그를 "민수야!"라고 편히 부른다. 주민들은 중덕해안 앞바다에 배만 나타나도 "민수야, 저 배 해군 측량선 아닌가? 얼른 가서 확인해봐라" 하고 말한다. 전국 각지에서 보낸 플래카드가 도착하면 "민수야, 플래카드 어디 걸꺼?" 하고 묻는다.

그는 시쳇말로 '강정사람이 다 된 것'이 아니라 이미 '강정사람'이었다. 말장난 같지만 두 말의 차이는 하늘과 땅만큼 크다. '강정사람 다 됐다'고 얘기할 땐 '너 좋은 놈인 건 알지만 너도 언젠가 떠나지 않을까' 하는 못 미더운 마음이 한 자락 깔려 있다. 하지만 '강정사람'이라고 말할 땐 그런 전제도 경계도 없다. 화나면 성내고, 기분 좋으면 함께 술 마시

고, 볕 좋으면 함께 물에 들어가면 될 뿐이다.

"'강정사람 다 됐네' 이 단계를 지나서 '드디어 나를 마을 사람으로 인정해주는구나' 하고 느낀 것이 2010년 도보순례를 끝냈을 때였어요. '해군기지 반대' 깃발 꽂고 한복, 짚신 차림에 상투 틀고 갓 쓰고서 열흘 동안 혼자서 제주도를 한 바퀴 돌았거든요. 해군기지 건설 관련 절차가 다 끝난 것처럼 보도되고, 도민들도 그렇게 알고 계신 분들이 많았으니 절박했어요. 그래서 '우린 아직도 싸우고 있다. 강정에서 시선을 떼지 말아달라' 호소하고 다녔어요. 그때 이후로 마을 분들이 저를 '강정사람'으로 받아주신 것 같아요. 요즘은 저보고 '너만은 결혼식을 꼭 구럼비에서 해야 한다'고 그러세요. 그리고 '2세 이름은 강정이라고 지어라' 그러시는데 이름이 '김강정'이면 좀⋯⋯. (웃음)"

마을 사람들의 행복한 바람은 이뤄질 가능성이 크다. 그의 표현을 빌리자면 "강정에 오지 않았으면 만날 인연이 아닌, 오직 강정이 준 선물"인 연인을 만나 사랑을 키우고 있기 때문이다. 그는 "마을 분들 말씀하시는 것처럼 해군기지 몰아내고 문어도 잡고 오분자기도 잡고 자리돔도 구우면서 장가도 가고 평생 강정에서 살 것"이라 했다.

누구나 꿈꾸는 평온한 일상이다. 저항은, 그렇게 누구나 꿈꾸는 평온한 일상을 침탈받은 이들이 할 수밖에 없는 당연한 몸짓이다. 그럼에도 저항은 버겁다. 그도 해군기지 반대싸움을 하는 3년 동안 9킬로그램이나 살이 빠졌다. 말은 안 했지만 신장에도 피로가 누적된 상태라고 한다. 하지만 그는 자신의 몸보다 마을 사람들의 우울증을 더 염려했다.

"해군기지를 찬성하는 사람이든 반대하는 사람이든 온 마을 사람들의 신경이 온통 해군기지 문제에 쏠려 있어요. 온 신경이 현장에 있는 거죠. 아무리 서로 위로해주고 다독여줘도 예민해진 신경이 표출될 수밖에 없어요. 특히 술 드시면 우울증 증세가 다들 심해져요. 치료제는 한 가지뿐이에요. 아시잖아요? 정부는 해군기지 건설 당장 중단하고 주민들 치료부터 해야 합니다."

한 조사에 따르면 해군기지 건설 논란 이후 강정마을 주민의 70퍼센트 이상이 우울증을 호소하고 있으며, 특히 47퍼센트는 자살 충동을 느낀 적도 있다고 고백했다. 그러나 지방정부와 중앙정부 그 어디도 주민들을 위한 치료 프로그램을 가동하지 않았다.

법적으로도, 주민들로부터도 '강정사람'임을 인정받은 그는 요즘 자신에게 일감이 몰려와도 즐겁기만 하다. 그는 강정마을에 상주하고 있는 국제평화운동단체 '개척자들' 팀과 함께 항상 보트를 타고 비상출동할

준비를 하고 있다. 해군의 기습적인 공사 강행을 막기 위해서다. 마을대책위 미디어팀 활동에도 게으름을 피울 수 없다. 강정마을의 외로운 싸움이 그나마 여기까지 올 수 있었던 것은 거대언론의 외면 속에서도 인터넷을 통해 꾸준히 현장 소식을 전했기 때문이다.

특히 〈강정마을신문〉 편집장을 새로 맡았는데 스스로 기대가 크다. 격주 4면으로 발행될 마을신문엔 우선 강정 주민들의 생생한 목소리를 많이 담을 생각이다. 그는 "마을 사람들이 처한 현실과 해야 할 일을 솔직히 말하는 가장 현실적인 마을신문"을 만들고 싶어 한다. 기회가 되면 만평도 직접 그려볼 생각이다.

그는 해군기지 싸움이 끝나면 강정 이야기를 담은 극장용 애니메이션을 만들 계획이다. '만화 작업을 미치도록 하고 싶었던' 그는 그동안의 강정 상황과 풍경, 사연을 촘촘히 기록해두었다. 그는 "꼭 애니메이션이 아니더라도 강정에 평화를 줄 수 있다면 제가 가진 모든 감정을, 감성을 글로든 그림으로든 이곳에 풀어둘 것"이라고 했다. 자신의 재능을 아낌없이 내놓겠다는 그에게 강정 김씨 시조로서 미래의 후손들에게 남기고픈 말은 없냐고 물었다. 한 치 주저함도 없이 그는 말했다.

"강정을 지켜라, 내가 했던 것처럼! 그리고 너희들의 후손에게 고스란히 물려줘라."

강정마을을 지키는 평화유배자

강정마을 회장 강동균

아름다운 섬,
평온한 일상을 왜 부수는가

2011년 7월 15일 오전 6시 30분, 제주도 강정마을에 있는 한 주택을 사복경찰들이 덮쳤다. 20명이 넘는 형사가 출동해 체포한 중년 사내는 강동균 강정마을 회장. 그는 강정마을 주민 1930명의 대표다.

주거가 확실하고 도주할 의사도 전혀 없는 그를 긴급체포한 까닭은 출두요구서를 한 번 보냈는데 경찰서에 나오지 않았기 때문이란다. 그렇게 전격적으로 긴급체포된 강 회장은 유치장에서 하룻밤을 묵고 집으로 돌아왔다.

"지금 해군기지 만들려고 강행하는 육상공사와 해상공사는 합법적인 공사가 아닙니다. 환경영향평가 등 지켜야 할 법을 전부 어기고 있는 불법 공사예요. 그런데 경찰과 검찰은 불법 공사는 방조한 채 주민들만 사법처리하려고 달려듭니다. 영장실질심사하면서 검찰이 한다는 말이 '도주 우려가 있고, 업무 방해 등 재발의 위험이 있다' 이러던데 왜 불법 공사에 대해선 아무런 조치도 취하지 않는 겁니까. 지금 사법기관이 하는 짓은 강도질하는 강도를 잡은 시민을, 거꾸로 강도질하는 데 업무방해를 했다고 잡아넣는 꼴입니다. 이게 민주국가에서 일어날 수 있는 일입니까? 강도로부터 마을을 지켜도 모자랄 판에 우리가 왜 도망갑니까."

그 새벽 난리 통에 회장을 구하겠다며 마을 주민 30여 명이 그의 집으로 달려왔다. 이 가운데 고권일 강정마을 해군기지반대대책위원장과 국제평화운동단체 '개척자들' 소속의 송강호 박사가 긴급체포돼 구속·수감되고 말았다. 사지에서 혼자 살아 돌아온 것 같은 죄책감이 자꾸만 삐죽거리며 기어 나오려고 했다. 그럴 때마다 마을의 운명을 생각했다.

'쓰러지는 한이 있어도 흔들려선 안 돼. 그럼 지는 거야. 이 싸움 결코 질 수 없어!'

겉으로는 소강상태처럼 보이지만 강정마을 사람들은 여기저기서 쏟아지는 '사법 공세'에 피가 마르고 있다. 주민들이 이제까지 낸 벌금만 5천만 원이다. 해군으로부터 공사를 수주한 삼성물산과 대림산업, 두산건설,

대우건설 등은 주민 14명을 상대로 2억 8900만 원이라는 거액의 손해배상 청구소송을 냈다. 또 해군은 주민 77명을 대상으로 공사방해 금지 가처분신청을 냈다. 업무방해 등의 혐의로 주민 9명이 재판 중이고, 3명은 구속된 상태며, 14명에 대해선 경찰이 출두를 요구하고 있다.

"법이라고 하면 벌벌 떠는 순진한 시골 사람들을 상대로 검찰과 경찰, 해군과 기업 등이 마치 '짜고 치는 고스톱'처럼 한꺼번에 사법적 겁박을 주고 있어요. 지적 장애가 있어 아무것도 모르는 청년을 연행해 가서 재판에 송치했어요. 바깥출입도 거의 하지 않는 92세 할머니까지 공사방해 금지 가처분신청 대상으로 올려놨어요. 얼마나 치졸한지……."

너무도 기막힌 일들을 숱하게 당하고 있지만 '육지 사람들'은 먼 나라 일 대하듯 한다. 만 4년째 악몽 같은 싸움을 날마다 하고 있지만 언론들은 '서울 공화국' 소식만 전한다. 육지 사람들이 '가장 풍광 좋은 코스'라고 격찬한 올레 7코스 한복판에 해군기지가 들어설 예정인데도 그렇다. 그곳은 유네스코가 지정한 세계자연유산이자 세계지질공원이고 생물권보존지역이다. '세계자연유산 3관왕' 지역에 해군기지를 짓겠다는, 국제적인 조롱을 받을 짓이 버젓이 벌어지고 있는데도 그렇다. 가난하고 힘없는 사람들이 생업을 제치고, 그 아름다운 구럼비를, 바다를, 길을 지키겠다고 굴착기 앞에 몸을 던지고 벌금 폭탄을 맞고 감옥에 끌려가도 모른 척한다. 섬의 운명인가.

"서울이나 부산 등지에 사는 도시 사람들이 제주도 오는 이유가 뭐겠 어요. 도시에서 찌든 삶, 경치 아름답고 편안한 곳에서 잠시 숨고르기 하 러 제주도 오는 것이잖아요. 해군이 공사장 광고판에 군사기지가 '제주 도의 또 하나의 명소'라며 광고하고 있는데 어떤 도시 사람이 군사기지 있는 곳으로 쉬러 오겠습니까. 이것만 보아도 해군기지 문제는 강정마을 만의 문제도 아니고 제주도만의 문제도 아닌 대한민국의 문제입니다. 삶 에서 휴식이 얼마나 중요합니까. 가장 아름다운 우리의 쉼터에 해군기지 를 만들겠다고 하고 있습니다. 제주도에, 강정마을에 조금만 더 관심을 가져주셨으면 합니다."

섬에서 나고 자란 이들은 안다. 스치는 눈길 한 번에도 얼마나 마음이 울렁대는지. 누군가의 관심을 받는다는 것이 얼마나 아름답고 행복하고 열정적인 기쁨인가를. 외로움을 천형처럼 지고 태어나서 그렇다. 섬에서 태어난 순간 이미 고독은 떼어낼 수 없는 멍에인 것이다.

그래서 섬마을엔 여러 갈래의 모임이 많다. 나이 같다고 갑장회를 만 들고 초등학교라도 같이 다녔다 치면 동창회를 만든다. 부모님 장례 치러

주는 상여계도 있고, 동생 결혼식 밑천 모으는 장가모임도 있다. 외로워서 그렇다. 믿고 의지할 데라곤 서로뿐이어서 그렇다.

"제주도에서는 제사를 한밤에 지냅니다. 대개 자정에 제사를 시작해 새벽 1시경에 끝나죠. 그러면 1시 반부터 제사 음식을 이웃집에 돌립니다. 그 한밤중에 자고 있다가도 음식 받아먹고 그랬죠. 그렇게 친형제처럼 지내던 사이가 해군기지 문제로 파탄 나버렸습니다. 우리 어머니는 수십 년을 하루라도 붙어살지 않으면 죽을 것 같았던 이웃집 아주머니랑 원수가 돼버렸어요. 자식들이 찬성, 반대로 갈리는 바람에.

국가시책 사업이 무엇입니까? 나라 살찌우고 국민들 행복하게 해주는 사업 아닙니까. 그런데 해군기지 사업은 그 정반대로 가고 있어요. 2009년에 국정원, 해군, 도청, 경찰 등 해군기지 사업 유관기관 회의 자리에서 유덕상이라는 제주도 부지사가 '주민들 이간질하고 깨뜨려서 소용돌이로 몰아넣어야 해군기지 사업이 성공한다'고 말한 것이 언론에 보도됐어요. 주민들 갈가리 찢어놓는 게 국책사업인가요? 사촌들끼리도 제사를 함께 지내지 않게 돼버렸어요. 이 상처를 어떻게 치료하고 보상할 겁니까. 지금도 자살 충동을 느끼는 주민이 절반 가까이 되는데……"

강정마을엔 2백여 개의 각종 친목모임이 있었다. 하지만 해군기지 문제가 불거진 뒤 대부분 깨지고 말았다. 그렇게 서로 섬 안에서 섬이 되어 버린 것이다. '망가지고 깨지기는' 그의 살림살이도 마찬가지. 4년 동안 마을회장을 맡아 해군기지 반대싸움을 하느라 남의 밭을 빌려서 하던 밀감 농사는 관리를 못해 포기했다. 그나마 금귤 하우스 농사는 버티며 하고 있는데 큰 소득이 안돼 부인이 노동 품앗이를 다니고 있다. "덕분에 빚이 많이 생겼다"고 속 좋게 웃는다.

강정마을에서 나고 자란 강 회장은 젊어서는 100미터를 11초 만에 뛸 정도로 민첩했다. 태권도 실력은 알아주는 수준급이었고 중학교 때는 핸드볼 선수로 활약했다. 기골이 장대하고 힘도 세어 싸움도 곧잘 했는데 그래서 붙은 별명이 '강정 소'였다.

젊은 '강정 소'는 놀기 좋아하고 술 마시기 좋아해 부인의 타박을 듣기 일쑤였다. 그러다 홀연히 일본 오사카로 건너가 일용노동으로 벌이를 하며 11년을 살았다. 2001년 7월 그는 다시 고향에 돌아왔다. 공무원이었던 매형이 지방선거에 출마해 선거운동을 도와주기 위해서였다. 그의 매형은 고 이영두 전 서귀포시장으로 2006년 11월 방어축제 점검을 위해 배를 타고 나갔다가 순직했다.

"매형은 김태환 전 제주지사와 짝을 이뤄 두 번 선거를 했어요. 첫 번째 도전은 실패했고, 2006년에 김 전 지사의 러닝메이트로 나와 서귀포

구럼비의
노래를
들어라

시장을 했습니다. 그때 모슬포부터 성산포까지 맨발로 뛰며 선거운동을 했어요. 김태환 씨 득표율이 높은 곳은 자기 고향과 강정이었습니다. 그렇게 지지를 해줬는데 강정에 기습적으로 해군기지 유치를 선언해버린 겁니다. 은혜를 원수로 갚은 셈이죠. 만약 매형이 살아 있었다면 김태환 씨가 그렇게 할 수 있었을까……."

매형을 생각하면 안타깝고 아쉬운 마음에 지금도 가슴이 아리다. 마을 사람들에게도 마찬가지다.

"4년이라는 기간은 결코 짧은 시간이 아닙니다. 저도 많이 힘들어서 몇 번이고 그만두려고 했는데 주민들 때문에 그만두질 못했어요. 하우스 같은 시설재배는 날씨나 온도변화에 민감해서 늘 앉아서 지키고 있어야 합니다. 비 오면 온도를 올려줘야 하고 볕이 나면 하우스 안의 열기를 빼줘야 하는데 제주 시내서 집회를 열면 비 오다가 갑자기 볕이 나도 어떻게 해줄 수가 없잖아요. 그 한순간 때문에 작물이 다 말라 죽어요. 일 년 농사 망치는 거죠. 그래도 저는 계속 싸우자 말하고 주민들은 변함없이 생업을 제쳐놓은 채 마음과 힘을 모아줍니다. 얼마나 미안한지……."

그 미안한 마음 조금이라도 덜어내 보려는 것일까. 강 회장의 마을방

송 마무리 말은 항상 "해군기지 저지, 우리는 할 수 있습니다, 주민 여러분 힘내십시오"다.

강정마을회에서 웃음치료와 명상치료, 역할극 치료 프로그램을 운영하는 이유도 이와 무관치 않다. 그는 "이 프로그램들을 통해 우리 자신을 치유해, 해군기지 반대싸움을 해오는 동안 주민들에게 생긴 오래된 상처를 씻어내고 아물게 할 수 있기를 기대하고 있다"고 한다. 사람의 마음이 건강하게 치유되어야 이웃 간에 쌓인 불신과 분노의 벽도 사라지고 마을 전통도 되살아날 것이란 생각이다.

강 회장의 하루 평균 수면시간은 서너 시간. 4년 동안 마을회장을 맡으면서 갖은 협박과 회유를 받았다. "가족들 목숨은 생각하지 않나"라는 협박은 차라리 가소로웠다. "해군기지 찬성 입장을 배려해주면 편히 살게 해줄 테니 챙겨서 뜨라"는 회유엔 모멸감을 느꼈다. "사람이 아무리 힘들고 어려워도 가치 하나는 지키고 살아야 한다"고 믿기 때문이다.

"친구 만나면 술 한잔 나누고 힘들 때 옆에서 도와주고…… 이웃끼리 오순도순 살아가는 것 그 자체가 평화라고 생각해요. 강정은 제주의 어떤 지역보다 신으로부터 좋은 환경을 물려받았습니다. 이것을 함께 누리며 주어진 생에서 아름다운 이야기를 많이 만들어가는 것이 행복일 겁니다. 근데 국민들 재산과 안녕, 행복을 지켜줘야 할 군대가 이걸 깨뜨리고 있습니다. 그러니 나의 평화를 지키기 위해서라도 싸울 수밖에요."

　그는 여전히 설득당하고 싶다. 정부와 해군, 제주도가 반대하는 주민들을 대화로 설득한다면, 그래서 주민들이 동의한다면 언제든 해군기지 반대투쟁을 접을 뜻이 있다는 것이다. 진정 어린 대화로 주민들을 설득하기보다 힘으로 밀어붙일 궁리만 하는 행태가 한심스러울 뿐이다.

　"우리는 국책사업을 무조건 반대하는 것이 아닙니다. 단지 왜냐고 의문부호를 던지고 있을 뿐입니다. 제주도 강정에 해군기지가 들어서는 것이 이익인가, 유네스코가 지정한 세계자연유산을 지키는 것이 이익인가? 제주도를 '평화의 섬'이라고 하는데 해군기지가 제주도를 '평화의 메카'로 만들어주는 시설인가 아닌가? 지역경제 활성화 측면을 따지더라도 군사기지가 들어서는 것이 관광객 유치에 유리한가, 아니면 지금의 자연유산을 그대로 유지하는 것이 관광산업 활성화에 유리한가? 세계 7대 경관에 도전한다면서 세계자연유산을 없애고 군사기지를 만드는 것이 국제적으로 설득력이 있는가……."

　그와 주민들이 던지고 있는 의문부호에 대한 답을 이제 정부와 해군, 제주도가 해줄 차례다.

강정마을을 지키는 평화유배자

바람처럼 흘러들어온 '마음치료사' 뱅자맹 모네

제주 바람의 아픔을
치유하고 싶다

섬에선 바람이 거의 모든 것을 결정한다. 바람의 속도가 빠르면 빠를수록 파도는 높아진다. 높은 파도는 사람의 배를 포구에 묶어둔다. 거친 바람은 인간의 거처를 낮게 웅크리게 한다. 섬마을 집들의 지붕이 낮은 이유다.

바람은 땀구멍을 타고 몸 안에 들어와 혈소판을 흔든다. 눈을 지그시 감으면 그 바람결 따라 길을 나서는 자신을 만날 수 있다. 그것이 인생이다. 보이지 않고 잡히지 않는 물컹한 그 무엇이 사람의 길, 생명의 길을 지어내는 것!

올해 서른한 살인 프랑스 사람 뱅자맹 모네도 어쩌면 그렇게 '바람의 말(馬)'을 타고 왔는지 모른다. 그가 한동안 머물렀다는 네팔, 히말라야 능선에 휘날리던 '룽다'처럼. 태어난 곳이 프랑스의 화산지대여서 제주도가 친숙하다는 그는 "바람과 결혼했다"고 했다.

"세계 여러 나라를 여행하며 매 순간 바람을 만나고 바람을 느꼈어요. 네팔에서는 바람이 다양한 방향에서 불어오는데 제주도에 요새 부는 바람은 날마다 항상 같은 방향에서 오는 것 같아요. 남동쪽에서요. 오키나와에서 불어오는 바람인가요? 군사기지로 겪는 아픔이 비슷하니까요."

그는 불어오는 바람의 방향에서 제주도와 오키나와가 품은 아픔의 공통분모를 찾아내고 있었다. 그렇다, 계절풍은 여름엔 남쪽에서 불어온다. 거기 바람 지나온 자리 어디쯤 오키나와가 있을 테고, 그가 흘러온 인생의 별점 하나 있을 게다. 그렇게 바람과 함께 흐르다가 제주도를 만났으니, 지독한 인연이다.

그는 13년 동안 약 40개 나라를 유랑하고 있다. 강정마을과는 2011년 5월에 연이 닿았다. 미국 유니언신학대 정현경 교수, 여성운동가 글로리아 스타이넘 등과 함께 제주평화포럼에 참석하러 와서다. 6월부터는 아예 강정마을 중덕해안에 텐트를 치고 살며 마을 해군기지반대대책위원회 국제팀에서 자원봉사를 하고 있다. 프랑스어와 스페인어가 자유로운 그는 온라인 네트워크(www.savejejuisland.org)에 강정마을 소식을 전하는 글을 날마다 올리고 있다.

강정마을 해군기지 건설 문제를 통해 군사주의의 위험을 알리려고 노력하는 이 국제적인 네트워크엔 세계 각국의 저널리스트, 교수, 정치인, 학생, 평화활동가 등이 참여하고 있다. 이들은 후원금을 모아 강정마을 주민들이 해상공사 감시용 보트를 살 수 있게 도와주기도 했다. 온라인 네트워크에 올린 소식들에 대해서 유럽과 아메리카 대륙, 러시아와 일본, 레바논 등지에서 많은 조직과 활동가들이 깊은 관심을 나타내고 있다고 한다. 특히 미국 하와이와 일본 오키나와 주민들의 반응이 상대적으로 즉각적이고 뜨거운 편이라고. 그는 "두 곳 모두 미국에 의해 군사기지가 건설된 경험이 있기 때문에 제주도 강정마을 소식에 관심이 많은 것 같다"고 설명했다.

그는 "미국은 가장 많은 파괴를 일삼고 있는 나라"라며 "지금 이 순간에도 여섯 개의 전쟁을 동시에 치르고 있다"고 꼬집었다. 이라크, 아프가니스탄, 리비아, 예멘, 시리아 그리고 이른바 '테러와의 전쟁'까지. "미국은 세계의 구세주를 자처하고 있지만 파괴자일 뿐"이라고 일축했다.

"군사주의로는 어떤 긍정적인 것도 만들어내지 못합니다. 군사주의가 세계 도처에서 어떤 파괴를 했는지 역사를 보면 알 수 있습니다. 아이들 눈으로 보아야 합니다. 아이들에게 물어봐야 합니다. '이게 너희들이 바라는 모습이니?' 그리고 어떤 국가도 다른 국가를 지배해선 안 됩니다. 마찬가지로 제주도도 자기 스스로의 목소리를 가져야 하고, 다른 이에게 들려줄 수 있어야 합니다. 제주도는 지금 군사기지 대신 평화를 이야기하고 있습니다. 그 평화의 소리를 들어줘야 합니다."

삐딱하게 보는 이들은 그의 말에서 전 세계 분쟁지역을 돌아다니는 '반미주의자'와 '극렬한 평화활동가'의 냄새를 맡을지도 모르겠다. 그러나 그의 직업은 '마음치료사'다. 치료 수단으로는 마그네틱테이프나 마사지를 이용한다. 하지만 그저 눈빛 나누기만으로 사람들의 다친 마음을 치료하기도 한다. 강정마을에서는 지금까지 30여 명의 상한 마음을 치료했다.

"마음치료는 순수한 에너지를 주고받는 것입니다. 그리고 스스로 자신을 치료할 수 있는 힘을 키우도록 도와주는 것이죠. 마을 사람들이 스스로 자신을 치유할 수 있는 힘이 있음을 느끼고 행복해하는 모습을 보면 기쁩니다. 언어가 다르다는 장애가 있지만 전혀 문제가 되지 않습니다. 마음치료를 하고 나면 마을 사람들과 한결 더 가까워졌다는 것을 느낍니다. 밝게 웃으며 눈으로 인사하는 그들의 얼굴을 보면 알 수 있습니다."

© 이주빈

마을 사람들은 그를 '벤자민'이라고 부른다. 벤자민은 뱅자맹의 영어식 발음이다. 자기 문화와 언어에 대한 고집이 유독 센 프랑스에서 왔지만 그는 자기 이름이 영어식으로 불리는 데 크게 개의치 않는 '수상한 프랑스 사람'이다.

그러고 보니 그는 수상한 구석이 한두 가지가 아니다. 프랑스 사람 특유의 수다도 없다. 그의 목소리는 언제나 낮고 조용하며, 입으로 말할 때보단 눈으로 말할 때가 더 많다. 서양 사람들이 즐겨 하는 육식도 하지 않는다.

강정사람들이 비경으로 꼽는 '냇길이소'(폭포와 절벽, 물과 은어, 이 네 요소가 좋다고 하여 냇길이소라고도 부른다)에선 "강한 샤먼의 기운을 느껴 영적으로 편안했다"고 했다. 실제로 그곳엔 '할망(할머니) 사당'이 있다. '설문대 할망' 설화에서 엿볼 수 있듯이 제주도는 모계 샤먼의 원형지다. 그래서 그는 "제주도 강정과 '운명적으로' 만났다"고 했다.

그렇다고 해서 강정마을에서의 그의 일상이 유난하거나 특별하진 않다. 아침에 일어나면 지난밤에 꾼 꿈을 다시 더듬어보고 빨래를 한 다음 기도를 한다. 바깥일이 궁금해 인터넷 뉴스 사이트를 들락거리고, 국제사회를 향해 강정마을 소식을 전하는 글을 쓰기도 한다. 마을대책위 국제팀 소속이라 다른 활동가들과 함께 회의를 하기도 하고, 주민들과 활동가들을 대상으로 마음치료를 하기도 한다.

소박하고 평범한 일상이다. 그러나 그 소박하고 평범한 일상도 어떤 이들에겐 '분노의 대상'이 되고 '시빗거리'가 된다. 타자의 평온한 일상에 신경질적으로 역정을 내는 자 누구겠는가. 타자의 안온한 일상이 자신의 돈벌이나 집단의 힘 과시에 도움이 되지 않는다고 망나니 행패를 부리는 이들이 누구겠는가.

"평화를 지키려는 사람들은 전쟁을 만든 이들이 아니에요. 오히려 전쟁을 피하려는 이들이죠. 전쟁을 만드는 이들은 평화를 깨려 하죠. 그래서 평화를 위해 싸우는 일은 무척 어려운 것 같아요. 평화를 이루려면 수 세대의 시간이 걸릴지도 모르죠. 평화를 위해 싸우는 일이 몽상가나 하는 짓이라고요? 전혀 그렇게 생각하지 않아요. 오히려 저는 평화를 위해 일하지 않고 행동하지 않는 사람들이 몽상가로 보여요. 왜냐면 전 세계 70억 명 가운데 대다수는 평화를 절실하게 원하고 있기 때문이죠. 이곳 강정마을에서도 마찬가집니다. 평화는 조화입니다. 그러나 무기를 들고 전쟁을 준비하는 군사기지를 만들면서 어떻게 조화를 이룰 수 있나요?"

평화를 위해 작은 힘을 보태는 강정의 생활에서 자신의 존재 이유를 느끼고 있다는 그는 "평화에 닿기 위해서는 평화에 대한 신념을 가져야 한다"고 말한다. 평화에 대한 신념은 어떻게 품을 수 있는 것일까?

"인간은 너무 자주 우리가 자연의 일부라는 것을 잊어버리고 사는 것 같아요. 이 세계에는 광물과 식물, 동물, 곤충이 모여 사는데, 이 네 가지 사이의 조화가 바로 평화입니다. 인간도 그 안에 포함되어 있을 뿐입니다. 당연히 인간 외의 다른 생명들을 존중해야 하죠. 그래야 평화가 지속 가능해집니다. 인간 사이의 평화는 대화하고 나누는 데 있습니다. 무기를 들고 대화를 할 수는 없지 않습니까."

해군기지 반대싸움을 하다가 벌써 일곱 사람이 구속되었고 주민들에게 계속 소환장이 발부되고 있다. 그는 "주민들은 전함도 없고 미사일도 없고 심지어 막대기조차 들지 않았다"며 "가슴속 품은 신념에 따라 평화로운 방식으로 싸우는 이들을 사법처리하는 것은 정당하지 않다"고 비판했다.

그에겐 한국에 머물 날이 그리 많이 남아 있지 않다. 훗날 다시 한국을, 강정마을을 찾을 계획이 있는지 물었다.

"바람만이 알고 있겠죠. 제주도 바람이 다시 나를 이곳에 데려온다면 그때도 지금처럼 여기 있겠죠."

밥 딜런의 노래 〈바람만이 아는 대답〉이 쪽빛 제주바다 위를 일렁거렸다.

얼마나 많은 길을 걸어봐야 사람은 참사람이 될 수 있을까.
얼마나 많은 바다를 날아야 흰 비둘기는 하얀 모래밭에
편히 잠들 수 있을까.
얼마나 많은 포탄이 휩쓸고 지나가야 더 이상 사용되는 일이 없을까.
오, 나의 벗이여, 해답은 바람에 실려 있다오,
바람만이 그 답을 알고 있다오.

'평화 백합꽃' 키우는 강희웅

내일을 기약하는 이들은
절망하지 않는다

"제주 강정에서 태어났지만 화물차를 한 15년 운전했죠. 그러다가 제주 시내에서 꽃집을 하는 친척 부탁으로 꽃집을 봐주게 됐어요. 기름 냄새 맡다가 꽃 냄새 맡으니까 기분도 좋고……. 그런데 마흔 살 넘어 꽃바구니 들고 다니니까 쑥스럽더라고요."

7년 전부터 비닐하우스에서 백합꽃을 재배하고 있는 남자. '꽃을 든 남자'에서 '꽃 키우는 남자'로의 변신이다. 꽃과 어울리는 인상이 따로 있을 리야 없겠지만 강희웅 씨의 첫인상에선 '깐깐한 물리 선생님' 이미지가 풍긴다. 하지만 한 번씩 슬쩍 흘리는 미소에서 참한 백합꽃이 핀다.

꽃과 함께 산다고 그를 실없고 헛헛한 사람으로 봤다가는 큰코다친다. 한때 그의 별명은 '액비맨'이었다. 액비는 생선을 비료로 만들기 위해 발효시킨 것이다. 냄새 고약하기로 치자면 중국 두부 처우떠우푸(臭豆腐)를 능가했으면 능가했지 결코 뒤처지진 않는다.

강정마을이 동의절차 없이 제주해군기지 건설 예정지로 결정되자 주민들은 도청을 찾아가 도지사에게 면담을 요구했다. 그러나 도지사 면담은 고사하고 갈 때마다 용역경비와 경찰들로부터 도청 출입 자체가 가로막혔다. 심지어 "해군기지 반대하고 도지사가 결정한 일을 반대하는 너희들은 제주사람이 아니다"라는 극언까지 들어야 했다. '섬'에서 태어나 '육지 것들'한테 '섬놈'이라고 멸시당하는 것도 화가 치미는 판에 같은 제주사람이 "너희들은 제주사람 아니다"라고 낙인을 찍으니 울화통이 터질 수밖에.

그는 온몸에 액비를 바르고 용역경비들을 향했다. 거친 욕을 하지도 않았다. "우리, 같은 제주사람끼리 얘기 좀 나눕시다게" 하며 다가갈 뿐이었다. 지독한 냄새에 경비들의 대오는 무너지는 파도처럼 산산이 부서지고 말았다. 이때부터 그는 ''엑스맨'보다 무섭다는 '액비맨'이 되었다.

"제복 입고 철통같이 막아서는데 달리 방법이 있어야죠. 주민들이나 도청 경비들이나 다 같은 제주사람인데 싸우다 보면 다칠 수밖에 없잖아

© 이주빈

요. 서로 안 다치고 도청 안으로 들어가는 방법이 뭐가 있을까 궁리했죠."

부당한 행태를 체질적으로 못 참는 강단과 결기가 백합꽃처럼 순한 미소에 숨어 있는 것이다. 하지만 그에게는 '마을 사람들 다 아는' 아픔이 있다. 형이 사는 집과의 거리는 불과 2백 미터. 그러나 형제는 말 한마디 섞기는커녕 따스한 눈길 한번 나누지 않은 채 살고 있다.

"해군기지 문제 하나로 이렇게 됐다는 것이 너무 우습고 억울해요. 미리 알고 의논했더라면 이런 일은 없을 텐데……. 느닷없이 자기들끼리, 그것도 대다수 주민들 몰래 결정해놓고 주민들보고 '시간이 없으니 빨리 판단하고 결정해라' 하는 상황이 와버린 겁니다. 가족들끼리 의논할 시간도 없이 형님은 해군기지 찬성, 나는 반대, 이런 식이 돼버린 거죠. 함께 의논을 했다면 결론이 어떻게 나왔든 간에 가족을 의좋게 지킬 수 있었을 텐데……."

마을에서 신망 두텁기로 유명한 그는 마을 해군기지반대대책위가 꾸려지자 조직 담당 부위원장을 맡았다. 그의 형은 해군기지 찬성대책위 사무국장을 맡고 있다. 이를 두고 한 마을 주민은 "4·3 때도 이런 경우는 흔치 않았다"며 안타까워했다.

제주사람들이 4·3을 먼저 말하거나 인용하고 비유하는 일은 드물다. 특정한 날짜에 온 마을이 다 제사를 치르는 잔인하고 모진 슬픔을 어찌 '트라우마(정신적 외상)'라는 매끈한 의학용어 하나로 정리할 수 있겠는 가. 서북청년단이라는 외지 깡패들한테 당하는 해코지가 아니다. 집안 다 르고 좌우 이념 다른 옆동네 사람과의 싸움도 아니다. 한 여자를 어미로 둔 자식들 간의 결별이다. 생모는 그가 열여덟 살 때 돌아가셨으니 하늘 에서도 기가 막힐 것이다.

지금 어머니도 두 아들 갈등이 아프기만 하다. 삼사십 대 젊은 남자가 사별을 하면 백 일 안에 빨리 재혼시키던 제주도 풍습에 따라 생모 돌아 가신 지 석 달 만에 새어머니가 오셨다. 제주도를 바람과 돌, 여자가 많다 고 삼다도(三多島)라 한다. 어쩌면 그 말은 제주 바람과 돌과 여자가 그만 큼 강해서 그들에게 의지하고 산다는 뜻 아닐까.

"어머니나 아버지를 생각하면 빨리 푸는 게 좋겠지만 지금 형님을 만 나서 이야기하면 서로 치유되는 게 아니라 상황만 더 안 좋아질 것 같아 요. 그래도 언젠가 만나야죠. 한 핏줄을 나눈 형제인데요."

해군기지 찬성이냐 반대냐를 떠나 형제조차 갈라놓는 이 괴이한 현실 의 밑동엔 무엇이 도사리고 있을까? 그는 행정조직의 지나친 영향력을

첫째로 꼽았다.

"제주도에 공장이 많아서 노동자나 다른 사람들과도 생각과 의견을 주고받을 수 있으면 좋을 텐데 큰 공장 하나 없습니다. 그러다 보니 생각 나눌 수 있는 바깥사람이라 해봤자 행정조직에 근무하는 공무원들이 전 부죠. 그만큼 공무원들 영향력이 셉니다. 마을 유지라는 사람들이 어떤 이들인지 아십니까? 행정조직과 얼마나 친한가에 따라 정해집니다. 그러 다 보니 행정부에서 한다는 일이면 동네는 생각도 않고 무조건 찬성을 합 니다. 이번 해군기지 문제도 마찬가지였죠. 행정기관에서 군사기지 필요 하다고 한마디 하니까 유지라는 사람들이 주민 의견은 물어보지도 않고 불법적으로 날치기 찬성한 것 아닙니까."

눈만 뜨면 밭이나 바다에 나가 일하는 시골마을로 갈수록 '행정'은 괴 력을 발휘한다. 주민등록증 하나 발급받는 것부터 태풍 피해보상 신청하 는 것까지 행정조직을 거치지 않으면 아무것도 할 수 없다. 세상 좋아졌 다고는 하지만 심보 비틀어진 몇몇 공무원들은 진작 처리해줄 일도 온갖 핑계를 들이대며 몇 달을 끌기도 한다. 반대로 "행정기관 말 잘 듣는 이 들이 오면 없는 보상도 만들어서 해준다"는 말이 돌 정도로 특혜를 준다.

"해군기지 찬성이란 말이 일부 유지들과 주민들에게서 왜 그토록 쉽게 나왔겠습니까? 먹고사는 일에 바쁜 사람들한테 '행정'이 '발전'이란 새로운 단어를 내미니까 그게 뭔지도 모르면서 혹해서 그런 겁니다. 무슨 발전을 시켜준다는 것인지, 발전의 내용이 무엇인지 전혀 고민하거나 생각하지도 않고 그냥 '발전'이라고 하는 말에 넘어간 겁니다. 이것이 다 행정기관이 주민과 접촉이 많고 그만큼 영향력이 크기 때문에 가능한 일입니다."

둘째 이유는 지금 내는 문제의 정답에 있다. 제주도에서는 어느 정당의 영향력이 가장 클까? 집권여당인 한나라당? 아니다. 제1야당 민주당도 아니다. 미안하지만 민주노동당도 아니다. 그럼 어느 정당일까?

'궨당'이다. 궨당은 제주말로 친척을 뜻한다. 물론 우스갯소리지만 제주지역이 그만큼 친척 간 유대가 강하고 끈끈하게 얽혀 있는 곳임을 말해준다. 궨당은 씨족공동체가 어느 순간엔 가장 결성하기 쉽고 결속력이 강한 사회정치적 결사체가 될 수 있음을 증명한다. 해군기지를 놓고 보면 이 궨당의 위력을 실감할 수 있다. 형이 찬성이면 아우도 찬성이다. 아버지가 반대면 아들도 반대다. 입장이 없다면 궨당에 물어보면 된다.

독특한 제주사람들의 정서를 이해하지 않으면 이 궨당 정서를 '자기 생각 없이 친척의 주장이나 따라다니는 것'으로 오해하기 십상이다. 그러나

구럼비의
노래를
들어라

제주에는 **궨당**이 힘을 발휘하는 독특한 배경이 있다. 제주에선 친척이 같은 일을 하는 경우가 많다. 씨족공동체는 곧 생산공동체 · 노동공동체인 것이다. 식구, 한솥밥을 먹는 이들이 느끼는 형언할 수 없는 일체감이다.

그래서 거미줄처럼 얽혀 있는 이 **궨당**의 그물을 피해 산다는 것은 어려운 일이다. 도대체 그는 무슨 생각으로 **궨당**의 끈끈한 관계마저 외면하며 형처럼 해군기지를 찬성하지 않고 반대했을까? 그냥 "형이 찬성하니까 나도 찬성합니다" 하며 살짝 비겁하게 말해도 누구 하나 뭐라 하지 않았을 텐데 왜 굳이 앞장서서 반대운동을 하고 있는 것일까?

"우리 아이들 때문이에요. 아이들의 고통이 나의 고통이에요. 저야 그렇다 치지만 아이들은 무슨 죕니까. 전쟁이 영화입니까. 어떤 사람들은 전쟁을 막으려고 군사기지가 필요하다고 하는데 군대가 있으니까 전쟁이 나는 겁니다. 상대방이 군대를 만들어서 새 무기로 덩치를 막 키워요. 그러면 옆에 있는 내가 가만히 있습니까. 나도 새 무기로 힘을 막 키우죠. 그렇게 서로 경쟁하다가 상대방 어깨라도 스쳐봐요. 바로 전투 나고 전쟁 납니다. 지금 제주에 만들겠다고 하는 해군기지가 딱 그 모양으로 중국과 일본을 자극합니다. 전쟁을 준비하지도 않았고 전쟁하고 싶은 생각도 없는 내 아이들이 전쟁판에서 고통받게 생겼는데 세상 어느 부모가 그걸 모른 척합니까."

희망버스를 타고 부산 영도 한진중공업에 있는 85호 크레인을 찾는 이들에게도 '외부세력'이라며 "3자는 빠져라"라고 하는 세력이 있다. 희한하게도 그 세력들은 강정마을을 찾는 이들에게도 '외부인'이라는 딱지를 붙이고 "돌아가라"고 요구한다. 이른바 '조·중·동'으로 불리는 보수 언론과 기득권 세력의 입에서 나온 말이다.

"외부인이라면 남의 일이라는 얘긴데 대한민국 군대가 남의 군대입니까. 우리나라 군대가 다른 나라 군대 자극하며 새 기지를 짓는 위급한 상황이 제주만의 문제입니까, 강정마을만의 문제입니까. 대한민국 문제고 국제적인 문제 아닙니까. 외부인, 외부세력이라고요? 차라리 저는 왜 이제 왔냐고 말하고 싶은 심정입니다. 지금 와주시는 많은 분들이 1년 전에만 오셨어도…… 왔다가는 가버리고, 왔다가는 가버리고…… 지금이라도 이렇게 와주시니 얼마나 힘이 나고 좋은지 몰라요."

그는 지금을 '최악 상황'이라고 했다.

"우리 주민들은 힘이 없으니까 해군기지 짓겠다고 막 밀고 들어오면 평택 대추리처럼 질질 끌려가 내동댕이쳐지겠죠. 하지만 저희들은 그게 끝이라고 생각하질 않아요. 이 싸움은 10년, 20년 안에 끝날 싸움이 아니거든요. 기지 건설을 못 막았다고 포기하는 것이 아니라 두고두고 기지를 감시하며 새로운 평화운동을 할 겁니다. 지금 우리 주민들 심정이 그래요."

　제주도에 온전히 제 혼과 살과 뼈를 묻은 사진작가 고 김영갑이 그러지 않았던가. "새 길 있음을 인정하지 않는 이들이 슬퍼한다"고. 내일을 기약하는 이들은 절망하지 않는다. 아주 오래된 이야기를 만들어갈 이들은 포기하지 않는다. 그렇게 올레길 걷듯 '놀멍 쉬멍(놀면서 쉬면서)' 가겠다는 이들을 대체 어떤 군대가 이길 수 있을까.

강정마을을 지키는 평화유배자

민주노동당 제주도당위원장 현애자

강정을 옭아맨
낡은 쇠사슬을 거둬라

온몸에 쇠사슬을 감는다. 그것도 모자라 자물쇠를 철컥 채운다. 열쇠는 멀리 던져버렸다. 그리고 쓰러지듯 털썩 도로에 앉는다. 자신도 모르게 눈물이 흐른다. 왜냐고 묻는 이들에게 말하고 싶은데 입술이 떼어지지 않는다. 눈물을 꾸역꾸역 서너 번 삼키고서야 말문이 터진다.

"아무리 생각해도 할 수 있는 것이 이것밖에 없었습니다. 여러 가지 경로를 통해 해군기지 건설을 강행하려고 무자비한 공권력을 투입할 것이라는 정보를 듣고 있습니다. 나를 죽이지 않고서는 그들은 결코 이 선을 넘어가지 못할 것입니다."

스스로 사선을 긋고 스스로 쇠사슬을 묶은, 말보다 눈물이 앞서는 '어린 딸의 엄마' 현애자. 17대 국회의원을 지냈고, 민주노동당 제주도당위원장을 맡고 있다.

한국에서 정치인이란 감정 없는 심각한 눈빛을 하고 버릇처럼 연신 고개를 끄덕이며 "적극적으로 검토해보겠습니다"를 성경 외듯 하는 존재들이다. 그 뻔하디뻔한 정치적 언사를 한다고 해서 탓하는 이 아무도 없다. '그렇게밖에' 하지 않았던 것이 정치한다는 사람들이었기 때문이다. 그런 부류의 종족을 기초의원부터 대통령까지 두루두루 봐왔으니 '그러려니' 하고 먼저 체념하는 것이 '정치소비자'의 미덕이 된 지 오래기 때문이다.

한국에서 '엄마'란 이유 불문하고 '자식' 곁에 머물러야 하는 존재다. 하물며 '내 강아지 새끼'(섬마을 어미들은 귀한 자식을 이렇게 부른다)는 초등학교 5학년이다. 세상이 두 쪽 나는 사단이 벌어져도 '아이와 함께'였다면 모든 게 이해되고 용서된다. 아마 이건 지구별 어디에서나 마찬가지일 것이다.

그런데 그는 스스로 사선을 긋고 쇠사슬로 온몸을 칭칭 감은 채 좁은 농로 한가운데서 풍찬노숙을 하고 있다. 콘크리트 도로 바닥엔 얇은 돗자리를 깔고, 열사를 피하기 위해 어른 키 높이로 볕가리개를 쳤다. 그것이

© 이주빈

전부다.

그가 정치인으로서 '생폼' 잡길 거부하고, 어린아이의 어미 노릇조차 제대로 하지 못하면서 쇠사슬로 스스로를 묶고 풍찬노숙을 하는 이유는 한 가지. "강정마을에서 경찰 병력을 철수하라"는 것이다. 그는 "2011년 7월 24일 이후 경찰 병력이 강정마을에 들어와 곳곳에 배치되어 있는 것은 무력으로 해군기지 공사 강행을 하겠다고 정부가 선전포고를 한 것이나 마찬가지"라고 간주했다.

강정마을 주민들이 아무리 몸부림쳐도, 제주도민들이 아무리 하소연을 해도, 야5당(민주당·민주노동당·진보신당·창조한국당·국민참여당)이 진상조사 기간에라도 공사를 멈춰달라고 요구를 해도 정부와 해군은 쓰나미처럼 앞뒤 가리지 않고 공사를 밀어붙이려 한다는 것이다. 그는 현 상황에 대해 "시간이 없다, 너무 절박하다"고 했다.

"해군기지 건설공사 현장에 접근하지 말라고 주민 70명을 상대로 소송을 냈습니다. 또 한편으로는 이 농로를 폐쇄조치하겠다고 갖은 수를 다 쓰고 있습니다. 주민의 발을 잡고 주민의 길을 없애겠다는 것입니다. 조현오 경찰청장이 왜 서귀포경찰서를 직접 다녀갔겠습니까. 한쪽에선 행정적 절차를 밟아가면서, 경찰 병력 등 공권력을 투입하겠다는 의지를 드러낸 것입니다. 경찰청장이 다녀간 직후 바로 강정마을에 경찰 병력이 투입됐습니다. 아무런 법적 근거가 없으니까 고작 댄다는 핑계가 '외부로부터 불법 시설물이 추가로 들어오는 것을 막는다'는 것입니다. 경찰 스스로도 말이 안 된다는 것을 잘 알면서도 막무가내로 밀어붙이고 있습니다. 모든 게 묵살되고 있는 상태입니다."

그는 "(경찰 병력 투입 등) 이런 상황이 예상보다 빨리 왔다"고 했다. 국방부와 해군을 비롯한 정부가 초조함을 느끼고 있기 때문이라고.

"2010년 12월 27일 자로 삼성과 대림 등 건설업체를 앞세워 공사를 강행했습니다. 그런데 예상했던 것보다 주민들 반발이 셉니다. 그리고 야5당은 진상조사단을 꾸려서 압박합니다. 그 와중에 해군이 무리하게 해상공사를 강행하다가 이에 항의하는 민간인을 폭행하는 사건이 벌어졌고요. 해군기지 반대여론은 갈수록 높아지고 이러다간 공사가 백지화될 수 있다고 판단한 것 같아요. 정치적 부담을 지더라도 빨리 강행해서 공사를 돌이킬 수 없는 정도까지 진척시키려고 하는 의도입니다."

조현오 경찰청장이 서귀포경찰서를 전격 방문하고 돌아간 뒤 제주도에선 '응원경찰'이란 말이 흉흉하게 나돌고 있다. '응원경찰'은 4·3 당시 육지에서 제주도로 들어와 잔혹한 학살 행위를 자행했던 경찰을 일컫

는 말이다. 경찰이 육지병력까지 제주도에 추가로 파견한다는 정보가 돌면서 4·3의 공포가 재연되고 있는 것이다.

4·3은 제주도민에겐 현재진행형의 아픔이다. 특히 육지에서 온 병력에 대한 '본능적인 거부' 심리는 잔혹한 학살에 대한 제주도민의 발버둥이다. 육지에서 온 서북청년단 깡패, 육지에서 온 '응원경찰', 육지에서 온 토벌부대……. 이 같은 공포에 시달리고 있는 제주도민에게 조현오 경찰청장은 들으란 듯이 "육지에서 추가 병력을 지원할 수 있다"고 호언했다. 그리고 경찰 병력이 강정마을에 들이닥쳤다.

"조 청장의 발언을 전해 들으면서 이 정부에겐 더 이상 호소식으로 해선 안 되겠다는 판단이 섰어요. 그렇지만 조 청장이 모르는 것이 있어요. 제주도 주민들은 군사기지에 대한 본능적인 거부감이 있습니다. 1987년에 모슬포에 공군 및 해군기지를 건설하려 했다가 전 도민적 항쟁에 직면해 수포로 돌아갔습니다. 화순항 해군기지 건설 시도도 마찬가지였고요. 강정이라고 다를 것이라 봤다면 오판한 것입니다. 제주도 그 어떤 곳이라도 군사기지는 절대 안 된다는 것이 도민들의 기본입장이에요. 지나온 역사를 보세요. 그런 시도는 하나같이 다 실패했습니다. 시작은 저 혼자일지 모르지만, 보세요, 하루도 되지 않아서 주민들이, 도민들이 쇠사슬을 함께 묶고 있잖아요. 저 혼자라면 어떻게든 끌어낼 수 있겠지만 저 많은 도민들을 어떻게 할 겁니까. 조 청장이 제주도를 잘 모르는 것 같아요."

그는 제주도의 특수성을 이야기하며 재미있는 비유를 했다. "육지에선 여섯 사람 건너야 그 사람이 누군지 알 수 있지만 제주도에선 두 사람이면 된다"는 것이다. 내가 모르면 바로 옆사람에게 물어보면 된다는 것인데, 그 정도로 연고관계가 친밀하고 입으로 전해지는 말의 영향력이 크다는 뜻이다. 그는 "내 한 몸이 수천, 수만이 될 것"이라며 "그것이 바로 제주라는 '섬 공동체'"라고 했다.

'쇠사슬 투쟁'에 들어가면서 그는 남편은 물론 가족 그 누구에게도 이야기하지 않았다. 쇠사슬에 몸을 묶은 채 첫 밤을 새우려는데 남편에게서 전화가 왔다.

"시간이 늦어서 전화했어."
"강정마을 와서 봤더니 경찰이 많이 들어와서……."
"알았어."

초등학교 5학년인 딸에게서 전화가 왔다.

"엄마가 며칠 집에 못 갈 것 같아."

"나 텔레비전에서 엄마 봤어."

"……."

몸이 아파 고향 제주도로 돌아왔다가 제주 농민운동의 싹을 틔운 그다. 대학 때는 문화운동을 하며 구로공단 일대를 '북 치고 장구 치며' 돌아다녔다. 어지간한 일엔 눈빛 하나 흔들리지 않을 것 같지만 그는, 눈물이 많다.

"이 위기만 넘길 수 있다면 저는 무슨 일이든 할 수 있어요. 몸에 쇠사슬 묶기 전날 이곳에서 '저기로 올라갈까, 저기로 올라가면 모든 게 끝날 수 있을까' 하고 한참을 생각했어요."

그가 가리킨 그곳은 전봇대 위였다. 그는 전봇대 위를 바라보다 끝내 울음을 터뜨리고 말았다. 그는 그 위에서 무엇을 하려고 했던 것일까? 무엇이 그를 전봇대 위까지 밀어 올리려 했던 것일까?

"강정마을 주민들은 4년 동안 이 싸움을 하면서 수많은 아픔과 상처를 입었어요. 그분들 얼굴이 한 분 한 분 떠올라서 단 하루도 잊고 산 적이 없어요. 현장을 지키는 것만으론 부족하다 싶어 저는 그래도 정당인이니까 야5당이 공조해서 할 수 있는 일을 찾아 열심히 했어요. 야5당 진상조사단이 꾸려지는 데 작은 밑거름이 되기도 했고요. 그런데 그것조차 의미가 없는, 무력화되는 상황이 와버렸어요."

하지만 그는 "역설적으로 바로 이 때문에 이 싸움은 승리한다"고 확신했다. "먼저 무력을 들이대는 이들은 진실하지 않다"는 사실을 국민들이 안다는 것이다. 그는 또 "고맙다"고 인사했다. 각자 사는 일 때문에 바빴던 이들에게 제주도 강정마을에 이런 일이 있음을 환기해주었고, 진실한 힘을 하나로 모아 저항하는 의지가 생기게 해주었기 때문이라고.

언제쯤 스스로 묶은 쇠사슬을 풀 것인지 그는 기약하지 않았다. 그에게 쇠사슬을 언제 풀 것인지는 크게 중요한 일이 아닐 수 있다. 오히려 제주를 칭칭 묶은 반(反)평화의 쇠사슬을, 강정을 옭아낸 낡은 군사주의의 쇠사슬을 걷어내는 것이 먼저일 수도 있으니 말이다.

신새벽, 그를 묶은 쇠사슬엔 이슬이 차디차게 내릴 것이고, 이윽고 새날의 여명이 움틀 것이다. 새아침엔 쇠사슬 풀고 환하게 웃고 있는 그를 만날 수 있을까? 다만 분명한 것은 이 물음에 대한 답은 그가 아니라 우리가 해야 한다는 것이다.

아름다운제주

강정마을을 지키는 평화유배자
촘스키 지지 얻어낸 작가 고길천

섬마을 아이들은
어디로 가야 하나

강정마을 중덕해안으로 접어드는 길을 따라 걷는다. 이 길은 원래 마을 사람들의 사유재산이었다. 착한 섬사람들은 조금씩 자기 땅을 내어 누구나 이용할 수 있는 농로(農路)를 텄다. 그래서 길은 좁지만 넉넉하다.

크고 슬픈 눈을 한 아이는 그 착한 길이 중덕해안에 거의 다다를 즈음에 만날 수 있다. 아이는 기름통에 그려진 그라피티(graffiti, 낙서화) 속에서 말없이 묻고 있다.

"꼭 이곳에 군사기지를 만들어야 하나요? 우리 섬마을 아이들은 어디로 가야 하나요?"

언제부턴가 이 작품은 기표가 되었다. 평화공동체 강정마을 혹은 해군 기지 없는 강정마을을 상징하는. 아이는 그림 속에서 단지 묻고 있을 뿐이다. 그런데 어떤 정교한 논리보다 설득력 있다. 그 누구의 연설보다 감동적이다. 무엇보다, 세상 어느 무기보다 강력하다. 그라피티 한 점은 그렇게 사람의 마음근육을 움직인다. 예술의 힘이다.

'군사용 경고'가 아이의 눈을 통해 '평화를 위한 경고'로 극적 반전을 이루고 있는 이 작품을 그린 이는 고길천 작가. 군대에 있을 때 본 경고문구가 모티브가 됐다. 해병대 출신인 그는 연평도에서 군 생활을 했다. "회화, 설치미술, 판화 등 가리지 않고 작업하는 '잡탕'"이라고 자신을 소개한 그는 현재 강정마을에서 그라피티 작업을 하고 있다.

"주민들이 미군 군사기지 이전 문제로 한창 싸우고 있을 때 평택 대추리에 갔어요. 그곳에서 '4·3 미술제'를 했거든요. 거기서 전국의 수많은 예술가들이 작업하는 모습을 봤습니다. 누가 시킨 것도 아닌데 자발적으로 예술공동체를 형성하고 있었죠. 강한 인상을 받았습니다. 현장예술이 어떤 것인가를 고민할 수 있었던 기회였죠. 현장미술의 특성은 커뮤니케이션에 있습니다. 그래서 강정마을에서 작업을 할 때 커뮤니케이션에 적절한 매체가 무엇일까 고민하다가 그라피티를 택했습니다."

그라피티는 한때 '도시의 골칫거리'로 취급받았다. 스프레이로 지하철이나 담벼락 등에 그린 낙서 같은 문자나 그림을 '반항아들의 도발'쯤으로 여겼기 때문이다. 하지만 키스 해링(Keith Haring)은 이 '골칫거리'를 인종차별 반대나 핵전쟁에 대한 공포 등 사회적인 메시지를 담는 '거리의 예술'로 끌어올렸다. 현장에서의 의사소통을 고민했던 키스 해링의 기법과 정신은 고 작가에 의해 고스란히 강정마을에 재현되었다. 그는 다섯 작품을 강정마을에서 그렸는데 모두 해군기지를 반대하고 전쟁을 거부하는 메시지를 담고 있다.

"얼마 전 제 작품이 그려진 드럼통을 가져가려는 일이 벌어졌습니다. 버려진 기름통인 줄 알았는데 주인이 있었던 것이죠. 그 주인이 다른 사람에게 그 통을 가져가도 좋다고 했다는 겁니다. 그래서 그분들이 중장비까지 동원해서 기름통을 가져가려는데 마을 분들이 막으셨어요. 제 작품이 그려진 기름통을 사고 그 대신 다른 기름통을 그분에게 사드렸다는 것입니다. 아무것도 아닌 드럼통 하난데 마을 분들이 그림이 있으니까 지키려고 했다는 소식을 듣고⋯⋯."

그는 잠시 말을 멈췄다.

"작은 것 하나 소중히 하는 그 마음으로 4년 동안 강정마을을 지켜온 것입니다. 저절로 존경심이 듭니다. 강정에 오지 않을 수 없는 동기이기도 하고요. 내 인생을 어떻게 살아야 하는지 배울 점이 많습니다. 마을 사람들의 정직함이 너무 좋아서, 마을 사람들과 어울리는 게 너무 좋아서 저절로 날마다 강정마을에 오게 됩니다."

그는 '시내 사람'이다(제주도 사람들은 제주시를 시내라고 부른다). 강정마을이 고향도 아니고 본가가 있는 것도 아니다. 그런데도 그는 아침에 일어나서 눈을 뜨면 강정이 어떻게 됐는지 궁금하다.

그렇게 강정마을의 안부가 궁금해 2년째 왔다 갔다 하고 있다. 요즘은 강정마을에서 진행하는 '예술행동 프로젝트'를 책임지고 있다. 그는 6년 전 끊었던 담배를 강정마을 다니면서 다시 피우게 됐다. "여러 상황이 답답하고 화나고, 강정 주민들 보고 있으면 안타까움에 미칠 것 같아서" 안 피울 수 없었다는 것이다.

"해군기지 건설을 정당하고 민주적인 방식으로 실행한다면 이의를 제기하지 않습니다. 지혜롭게 대안을 만들어서 제주도민을 설득해보려는 노력이라도 해봤으면 좋겠어요. 일방적으로 결정한 것도 모자라 불법으로 협박하고 떼쓰면서 조상 대대로 살아온 주민들 땅을 편법으로 강탈하

겠다는 것 아닙니까. 정부와 해군은 각본 하나 다르지 않고 똑같아요. 이런 야만적 태도 때문에 제주도민들이 분노하는 것입니다. 논리적 정당성이 없으면 무조건 안보를 내세웁니다. 일종의 마약 같아요. 자신들에게 정당성이 없으니까 주민들에게 어떻게든 마약을 투약해 상식적이고 정상적인 생각을 못하게 마비시키려고 합니다. 정부와 해군은 '안보 마약 상습 투약범입니다."

분노해야 할 때 분노할 줄 아는 이가 청년이다. 그리고 분노의 밑천은 자유로운 영혼이다. 관계의 틀에 얽매이지 않고 '내 멋대로 사는', 그러나 결코 타자의 눈물을 외면하지 않는 자유로운 영혼.

나이 쉰을 훌쩍 넘은 그가 청년으로 살 수 있는 것은 얼굴이 동안이어서가 아니다. 자유로운 영혼이 있기 때문이다. 자유로운 영혼은 젊다고 해서 당연히 달 수 있는 장신구가 아니다. '현실' 운운하며 쉰내 펄펄 나는 소리를 해대는 애늙은이들을 그동안 얼마나 많이 보아왔던가.

그는 "나의 DNA 자체가 제주도고, 제주도로부터 모든 것을 수유받는다"고 했다. 그래서 제주도는 모든 이의 어머니다. 그 어머니는 '바람의 딸'일 테고.

"어릴 때부터 바람소리가 좋았어요. 신기함도 주고 두려움도 주고, 어른들한테 기대려는 공포에 대한 그리움도 주고. 돌풍처럼 센 바람조차 활력을 줍니다. 바람소리는 상상을 자극하는 소리예요. 내 정서 형성에도 큰 영향을 주었고, 예술적 자극도 많이 주었어요."

그가 요즘 진행하고 있는 강정마을 예술행동 프로젝트의 타이틀은 '동행'. 영화평론가 양윤모 씨가 강제연행당하는 걸 보고 "피가 거꾸로 치솟아 뭔가 해야겠다"며 기획한 프로젝트다. 양 씨와는 중·고등학교 동창이다.

현재 '동행' 프로젝트에서는 개인과 그룹 세 팀이 작업하고 있다. 제주도는 대추리와는 달리 쉽게 오갈 수 있는 곳이 아니다. 마음 있다고 쉽게 갈 수 있는 곳이 아니기에 섬은 더더욱 멀다. 몸 멀어지면 마음도 멀어진다고 했던가. 야속한 사랑의 유물론!

그래도 외롭지 않은 것은 함께하는 벗들이 있어서다. 탐라미술인협회에서 함께 활동하고 있는 고경화 작가는 가장 먼저 강정마을로 달려와 주민들을 위무했다. 안혜경 제주아트스페이스C 대표는 강정마을을 돕는 기금 마련 전시회를 주도해 제주도를 비롯한 전국의 작가들을 한자리에 모았다.

"기금 마련 전시회에서 느낀 것인데, '어! 저분도 참여하셨네' 하고 놀랄 정도로 다양하고 많은 분들이 강정마을에 관심을 가지고 계셨어요. 제주도 사람들은 4·3 때문에 피해의식이 많아 겉으로 생각을 잘 내보이지 않아요. 크게 당했기 때문이죠. 제주도에선 통계도 잘 낼 수가 없어요. 그렇지만 밑에 깔려 있는 것이 있어요. 그게 언제 폭발할지 몰라요. 제주사람들의 마음속 저변에 깔린 속내를 건드렸을 때는 걷잡을 수 없는 일이 생깁니다. 기금 마련전에서 다시 그런 것을 느꼈어요. 정부나 해군이 제주사람들을 잘못 건드렸어요."

한편 그가 내심 뿌듯해하는 일이 있다. 세계적인 석학인 놈 촘스키(Noam Chomsky) 미국 MIT 교수의 지지를 얻어냈기 때문이다. 촘스키 교수와는 2003년부터 4·3 관련 자료를 주고받으며 인연을 맺었다.

촘스키 교수는 고 작가에게 보낸 서신을 통해 "제주 강정마을 해군기지에 대한 매우 불길한 계획들을 전해 듣는 것은 상당한 충격"이라고 우려했다. 하지만 "제주도가 평화의 상징이 될 만한 놀라운 과정들을 만들어가고 있다는 소식들은 제겐 감동적"이라며 "저는 선생님과 뜻을 함께하시는 분들이 행하는 노력에 존경과 찬사를 보낸다"고 해군기지 건설반대 투쟁을 펼치고 있는 이들을 격려했다. 이후 촘스키 교수는 《신좌파의 상상력》의 저자인 조지 카치아피카스(George Katsiaficas) 교수 등 미국

학계인사 40여 명과 함께 '제주해군기지 건설을 당장 중지하라'는 성명을 발표하기도 했다. 고 작가는 "촘스키 교수는 예술을 알고, 청년들과 끊임없이 대화하려는 노력을 게을리하지 않으며, 배우려는 자세를 놓지 않는 참 존경할 만한 분"이라고 예우했다.

그는 오늘도 강정마을 중덕해안에서 바람을 맞이하고 있다. 그는 "원래 있었던 그냥 그대로가 최고의 예술이고, 온갖 생명체가 씨줄날줄로 얽혀 있는 그 자체가 최상의 예술"이라고 생각한다.

그가 '최고의 예술'이라 상찬하는 제주도의 놀라운 풍광은 그가 좋아하는 바람이 비와 파도를 몰고 와 조각한 것이다. 어쩌면 그도 바람이 되고 싶은지 모르겠다. 미지의 유토피아 이어도를 찾아가는 제주사람의 땀과 눈물 그리고 환희를 그려 새기는 제주 바람.

처음 그날처럼 선선한 바람은 제주바다에서 느리게 일어나 한라산 능선을 탔다.

강정마을을 지키는 평화유배자

대만에서 온 평화운동가 왕에밀리

구럼비여,
울지 말아요

2011년 7월 15일 오전 7시 40분, 제주도 서귀포경찰서 앞이었다. 한 무리의 전투경찰이 경찰서 안마당에 진을 치고 있었고, 정문은 굳게 닫혀 있었다. 닫힌 경찰서 정문은 경찰 간부들이 다시 자물쇠로 채웠다. 정문 앞에서는 가톨릭 사제 한 명, 기자 두 명, 평화활동가 세 명 등 고작 여섯 명이 저마다의 이유로 서성거리고 있을 뿐이었다.

그날 새벽 연행된 세 사람, 강동균 강정마을 회장과 고권일 강정마을 해군기지반대대책위원장, 송강호 박사(국제평화운동단체 '개척자들')의 면회를 신청한 사제의 요구는 무시되었고, 기자들의 취재활동은 방해되었다. 세 사람의 석방을 요구하는 평화활동가들의 요구 역시 묵살되었다.

그때였다. 누군가 노래를 부르기 시작했다.

바위처럼 살아가보자 모진 비바람이 몰아친대도
어떤 유혹의 손길에도 흔들림 없는 바위처럼 살자꾸나

부정확한 한국어 발음이었지만 노랫말은 리듬을 타고 선명하게 경찰서 안을 흔들었다. 이른 아침이라 아직 도시의 소음이 대기에 섞이지 않은 탓도 있었다. 경찰서 구조도 소리 울림에 큰 보탬이 되었다. 넓은 마당은 공명의 공간 역할을, 마당을 내려다보듯 낮은 경사각으로 비스듬히 높게 자리 잡은 본관은 울림판 역할을 하고 있었던 것이다.

예상치 못한 이 노래 한 자락이 기묘한 정적을 만들어냈는데, 마치 전쟁터에 갑자기 울려 퍼진 정전신호 같았다. 〈바위처럼〉을 부른 주인공은 왕에밀리. 대만에서 온 그는 강정마을에서 평화활동을 하고 있다.

"송강호 박사님 권유로 강정마을에서 평화활동을 하게 되었어요. 강정마을의 목격자가 되어야겠다고 다짐하는데, 송 박사님조차 구속한(그는 2011년 7월 17일 구속되었다가 7월 28일 보석으로 풀려났다) 대한민국 정부가 외국인인 저에게도 어떤 조치를 취하지 않을까 걱정이 됩니다."

대만 국립정치대학교에서 토지경제학을 전공하고 있던 그는 2008년 대학교 3학년 때 우연히 동티모르에서 열린 국제평화캠프에 참석하게 되

었다. '제3영역센터'라는 대학 부설기관이 '개척자들' 같은 국제 NGO 등과 공동 프로그램을 진행하고 있었기 때문이다. 동티모르에서 그는 일본과 한국, 인도네시아 등에서 온 40여 명의 친구들과 함께 한 달 동안 평화봉사활동을 했다. 이 한 달이 그의 길을 바꾸어놓았다.

대만에서 토지경제학과는 부동산 개발을 공부하는 과다. 원래 문학을 전공하고 싶었지만 부모님의 반대로 '제3의 과'를 선택해야 했다. 고등학교 성적, 부모님의 선호 등 이것저것 고려해서 토지경제학과로 진학했는데 부모님은 매우 만족했다. 국제평화캠프에 다녀오지 않았더라면 그녀는 잘나가는 '대만의 커리어우먼'이 되는 길을 택했을지 모른다. 대만에선 부동산 개발 기획을 하는 여성을 매우 전문성이 높은 커리어우먼으로 평가하기 때문이다.

"평화캠프에 참여한 후 대만 환경단체에서 시간제로 일을 했어요. 하지만 마음속으론 늘 동티모르가 그리웠어요. 그래서 동티모르로 가려고 마음을 먹고 있는데 송강호 박사님이 '한국에 강정마을이란 곳이 있다. 그곳의 사정도 동티모르만큼 절박하다'며 며칠 동안이라도 가서 그곳 상황을 보고 결정하자고 설득했어요. 강동균 강정마을 회장님, 고유기 범도민대책위 집행위원장님을 그때 만나서 감명 깊은 이야기를 들었어요."

에밀리는 섬나라 대만에서 나고 자라 섬나라 동티모르에서 '평화'를 깨치고, 이제 섬마을 제주 강정에서 평화를 그리는 사람들과 함께하고 있다. 섬에서 섬으로 이어지는 그의 생애 동선은 남중국해와 서태평양을 파도처럼 넘실거리고 있다.

"강정마을을 돌아다녀 보면 주민들이 아름다운 풍경과 자연 속에 살고 있다는 느낌이 절로 들어요. 이런 모습은 동티모르와 매우 비슷합니다. 특히 밭에서 일을 마치고 집으로 돌아가는 사람들의 뒷모습을 보면 그런 생각이 더 들어요. 동티모르를 떠올리면 진한 파란색과 흰색 그리고 붉은색이 연상되는데, 특히 붉은색에서는 더운 냄새가 나죠. 강정마을 중덕해안에 있는 구럼비바위에서도 붉은색이 연상되더라고요. 동티모르의 붉은색보다는 더 부드럽지만 정수리에 숨은 붉은 기운을 느껴요. 강정마을 사람들 내면의 강한 열정과 힘을 구럼비바위가 껴안고 있는 것 같아요."

세상을 색의 이미지로 이해하고 기억의 창고에 저장한다는 것은 본질을 꿰뚫어보고 있다는 뜻이다. 사랑하지 않으면 본질에 다가설 수 없다. 그러나 사랑하기에 이곳은 일상의 호흡이 너무 가쁜 곳이다.

비상사이렌은 이른 아침과 게으른 한낮, 안온한 저녁을 가리지 않는다. 언제 공권력이 들어올지 모른다는 강박은 사람들의 신경을 극도로 예

민하게 만든다. 사이렌이 울린 후 이어지는 마을회장의 안내방송을 숨자락 하나까지 놓치지 않으려고 창가에 바짝 서서 온몸을 연다. 귀로만 들을 수 없는 소리, 귀로는 들을 수 없는 실낱같은 희망을 온몸을 열고 마을회장의 숨자락에서 건져내고서야 겨우 긴 숨 한번 내쉰다. '휴우, 그래, 별일 아니야. 아무 일 없을 거야.'

이곳에선 특정한 소리와 움직임에 극도로 불안해진다. 이를테면 헬리콥터 나는 소리나 강정마을 앞바다를 지나가는 어선과 바지선은 '공권력 진입 초읽기'로 해석되고 그때부터 마음은 초조해진다. 이 초조와 강박, 불안과 경계, 신경과민의 상황이 자그마치 4년 넘게 지속되고 있다. 아무리 더러운 전쟁도 사람들 정서의 피를 말리며 4년 넘게 하지는 않는다. 하물며 나를 지켜줘야 할 정부와 군대가 내 피를 바싹바싹 태우고 있다. 사랑을 하기엔 사람도, 바다도, 바위도 지친 상태다. 그런데 에밀리는 사랑을 느끼고 있다.

'너무 더워서 동네 마트에서 팥빙수를 사고는 계산하려고 서 있었어요. 근데 아저씨 한 분이 팥빙수 값을 내주시는 거예요. 깜짝 놀랐더니 '와서 고생하니까……' 하고서 그냥 가세요. 한번은 걸어가고 있는데 동네 아주머니가 저를 보더니 모자를 주세요. '아가씨가 얼굴 타면 안 된다'고 하시면서요. 이게 바로 그 모자예요. 그래도 두 분은 얼굴이라도 뵈었고 짧은 말이라도 들었지만 아예 누군지도 모르는 분들이 계세요. 일을 마치고 숙소에 돌아가면 오이랑 먹을 것이 놓여 있어요. 누가 언제 다녀 가셨는지 몰라요. '아, 이분들이 나를 많이 사랑해주시는구나, 나를 격려 하고 지지해주시는구나…….'"

온전히 사랑을 느껴본 이가 온전히 사랑할 줄 안다. 툭 내뱉는 말로, 싸구려 모자 하나로, 밭흙 덜 털린 오이로 그들은 그렇게 서로 온전히 사 랑하고 있는 것이다. 사랑, 두 글자는 얼마나 상투적인가. 하지만 지순한 정이 숨은 사랑은 그 자체로 순결하다. 그래서 지순한 사랑은 서로를 아 름답게 의탁하도록 만들고 두려움 없이 헌신하도록 만든다. 이것이 온전 한 사랑이다.

"전 외국인이지만 이곳 강정마을에서 낯섦을 느끼지 않아요. 양심의 소리로 말하고 행동하는 이들이 있으니까요. 제발 와서 들어보세요. 마을 사람들이 뭐라고 얘기하는지. 제발 와서 구럼비바위를 걸어보세요. 얼마 나 아름다운지 느끼실 거예요. 그리고 종환 삼촌(자원봉사자들의 식사를 챙 겨주던 주민 김종환 씨. 2011년 8월 24일 강동균 마을회장과 함께 구속되었다) 이 만든 음식을 함께 들어요. 얼마나 맛있는지 몰라요. 제주해군기지 문 제는 대한민국만의 문제가 아니에요. 세계 모두의 문제예요."

그는 재능이 많은 사람이다. 그림을 제대로 배운 적은 없지만 그의 스케치는 단순하면서 색이 살아 있다. 그는 노래를 지어 부르기도 하는데 〈구럼비의 노래〉는 강정마을 촛불문화제 때 부르려고 만든 것이다.

저는 타이완에서 강정마을로 왔어요
강정바다는 매우 아름다워요
저는 타이완에서 강정마을로 왔어요
바위는 따뜻하고 굳세요
사람들은 당신을 구럼비라고 불러요
저는 할망이 고요히 잠든 모습을 봤어요
사람들은 당신을 중덕바다라고 불러요
중덕이와 중덕이 아버지는 흔들림 없이 꿋꿋하게
이곳을 지키고 있어요
구럼비의 신음소리가 들려요
구럼비의 신음소리가 들려요
전 세계 평화일꾼들이 모여들고 있어요
구럼비여, 울지 말아요
—왕에밀리, 〈구럼비의 노래〉

구럼비의
노래를
들어라

그는 "내면에 부당한 것을 보면 참지 못하는 성격이 있다"며 평화를 갈구하는 현장에 있는 이유를 말했다. 그리고 그는 "좋은 사람들 만나는 것이 너무 좋아서 국제평화운동가로 살아가겠다"고 한다.

어느 이른 아침, 108배를 마친 그가 우두커니 구럼비에 앉아 먼바다를 바라보고 있다. 사람의 뒷모습을 본다는 것은 쓸쓸한 일이다. 하지만 그의 뒷모습에선 머나먼 뭍을 그리워하는 쓸쓸함을 느낄 수 없었다. 새로운 항해를 눈앞에 둔 아득함이 등에서 배어나왔을 뿐.

섬에서 그리운 건 뭍이 아니다. 섬에서 그리운 건 또 다른 섬이다. 섬 너머 그리운 섬. 사람 너머 그리운 사람. 그 섬과 섬 사이에 바다가 있다. 그 사람과 사람 사이에 바다가 있다. 평화의 바다, 사랑의 바다⋯⋯.

따뜻한 웃음을 머금고 다시 바다를 건너는 그를 보았다.

강정마을을 지키는 평화유배자

'바다의 딸' 법환마을 해녀회장 강애심

바다에 선이 있나,
담이 있나

목숨이 끊어질 정도까지 참았다가 내뱉는 숨소리, 제주 해녀들은 이를 '숨비소리'라 한다. 해녀들이 숨을 죽이고 물속으로 들어가 전복이며 소라를 캐는 시간은 보통 1분 20초. 얕게 들어가면 수심 4미터, 물질 좀 한다는 해녀들은 15미터까지 거뜬히 들어간다. 심지어 18미터까지 들어가는 해녀도 있다.

강애심 법환마을 해녀회장은 물질한 지 28년이 됐다. 열아홉 살에 시집올 때만 하더라도 시댁은 알아주는 부잣집이었다. 그러나 시집온 지 10년 만에 가세는 기울어가기 시작했다. 섬이라 일할 곳조차 마땅치 않았다. 도회지 같으면 건설현장에 일용노동을 나가거나 공장에 잡일을 거들어주는 임시직원으로 갈 수 있으련만 여기는 변변한 공장 하나 들어서지 않는 섬. 어려서부터 바닷가에 살아서 헤엄 조금 칠 줄 안다는 이유 하나로 시어머니를 따라 그때부터 물질을 시작했다.

"매일 보는 바다라 놀러도 가지 않은 곳이었어요. 바다에서 물질하며 작업할 것이라곤 생각조차 하지 않고 살아왔습니다. 근데 어떻게 할 수가 없었어요. 두 아이가 그때 초등학교 5학년, 6학년이었는데 곧 중학교에 가야 하니 학비도 벌어야 되고 또 먹고살아야 되고……. 일본 가면 돈 많이 번다고 해서 남편은 일본으로 건너가고 없었죠. 시어머니는 남편도 일본으로 가버리니까 며느리가 도망갈 줄 알고 아침마다 나 나올 때까지 기다렸다가 바다로 데려갔어요. 시커멓게 얼굴 타고, 몸도 망가지고, 가기 싫고……. 근데 자식들 생각하면서 바다로 들어갔죠."

참았던 서러움을 숨비소리에 섞어 토해냈다. 제주바다 험한 조류가 그의 몸을 시련에 든 삶처럼 흔들어댔다. 바닷속 한가운데서 서러움이 북받쳐 울기도 많이 울었다.

"쌀 살 돈이 없어 이웃집을 가면 꿔줄 돈이 없다고 그러고, 친척집을 가면 쌀이 없다고 그래요. 다들 힘들 때니까요. '내 팔자가 왜 이러나, 부모 잘 만났으면 학교 다니며 공부해서 편하게 살았을 텐데……' 서러워

눈물이 나고, 그러다 자식들 생각에 더 서러워 눈물이 나고…….

몸 상태가 안 좋아 물건(전복, 해삼, 소라 등을 일컫는 말)이 눈에 전혀 안 띄는 날이 있어요. 내 몸과 바다가 안 맞는 날이죠. 그러면 '꼭 이걸 해야 하나, 난 왜 이렇게 못사나' 하는 너무 속상한 마음에 참 많이 울었어요."

그렇게 오만 가지 서러움에 눈물이 북받칠 때면 '호오오우우~' 통곡 같은 숨비소리를 내지르며 울었다. 숨이 끊어질 때까지 참았던 서러움을 숨비소리에 섞어 토해냈다. 한 어미로서 인내해야 했던 세월을 숨비소리 에 모아 바다보다 시퍼런 제주하늘에 뿌렸다. 그러면 조금 살 것 같았다. 그제야 조금 숨 쉬는 것 같았다.

"참 신기하게도 바닷속에서 서러운 눈물만 흘리는 것이 아니라 기쁨 의 눈물도 나요. 전복이라도 많이 따는 날엔 '우리 아이들 먹일 쌀 살 돈 벌었구나, 우리 자식 학비 생겼구나……' 기쁨에 차서 눈물이 나요. 물속 기어 다니다가 산호 사이에서 큰 전복이라도 발견할라치면 그때는 '용왕 님, 고맙습니다' 저절로 감격해서 눈물이 나고요."

서러운 눈물 다 빼가는 바다가 지겹진 않을까. 크게 주는 것 없으면서 인심 쓰는 척하는 바다가 야속하진 않았을까.

"여자가 시집을 와버리면 친정어머니한테 돈 좀 달라고 할 수가 없어요, 창피스러워서. 아무리 힘들어도 말 못해요. 친정엄마한테는 더요. 그런데 바다는 어려울 때 우리를 살게 만들어줘요. 어디 가서 돈 한 푼 꾸어 올 데 없는 사람도, 아무것도 없이 혼자 사는 사람도 바다는 다 먹고살게 해줘요. 누구나 바닷속에 들어가면 자기 벌이는 해올 수 있어요. 어려운 사람들이 위기 당했을 때 친정어머니 품속같이, 친정집같이 편안함을 주는 곳이 바다예요. 어느 땐 밉기도 하지만 두렵지는 않아요. 매일 봐도 좋고, 매일 들어가도 좋고."

그래서 그는 강정마을 해녀회가 해군기지 건설에 찬성한다는 소식이 전해졌을 때 믿지 않았다고 한다. 해녀에게 바다는 친정엄마인데 그 바다를 버린다는 게 말이 안 되기 때문이었다. 헛소문이길 바랐다. 그러나 헛소문이 아니었다. 강정마을 해녀회가 약간의 보상금을 받고 해군기지 건설에 찬성한 것이다.

그는 143명 법환마을 해녀들을 모아 강정마을 해녀 몫까지 싸웠다. 도지사에게 항의하러 도청 가서 싸우고, 팔짱 끼고 구경하는 국회의원들 혼내러 서울 국회의원 회관까지 쳐들어갔다. 강정바다가 법환바다였고, 법환바다가 강정바다였기 때문이다. 두 마을은 범섬을 사이에 두고 제주 바다에 함께 사는 이웃이었다. 그러니 '우리 바다, 너희 바다' 할 것이 없

었다. 바다에 선이 있나, 담이 있나!

"제일 안타까웠던 것이 강정마을 해녀 한 사람이 '내 바다 내가 팔아 먹는데 너희들이 무슨 상관이냐'고 따질 때였어요. 이 바다가 어떻게 내 바다고 누구 바다입니까. 힘없는 사람도 함께 벌어먹고 살다가 잘 지켜서 자손들에게 물려줘야 하는 것이 바다예요.

세상 어느 해녀가 그런 바다를 앞장서서 팔아넘긴다는 말입니까. 바다 를 포기한다는 것은 해녀 자체를 포기하는 것이에요. 해녀가 바다 애착이 얼마나 심한데…… 해녀가 바다를 버린다는 것은 제 목숨을 버리는 것이 나 마찬가지죠. 바다를 판 해녀는 해녀 자격이 없어요. 아무리 돈이 귀중 하다 해도 영원히 바다를 버린다는 것은 용서가 안 됩니다. 보통 물질하 는 사람도 1, 2년이면 정부가 준 보상금 정도는 버는데 왜 굳이 바다를 팔면서까지 그랬는지 도무지 이해가 안 가요."

제주 해녀들이 다 그렇지만 강정 해녀들과 법환 해녀들은 '한 바당(바 다의 제주도말)에 살고 있다'는 마음에 유대가 남달랐다. 돌아가면서 밥도 사고, 그의 표현처럼 "이웃마을 사는 형제처럼 참 재미있게 살았다."

그런데 해군기지 문제가 불거진 후 두 마을 해녀들은 길에서 봐도, 버 스에서 만나도 서로 먼저 말 건네는 사람이 없다. "형제가 만난 것처럼 기뻐서 어쩔 줄 몰라 두 손 꼬옥 붙들고 정답게 이야기 나누던 사이였는데 지금은 원수 보듯 하고 지나간다"는 것이다. 바다는 갈라지지 않았는데 바닷속에 사는 사람들은 갈렸다. 바다에 사는 자리돔, 뱅에돔, 전복, 소라는 담을 치지 않고 여전히 강정바다, 법환바다를 오가는데 사람들은 담을 치고 남남이 되었다.

해녀들은 수심 10미터가 넘는 바닷속에서 다른 해녀들과 백 미터 이상 떨어져 물질을 하지만 혼자라 생각하지 않는다. 보이지 않고 잡히지 않지만 깊은 바다 어디, 함께 물질 나온 해녀가 필시 있을 것이라는 믿음이 있기 때문이다. 보이지 않아도 잡히고, 잡히지 않아도 보인다. 해녀란 본시 서로에게 그런 존재였다.

물질이 얼마나 힘들었으면 "칠성판을 등에다 지고 혼백상자를 머리에 이고 한다"고 했겠는가. 죽음보다 지독한 삶의 고통을 테왁(해녀가 부력을 이용하여 가슴에 안고 헤엄치는 도구) 밑에 깔고, 얼기설기 엮은 망사리(해녀가 딴 해산물을 담는 자루)엔 소라 담듯 한 가닥 삶의 희망을 채워가며 살아온 이들이다.

그들은 또 음력 2월이면 외눈배기섬에서 왔다는 심술궂은 영등 할망(할머니)을 달래는 영등굿을 함께 치렀다. 살게 해달라는 것이다. 바다에서, 친정엄마 넓은 치맛자락 같은 바다에서 뭇 생명들과 함께 살게 해주고, 우리의 물질로 가족과 마을이 함께 살게 해달라는 것이다. 그렇게 바다의 신앙을 함께 모시고 바다의 의례를 함께 치렀던 이들이 지금은 남이 되었다.

"해군의 송 대령이란 사람이 강정 해녀들에게 가기 전에 우리 법환 해녀들도 찾아왔어요. 보상금 많이 줄 테니 해군기지 찬성해달라는 거죠. 그리고 해군이 들어와야 학교도 세워지고 인구도 늘어나서 먹고살기 좋아진다고 사탕발림을 해요. 바로 내쫓아버렸죠. 아니 지금도 서울에 있는 중학교, 고등학교, 대학교 못 가서 전국이 난린데, 좋은 교육과정은 전부 서울에 있다고 전국의 자식 있는 사람들은 전부 자식들을 서울로 보내는 판에 어느 정신 나간 사람이 이 섬 촌구석에 애들 데려와 교육시키겠습니까? 자식 해군 시키려고 여기서 교육시킨다면 모를까…….

세계 7대에 경관에 도전한다면서 제주도에서 제일 아름답다는 곳에 해군기지 짓는다는 것이 말이나 되는 소리예요? 아무리 눈 가리고 아웅 해도 유분수지, 왜 앞뒤도 안 맞고 사리에 맞지도 않는 소리를 함부로 하는지 알 수가 없어요."

그는 우근민 제주도지사와 제주지역 세 명의 국회의원들을 전혀 믿지 않는다고 했다. 우 지사에겐 화가 치민다고 했다. 도지사 되기 전엔 (해군

기지 건설예정지가 포함된) 올레 7코스를 걸으며 주민들에게 해군기지를 안 받아들일 것처럼 말하다가 도지사가 되자마자 입장을 손바닥 뒤집듯 바꿨다는 것이다. 국회의원들도 제주도에 오면 해군기지 반대한다고 하고, 국회에 가면 찬성하는 것처럼 행동했다. 그는 "국회의원 세 명이 맘만 굳게 먹어도 해군기지는 절대 제주도에 들어오지 못하는데 이 난리가 벌어지고 있다"고 안타까워했다.

해녀들은 물질하는 수준에 따라 상군·중군·하군으로 나뉜다. 어떤 특별한 기준이 있는 것이 아니라 해녀들 스스로 평가를 통해 결정한다. 그만큼 해녀들은 스스로 엄격한 잣대와 규율을 가지고 있다. 물질 28년이지만 그는 아직도 중군이다.

"딱히 상군이 되고 싶은 마음은 없어요. 그저 여든 살이든 아흔 살이든 건강만 허락한다면 물질을 계속하고 싶은 게 소망입니다. 내 몸이 허락하는 한 바다는 절대 놓지 않을 거예요. 지금은 그만뒀지만 큰아들이 시청 공무원이었어요. 자기가 공무원인데, 엄마가 해녀들 모아 앞장서서 시청에서 데모하고 도청에서 데모하니까 윗사람들이 눈치를 주지 않았겠어요? 그런데 '엄마 데모 그만하면 안 돼요?' 그런 말 한마디 안 했어요. 아들도 뻔히 아는 거죠. 바다에서 물질해서 저 서울로 공부시키고, 바다에서 물질해서 우리 식구 먹고살았다는 것을요. 엄마는 바다고 바다가 엄마인데 어떻게 하지 말라고 말할 수 있었겠어요."

바다의 딸로 태어난 그는 이제 바다의 어미가 되어 또 다른 바다의 딸을 기다리고 있는 중이다. 세월이 많이 흘러 어느 좋은 시절, 범섬 앞에서 뛰노는 돌고래 등에서 환히 웃고 있는 그를 우리는 바다라 할 것이고 또 어머니라 부를 것이다.

"제 이름이 뜻풀이를 하면 참 좋아요. 편안할 강, 사랑 애, 마음 심. 편안하게 사랑해서 좋은 마음을 가지고 산다는 뜻인데, 세상살이가 다 그랬으면 좋겠어요. 그것이 평화 아닌가요?"

강정마을을 지키는 평화유배자
국제평화운동단체 '개척자들' 송강호

있어야 할 곳에 있을 뿐,
이것이 평화의 길

왜 그 사진을 보며 라디오헤드의 〈No Surprises〉가 떠올랐는지 모르겠다. 저 우주 끝에서 심연으로 보내지는 느린 주파수처럼 뚜우 뚜, 뚜우 뚜, 정체 모를 어떤 기호가 마음에 닿았기 때문일 것이다. 가사를 빌려 그 기호를 해석하자면 "정부를 전복해버리자, 그들은 결코 우리를 대변해주지 않아(Bring down the government, they don't, they don't speak for us)"는 아닌 것 같다.

차라리 그 기호는 주술에 가까웠다. 노래의 마지막 소절이 반복되는 것처럼. "더 이상 공포도 없이 더 이상 두려움도 없이, 그저 고요하기를 (No alarms and no surprises, silent, silent)." 굳이 해석할 필요 없는 어떤 스밈 혹은 어떤 울림.

한 사내가 쇠사슬을 목에 감고 탁자 위에 올라 있다. 정부가 주민들의 반대를 무시하며 해군기지를 짓겠다고 벼르고 있는 강정마을에서 2011년 5월 19일 벌어진 일이다. 쇠사슬은 비닐하우스 철골로 이어져 있고 사내는 일체의 동요가 사라진 얼굴을 한 채 어떤 곳을 응시하고 있다.

그의 시선이 멈춘 곳에는 해군기지 공사를 수주한 삼성과 대림 건설업자들이 앞세운 중장비들이 크르릉거리고 있다. 그들 곁에서 경찰은, 소풍 나온 동네 한량처럼 멀뚱멀뚱 사내와 마을 사람들의 움직임을 구경하고 있다.

중장비는 사나운 소리를 더욱 높이 지르며 조금씩 앞으로 다가온다. 그들이 철거하겠다고 나선 것은 주민들이 중덕해안에 친 비닐하우스였다. 하지만 사내를 포함한 마을 사람들은 그들이 노리고 있는 것이 오직 하나임을 잘 알고 있었다. 그것은 '완전한 굴복'이었다. 그래야 그들은 '공사'를 할 수 있을 테니까.

사내는 중장비의 굉음이 커지면 커질수록 목에 감은 쇠사슬을 더욱 강하게 틀어쥐었다. 누가 봐도 알 수 있는 극단의 상황. 사내는 삶이 주는 작은 파동으로부터 이미 벗어나 있는 매우 평온한 얼굴이었다. 그 사내의 다리를, 성공회 김경일 신부(생명평화결사 운영위원장)와 한 젊은 남자가 안타깝고 처연한 눈을 하고서 꽉 붙들고 있다.

ⓒ 이주빈

"탁자 위에서 내려오기만 하면 바로 죽는 거야. 아무 말도 하지 않고 목에 감은 쇠사슬을 움켜쥐고 놓질 않아. '아, 이 사람이 정말 죽으려고 작정을 했구나' 하는 생각에 섬뜩해지더라고. 그래서 못 뛰어내리게 다리를 꽉 붙들었지. 나중에 다른 일로 서귀포경찰서를 갔는데 한 형사가 나를 보고 와서 한다는 말이 '신부님, 정말 고맙습니다' 하는 거야. 왜냐고 물었더니 '신부님께서 한 사람을 살리지 않으셨습니까' 그러는 거야."

김 신부가 '살린' 사내의 이름은 송강호 박사. 국제평화운동단체 '개척자들' 소속이다. 10년이 넘게 국제분쟁지역에서 평화봉사활동을 하다가 2011년부터는 다른 활동가들과 함께 강정마을에 상주하고 있다. 송 박사는 강정마을 해군기지 반대싸움을 하며 20건이 넘는 혐의로 2011년 7월 15일 긴급체포됐다가 28일 보석으로 풀려났다. 그는 또 '평생 만져보지도 못할 금액'을 손해배상으로 청구당할지 모른다. 저번처럼 해군 측이 공사를 강행하겠다고 다짜고짜 달려들면 어떤 식으로든지 몸을 던져 저항할 수밖에 없다. 두렵진 않을까.

"저라고 왜 두렵지 않겠습니까? 두려움은 누구에게나 있습니다. 그때도 해군기지 공사를 강행하겠다며 삼성 관계자들이 포클레인을 막 밀고 들어왔을 때였어요. 최성희 씨(평화운동가. 강정마을 해군기지 반대투쟁을 하다 구속수감)랑 포클레인 밑에 누워서 막고 있는데 최성희 씨가 어딘가로 계속 전화를 하는 거예요. 그래서 제가 '왜 그렇게 전화를 하느냐'고 물었더니 '두려워서 그런다'는 거예요."

그는 이 이야기를 하며 맑게 웃었는데 작은 해프닝을 소개하는 즐거운 표정이었다.

"저도 죽음이 두렵죠. 저는 신앙이 있는 사람이어서 '나의 생애를 정의와 평화의 제단에 바치겠으니 두려움을 물리쳐달라'고 기도합니다. (살짝 웃으며) 죽겠다고 작정하니까 오히려 안 죽겠다는 것이 두렵더라고요. 죽음을 각오한다는 것은 두려움을 극복하게 하는 힘인데 그게 제겐 신앙인 것 같아요."

1994년 그가 세 명의 청년과 르완다 내전 현장을 방문했을 때다. 아비규환의 상황, 오로지 생존을 위해서 타인의 도움이 절실한 상황에 주민들은 내버려져 있었다. 그나마 그들을 돕겠다고 와 있던 국제 NGO 활동가들과 선교사들도 르완다를 빠져나가고 있었다.

폭력과 살인이 버젓이 자행되는 만행의 현장. 르완다 주민들은 공포에 질려 떨고 있었지만 그들을 지켜주고 안아주는 이들은 아무도 없었다.

"6·25 세대도 아니고 전쟁의 끔찍한 고통을 겪어본 적이 없었습니다. 저는 매우 근본주의적인 예수교 장로회 합동에서 신앙생활을 시작했어요. 그래서 교회에서 청년들을 지도하면서 '선교여행'을 다닐 때는 보수적 우월감에 전도를 해야 하지 않나 생각하기도 했어요. 하지만 르완다에서 사람들이 겪고 있는 가장 심각한 고통은 전쟁과 기아라는 것을 깨달았어요. 소말리아나 나이지리아의 대량 기아사태도 따지고 보면 내전으로 인해 식량수송로가 차단되니까 발생하는 겁니다. 고립된 지역에선 사람들이 굶어 죽을 수밖에 없는 것이죠. 전쟁이야말로 인간이 만들어낸 최악의 재앙입니다. 쓰나미 같은 비극적인 재해도 전쟁이 만들어낸 피해의 10분의 1도 안 됩니다. 르완다에서, '평화를 만드는 사람은 복 있다'는데 평화란 무엇인가, 교회마다 '평화의 왕 예수'라고 현수막을 거는데 '그 말이 장식용이진 않나' 많은 고민을 했습니다."

송 박사가 국제평화봉사의 길로 접어드는 순간이었다. '개척자들'이란 국제평화운동단체를 만들어 1998년에는 보스니아, 동티모르, 이라크, 아프가니스탄 등 분쟁과 전쟁지역을 돌아다녔다. 1999년부터는 아예 활동가들을 분쟁현장에 파견해 평화봉사활동을 하게 했다. "외부의 도움이 절실한 절박한 상황, 전쟁과 분쟁이라는 가장 열악하고 심각한 현장을 찾아가는 것이 우리 시대 신앙인의 책임"이라고 생각하기 때문이다.

말이 쉬워 분쟁지역 평화봉사지 멀쩡한 생목숨을 내놓고 하는 일이다. 강도와 강간, 살인 등 세상에서 가장 추악한 폭력이 일상처럼 횡행하는 곳이다. 생사람의 살에 구더기가 파고들고 마실 물 한 모금 때문에 살인이 자행되는 곳이다.

광신도들처럼 순교를 자처하며 "열방을 정복하겠다"고 선교활동을 벌이는 것이 아니다. 세상 가장 살벌한 곳에서, 세상에서 가장 비참하고 아프고 공포에 떨고 있는 이들 곁에 함께 있어줄 뿐.

'자비'에 해당되는 영어 '컴패션(compassion)'의 어원이 '아픔을 함께한다'는 의미라면, 예수는 실로 자비의 스승이었다. 예수는 '너희의 아버지께서 자비로우신 것같이, 너희도 자비로운 사람이 되어라'라는 자비의 가르침을 그의 중심 가르침으로 삼았다.

비교종교학으로 깊이를 인정받는 오강남 캐나다 리자이나대학교 명예교수가 한 얘기다. 독실한 그리스도교 신자인 그 역시 '아픔을 함께한' 예수의 가르침에 충실하려 했는지 모른다. 극한의 공포와 두려움을 이겨내고 아픈 이들의 자리에 함께하는 삶, 어쩌면 그에겐 특별할 것 없는 순종의 삶이었는지 모른다. 그가 국제분쟁지역을 잠시 벗어나 강정마을에 머무르게 된 까닭도 이와 다르지 않다.

"동티모르, 아체 등지에서 제게 맡겨진 소임을 다하면서도 늘 마음속에 강정마을이 담겨 있었어요. 그리고 제게 2년의 자유로운 시간이 주어져서 2011년 1월에 강정마을을 찾았죠. 그때 강정마을 분위기는, 정의를 외치던 사람들이 상대방의 불의와 불법, 대항할 수 없는 힘 앞에서 '이들과 싸워서는 이길 수 없구나'하며 자포자기하고 침묵하는 느낌이었어요. 이에 반해 해군이나 삼성 등 건설업자들은 불의와 불법을 저지르고도 의기양양해하고 있었어요. 자신들의 목표를 위해 마을을 분열시키고 악착같이 평화를 방해할 수밖에 없는 해군이 악령처럼 보였어요. 하지만 마을에선 그런 것들을 극복할 수 있는 의지와 동력을 찾아볼 수 없는 지경이었죠. 침몰해가는 공동체 같았어요."

이 땅에 정의와 평화를 이루겠다는 의지조차 허망한 욕망으로 느껴졌다. 그저 정의의 분노가 마음속에 다시 조성되게 해달라고 기도했다. 이른 새벽 바다에서 올라오는 짠 이슬을 맞으며 기도했다. 한 분이라도 더 오게 해달라고.

"나 혼자서 하는 기도는 힘이 없으니까 강정을 사랑하는 목사님, 신부님 한 분이라도 더 오셔서 함께해주시라고 기도했어요. 처음엔 아무도 없어서 구럼비에서 혼자 울부짖으며 기도했어요. 그런데 지금은 사람이 너무 많아서 그렇게 할 수가 없어요. (웃음) 기도의 응답을 제대로 받은 것이죠."

그가 구속되어 있을 때 아들 한별 씨가 면회를 왔다. 서먹한 침묵으로 무선 교신하듯 이 평범한 부자는 한동안 서로 아무 말도 하지 않았다. 잠시 후 그가 예의 낮고 조용한 목소리로 얘기했다.

"걱정하지 마. 아빠는 아빠가 있어야 할 곳에 있을 뿐이니까. 이게 나의 삶이다."

대체 그가 있어야 할 곳은 어떤 곳일까? 대체 그의 삶은 어떤 삶일까? 그는 "물이 가장 깊은 곳을 향해 끝까지 흘러내리듯 가장 열악하고 심각한 현장에 찾아가는 것이 우리 삶의 자연스런 결정이어야 하지 않을까요"라고 묻듯 답했다.

"보수적 신앙을 갖고 계신 분들은 자기 신앙에 갇혀서 자기가 믿는 것이 아니면 인정하려 들지 않아요. 그래서 신앙을 성소 안에 가둬두고 기독교라는 틀 속에 하나님을 가둬버리는 오해를 하고 있어요.
하지만 하나님의 나라는 정의와 평화, 기쁨이 있는 곳이에요. 모든 인

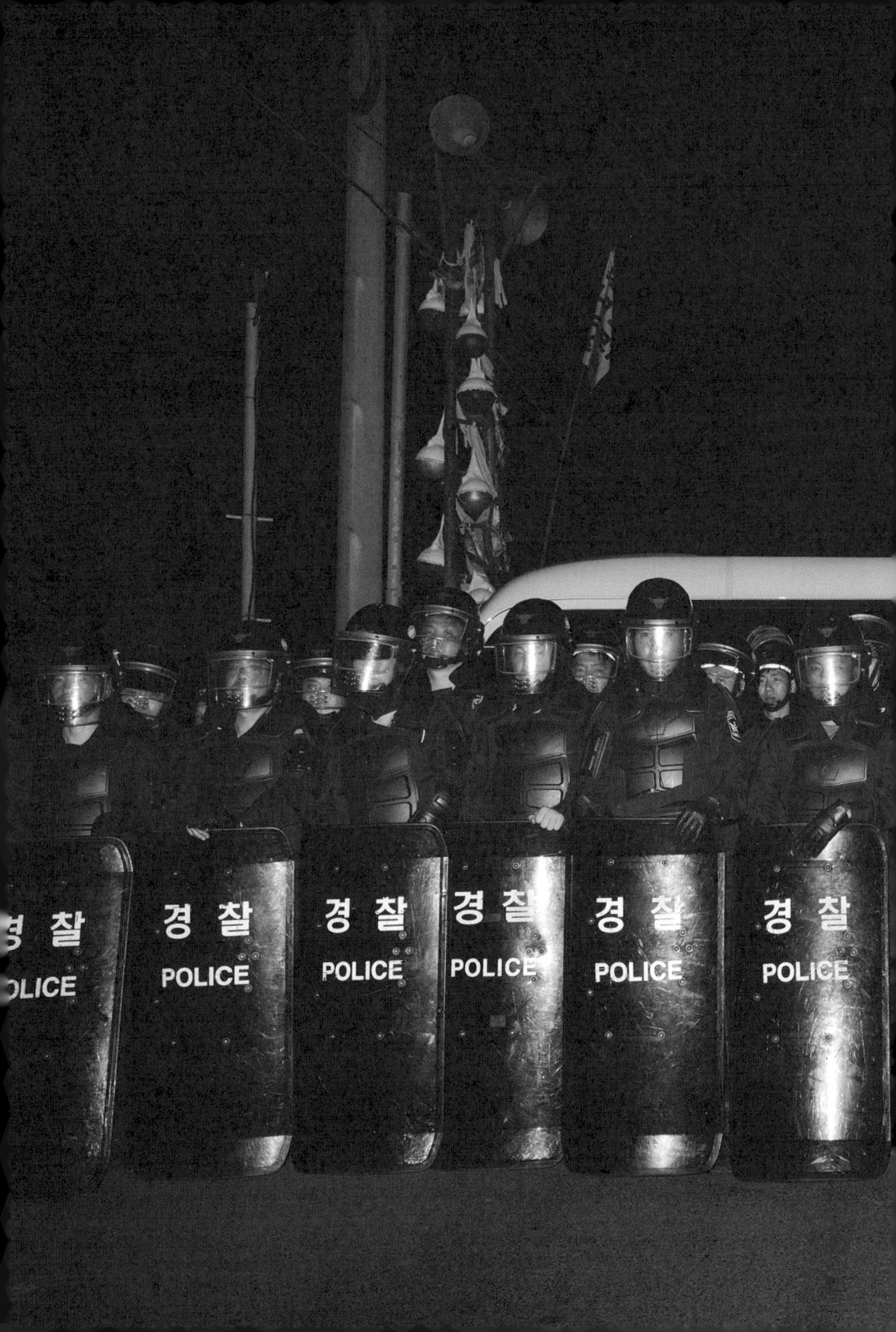
경찰
POLICE
경찰
POLICE
경찰
POLICE
경찰
POLICE
경찰
POLICE
경찰
POLICE

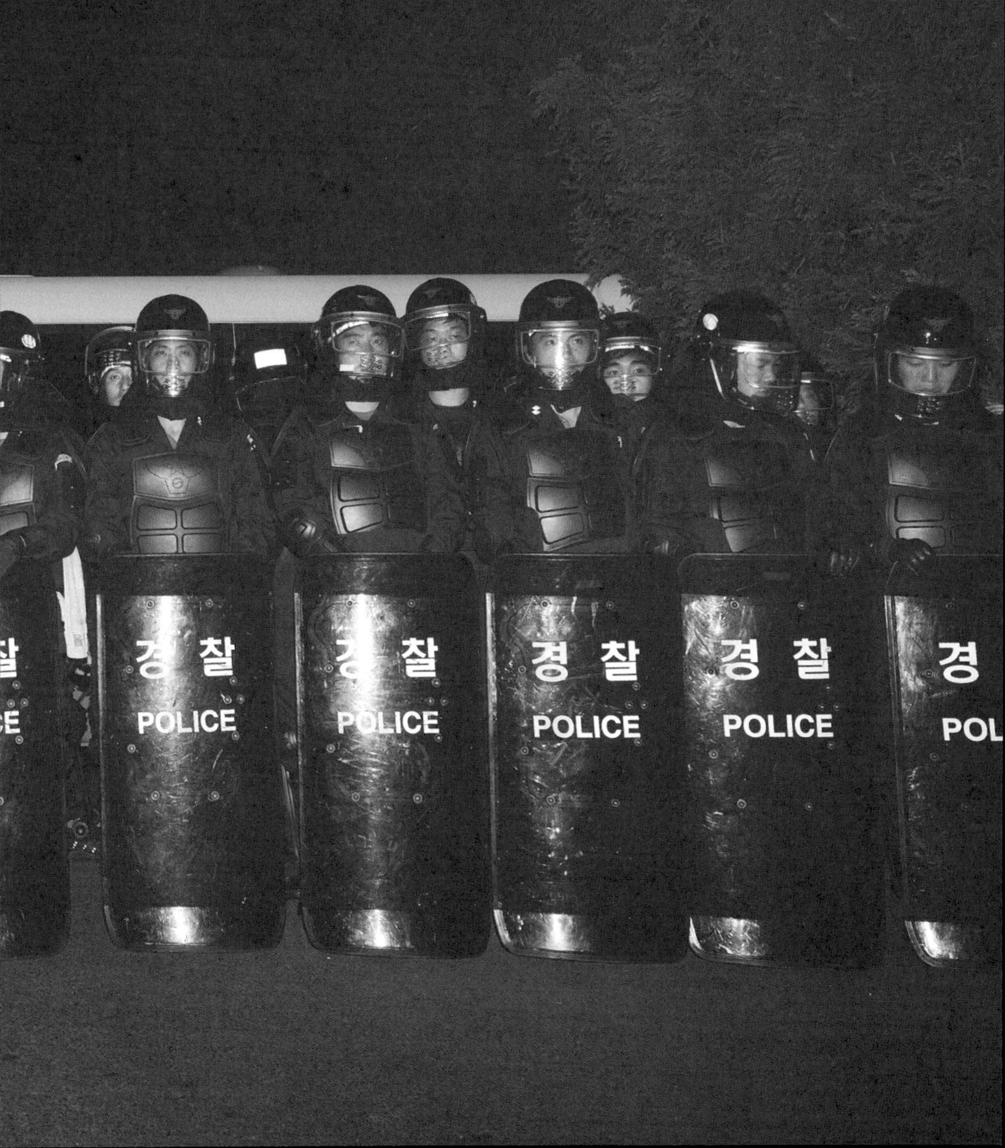

경 찰
POLICE
경 찰
POLICE
경 찰
POLICE
경 찰
POLICE

류가 경험할 수 있을 정도로 매우 현실적이죠. 그런데 정의를 불의가 짓밟고, 평화가 산산이 깨어지는 현실, 그런 현실을 사는 이들 곁에 하나님이 계시죠. 신앙을 가진 이로서 전쟁과 분쟁의 현장에 투신하는 것은 하나님을 만나는 경험을 하는 것입니다. 저는 강정마을에서도 그런 느낌을 받았어요.

부당하게 구속되었지만 저는 제가 선택한 길을 후회하지 않아요. 후회하지 않는 마음은 매우 단순해요. 정의를 위해 이런 선택을 했고 그에 따른 불이익이나 손해는 실현하기 위한 정의에 비견되지 않는다고 믿기 때문이죠. 그렇게 제가 있어야 할 곳, 제가 가야 할 길에 하나님이 함께하고 계시죠."

그는 강정마을이 참 좋다고 했다. 눌러살고 싶을 정도란다. 그리고 강정마을이 제주도의 정치지형은 물론 한국의 정치지형까지도 바꿀 폭발력을 가진 곳이라 했다. 군사주의로 무장한 정치세력에게 막대한 타격을 줄 것이란다. 강정은 끝내 '비무장 평화의 섬, 제주도'를 꿈꾸는 승리의 화산이 될 것이라 했다.

"강정마을은 해군기지가 아니라 평화공원이어야 해요. 같이 놀고 노래하고 춤추며 평화를 배우는 곳. 그날이 오면, 그때가 오면 저는 또다시 떠날 것입니다."

언제든 아프고 슬픈 이들 곁에 함께할 채비를 하고 있는 사람, 언제나 '자발적 평화유배'를 떠날 준비가 되어 있는 사람. 그러고 보니 그의 미소는 지극히 순하고 낙천적이다. 노리치의 성녀 줄리안의 기도처럼.

잘될 것입니다. 잘될 것입니다. 모든 것이 다 잘될 것입니다(All shall be well, and all shall be well, and all manner of things shall be well).

강정마을을 지키는 평화유배자

세상과 춤추는 '강정당' 당수 김세리

강정마을 '날라리'는
눈물의 힘을 믿는다

    역시 사전은 현실을 따라가지 못한다. '날라리'라는 단어를 한 포털 사이트 검색창에 넣었더니 '언행이 어설프고 들떠서 미덥지 못한 사람을 낮잡아 이르는 말'이라고 나온다. 그나마 진화된 풀이가 '학교에서 공부를 안 하는 학생으로 말썽을 일으킴'이다. 이 풀이엔 '오픈사전'이란 단서가 붙어 있다.

    하지만 근래 날라리에 대한 사회적 관계 풀이와 해석은 사전의 의미와 크게 다르다. 사전은 날라리를 매우 부정적인 사회적 존재로 규정한다. 그런데 2011년 한국사회에서 날라리는 '이웃의 아픔을 외면하지 않는, 발랄하고 똑똑하며 재능 있고 아름다운 사람'이다. 날라리는 매우 긍정적인 존재이며 사랑스럽기까지 하다. 배우 김여진과 방송인 김제동 등이 이런 날라리를 대표하는 상징이다.

제주 강정마을에도 날라리가 있다. 스스로의 소개처럼 "한때 무용을 했으나 전문 무용은 접은, 그렇지만 여전히 세상과 춤추고 있는" 날라리 김세리가 바로 그 주인공이다. 배우 김여진이 '외부세력'을 몰고 다닌다면, 그는 '당원'을 몰고 다닌다. 그는 '온라인 강정당'의 당수이다. 그는 벌써 400명이 넘는 '진성당원'을 거느리고 있다. '강정당'이라는 당명이 말해주듯 당 강령의 핵심은 강정마을의 평화를 지키는 것이다.

"2011년 4월 1일에 생명평화결사가 강정마을에서 문화제를 열었어요. 그때 영화상영회에 초대받아서 오게 됐죠. 2박 3일 일정으로 '날라리 치마'(그는 길고 주름이 많으면서 너풀거리는 치마를 이렇게 표현했다) 입고 그저 아무 생각 없이 왔어요. 마을 의례회관에서 4·3을 다룬 조성봉 감독의 〈레드헌터〉를 상영했는데, 영화평론가 양윤모(강정마을 해군기지 반대 투쟁으로 구속됐다가 집행유예로 석방) 선생님이 엄청 우는 거예요. 동네 할아버지들과 함께 봤는데 양 선생님이 '너무 위대한 영화'라고 극찬을 하시면서 '내가 이곳에 왜 있어야 하는지 알겠다'고 하는 거예요. 그 어떤 진정성이 그분으로 하여금 3년 동안 바닷가를 지키게 했을까, 얼마나 아름답기에 그럴까……

그다음 날 새벽에 일출을 보러 중덕해안에 갔죠. 구럼비를 맨발로 걸

었어요. 그때의 충격이란…… 그 거대한 바위에 파도가 치는데 숨이 콱 막히는 느낌이었어요. 봄이라 야생화는 바위 주변에 지천으로 피었고요. 꽃 하면 미치는 여자인데 운명 같은 날이었고, 운명 같은 아침이었어요. 구럼비를 반쯤이나 걸었나…… 눈물이 줄줄 계속 나오는 거예요."

왜 운명의 순간엔 항상 그렇게 벼락 치듯 눈물이 쏟아지는 것일까. 우연의 뒤에 숨은 인생의 필연을 스스로 지켜보는 게 그렇게 눈물 나는 일인 줄 예전엔 알았을까.

당위가 아닌 눈물로 새 길 떠난 이들에겐 특징이 있다. 거침이 없다는 것이다. 국가든 사회구조든 위력으로 제압하고 관철하려 들면 두려워하지 않고 싸운다. 사랑하기 때문이다. 힘센 자가 아닌 여린 이를, 많이 가진 자가 아닌 가난한 이웃을 눈물로 사랑하기 때문이다. 구분할 수 있다면, 분별할 수 있다면 사랑이 아니다. 가늠 지어 말할 수 있다면, 계산하여 행할 수 있다면 사랑이 아니다. 말로 어찌할 수 없는 그 무엇, 몸으로 결코 증명할 수 없는 바로 그것, 사랑! 해서 눈물이 나는 것이다.

"해군기지가 들어서면 여기 구럼비가 시멘트로 덮인다고 생각하니 가슴이 너무 아팠어요. 그리고 이런 일이 있었다는 것을 피상적으로만 알고 있던 나 자신에게 충격을 받았어요. 이건 아닌데, 이건 아닌데…… 그래서 이제까지 내 머리에 입력된 강정마을 해군기지에 대한 정보는 전부 다 지우고, 다시 보자 마음을 먹었어요. 내가 가지고 있던 정보가 한낱 문자일 뿐이고, 이런 정보 때문에 진실을 외면하게 될지 모른다는 생각이 들더라고요."

'사안의 진실'이라고 거창하게 말하지 않아도 충분했다. 사실 하나만 따져도 충분했다. 한두 푼도 아니고 9800억 원 들여 국책사업을 한다면서 찬반 의사를 묻기는커녕 그 흔한 요식절차인 사업설명회나 공청회 한 번 하지 않았다. 주민 725명이 투표에 참여해 680명이 해군기지 건설에 반대했는데 공사는 강행되었다. 차마 믿을 수 없는 일들이 국가라는 이름과 힘으로 버젓이 자행되었다. 명백한 국가폭력이었다. 항의하는 주민들은 하나둘씩 범법자 취급을 받았다. 잡혀가고, 벌금 내면 또 소환장이 날아오고……. 도저히 상상할 수 없는 국가폭력을 강정마을 주민들은 4년 넘도록 당했다.

도와주는 유력 정치인 한 명 없었다. 함께 문제점을 지적하는 언론 하나 없었다. 도와주러 왔다가도 사흘 지나면 다 물로 돌아갔다. 그렇게 4년을 외딴 섬마을 사람들은 섬이 되어 버텨냈다. 그랬다. 그것은 싸우는 것이 아니라 버텨내는 것이었다.

기가 막혔다. '하루만 더 있다가 가자, 하루만 더 있다가 가자. 나라도

저분들 동무가 돼드리자.' 그렇게 열흘이 흘렀고, 한 달이 갔다. 이제는 머물기로 했던 날과 머물렀던 날들을 계절로 기억할 뿐이다. 봄에 와 여름을 나고 이제 가을의 첫 자락을 만나고 있다.

"2011년 4월 5일이었어요. 공사 강행을 막던 양윤모 선생이 폭행당하고 연행되는 사건이 벌어졌어요. 언론사에 다 전화를 했는데 아무도 오지 않는 거예요. 화도 나고 분하기도 하고……. 제가 할 수 있는 일이 무엇일까 고민하고 있었는데, 트위터를 통해서라도 이곳에서 벌어지고 있는 일들을 알리자고 마음먹었어요. 원래 트위터를 많이 했고 그때 마침 '김여진과 날라리 외부세력' 트위터 멤버로 활동하고 있었죠.

열 받아서 올린 트위터 글에 친구들의 반응이 오기 시작하더라고요. '이런 일이 있는지 몰랐다', '다 끝난 줄 알고 있었다'……. 그때 한 트위터 친구가 제안을 했어요. 온라인 강정당을 만들어서 조금 더 조직적으로 하는 게 어떻겠냐고. 사실 저는 별로 원하지 않았어요. 제가 어떤 모임을 만들어 리더를 해본 적이 없고, 또 사람들 지시하며 끌고 다니는 체질도 아니기 때문이죠. 그래서 보름 이상을 고민하다가 해군기지 건설의 부당함을 알리는 길은 트위터 외엔 없겠다 싶어 5월 1일에 개설했죠."

'날라리 친구들'의 반응은 뜨거웠다. 강정당의 첫 사업은 제주도지사에게 공사를 직권으로 취소하라고 요구하는 자필 서명운동. 온라인 서명 운동도 아니고 자필로 서명해서 우편으로 부치는 수고로움까지 감수해야 하는 일이었다. 그는 내심 '한 5천 명만 모아도 좋겠다'고 생각했다. 결과는 그의 기대와 예상치를 크게 웃돌았다. 한 달 만에 무려 2만 6313명이 자필 서명한 용지를 제주에 우편으로 보내온 것이다.

"홍보 프린트 하나 없이 오로지 트위터를 통해 140자로만 홍보를 했어요. 그리고 제가 대중의 인기가 높은 스타 연예인도 아닌데 전국에서 그렇게 많은 분들이 참여해주시다니…… 얼마나 감동했는지 몰라요. 보수언론들이 떠들듯 저는 외부에선 온 '전문 싸움꾼'도 아니고 제멋대로 사는 기 세고 유별난 여자일 뿐이에요. 군사문제니 국책사업이니 이런 것들에 대한 전문지식이 있는 사람도 아니고요. 사회문제에 그렇게 큰 관심을 가지고 살아오지도 않았죠. 하지만 최소한의 상식은 가지고 사는 사람입니다. 어떤 일이든, 누가 하든지 부당하게 하면 안 된다는 상식이 있어요. 상식이 짓밟히면 사람은 누구나 분노하죠. 저 역시 그런 사람들 중 한 사람일 뿐이에요."

그는 강정마을에서 생활하기 시작하면서 자신의 또 다른 면을 발견했다며 웃었다. "머리나 마음으로 떠올리는 발상을 바로 행동으로 옮기려

구럼비의
노래를
들어라

하고, 부당한 것과 싸우려는 싸움꾼의 기질이 있다"는 것이다.

이 풋내기 '날라리 싸움꾼' 앞으로 네 개의 소환장이 날아와 있다. 공무집행 방해 등의 혐의다. 겪어본 적이 없어서 그는 소환장이 뭔지 잘 모르겠다고 한다. "뭘 모르니까 무모할 수도 있겠지만 옳다고 생각하는 일에 감수해야 하는 어떤 것이 있다면 기꺼이 감수하겠다는 마음이 내 안에 있다"고 했다.

'춤추는 날라리'를 '확신범'으로 만들어버린 주범은 누구일까? 그는 "군사주의와 부당한 공권력"이라고 단박에 말했다. 그는 "어떤 무력도 나의 생각이 바뀌지 않는 한 나를 굴복시킬 수 없다"고 했다.

"원래 여행을 좋아해요. 제 안에 집시의 피가 흐르는 것 같아요. 여행은 내 밖의 세상을 만나고 사람을 만나는 것이니까요. 그렇게 여행을 하다가 뭔가 문제를 만나게 되면 또 싸우게 될지 모르겠어요. 이번에 깨달았는데 세상 속으로 한 걸음 더 깊이 들어가면 싸우게 되는 것 같아요. 싸우면서 심연이 깊어지고 단단해지고 더 자유로워지고 풍부해지고……

강정마을을 떠나지 못하는 여러 가지 이유가 있지만 가장 큰 이유는 구럼비가 내 감각의 세포를 살아 움직이게 만들기 때문이에요. 그리고 여기 사람들이 너무나 좋아요. 마을 주민도 그렇고 찾아오는 사람들도 그렇고요. 이익을 통해 맺어진 관계가 아니고 사랑과 믿음, 신뢰를 통해 맺어진 아름다운 관계죠. 사람들을 보면서 또 사람들의 관계에서 아름답다고 말할 수 있는 기적 같은 삶을 경험하고 있어요."

한 번이라도 강정마을을 걸어본 이들은 누구나 안다. 험한 싸움을 4년 넘게 한 사람들이라는 것이 믿기지 않을 정도로 표정이 밝다. 얼굴엔 미소가 그윽하고, 건네는 말엔 살가움이 가득하다. 무엇이 이들을 이처럼 평온하게 하는 것일까?

"구럼비는 다 알고 있는 것 같아요. 모든 일이 앞으로 어떻게 될지 말예요. 구럼비와 강정마을을 인간인 우리가 바동바동 지키는 것처럼 보이지만 사실 구럼비는, 강정마을은 바다가 지킵니다. 이번에 태풍이 불었잖아요. 태풍을 보면…… 인간의 자본과 힘이 얼마나 보잘것없는 것인지 강정바다는 느끼게 해줘요. 강정바다는 평화 그 자체예요. 4년 동안 지옥을 살듯 처절하게 싸워오신 분들이에요. 지금도 논밭에서 일하다가 싸우러 오시죠. 처음엔 이해를 못했어요. 어떻게 저렇게 맑을 수 있을까…….
바다, 그 안에서 모든 것이 순환되고 치유받고 위로받는 것 같아요. 만약 이 싸움이 도시에서 벌어졌다면 다들 정신병자 돼서 다 떨어져 나갔을 거예요. 그런데 강정마을 사람들 보세요. 어느 지역 싸움하시는 분들보다 에너지 넘치고 밝고 즐겁잖아요. 바다라는 이 거대한 공간이 주는 힘이 아닐까 생각해요. 이 싸움은 10년 갈 수도 있고 20년 갈 수도 있어요. 분명한 것은 먼저 지쳐 떨어져 나가는 쪽은 해군이리라는 겁니다. 왜냐하면 마을 사람들은 강정바다에서 기운을 받고, 해군은 그런 바다를 힘으로 지배하려 하기 때문이죠."

현대무용을 전공한 그는 요즘 다큐멘터리 제작에 참여하고 있다. 그리고 글쓰기에 큰 관심을 기울이고 있다. 다른 시선으로 세상을 보고, 다른 몸으로 내 안을 드러내고 싶기 때문이다.

하지만 그는 여전히 세상과 춤추는 것을 멈추지 않고 있다. 물론 그의 가장 든든한 후원자는 강정바다. 바다는 그에게 민살풀이춤의 명인 조갑녀가 춤꾼에게 강조하는 '대범함'을 선물했다. 인생이라는 그의 춤이 자유로운 것은 대범하기 때문이 아닐까.

춤이 안겨 오면 힘든 줄 몰라.
춤이 안겨 오려면 가슴을 넓게 열어야 해, 대범하게!
큰마음에 큰 춤이 깃드는 것이여.
―민살풀이춤 명인 조갑녀

강정마을을 지키는 평화유배자

강정마을 해군기지반대대책위원장 고권일

평화를 위해 싸우는
영혼은 '무죄'

그가 감옥에서 나오던 2011년 7월 28일, 나는 구럼비바위에 앉아 이성복의 시집《아, 입이 없는 것들》을 읽고 있었다. 시집의 74번째 시 〈바다가 우는데 우리는〉이 그날따라 가슴에 감겼다. 낭송하자면 이런 시다.

바다가 우는데 우리는 바다의 목구멍을
볼 수가 없구나 薄明(박명)의 해가 도장 찍는
헐어빠진 바다의 몸에 흰 고름 같은 물결,
차갑게 식는 바다의 몸에 고이 다가오는
밤은 결 고운 안동포 壽衣(수의)를 입히는구나

강정마을 현장 취재는 한 달이 넘어가고 있었다. 마을 사람들은 어느 때보다 희망과 두려움을 동시에 껴안고 있었다. 마을 사람들은 뉴스 한 줄에 쥐구멍에 드는 햇볕 쬐듯 희망을 품었다. 하지만 진을 치고 달려오는 해군과 경찰의 거친 몸짓을 보면 다시 절망했다. 저들이 노리는 것은 '질려서 포기하는 것'인 줄 알지만 사람인지라 희망과 절망은 반복되었다. 강정마을 해군기지 문제가 뉴스에 나오면 나올수록 해군과 경찰의 압박은 드세졌다.

여야는 처음으로 국회 예결위원회에 소위원회를 꾸려 강정마을 해군기지사업과 관련한 예산집행 문제를 조사하기로 합의했다. 특히 야당들은 '강정마을 해군기지' 대신 '강정마을 평화공원'을 만들라고 요구했다.

그러나 해군과 경찰의 대응은 거꾸로 갔다. 해군은 경찰을 앞세워 태풍 피해복구로 여념이 없는 강정마을에 "해군기지 공사를 해야겠다"고 밀고 들어와 주민들을 자극했다. 경찰은 한술 더 떠 '육지경찰' 6백여 명과 물대포 3대, 시위진압장비 10대 등을 배에 싣고 제주도로 들어왔다.

강정바다는 '결 고운 안동포 수의'를 입는 섬뜩한 운명을 피할 수 있을까. 저들은 '결 고운 안동포 수의'는 고사하고 시멘트 삼발이를 가득 채워 강정바다를 익사시키려 하고 있다. 강정바다는, 그리고 그 바다의 평화는 무사할 수 있을까. 저들은 미리 짜둔 죽음의 관 같은 20미터가 넘는 케이슨(caisson, 방파제용 대형 콘크리트 구조물)을 강정바다에 쑤셔 박을

날만 학수고대하고 있다.

고권일 강정마을 해군기지반대대책위원장은 그렇게 희망과 절망이 나란히 맞서는 정점의 시간에 마을로 돌아왔다. 무엇이 희망의 징조고, 무엇이 최악의 징후인지 구분하기 힘든 살얼음 국면이었다.

"강정마을이 처음으로 전국 뉴스에 나오기 시작했어요. 4년 만에 처음으로 강정마을 해군기지 문제가 강정마을과 제주도만의 문제가 아닌 전국적인 문제가 된 것이죠. 이제야 비로소 가느다랗게 희망이 보이고 있어요. 이 싸움은 해군기지 반대싸움일 수 있어요. 하지만 이 싸움은 한국뿐만 아니라 세계 많은 사람들로 하여금 평화가 무엇인지, 평화를 지키기 위해 어떤 노력을 해야 하는지 고민하게 만들고 있습니다. 특히 우리 강정마을 주민들에겐 이 싸움의 과정 자체가 상처를 치료해가는 과정이에요. 억압과 수탈을 당하며 모질게 4년 동안 살아오면서 입었던 상처 하나하나를 치료해나가는 과정이죠. 서로가 서로를 위로해주고 상처를 쓰다듬어주면서 치료해가는 과정이에요. 그래서 이 싸움은 결국 우리가 이길 수밖에 없는 위대한 승리의 길입니다."

그는 "해군과 경찰이 보여주는 현실은 최악의 상황"이라면서 "바로 그렇기 때문에 희망을 본다"고 했다. "그들은 최악의 선택을 하고 있기 때문에 우리가 작은 희망의 끈만 놓지 않으면 결국 저들 스스로 무너지게 돼 있다"는 것이다.

지금은 강정마을 해군기지반대대책위원장을 맡아 옥살이까지 마다하지 않고 있지만 그가 처음부터 이 일로 귀향한 것은 아니었다. 2008년 10월, 그가 고향 강정마을로 돌아온 것은 홀어머니를 모시기 위해서였다. 여느 시골 노인네와 마찬가지로 어머니는 서울로 모셔가기만 하면 도망치듯 고향으로 되돌아갔다. 처음에는 석 달을 버티셨다. 그러나 두 번째 오셨을 땐 한 달을 채우지 못하고 고향으로 가시고 말았다. 정담 나눌 이웃 한 명 없는 '서울살이'는 아무리 자식집이더라도 귀양살이와 같았을 것이다.

그런데 어머니는 고향에 내려간 지 얼마 지나지 않아 쓰러지고 만다. 큰 병이 생겨서가 아니었다. 영양실조로 쓰러진 것이었다. 다른 병으로 쓰러졌다면 입원해서 치료하면 될 일이지만 요즘 같은 세상에 영양실조라니……. 그의 마음은 더욱 쓰렸다.

"그저 어머니 곁에 있어드려야겠다는 생각에 강정으로 돌아왔어요. 그때까지만 해도 강정 해군기지 얘기는 들었는데 갈등상황은 전혀 모르

고 내려왔죠. 와서 보니 마을이 너무 처참하게 깨져 있어요. 동창들 중에도 찬성하는 친구들과 반대하는 친구들이 모두 죽마고우인데 서로 인사도 안 하더라고요. 만나도 신경전 비슷하게 하고요.

그래서 친구들이 '해군기지 어떻게 생각하냐'고 물으면 처음엔 '아무 입장 없다'고 둘러댔어요. 고향 친구들과 결별하기 싫었거든요. 그런데 일주일을 살아보니 인간세상이 아닌 거예요. 그때까진 아직 동창회가 살아 있어 동창들과 함께 밥을 먹었는데 즐겁지가 않아요. 이런 식으로 주민들을 이간질하고 갈등하게 만들어서 공동체를 완전히 분해시키는 국책사업이라면 어떤 타당성도 없다는 생각이 들었죠."

그때부터 마을 의례회관 담벼락이며 창고건물에 벽화를 그리는 것으로 해군기지 반대운동을 시작했다. 마을 입장을 담은 성명서나 보도자료 등도 썼다. 그리고 남는 시간에는 어머니를 돌봤다.

2004년 뜻하지 않은 이혼의 충격으로 작업을 잠시 중단하고 있지만 그는 만화작가다. 대학원에 다니고 있던 1990년, 나이 스물아홉에 늦깎이 등단을 했다. 그의 작품은 과학 맹신주의를 비판하는 것이 많다. 〈지킬 1999〉에서는 과학의 이면을 폭로했다. 〈단기 4444〉에서는 인류가 만든 가장 호화스런 첨단 우주선이 태양을 향해 추락해가는 과정에서 인간 군상이 어떻게 추악하게 변모해가는지를 세밀하게 묘사했다.

그가 만화작가가 된 것은 순전히 군대 시절 겪은 한 사건 때문이다.

"병장 말년 때였죠. 우리 중대가 민간인에게 총기를 탈취당하는 사건이 발생했어요. 군인 3만 6천 명을 동원해 범인들을 잡으러 다녔죠. 한 사람은 자수했고, 또 한 사람은 추격 끝에 체포하려고 하니까 겁에 질려 자살하려고 우리 눈앞에서 수류탄을 깠다가 다리 한쪽이 날아갔어요. 그런 사람을 특수여단 대원들이 땅에 질질 끌고 가서 헬기로 후송하는 거예요. 비인간적인 모습에 충격을 먹었죠.

그런데 이 사람들이 총기를 탈취한 이유가 기가 막혀요. 김 공장에서 일을 했는데 사장이 6개월 넘게 일당을 안 줬다는 겁니다. 한 사람 어머니가 중병에 걸려 입원해 있었는데 어머니 병원비라도 내게 두 달 치만이라도 달라고 했더니 임원들이 집단폭행을 했다는 거예요. 너무 억울해서 사장 죽이고 자기도 죽겠다는 심정으로 총기를 탈취했는데 결국 두 사람 다 사형을 당했죠.

그때 이 사회의 가장 어두운 면을 봤어요. 이제껏 살아왔던 모든 가치체계가 무너지는 순간이었어요. 군대 제대하고 대학 졸업한 다음에 취직하려는데 도무지 취직하고 싶은 마음이 생기질 않더군요. 한동안 방황을 하다가 심리학과 대학원에 진학했어요. 스스로 하고 싶은 일이 뭘까 고민하다가 만화를 그리게 됐고요."

군대 시절 겪은 트라우마로 만화작가가 된 그가 세월 흘러 어느 날 군 사기지 문제로 감옥엘 갔다. 헤살 놓는 운명에 그는 방실 웃을 뿐이다.

"교도소에 있을 때 21일 동안 단식을 했어요. 그때 언제 나갈지 모르지만 나가면 무슨 일을 할까 고민을 많이 했어요. 여러 줄기의 생각과 다짐을 정리했는데 그중 한 줄기가 내가 가장 잘할 수 있는 것부터 하자였죠. 기력이 돌아오면 한 컷짜리 만평이 됐든 단편 작품이 됐든 우선 많이 그리려고 마음먹고 있어요. 강정마을 해군기지 반대투쟁이 결코 정부시책에 반대만 하는 싸움이 아님을 알려나가려고요."

그는 언젠가 "'존경'이란 말은 '진실로 마음을 담아 인사하는 것'이라고 생각한다"며 "강정마을 주민과 강정마을을 지키기 위해 마음을 내신 분들 모두를 진심으로 존경한다"고 고백한 적이 있다.

그는 '평화(平和)는 서로가 고르게 밥을 나눠 먹는 것'이란 풀이를 즐겨 인용한다. 그에게 평화란 "같이 밥 먹을 수 있는 세상을 만드는 것"이다. 한진중공업 정리해고 노동자들에게 연대 메시지를 계속 보내는 이유도, 오키나와 등 해외단체에 소식을 전하는 까닭도 평화라는 밥을 함께 나눠 먹기 위해서다.

"우리 목소리가 필요한 곳이라면 어디든 전달하고 싶어요. 강정마을을 우리가 생명평화마을로 선언한 것은 우리의 평화기운을 함께 나누기 위해서예요. 비록 몸은 여기 있지만 소리만이라도 전달하자, 우리를 도와달라는 차원이 아니라 우리는 이런 꿈을 꾸고 있다고 전달하자는 것이죠. 아무리 어려워도 콩 한 쪽 나눌 수 있는, 정녕 어려워 나눌 콩 한 쪽조차 없다면 말 한마디라도 나누는 공동체, 그게 우리 강정마을이 꿈꾸는 평화공동체입니다."

그렇게 온 세계와 평화의 밥을 나누는 꿈을 꾸는 사람. 그는 해군기지가 '전쟁의 짐승'을 불러들일 미끼가 될 것이라고 우려한다. 제주도는 동북아의 중심에 놓인 섬이라 '기지화'가 진행되면 관련 주변국들의 긴장도가 높아질 수밖에 없다고 판단하기 때문이다. 그는 "대한민국의 평화와 번영을 원하는 사람이라면 제주해군기지를 반대할 수밖에 없다"고 단언한다. 그래서 그는 "이 평화롭고 위대한 길을 가지 않아야 할 이유가 없다"고 담담하게 말한다.

그에겐 소망이 있다. 현재 요양원에 치매로 입원 중인 어머니 손을 잡고 구럼비바위며 바다에 나가 보말, 미역, 소라를 따는 것이다. 이토록 소박한 소망은 언제 이뤄질 수 있을까? 그는 언제쯤 참된 평화와 자유를 실컷 누릴 수 있을까?

이 법정에서 제가 왜 영장실질심사를 받아야 하는지 이해가 되지 않습니다. 저는 그동안 그 어떤 폭력행위를 행한 바가 없고 해군을 상대하든 공사업체를 상대하든 제 양심에 입각하여 더 이상 죄를 짓지 않게끔 호소하여왔을 뿐입니다.

그리고 그러한 비폭력 투쟁을 4년 넘게 해오신 강정 주민들이야말로 진정으로 평화의 상징이자 메신저라고 생각합니다. 따라서 이 법정에서 저에게 어떠한 판단을 내리신다고 해도 제 양심이 제게 내리는 판결은 완벽한 '무죄'입니다. 또한 저의 영혼 또한 완벽한 '자유'입니다.

—고권일, 〈영장실질심사 진술서〉 중에서

강정마을을 지키는 평화유배자

생명평화결사 100일 순례단장 권술룡

강정의 비닐하우스에서
가장 장엄한 꿈을 꾸다

　오래 경작하지 않아 띠가 자란 밭을 제주말로 '새든밧'이라 한다. 강정마을 중덕해안으로 내려가는 길엔 해군이 강제 수용해버린, 그래서 이젠 밭농사는 물론 하우스농사도 짓지 못해 새든밧이 돼버린 땅들이 널려 있다. 지금은 해군이 소유권을 주장하고 있지만 강정마을 주민들로선 억장 무너지는 '사유재산권 침탈 사건'일 뿐이다. 사연인즉 이렇다.

　중덕해안으로 가는 길에 농토가 많았던 마을 주민들은 자신들의 땅을 조금씩 떼어내 농로를 만들었다. 경운기도 다니게 하고, 트럭도 다니게 할 요량으로 금쪽같은 자기 땅을 내놓은 것이다. 그런데 제주도는 이 농로를 포장해주는 조건으로 기부채납 형식을 통해 도유지로 만들어버렸다. 주민들의 동의는 구하지 않았다. 이것도 모자라 제주도는 또 주민들의 사전동의 없이 그 농로를 해군에 매각해버렸다. 매각대금은 버젓이 제주도 예산으로 편성해 넣었다.

주민들의 거센 반발로 기지건설 사업에 걸음마조차 떼지 못하고 있던 해군으로선 졸지에 손 안 대고 코 푸는 격이었다. 사업예정지 내 49퍼센트에 해당하는 토지를 이렇게 확보할 수 있었기 때문이다.

해군은 기세를 몰아 나머지 51퍼센트 토지를 '국책사업'이라며 전량 강제 수용하는 만행을 저질렀다. 하지만 주민들은 두 달 넘게 공탁금을 찾아가지 않았다. 그러자 해군은 돈을 찾아가지 않으면 매달 양도소득세에 10퍼센트의 가산금이 붙는다고 협박했다. 주민들은 눈물을 머금고 공탁금을 찾아갔다. 또한 해군은 자신들이 강제 수용한 땅에 있는 비닐하우스 등 시설물을 철거하지 않으면 약속 불이행에 따른 과징금 20퍼센트를 추가로 부과하겠다며 주민들을 협박했다. 법이 뭔지도 잘 모르는 주민들은 어금니를 물고 분함을 참으며 비닐하우스를 철거했다.

남들이 보기에 그 농로는 그저 바닷가로 내려가는 작고 좁은 도로에 불과할지 모른다. 그러나 강정마을 주민들에겐 삶이 송두리째 바뀌어버린 통한의 길이다. 주민들이 지금까지 중덕해안으로 내려가는 그 좁은 농

© 이주빈

로를 자기 목숨처럼 지키려고 발버둥치고 있는 까닭은 이런 사정이 있기 때문이다.

그렇게 해군에 강제 수용당한 농로 주변 토지들은 새든밧이 되었다. 그런데 어느 날, 새든밧에 고구마 줄기가 번지고 해바라기꽃이 피었다. 대체 누가 여기에 고구마 줄기를 놓았을까? 대체 누가 무슨 사연으로 이 새든밧에 해바라기씨를 뿌렸을까?

주인공을 찾기란 어렵지 않았다. 그는 한낮 땡볕이 주춤거리는 매일 오후 서너 시 무렵이면 어김없이 새든밧에 나와 밭고랑을 다듬고 김을 맸다. '늙은 전사 권술룡', 바로 그였다.

"고구마 줄기는 대전 고구마 영농사업반에서 10만 원에 두 자루를 구했지. 그걸 사서 마티즈에 싣고 장흥 노력항에서 제주도 오는 배를 타려고 하는데 장흥은 왜 그렇게 먼지…… 하하하. 천신만고 끝에 배에 싣고 와 줄기를 심으려는데 이젠 또 계속 비가 와. 강정마을로 농활 온 대학생들이 나랑 같이 고구마 줄기를 심었는데 비에 녹아서 3분의 1이 사라져버렸지 뭐야. 해바라기도 심었는데…… 해바라기는 원래 4월, 5월, 6월에 심으면 두 달 계속 해바라기꽃을 볼 수 있지.

가을에 거둘게 있어야 돼. 들판이 비어버리면 '풍요로운 가을'이라고 할 수 없지. 저 밭에 무와 배추 심어서 절임배추로 만들어 신세 진 사람들에게 무조건 보내는 거지. 허면 그 사람들도 가만있지 않게 되는 거지. 배추 한 포기 보내는 것도 쉬운 마음이 아니야."

그는 생명평화결사 100일 순례단장으로 2011년 3월에 순례단과 함께 강정마을에 들어왔다. 약속했던 100일 순례는 끝났지만 도저히 마을을 떠날 수가 없었다.

"도법 스님이 '100년을 가는 화두가 있어야 한다'며 100일 순례를 제안해서 적극 찬성했어. 첫 100일 순례지로 제주 강정마을을 정했지. 와서 보니 마을 사람들 기운이 다 빠져 있는데 우리더러 힘이 좀 돼달라는 거야. 시간이 지날수록 가라앉은 기운들이 스물스물 피어올라. 100일 만에 떠날 수도 없고, 개인으로라도 머물러 있기로 했지.

풍요로운 지역인데 거대한 국가권력에 맞서 4년 투쟁하는 동안 마음이 갈가리 찢어졌어. 해군기지가 애초에 들어와서도 안 되지만 절차를 그렇게 하면 안 돼. 강정마을에 풍림콘도 하나 들어오는 것도 정식 안건으로, 기타 안건으로 여덟 번 총회를 거쳤다고 하잖아.

그런데 이게 뭐야? 국가라고 하는 거대한 권력이 화순항으로 들어가

려다 실패하니까 위미로 가서 또 실패하고, 그 실패한 것을 가지고 공작을 해서 주민들 속이고 군사작전 하듯 하면 되냐는 말이지. 강정은 후보지에도 없던 곳이잖아. 그러니 마을 사람들이 얼마나 가슴에 분노가 일고 억울하고 상처 입었겠느냐고. 찢어진 마음, 달래고 달래는 일이 과제야."

그는 단식과 영성치유를 함께 하는 순례자로 유명하다. 강정마을에 머무는 기간에도 그와 단식을 함께 하며 영적 순례를 떠나고자 하는 이들이 전국 각지에서 찾아왔다. 젊을 때도 20여 년을 달동네의 복지관, 지역자활센터, 노숙자센터 등에서 사회복지운동을 한 그다. 하지만 지금 그는 스스로를 "나이 70이 넘은 '늙은 전사'"라고 소개한다. 칠순의 전사, 황혼의 전사.

"〈늙은 군인의 노래〉 알아? 평생을 직업군인으로 떠돈 어느 하사관 이야기라는데 그 노래에서 '늙은 전사'를 차용했지. 나이 70에 노인정 가봐야 애 취급 받고, 사회적으로 존경받아야 할 나이라는 강박에 골방에 들어앉아 있으면 얼마나 치사해져?

내 행실이 다 옳은 것은 아니지만, 노인정으로 가지 않고 황야로 나오면 힘들지만 자유인이 될 수 있지. 요즘 '초고령화 사회'라고 난리법석인데 '노인네' 신세 초월하는 좋은 전범을 만들고 싶었어.

생산활동을 한다는 것이 반드시 노동해서 돈 버는 일만은 아니잖아. 영적인 도움을 주는 것도 엄청난 생산활동이라고. 생각해봐, 한국의 성장 동력이라고 하는 것 중에 정신적인 것이 하나도 없어. 역설적이게도 단식은 굶음으로 미래를 살리지. 영적 순례, 평화순례를 잘 가꾸면 지금 거론되고 있는 성장동력 열 개보다 나아. 다른 나라에서 한국을 얼마나 품위 있는 나라로 보겠어? 이게 참으로 '국격'을 높이는 일이야. 4대강 삽질하고 평화의 섬에 해군기지 만든다고 억지 부리는 것보다 말이지."

순례자를 뜻하는 영어 '필그림(pilgrim)'은 '들판을 가로질러'라는 뜻의 라틴어 'per agrum'에서 온 말이다. 들판 가로질러 그 너머엔 무엇이 있을까? 들판 가로질러 그 너머에선 무엇을 기약하고 살 수 있을까? 어설픈 영성, 어설픈 순례는 무망한 세월에 흔들리는 나뭇잎처럼 존재의 맥을 빼는 '저 홀로 고상한 무엇'이 되기도 한다.

그러나 그가 말하는 영성은, 그의 순례는 '저 홀로 고상한 무엇'과는 한참 거리가 멀다. 그는 분명히 얘기한다, "때로 영적으로 사는 것이 무리수를 두지 않으면 어느 세월에 되겠냐"고. 또 얘기한다. "거친 광야를 가로질러 가는 영적 도전을 순례라 하는데 위험하다고 불평하면 순례의 과정에서 덤으로 얻는 의외성의 은총을 놓치게 된다"고.

그는 한시도 손을 놓고 쉬질 않는다. 머무는 거처 뒤뜰에 자란 잡풀을 베는가 싶더니 앞마당을 쓸고 비에 젖은 깃발을 볕에 말린다. 오후에는 자신이 일군 밭에 나가 김을 매고, 해군과 경찰이 오면 마을 사람들과 함께 몸을 던져 막는다. 밤에는 촛불집회에 나가 기도를 하고 다시 아침이면 구럼비에서 생명평화 108배로 하루를 연다.

강정마을 중덕해안엔 세 동의 비닐하우스가 있다. 외지에서 찾아온 이들이 늘어나자 숙소로 쓸 요량으로 지은 것이다. "세상에서 가장 장엄한 광경은 불리한 여건과 싸우는 사람의 모습"이라는 레이(Ray charles)의 말까지 인용하며 그는 이 비닐하우스를 "세상에서 가장 장엄한 집"이라고 했다.

"사람들은 비닐하우스를 우습게 보는 경향이 있는데 절대 그렇지가 않아. 대전의 한 아동복지시설에서 일할 때 옥상에 비닐하우스를 짓고 가족들과 함께 7년을 살았던 경험이 있어. 시설 내에 공간이 마땅치 않아서였지만 비닐하우스 집은 근사했어. 마음을 어떻게 품고 짓는가에 따라 다르거든. 여기 강정의 비닐하우스가 세상에서 가장 장엄한 집인 까닭은 바로 이곳이 세계평화의 순례지로 거듭나고 있기 때문이야. 동북아의, 나아가서는 세계의 화약고가 될 뻔한 제주해군기지의 불장난을 넘어 세계평화공원으로 강정마을을 만들겠다는 뜻과 마음들이 모이는 집이라고.

언제 다시 태풍과 같은 재해가 올지 모르고, 언제 또 작전에 짓밟힐지 모르지만 여기 비닐하우스는 가장 불리한 여건에서 가장 장엄한 꿈을 키운 집이 될 거야."

그는 세상엔 두 가지 부류의 사람이 있다고 했다. 세상을 감당 못하는 사람과 세상이 감당 못하는 사람. 그는 "세상을 감당 못하는 사람은 세상에 다친 이들"이라 했다. 넘기 벅찬 절벽과 같은 세상에서 번번이 좌절하고, 자격 미달로 분류되고, 소외계층으로 규정된 이들. 그는 "이들은 하도 상처를 입어서 지레짐작으로 예단하고 꽃잎처럼 스러져가려고 하기 때문에 늘 아끼고 함께 보살펴줘야 하는 이웃"이라고 했다.

반면 세상이 감당 못하는 사람도 있다. 그는 "이들은 세상의 틀로는 담기지 않는 사람들, 세상의 틀에 매일 수 없어 판을 새로 짜는 등 미래를 새롭게 여는 사람들"이라고 했다. 한발 앞서 길 없는 길을 헤쳐나가며, 이를 마땅히 여기는 이들.

"여기는 문이 있어야 할 자리라며 벽을 문이라고 여겨 박차고 나가는 사람, 새벽길을 미리 떠나며 해가 중천에 떠도 꿈길 헤매는 이들을 가슴 치며 안타까워하는 사람, 밤새 하얗게 눈이 쌓인 것도 모르고 눈물로 밤새워 기도하는 사람. '평화의 섬 제주', '해군기지 없는 강정'을 만들겠다며 지금 여기 와 있는 모든 사람들이야말로 '세상이 감당 못하는 이들'이지, 하하하."

세상을 감당 못하는 이들과 함께 누릴 평화를 꿈꾸며 다시 세상이 감당 못하는 이들과 순례를 떠나는 '늙은 전사' 권술룡. 저기 저 들판 너머 해바라기꽃이 노랗게 웃고 있다.

강정마을을 지키는 **평화유배자**

강정마을을 응원하는 연대의 발걸음

평화비행기와 '사람꽃', 힘내라 강정!

아직도 잊히지 않는 일이 있다. 김진숙 민주노총 지도위원이 장기 농성하고 있는 부산 영도 한진중공업 85호 크레인 아래로 2차 희망버스가 전국에서 모여들 때였다. 강정마을 주민들은 비싼 비행기 삯을 마다하지 않고 영도로 가는 대표단을 꾸렸다. 한진중공업 해고노동자들도 위로하고, '소금꽃' 김진숙 지도위원도 응원하고, 간 김에 강정마을 해군기지 문제도 알리자는 취지였다.

땡볕에 시커멓게 그을린 손은 분주했지만 행복한 얼굴이었다. 마음을 나눈다는 것은 그렇게 사람들을 행복하게 만든다. 특히 절망 앞에 선 사람들은 또 다른 절망 앞에 선 이들을 결코 외면하지 못한다. 그 저린 마음, 그 설운 마음을 누구보다 깊게 헤아리기 때문이다. 앙증맞은 홍보물 몇 개 만들고 흐뭇하게 바라보던 한 주민이 얘기했다.

"아, 우리 강정에도 평화비행기랑 평화배 타고 사람들이 찾아와주면 참 좋겠다."

부러워 내뱉은 짧은 한마디였다. 시기심 전혀 없는 순박한 소망이었다. 그런데 그 철없는 말 한마디가 순식간에 무거운 침묵을 만들어내고 말았다. 어떤 이는 말없이 눈물을 훔치기까지 했다.

섬이란 곳이 그렇다. 스스로 먼저 고립을 자처하지 않으면 버틸 수 없다. 섬에서 싸운다는 것이 그렇다. 혹여 소망이 있어도 기대를 크게 하면 안 된다. 끝까지 남아 싸울 이들은 결국 자신들뿐임을 너무나 잘 알고 있기 때문이다. 그런데 이 슬픈 회상도 이젠 옛일이 되어가고 있다. 그저 부럽기만 하던 소망이 현실로 이뤄져가고 있는 것이다. 평화배를 타고, 평화비행기를 타고 전국 각지에서 강정마을을 응원하는 이들의 발걸음이 끊이지 않고 있어서다.

육지에서 경찰이 추가로 투입되었다고 해도 발걸음을 멈추지 않았다. 대규모 공권력이 강정마을을 완전봉쇄하고 진입했다는 뉴스를 듣고도 걸음을 거두지 않았다. 고권일 강정마을 해군기지반대대책위원장의 말처럼 "외부에서 온 강정마을 종북좌파들을 빨리 척결하고 해군기지를 건설하라고 조·중·동이 사설을 쓸 정도로 강정은 이제 온 국민의 '평화 꽃"이 되었다.

강정마을로 신혼여행 온 박중구·이선미 부부

강정마을 중덕해안에 오래간만에 사이렌 소리 대신 웃음소리가 퍼진다. 사람들은 여러 색깔의 고깔모자를 나눠 쓰고 분주히 움직인다. 볕가리개 천막을 치고, 화관을 만들고, 이젠 강정의 상징이 된 붉은발말똥게가 그려진 옷을 선물용으로 포장한다. 참, 어디선가 폭죽도 들어온다.

길이 1.2킬로미터가 넘는 너럭바위 구럼비에 2인용 텐트 한 동을 치는 사람들의 얼굴엔 미소가 가시지 않는다. 다시 보니 텐트 지붕엔 풍선 몇 개가 아롱다롱 걸려 있다. 지독한 8월 한여름 가시광선이 한풀 죽은 오후 5시의 하늘은 그윽하게 저 아래의 풍경을 보고 있다.

행복한 소동의 이유를 미처 알지 못한 주민들은 "무사? 무사?('왜'라는 뜻의 제주도말)" 하며 볕가리개 천막 아래로 모여든다. 한 자원활동가가 마이크를 잡는다.

"그럼 지금부터 강정마을로 신혼여행을 오신 박중구·이선미 부부 환

© 이주빈

구럼비의
노래를
들어라

영잔치를 시작하겠습니다."

참새 지저귀는 소리처럼 앙증맞은 박수소리가 터지고, 멀리 강원도 춘천에서 온 신혼부부는 호박꽃처럼 환하게 웃는다. 모든 인연이 그렇듯 두 사람은 알고 지낸 지 10년이 넘었지만 '최근에서야 급격하게 친해져' 결혼을 하게 되었다.

신랑 중구 씨는 화천에서 농사를 짓고, 신부 선미 씨는 춘천 꾸러기어린이도서관 관장으로 일하고 있다. 특히 선미 씨는 지난 대통령선거 때 강원도 취재를 부탁받을 정도로 열성적인 〈오마이뉴스〉 뉴스게릴라다.

"작년에도 올레길을 걸으면서 이런 곳에 해군기지가 들어선다는 건 말도 안 된다고 생각했어요. 다들 인정하는 것처럼 올레 코스 중에서도 가장 자연환경이 좋고 인기가 많은 코스가 바로 여기 7코스잖아요. 또 주민들 대다수가 반대하고 있는 사업이고요. 절차상 하자도 크다고 들었어요. 정부가 힘으로 밀어붙이려고만 하지 말고 주민들과 대화로 잘 풀었으면 좋겠어요."

중구 씨는 주민들의 환영잔치에 놀란 듯 연신 입을 다물지 못하고 싱글벙글이다.

"이렇게 환영잔치에다 구럼비바위에서 신혼 밤 보낼 텐트까지 쳐주실 줄 몰랐어요. 그냥 시간 맞춰 바닷가로 내려와보라고 해서 왔는데…… 너무 고맙고 재밌어요."

강정마을에서 부부의 연을 맺은 김태원 · 한혜진 부부가 축하사절단을 자처한다. 김 씨는 축가로 〈사랑이 깊으면〉을 불러줬다. 동네에서 손재주 좋기로 소문난 한 씨는 예쁜 화관을 만들어 새신부에게 직접 씌워주었다.
선미 씨는 감격하여 말을 제대로 잇지 못했다.

"인생을 살면서 귀하고 색다른 경험을 했어요. 함께 축하해주신 강정 마을 주민분들의 마음과 평생 함께 살아갈 거예요."

결혼식 전날 신부 마사지도 못 받고 신랑과 함께 배추 1만 포기를 심느라 밭에서 일했다는 선미 씨. 그는 남편이 하는 농사와 도시에서의 활동을 연계하는 도시농업네트워크 운동을 해보는 것이 꿈이다. 중구 씨는 경기도 파주가 고향이지만 화천에 귀농한 지 벌써 7년 된 어엿한 강원도 사람. 지금은 쌀과 옥수수, 배추 경작을 주로 하지만 선미 씨가 그리는 비전에 언제든 함께할 뜻이 있다.

"우직한 그 사랑 오래갈 것 같아서" 중구 씨를 선택했다는 선미 씨, "푸근하고 성격이 좋아서" 선미 씨와 결혼했다는 중구 씨. 서로 바라보는 얼굴에 미소가 그치질 않는다. 그래서 사랑은 모두 첫사랑이 아니었던가.

어떤 일이 있어도 첫사랑을 잃지 않으리라
지금보다 더 많은 별자리의 이름을 외우리라
성경책을 끝까지 읽어보리라
가보지 않은 길을 골라 그 길의 끝까지 가보리라
시골의 작은 성당으로 이어지는 길과
폐가와 잡초가 한데 엉겨 있는 아무도 가지 않은 길로 걸어가리라
깨끗한 여름 아침 햇빛 속에 벌거벗고 서 있어 보리라
지금보다 더 자주 미소 짓고
사랑하는 이에겐 더 자주 '정말 행복해'라고 말하리라
사랑하는 이의 머리를 감겨주고
두 팔을 벌려 그녀를 더 자주 안으리라
사랑하는 이를 위해 더 자주 부엌에서 음식을 만들어보리라
─장석주, 〈다시 첫사랑의 시절로 돌아갈 수 있다면〉 중에서

강정의 진실을 알리고 싶은 '한진 스머프' 신성훈

15년 동안 다닌 회사는 특별한 설명도 하지 않은 채 그를 정리해고했다. 2011년 2월이었다. 아직 삭풍 차가운 겨울, 아내는 별 이야기 하지 않았지만 그는 억장이 무너져 내렸다. 모든 노동자가 다 그러하겠지만 신성훈 씨도 자기 일에 대한 긍지가 남달랐다.

"제가 한진중공업에서 했던 일은 건조한 배를 시운전하는 것이었어요. 철판으로 만들어진 배에 여러 가지 장비를 싣고 테스트를 해보는 일이죠. 철판만 잡고 30년 이상을 일한 분도 다 만들어진 배 한 번 타보지 못하고 은퇴하시는 경우가 많아요. 하지만 저는 운이 좋았죠. 다 완성된 배를 처음으로 타보고, 또 여기저기 문제없는지 점검할 수 있었으니까요."

그의 살뜰한 점검을 세례처럼 받은 배는 오대양을 누볐을 것이다. 참치 떼를 쫓아 서사모아 섬을 지나 알래스카 해협에 이르렀을 땐 피로에 잠시 그물을 걸어 올렸을 테고, 희망봉 돌아 인도양 어디쯤에선 선적(船籍)이 있는 고향 부산 영도가 그리워 긴 뱃고동소리로 울기도 했을 것이다.

그러나 길고 긴 배들의 첫 여정을 함께할 수 있었던 시절은 과거가 되었다. 그는 이제 '정리해고 무효'를 외치는 '거리의 투사'가 되었다.

"희망버스를 타고 오시는 분들이나 많은 국민들께서 이제 한진중공업 정리해고 문제는 한 사업장의 문제가 아닌 대한민국 전체의 노동문제가 투영된 것이라고 생각합니다. 비정규직 문제를 포함해서 노동문제가 처음으로 전 국민의 문제가 된 것이죠. 비록 길거리에서 싸우고 있지만 힘이 나는 이유죠. 그러나 강정마을 주민들은 우리보다 더 오래 싸우셨음에도 아직까지는 국민들이 크게 관심을 갖고 있지 않은 것 같아서 안타깝습니다. 제주해군기지 문제는 강정마을만의 문제가 아니라 우리 대한민국 전체의 문제입니다. 사람들은 평화를 지키기 위해서라도 군사기지를 만들어야 한다고 주장하는데 군사기지가 있으니까 군사적 공격의 목표가 되는 것입니다. 군사적 충돌이 일어나면 강정마을만 싸움터로 변합니까? 이 좁은 나라 전체가 전쟁터가 되는 거예요. 그래서 강정마을 해군기지 문제는 우리 모두의 문제인 것이죠."

특별히 잘못한 것도 없는, 그 누구보다 직장생활 성실하게 했을 이 착한 노동자는 "강정마을에 미안하다"고 자꾸 말했다. "늦게 와서 미안하고, 사람들이 한진중공업 문제는 알아도 강정마을 문제는 잘 모르는 것 같아서 미안하다"고 한다.

연대는 원래 그렇게 가난하고 착한 것일까. 4년 넘는 세월을 공권력에게 당하고만 산 강정마을 주민들이 희망비행기 타고 부산 영도로 가듯,

15년 제 목숨줄보다 소중히 여겼던 직장에서 쫓겨난 착한 노동자는 자기들만 주목받는 것 같아서 미안하단다.

"강정마을 해군기지 반대투쟁은 국가와 정부를 상대로 하는 투쟁이니까 더 고생스럽고 힘들 것입니다. 정권을 바꾸지 않으면 해결방안이 없는 그런 싸움인 거죠. 말도 안 되는 해군기지 사업을 철회하는 정권을 만들어야 합니다. 그런 정권을 만들기 위해서는 국민여론이 형성되어야 하고요. 어느 정권도 국민을 이길 수는 없어요. 알리면 해결됩니다. 많은 국민들이 알면 해결됩니다. 저부터라도 부산에 돌아가면 강정마을의 진실을 알리기 위해 노력할게요."

한진중공업 정리해고 노동자들을 사람들은 '한진 스머프'라고 부른다. 파란색 작업복을 입고 착하게 웃으며, 아픔을 겪고 있는 벗들을 찾아 전국을 누비는 철없는 스머프들. 한진 스머프 신성훈 씨가 평화콘서트가 열리는 강정천 축구장으로 들어가며 한마디 남긴다.

"오늘, 9월 3일 처음 열린 평화콘서트엔 저랑 몇 사람밖에 못 왔지만 2차, 3차 평화콘서트에는 우리 한진중공업 노동자들뿐 아니라 많은 부산 시민들이 함께 올 것입니다. 힘내라, 강정!"

〈구럼비의 신〉 제작에 참여한 전진경 작가

　예술을 설명하는 가장 오래된 문구 중 하나는 '자연 그대로가 예술'이라는 말이다. 아무리 섬세한 조각가도 뭉게구름 사이를 지나는 바람을 새길 순 없다. 제아무리 필력 좋은 시인도 들썩이는 파도의 한숨을 담아내진 못한다. 전진경 작가를 비롯한 여섯 명의 작가가 공동작업한 〈구럼비의 신〉. 이 작품을 보면 그 오래된 문장이 영속하는 까닭을 알 수 있다.

　〈구럼비의 신〉은 종이로 만든 탈에 인간의 형상, 바위의 형상을 그려 놓은 작품이다. 화가와 판화가, 조각가, 인형작가 등이 한 팀을 꾸려 공동 작업했다. 이들은 스스로를 '파견미술팀'이라고 부른다. 현장성을 강조하는 말이다. 이들은 대추리는 물론 기륭전자, 대우자동차, 한진중공업에도 함께 있었다.

　이 작품에도 그들의 현장성이 오롯이 담겨 있다. 탈의 기본형상은 구럼비바위를 탁본으로 뜬 것이다. 구럼비는 길이 1.2킬로미터가 넘는 단일 바위지만 바위의 면 하나하나가 모두 다른 얼굴을 하고 있다. 작가들은 바로 이 점을 주목했다.

　"제주에는 3주 전에 왔어요. 제주도에 사는 이승민 작가랑 강정 이야기, 바다 이야기, 구럼비 이야기를 하다가 이 작업을 하기로 마음을 먹었

어요. 강정마을 해군기지 문제를 진작 알고 있었지만 제주도가 그렇게 쉽게 올 수 있는 곳은 아니잖아요."

2011년 9월 3일에 첫 강정평화콘서트가 열린다는 소식을 접했다. 매우 중요한 행사가 되리라는 것을 예술가의 직감으로 알았다. 전 작가는 '탈 뜨듯' 구럼비바위 탁본을 떴다. 여름 땡볕에 열사병 걸린 것처럼 어지럽고 힘들었지만 포기하지 않았다. 그리고 나흘에 걸쳐 작품을 제작했다.

"해군기지를 짓는다는 이유로 이 아름다운 강정바다를, 이 아름다운 구럼비바위를 폐쇄하고 파괴하고 있잖아요. 이런 현실을 바라보는 구럼비의 공포와 두려움, 그리고 끝내 이루게 될 평화로운 마을공동체를 표현하고 싶었어요."

첫 평화콘서트가 열린 강정천 축구장에 〈구럼비의 신〉이 등장하자 사람들의 반응은 폭발적이었다. 해프닝도 벌어졌다. 이 작품들이 풍물패와 함께 축구장으로 들어서려 하자 경찰들이 제지하고 나선 것이다. 이유는 탈을 떠받치고 있는 대나무가 시위용품으로 사용될 수 있다는 것이었다.

주민들이 "육지에서까지 경찰을 끌고 와 1천 명이 넘는 병력이 지키고 있으면서 고작 대나무 작대기 네 개를 갖고 시비를 거느냐"고 힐난하자 해프닝은 마무리됐다.

전 작가가 바람에 흔들리는 탈을 보면서 말했다.

"〈구럼비의 신〉이 좋은 역할을 해줬어요. 경찰들이 저렇게 많이 몰려 와 있는데도 전국에서 또 제주도 각지에서 이렇게 많은 사람들이 오셨잖 아요. 〈구럼비의 신〉이 길조인가 봐요. 이 작품을 만든 게 너무 뿌듯해요."

강정마을을 지키는 평화유배자

강정 '트위터 영화' 만드는 여균동

스스로 행복을 만들어내는
질긴 견딤을 보라

여균동 감독이 즐겨 말하듯 모든 로드 무비의 결론은 세 가지다. 떠나거나 남거나 죽거나! 그래서 주인공도 최소한 세 명이다. 떠나는 사람, 주저앉는 사람, 처참하게 죽는 사람.

여 감독은 요즘 '트위터 단편영화'라는 새로운 장르를 실험하고 있다. 5분이 채 넘지 않는 러닝 타임, 단출한 배역. 하지만 여 감독 특유의 미학적 풍자와 상징은 여전하다.

이를테면 그의 트위터 영화 2편 격인 〈강정 로맨스〉의 주인공 이름은 구보 씨. 구보 씨가 누구던가. 소설가 박태원이 1935년에 발표한 〈소설가 구보씨의 일일〉에 등장한 이래 여러 문화예술 작품에 오마주되며 하릴없이 소일하는 무목적성 인간의 상징으로 등극한 존재 아니던가. 물론 구보

씨의 무목적성은 다분히 불의한 세상에 제 나름의 방식대로 대드는 불온한 게으름이었고!

여 감독은 왜 하필이면 이 게으르고 삶의 목표가 모호한 존재를 강정마을이라는 가장 첨예한 지역으로 데려온 것일까? 그는 또 어떤 로드 무비를 세상에 상영하고 싶은 것일까?

군이 그가 나설 일도 아니었다. 동네엔 청년도 많았고, 살가운 미소로 환영인사 건넬 이 역시 정해져 있었다. 첫 평화비행기가 제주공항에 도착하던 2011년 9월 3일, 여 감독은 혼자서 괜히 바빴다.

"그래도 얼굴 알 만한 사람이 환영인사를 해주면 더 즐겁지 않을까?"
"그냥 맨손으로 '환영합니다' 하는 것보단 뭐라도 하나 들고 있으면 좋을 것 같은데……."

강정마을 초입에 멀쩡하게 걸려 있던 평화콘서트 플래카드는 순식간에 평화비행기 환영 플래카드로 둔갑했다. 제주공항 주차장에서 그는 플래카드를 들고서 평화비행기를 타고 온 이들에게 일일이 인사했다. 해맑게 웃는 모습이 마치 육지에서 여름성경학교 열러 온 대학생을 맞이하는 섬소년 같았다.

그리고 강정마을로 돌아가는 길. 차 주인은 평화비행기를 타고 온 이들을 안내할 이가 부족하다며 제 차를 그에게 맡겼다. 찬바람을 좀 쐴라치면 늙은 LPG 차는 컥컥거리기 일쑤였다. 차라리 차창을 열고 달리는 게 나았다. 그는 여름 무더위와 뻑뻑거리는 기어에 땀을 뻘뻘 흘렸다. 얼마쯤 달렸을까. 혼잣말하듯 그가 입을 열었다.

　　"이 고갯길을 넘는데 그리 낯설지 않은 길이란 느낌이 들어. 누구에게나 마음에 남는 첫 풍경이 있나 봐. 사람들 마음마다 자기 마을이 있는 거지. 그러고 보니 난 강정마을이 그래. 마을회관 뒷길을 걷거나 마을 돌담길을 따라 걷다 보면 이곳이 내가 살았던 마을인데 한동안 잃어버리고 살았던 곳 같아.

　　어느 과학자가 조사해서 발표한 것이라는데, 사람은 열여섯 살이나 열일곱 살이 되면 성장이 멈춘대. 키가 크는 육체적 성장은 물론이고 정신적인 성장 역시 멈춘다는 거야. 그래서 그 이후 깨달은 지식이랄지 경험 같은 것은 새로운 것 같지만 전혀 그렇지가 않대. 잃어버리고 살았던 원형질을 다시 발견하는 것이래. 그 어느 날엔가 내 안에 축적되어 있었지만 잊고 있었던 지식, 깨달음, 느낌, 감정 등이 다시 살아난다는 것이지. 한참 까먹고 살다가 내가 자랐던 마을공동체를 다시 찾아가는 것처럼 말이야."

그래서 시인 고은은 "저무는 들길로 늙은 것과 어린 것이 돌아오듯이 돌아오라"고 황홀하게 노래했던가. 여 감독은 그렇게 고향마을 찾아가듯 강정마을에 흘러든 것이었다.

'친노무현' 인사 혹은 참여정부에 몸담았던 이들은 강정마을 해군기지 문제를 말하는 것을 대개 꺼린다. 강정마을을 해군기지 입지로 선정한 정권이 바로 '노무현 정권'이었다는 불편한 사실을 들춰내고 싶지 않기 때문이다. 어떤 이는 말을 바꿔가며 참여정부가 강정마을을 해군기지 건설예정지로 선정했던 것을 강변하기도 한다.

여 감독은 잘 알려진 이른바 '친노' 인사다. 그런데 왜 그는 이 껄끄러운 상황에 성큼 들어온 것일까?

"미안함이 제일 먼저였을 거야. 사실 강정마을 해군기지 문제는 접근하기 까다로운 게 사실이야. 노무현 정권이 실제 의도와는 달리 입지 결정과정에 있었던 것이 사실이고. 말하긴 조심스럽지만 개인적 생각으론 국방부의 농간에 넘어간 건 아닌가 싶기도 하고⋯⋯. 더욱 심각한 것은 이명박 정권인데, 왜곡되고 변형된 형태로 사업을 추진하면서 여러 가지 문제를 야기하고 있는 것은 너무나 명백하고⋯⋯.

'환경영향평가조차 제대로 안 하고 막 밀어붙이려는 이유가 뭔지 가

서 직접 봐야겠다. 그리고 내가 본 것을 여러 사람과 공유해야겠다' 그렇게 생각했어. 참여정부가 결정한 것은 결정한 것이고 지금 문제가 발생하고 있는 것도 엄연한 사실이고. 절차에 문제가 있었으면 솔직하게 인정하고 지금이라도 바로잡을 수 있다면 바로잡으려고 함께 노력하는 자세가 중요하다고 생각해."

막연한 미안함에 한번 두번 왔다 갔다 한 것이 중독이 됐다. 이제 강정 마을에서 그를 '외지인' 취급하는 이는 아무도 없다. 마을회관 강당에서 쌀포대를 베개 삼아 곤히 자고, 공동식당에서 식판에 밥을 함께 나눠 먹는 사람. 주민들과 자원활동가들은 여 감독을 보면 부러 "하는 일 없이 밥만 축내는 사람"이라며 즐거운 시비를 건다.

"사실 내가 마을에서 밥 먹고 특별히 하는 일은 없잖아? 욕먹어도 싸지. 근데 누가 그랬어? 이놈들을 그냥! 하하하. 이 눈물겨운 공동체를 봐, 구럼비바위와 주민들, 자원봉사자들이 아무 대가 없이 서로 사랑하고 의지하는……

어제 사람들이 얼마나 많이 잡혀갔어? 서른 명이 넘게 연행되니까 마을이 초상집 같았잖아. 근데 오늘 아침에 저 사람들 표정 좀 봐. 아무 일 없는 것처럼 즐겁기까지 한 얼굴이잖아. 이 눈물겨운 공동체를 보면서 마음이 확 풀려버려. 단순하게 얘기하면 구체적으로 삶의 한 부분을 바꿔버려. 개인적으로는 마을, 공동체, 평화라는 이런 개념들을 20대 이후엔 잃어버리고 살았어. 근데 이게 내 신경을 툭 치고 들어와. '국민의 명령'이나 '혁신과 통합' 일에 관여하면서도 마음은 자꾸 강정에 가 있어. 사회의 틀을 바꾸는 새로운 민주진보세력의 판을 짜는 일은 명분도 맞고, 그렇게 될 것이라는 확신도 있어. 이런 명분과 확신이 나 개인의 욕망이라면 이것을 그 끄트머리에 있는 강정과 어떻게 연결해낼까가 지금 나의 고민이야."

그래서 그는 부산 영도 가는 희망버스를 타고, 제주도 강정마을 가는 평화비행기를 타는 이들을 잘 이해할 필요가 있다고 생각한다. 그의 표현을 직접 빌리자면 '환호작약(歡呼雀躍)하는 자발적 개인들의 느슨한 연대와 행복'을 제대로 이해하고 정리해야 한다는 것이다.

"영도에, 강정에 자발적으로 가는 사람들을 '운동'이라는 협소한 용어로 이해할 수 있을까? 아니라고 봐. 그들에겐 거창한 이유가 없어. 매번 흔들리면서 있어야 할 자리에 있는 것, 온라인과 오프라인을 통일해내는 박테리아 같고 버섯 같은, 느슨하지만 강력한 연대. 이들의 상상력을 이해해야 해."

영화는 감상하면 되지만 현실은 견뎌내야 산다. 하루 이틀도 아니고, 한두 해도 아니고 4년이 넘었다. 끝이 보일 것 같다가 다시 서면 처음이다. 태풍보다 큰 희망이 몰아치다 태풍보다 큰 절망이 된다. 지겹고 잔인한 반복의 세월. 대체 이 지겹고 잔인한 영화 같은 현실은 언제 끝나려는 것일까.

"영화로 치면 기승전결에서 전개부로 넘어왔어. 저쪽도 쓸 카드는 다 썼어. 공권력 투입하고, 나올 수 있는 갈등구조는 다 나왔어. 이쪽도 할 얘기는 다 했고……. 이걸 기초로 해서 마침내 대반전이 있지 않을까? 대반전의 시기가 곧 오는 거야. 이미 잔인한 침략이 있었기 때문에 아름다운 해결은 어렵겠지. 그 상처를 쓰다듬는 정도에서 끝나지 않을까? 거대한 평화라는 화두를 던지면서. 해군기지는 안 만들어지겠지만 공동체가 깨져나간 아픔과 이런 식으로 국책사업을 국가권력이 횡행한다면 어떻게 되는지 아픈 화두를 던져놓은 채 말이야."

그는 "국가안보라는 막무가내 앞에서 몸부림쳤던 주민들의 모습을 '싸움'이라고 표현하고 싶지 않다"고 했다. 그는 이를 '질긴 견딤'이라고 했다. "싸움이라고 생각했으면 마을 사람들 모두 복장이 터지거나 화병으로 죽었을 것"이라고 쓴 한숨을 길게 내쉬었다.

여 감독은 '질긴 견딤'을 가능케 하는 어떤 힘을 강정에서 찾아내려고 한다. 스스로 행복을 만들어내는 질김, 그리고 그 질김들의 수소 같은 느슨한 연대. 강정에서 트위터 영화를 만드는 까닭은 질긴 견딤을 찾아가는 과정이기도 하지만 강정의 절박함을 많은 이들과 효과적으로 공유하고 싶기 때문이다.

"트위터 영화를 만드는 것은 노동자들과 함께 급박한 선전 포스터를 만드는 것과 같아. 1986년, 1987년에 사진 슬라이드 쇼 만들고 영상물 제작하면서 참 피곤하고 힘들었는데 체질에 맞았나 봐. 그때도 굉장히 재미있게 일했거든. 나에게 부박(浮薄)한 아마추어리즘이 있는 것 같아, 개 폼 잡지 않고, 비록 소모품처럼 느껴질지라도 환기하고 공유하는 문화예술의 중요한 기능을 하려고 하는……. 긴 영화 만들고 싶기도 한데 이 일도 재밌어. 그리고 얼굴이 좀 알려져 있으니까 '함께합시다' 하면 '해요' 하고……. 스마트폰으로 영화를 만들다 보니까 그야말로 가벼운 전단지 같고, 단발 같은 비명이 나와. 근데 나 이러다가 진짜로 '가끔 감독'이 되겠어, 하하하."

영화에 끝이 있듯 세상 모든 일에는 반드시 끝이 있다. 끝이 있음을 알기에 '질긴 견딤'을 하고 있는지 모른다. 안타까운 건 끝은 하나인데 가진 입장에 따라 꿈꾸는 끝은 다르다는 것이다. 결코 가볍지 않은 '강정 해군기지 문제'의 엔딩을 물었다.

"어떤 식으로든 결말은 나겠지만 좋은 결말이 났으면 좋겠어. 이 일을 '로드 무비'로 비유하자면 해군은 악당으로 잠깐 출연한 별 볼일 없는 조연일 뿐이야. 그들은 자신이 주인공이라고 생각할지 모르지만 포악한 발언만 하다가 맞아 죽는 사소한 악역에 불과해. 진정한 주인공은 마을 주민이고, 매번 흔들리면서도 그들과 함께 앉아 있는 이들이야. 그들의 드라마를 주목하라, 그들이 길이다!"

강정마을을 지키는 평화유배자

제주군사기지저지 범도민대책위 집행위원장 고유기

저항의 시간을
새로운 가능성으로 엮는다

2011년 8월, 2년 만에 공안기관 대책회의가 열렸고 강정마을엔 느닷없는 검거열풍이 불었다. 4년 넘도록 해군기지 반대투쟁을 해왔지만 돌멩이 하나 던진 적 없고, 흙 한 줌 쥔 적 없이 싸워왔다. 그럼에도 불구하고 공안당국은 '폭력으로 공권력에 도전했다'는 구실을 달아 마을 주민과 평화활동가들을 체포했다.

육지경찰이 강정마을에 투입되던 9월 2일 오전 9시, 마을회관에 주민 두 명과 함께 있던 그가 내게 전화를 했다.

"힘없는 우리 세 명 잡겠다고 경찰 수십 명이 마을회관을 완전히 둘러쌌어. 신부님들이 항의하시는데……. 나 이제 가야 하나 봐."

고유기 제주군사기지저지 범도민대책위 집행위원장. 먼저 구속된 강동균 강정마을 회장과 형제처럼 친구처럼 토닥이며 이 먼 길을 걸어온 사람. 아니 그보다 가난한 살림에도 불구하고 맘씨 착한 아내 덕에 15년 넘게 시민운동을 해온 사람. 아니 그보다 가수 김원중의 노래를 좋아하고, 제주시인 김수열의 시를 사랑하는 낭만주의자. 아니 그보다 나이 마흔이 넘도록 육지생활이라곤 해병대 훈련받을 때 포항에 머물렀던 4주가 전부인 진짜 섬놈.

그렇게 잡혀간 경찰서 유치장에서 그는 '인권연대' 칼럼 코너인 〈수요산책〉에 보낼 원고를 작성했다.

어느 가을 오후, 높은 하늘을 배 위에 올려놓고 구럼비바위에 팔베개하고 누워 있는 내 모습을 상상한다. 가을의 파란 하늘과 맞닿은 바다 지평선 아래로 산호들은 날마다 새로운 꽃을 피우고 있다. 이것은 상상이 아니라 실은 수백 년 동안의 진실이었는데, 해군기지라는 거대한 괴물은 이 엄청난 진실을 상상의 감옥으로 밀어 넣으려 하고 있다. 그 수백 년의 진실을, 다가올 가을 어느 날의 오후의 현실로 만들어낼 수만 있다면, 이 감옥의 창살쯤이야 차라리 함께 산길을 넘는 벗일 뿐이다.

'감옥의 창살'을 '함께 산길 넘는 벗'쯤으로 여겨버리는 호기는 도대

체 어디에서 온 것일까? 그에게서 '옥중 원고'를 받아 온 한 후배 활동가는 "감수성 덩어리 그 자체이자 뼛속까지 운동가"라고 그를 표현했다. 자칫 모순될 것 같은 감수성과 운동가. 하지만 그의 이야기를 듣다 보면 진한 감수성이 열정과 헌신, 지치지 않는 끈기의 모태임을 알 수 있다.

언젠가 그에게 "줄곧 한 가지 운동을 그렇게 오래 하는 이유가 무엇이냐"고 물은 적이 있다. 10년째 그는 제주해군기지 반대운동을 해오고 있기 때문이었다.

"'사람'을 보기 시작한다는 것은 아무래도 사람의 '고통'에 민감해지는 일인 것 같아. 벌써 10년째 관여해오고 있는 해군기지 문제도 결국 강정마을 사람들의 눈으로 보게 돼. 해군기지 문제 하면 '평화의 섬'이니 '군비축소'니 하는 '논리'를 내세우지만, 실은 그것보다는 강정사람들 면면을 떠올리며 울컥하게 다가오는 어떤 연민, 아픔, 이것들을 떠받치는 분노 같은 것이 나의 동력이야. 약점이기도 하지만 나를 버티게 하는 동력……"

얼치기 운동가들은 당위를 설명하다 못해 강요하느라 입에 침이 마른다. 그래서 그런 이들이 쏟아내는 말엔 생동감이 없다. 이미 죽은 말이다.

새벽이슬처럼 영롱하고, 샘물처럼 맑고, 아궁이에 지핀 불처럼 따뜻한 말…… 이런 말이 살아 있는 말이다. 살아 있는 말은 '울컥하게 다가오는 어떤 연민, 아픔, 이것들을 떠받치는 분노 같은 것'을 지닌 사람에게서 나온다. 그래서 진짜 운동가는 말부터 살아 있다.

그가 시민운동을 해야겠다고 마음을 굳히게 된 동기는 단순했다. 대학생 때 사회운동하는 선배들을 보니 한 1, 2년 단체에서 활동하다가 안정된 직장 찾아, 행복한 가정 찾아 다 떠나더라는 것이다. 그래서 그는 '난 결혼한 뒤 단체에서 활동해야겠다'고 다짐했다. 문제는 그와 결혼할 사람의 이해를 구하는 일이었다.

"신제주에 있는 어떤 철학관에 갔어. 이름이 아마 '동명운명철학관'이었을 거야. 그런데 그 사주 봐주는 양반이 나보고 '서른여덟 때까지는 돈 버는 일을 해도 돈이 새니까 사회봉사 같은 일을 하는 게 좋겠다'고 하는 거야. 기가 막히잖아. 하하하. 그 후로 해가 바뀔 때마다 아내는 카운트다운에 들어가더구만. 그런데 최근에 많이 바뀌었어. 친구처럼 동지처럼 나를 은근히 지지하고 격려까지 해줘. 미안하고 고맙지."

도반(道伴), 짝이 되어 한길을 걷는 이다. 간혹 우리는 고상한 도반을

그리워한다. 내가 의지할 수 있는 버팀목 같은 존재, 혹은 나를 이끌어 세상길 여는 등대 같은 존재. 도반을 신비화했기 때문이다.

세상에 그런 도반은 없다. 피곤한 마음에 건네는 농담이 싫어 다투기도 하고, 제 목 타는 줄 뻔히 아는데 먼저 물잔 건네는 마음에 눈물이 나고, 동짓달 시린 바람에 난방 안 되는 단칸방에서 서로의 살을 부비며 잠이 들어도 따뜻한…… 그런 구체적 관계가 도반이다. '카운트다운 세다가 어느 순간에 지지하고 격려까지 해주는 사람'이 아내다. 이쯤 되면 그는 훌륭한 도반을 바로 곁에 모시고 사는 행복한 사람이다.

그는 언제부턴가 아예 강정마을에 상주하기 시작했다. 그가 사는 제주시에서 강정마을까지는 승용차로 한 시간 거리. 혼자 차를 몰고 오고 가는 시간에 그는 "작은 제주섬에서 흔치 않은 '사색의 시간'을 가졌다"고 했다.

음악을 좋아하는 사람인지라 오가는 차 안에서 실컷 들으며, 잊어버렸던 다짐 같은 것들을 되새김질하지 않았을까. 보닛을 타고 차창으로 휙 달려드는 여러 가지 현실적인 문제로 고민하지는 않았을까.

"정면으로 달리는 시간들이 나에게 성찰을 심어주고, 그 자체가 활로가 되어서 정말 좋아. 그런데 이런 얘기 하면 사람들이 욕할지 몰라. 그렇지만 강정이 나를 살리는 것만큼은 분명해. 그래서 꺼릴 것 없이 싸울 수 있어. '정의'니 '평화'니 하는 가치들이 손에 잡히는 공간이 바로 강정이야. 강정마을 들어온 것은, 개인적으로는 정말 이제는 순탄하게 살고 싶다는 탐색으로부터의 일탈이었어. 그리고 나 자신을 정면으로 응시하는 과정이었지. 그리고 '강정 이후' 나 자신의 삶이나 현실논리 따위는 생각하지 않기로 맘먹었지. 그래서 일단 편했어. 그리고 실제로 강정마을에 있으면 내가 편해. 강정마을이 나를 살리는 거야. 강정마을 지키겠다고, 강정마을 살리겠다고 왔는데 거꾸로 강정마을이 내 삶의 근거를 지키고, 나도 모르게 망가진 나를 살리고 있는 거지."

태풍 무이파가 제주도에 상륙하던 날이었다. 그와 나는 마을회관을 나와 중문에 있는 한 여관으로 갔다. 육지에서 온 대학생들이 마을회관을 통째로 숙소로 사용해야 했기 때문이다. 둘이서 맥주 캔을 따며 날 새도록 이야기했다. 20대 중반 이후 밤새워 이야기해본 것은 처음이었다. 그날 밤 그리고 그 이후에 그는 자주 이런 이야기를 했다.

"가장 두렵고 힘든 것은 해군이나 국가가 아니라 바로 '시간'이더라. 시간의 힘은 늙어가며 느는 흰 머리카락만큼 마음을 백지로 바꿔놔. 존재를 바람 부는 들판에 세우지. 아무것도 없는 거야. 허망함, 흔들리는 무력감…… 또다시 '처음'을 요구하는 것에 대한 억울함 같은 것이 들기도 하고……. 일종의 지리멸렬이지.

어쨌든 이런저런 핑계나 이유에도 불구하고 강정 문제는 나에게 피해 갈 수 없는 것이라는 생각이 들어. 이걸 피하는 것은 비겁하다는 단순한 생각이 점점 강해지는 거야. 역시 복잡한 것은 단순함으로 푸는 거야. 단순함이 복잡함을 물리치는 거야."

그와 강동균 강정마을 회장이 함께 있는 모습을 한 번이라도 본 사람들은 누구나 안다. 어쩌면 저렇게 죽이 잘 맞을까. 어쩌면 저렇게 서로에게 각별할까. 결코 가볍지 않은, 결코 무겁지 않은 나이를 초월한 우정. 이에 관해서도 그는 자주 이야기했다.

"강동균 회장님 얼굴이 자꾸 떠올라. 그분이 마을회장이기 때문이라기보다는 은근히 장난 걸고 여유 부리면서도 힘들어하는 그의 모습을 봐왔기 때문이지. 언젠가 강 회장님이 늦은 밤에 전화를 걸어온 적이 있었어. 술은 좀 마신 것 같긴 한데 술기운보다는 괴로운 기운이 역력하게 느껴지더라. 그때 강 회장이 막 울먹이면서 '유기야, 힘들다' 그러시는 거야. 그때 그 목소리, 지금도 잊지 못해. 얼마 전에도 강정마을로 차를 달리는데 그때 생각을 시작으로 강 회장님과 주민분들에 대한 기억이 꼬리

구럼비의
노래를
들어라

를 물고 이어져 울면서 온 적이 있어."

그는 "뭔가 살리는 일을 하고 싶다"고 했다. 그리고 "국가라는 거대한 힘 앞에 맞서 싸우더라도 마을 사람들이 다쳐서는 안 된다"고 했다. 그래서 주저 없이 전선의 한복판에 섰다. 피눈물로 성명서를 쓰고, 사법당국이 티켓다방 '찌라시'처럼 뿌려대는 소환장을 받은 주민들과 상담하고, 해군과 경찰이 몰려오면 하던 일 멈추고 달려가 싸우고, 싸우더라도 주민들 다치고 끌려가는 일 없도록 절제시키고…….

'내 안에서 '제주'라는 것이 작용한 게 아닌가 하는 생각이 들어. 해군기지 문제가 진행되는 과정에서 전국적인 단체들의 관심이 없었던 것은 아니야. 2007년에도 서울에 제주해군기지 문제에 대처하기 위한 '공동평화행동' 같은 것들이 만들어졌지. 그런데 시민단체들이나 사회운동세력들 내에서도 중요한 이슈로 취급되지 않는 느낌이었어. 제주에서는 수년째 첨예한 현안인 해군기지와 같은 사안이 육지부 전라도나 경상도에서 벌어졌을 경우 정치권도 이렇게까지 놔뒀을까 하는 생각이 드는 거야. 한마디로 '변방'의 문제로 여기는 것 같았어. '비애' 같은 것이 생기더라고."

진짜 리얼리스트는 눈물에 눈물을 먹고 성장한다. 그래서 체 게바라가

〈리얼리스트〉라는 시를 쓴 것은 우연이 아니다.

너무
외로워하지 마!
네 슬픔이 터져
빛이 될 거야!

그의 슬픔이 빛이 되는 날은 어떤 날일까? 적어도 지금은 강정마을 해군기지 문제가 주민들의 소원대로 잘 풀리는 날일 것이다. 최소한 어떤 결말이 날지라도 주민들이 덜 다치는 날일 것이다. 말장난이 아니다. 4년 넘도록 싸워오는 동안 주민들은 너무 많이 다쳤다.

"해군기지가 국가에게 얼마나 절박한 필요성이 있는지는 모르겠어. 그렇지만 강정마을 문제를 통해 이것만은 뼈저리게 느껴왔어. 국가는 자신이 필요로 하는 것은 모든 수단을 동원해 관철해내고 마는 무소불위의 실체라는 것 말야. 난 강정마을 해군기지 반대싸움이 적어도 이런 국가의 오만한 실체를 밝히는 싸움이라는 점에서 의미가 크다고 봐.

국가가 오만한 권력으로 남는 한 강정은 물론 우리 사회의 미래는 없을 거야. 사회의 다양성이 확대되고 시민권이 높아진다고 하지만 국가의 물리력과 실정법 논리 앞에서는 하나같이 무력화되고 말더라. 국가가 전가의 보도처럼 휘두르는 '안보 논리'에 딴죽 거는 일이 많아져야 해. 안보도 민주화되어야 해. '안보 민주화'라는 말, 많이 써줘."

그는 "기지 건설에 저항하며 외쳤던 가치들을 제대로 끄집어내는 노력이 없으면 이겨도 이긴 게 아니다"라고 했다. "지더라도 저항의 시간들을 새로운 가능성으로 엮어낸다면 지기만 한 것은 아니듯" 말이다.

15년 시민운동 하는 동안 나름 터도 닦고 이름값도 올렸다. 시쳇말로 시민운동 성과 내세우며 의원 배지 단다고 손가락질할 이 없다. 그런데 그는 다시 길을 나섰다. 제주해군기지 문제만 10년, 강정마을에서 4년. 왜 자꾸 그는 유배를 자처하는 것일까?

"지금과 같은 세상에서 '유배'야말로 '자유'의 다른 말 아닐까. 유배가 역행과 추방을 지칭하잖아. 지금 세상에서 역행이란 정의일 가능성이 매우 높은 것 같아. 그리고 추방이란 새로운 가능성의 행보일 공산이 크고……. 글쎄, 나 스스로 유배를 자처했다기보다는 마땅한 발걸음을 했을 뿐인 것 같아. 오래전 가을쯤이었어. 예비군 훈련을 해안 청소로 때우고 있었는데 그때 두 시간 동안 집중해서 고민했어. '어떻게 살까? 자유

롭게 산다는 것은 뭘까?' 뭐 이런 치기 어리지만 역사를 이어오는 주제에 대해 말이지.

그때 결론이 이거였어. '그렇지! 세상 굴러가는 것과 반대로 하면 자유로울 거야.' 그것이 바로 구조에 대한 저항이지. 세상에 맞추지 않고 나 스스로 추구해가는 다른 삶, 다른 일상…… 그것이 나의 시민운동론이었어. 그렇게 세상 틀에 억지로 꿰맞추지 않고 자유를 추구하며 산다면 나의 유배는 정당해. 그런 유배는 내 삶에 언제든지 권하고 싶어."

철창 안에 갇힌 그가 언제쯤 자유로운 새처럼 세상을 날지 모르겠다. 그가 철창 밖으로 나오는 날이 가을이었으면 좋겠다. 그에게 내가 아는 최고의 가을 노래인 〈가을이 빨간 이유〉를 들려주고 싶기 때문이다. 배경희의 글에 작곡가 류형선이 곡을 붙인 이 노래를 부르는 가수는, 그가 좋아하는 김원중이다.

하늘은 왜 이리도 푸른지
미치도록 아름다운 올해 가을
단풍 저리 붉게 우는 날 알게 되었어
이별의 계절 슬프도록 아름다운 올해 가을
가을이 빨간 이유를 나도 알았어

붉은 가을 이별의 계절엔

그리움도 흔한지

깊은 숨을 쉬면 가슴이 아프다

가슴이 너무 아프다

넌 눈물이 있으니 참 좋겠다

눈물 보일 수 없는 난 어쩌겠니

내 눈물은 돌이 되어 쌓이는지 가슴이 무겁다

이봐요, 거기 누구 없나요? 이봐요, 이봐요, 혹시 내 목소리가 들리나요? 혹시 거기 누구 있으면 내 이야기 좀 들어주세요. 남쪽바다 제주 강정마을에 사는 구럼비의 이야기를 들어주세요.

내 이름은 구럼비예요. 너럭바위라지만 나이가 몇 살인지는 정확히 알 수 없어요. 화산섬인 제주도가 생겨난 지 180만 년 정도, 성산일출봉은 18만 년 전이나 5만 년 전쯤. 음…… 그러니까 나는 아마 성산일출봉과 비슷한 시기에 태어나지 않았을까 싶네요. 적으면 5만 살, 많으면 18만 살. 몇 살이든 그게 무슨 상관인가요? 나이는 숫자에 불과하잖아요.

왜 이름이 구럼비냐고요? 까마귀쪽나무를 제주도에선 구럼비 혹은 구럼비낭이라고 부르는데 아마 거기서 유래하지 않았나 싶어요. 이 나무가 제주 해안가에서 많이 자라는데, 내 주변에도 녀석들이 꽤 있거든요. 구럼비나무가 많은 바위. 뭐 그런 생각으로 날 그렇게 불렀나 봐요.

더러 자기 식대로 해석하는 이들도 있어요. 구름을 닮아서 구럼비라고 했다든가, 아님 거북이 등을 닮았다 해서 거북 구(龜) 자를 넣어 구럼비라고 했다든가 하듯이 말예요. 뭐라고 해석하고 의미를 부여하건 간에 난 그냥 구럼비일 뿐이에요. 착하고 예쁜 바위 구럼비.

제주도는 화산섬이라 화산이 뿜은 용암이 흘러내려 굳은 바위들이 많아요. 하지만 나처럼 뾰족하지 않고 평평한 몸을 한 너럭바위는 드물죠. 보통 바위들은 한 덩어리씩 조각조각 모여 있잖아요. 그런데 나는 특이하게 단일 바위로 그 길이가 무려 1.2킬로미터에 이르죠. 쉽게 얘기하면 흘러내린 용암 한 판이 굳어버려 바위가 됐는데 길이가 1.2킬로미터에 이르고 너비는 150미터나 돼요.

시인 조정의 표현을 빌리자면, 나는 '빛깔은 제주의 여타 현무암과 달리 대부분 부드러운 회색이며, 크게 솟은 바위들은 머리에 황갈색 고깔모자 무늬를 덮고' 있죠. 시인은 또 나의 너른 품을 보며 "놀랍게도 구럼비에는 열두어 명 둘러앉을 만한 멍석 크기로 검회색빛 '아고라'도 마련되어 있다"고 감탄했죠.

실제로 사람들은 너른 내 몸에 기대 책을 읽거나 대화를 나누고 피곤할 땐 누워 잠을 잤죠. 그 흔한 일상의 풍경이었던 모습들이 이젠 먼 과거의 이야기가 되고 있군요. 내게로 오는 길을 다 막아버렸기 때문이에요.

2011년 9월 3일, 해군과 시행업체인 삼성은 내게로 올 수 있는 모든 길목에 높이 3미터짜리 철제 펜스를 쳤어요. 내 몸 산산이 부서진 자리에 시멘트를 부어 넣어 해군기지를 짓기 위함이랍니다. 기가 막힌 것은 사기업이 공사하는 것을 지키겠다며 육지에서 온 경찰이 투입되었다는 것입니다. 해군과 시공업자들은 육지경찰의 호위를 받으며 굴착기를 앞세워 내게로 오는 모든 길목에 철제 펜스를 쳤어요. 그리고…….

그들은 그다음 날부터 굴착기에 정을 꽂아 내 몸을 부수기 시작했어요. 텅텅텅~ 텅텅텅~ 굴착기에 매단 정이 발가락 마디를 짓뭉개고 손가락을 으깨고 정수리를 뚫었어요. 하얀 살이 터져 포말처럼 강정바다에 흩뿌려졌어요. 까만 피가 쏟아져 구름처럼 제주 하늘에 흘렀어요. 너무 아팠지만 비명을 지를 수가 없었어요. 너무 슬펐지만 울 수가 없었어요. 그 잔인함에 온몸이 치를 떨었지만 그들이 하는 대로 나는 가만히 누워 있기만 했어요.

왜냐고요? 그리웠기 때문이에요. 내 등을 주방 삼아 요리하던 종환 삼촌, 이젠 감옥에 갇혀 있는 문주란 꽃처럼 순한 사람 동원 씨, 늘 나의 말벗이 되어주던 착한 청년이었죠. 그리고 우리들의 공주님이었던 일곱 살 태나.

그리움이 깊으면 다시 만날 것이란 믿음에 그들에게 고통을 핑계로 구걸하고 싶지 않았어요. 내 온몸이 바스러지는 한이 있어도, 내 온 뼈가 으깨지는 아픔이 있어도, 내 모든 피가 쩌억쩍 마르는 고통이 따르더라도 그들에겐 신음소리 한 점 내주지 않을 거예요. 우리는 끝내 저 3미터 펜스를 넘어 다시 만날 테니까요.

늦여름 깊은 밤하늘에 은하수가 떴네요. 몸을 찢어놓던 굴착기도 내 옆에서 잠들었네요. 하긴 쟤가 무슨 죄가 있겠어요. 쟤를 조종하는 인간들이 나쁘죠. 편지 쓰기 좋은 밤이에요. 두런두런 대화 나누기 좋은 밤이기도 하고요. 우주와 세월의 영속을 노래하는 멋진 분이 있는데 바로 고은 시인이죠. 시인은 "논쟁은 수컷이고 대화는 암컷이니 달빛 같은 대화를 나누라" 하셨죠.

오늘 두런거리는 이야기는 나의 이야기이자 4년 넘도록 모질게 버텨온 강정마을 사람들 이야기입니다. 오는 길 막았어도, 소리 길 막았어도 마음에서 마음으로 가는 길은 막지 못했으니 이 이야기 달빛이 되어 그대 가슴에 흐르리라 믿어요.

강정마을에 와보신 적 있나요? '일강정(一江汀)'이라 불릴 정도로 물이 좋고 풍부한 곳이죠. 마을을 중심으로 강정천과 악근천 두 개의 큰 내가 흐릅니다. 현재 강정마을이 속해 있는 행정동 명칭이 대천동인데요, 말 그대로 큰 내〔大川〕가 있는 곳, 즉 강정을 뜻합니다.

예부터 물이 좋아 제주도에서 드문 논농사를 짓기도 했고요. 바다를 끼고 있지만 하우스며 작물농사를 크게 지었죠. 마을이 생긴 지는 약 4백 년이 넘은 것으로 추정하고 있어요. 제주도에서 각 지역 특성을 빗대 사람들 품성을 재미 삼아 이야기하는 걸 들어보신 적 있을 거예요. 성산포 사람은 어떻고, 모슬포 사람은 어떻고, 이웃 법환 사람들은 어떻고…… 하지만 강정사람들은 어떻고 하는 말은 없습니다. 그래요, 사람들이 착하고 순해서 격한 싸움 내놓고 하지 않고 이웃 간에 큰소리 한번 내본 적 없기 때문이죠.

그래서 인구 1970여 명 사는 마을에 모임도 많았죠. 갑장모임, 동창모임, 상여모임 등 각종 모임만 2백 개가 넘었으니까요. 하지만 지금은 거의 모든 모임이 깨지고 말았어요. 해군기지 문제 때문에요. 어느 날 불쑥 들어온 해군기지 문제는 굴착기에 박은 정이 내 몸을 찢어놓듯 마을 사람들을 갈가리 찢어놓고 말았어요.

먼저 부탁하고 싶은 이야기가 있는데 주민들이 이렇게 갈라지게 된 까닭을 '주민들이 해군기지 찬성과 반대로 나뉘었기 때문'이라고 말하지 않았으면 좋겠어요. 그렇게 말하면 갈등과 문제의 근본원인이 마치 주민들에게 있는 것처럼 비쳐요. 주민들이 처음부터 해군기지 문제로 자기들끼리 싸운 건 아니잖아요? 왜 자꾸 '찬성·반대'란 말을 사용해서 모든 원죄가 주민들에게 있는 양하는지 모르겠어요. 그 뒤에 숨은 자들, 강정마을에 맨 처음 해군기지라는 폭탄을 들고 온 자들, 또 주민들 이간질하며 웃고 있는 자들이 버젓이 있는데 말예요.

강정마을은 애당초 해군기지 후보에조차 없는 마을이었던 것 아세요? 해군은 2002년 해군기지의 최적지로 '화순항'을 선정했죠. 그런데 워낙 주민들이 강하게 반대하니까 슬그머니 후보지를 바꿔요. 2005년 9월 해군은 느닷없이 남원읍 위미리를 해군기지 사업 대상지역으로 정합니다. 물론 또다시 위미리 주민들의 강한 반대로 난항을 겪었고요. 그러다가 갑자기 해군기지 선정을 위한 여론조사를 불과 사흘 앞두고 강정마을이 후보지로 선정되는 촌극이 벌어져요. 강정마을은 주민 약 1970명 가운데 불과 87명이 모여 토론 한 번 하지 않고 박수로 '해군기지 유치 결정'을 해요. 비극이 시작된 날, 2007년 4월 26일입니다.

당시 마을회장은 뭐가 그리 급했는지 안건에 대한 충분한 사전공지 한 번 없이 야밤에 주민 몇몇만 동원해 중대안건을 기습 처리했죠. 해군기지 유치에 따른 이해득실에 대한 충분한 정보공개는 물론 그 흔한 설명회 한

번 개최하지 않은 이상한 국책사업 대상지 결정이었습니다.

강정마을엔 꽤 유명한 리조트가 들어서 있습니다. 해군기지보다 훨씬 규모가 작은 이 리조트 단지 하나 들어설 때도 주민들은 마을 생태환경에 대한 영향, 마을 경제에 대한 이해득실 등을 주제로 모두 여덟 번의 임시 총회를 열어 토론하고 합의해서 결정했어요. 이런 민주적 전통이 있었던 마을이기 때문에 주민들은 당시 마을회장의 기습 처리가 기가 막힐 따름 이었죠.

그래서 마을 주민들은 2007년 8월 10일 마을임시총회에서 해군기지 유치 결의를 주도한 당시 마을회장을 해임했죠. 당시 투표에는 마을 주민 436명이 참가해 유효투표수의 95.4퍼센트인 416명이 마을회장 해임에 찬성했습니다. 그리고 새로 회장을 선출했는데 해군기지 반대싸움을 하다가 구속된 강동균 마을회장이 바로 그 사람입니다.

그리고 열흘 뒤인 8월 20일에는 '해군기지 유치 찬반을 묻는 주민투표'를 실시했죠. 마을회장 해임투표 때보다 더 많은 마을 주민 725명이 참가해 유효투표수의 94퍼센트인 680명이 해군기지 유치에 반대했어요. 주민 대다수가 해군기지에 반대한다고 주장하는 근거가 바로 이날 민주적으로 실시된 해군기지 찬반투표 결과입니다.

이렇듯 마을 주민 대다수가 반대의사를 분명히 하는데도 해군은 갖은 편법을 써서 공사를 강행합니다. '국책사업'이기 때문이랍니다. 그것도 가장 중요한 '국가안보사업'이기 때문이랍니다. 그래서 주민들은 되묻습니다.

"그렇게 중요한 국가안보사업을 왜 최적지라고 했던 곳에선 못하고 여기저기 기웃거렸습니까? 그렇게 중요한 안보사업이면 설득할 수 있었을 텐데 왜 설득하려는 노력은커녕 그 흔한 설명회 한 번 하지 않았습니까?"

내가 누운 곳 바로 앞에는 강정바다가 넘실댈죠. 음력 9월이 되면 녀석의 빛깔은 진한 에메랄드빛이 되는데 얼마나 매혹적인지 몰라요. 참, 제주도는 전 세계에서 유일한 유네스코 자연과학 분야 3관왕이라는 사실 아세요? 2002년엔 생물권보전지역으로 지정됐고, 2007년엔 세계자연유산으로 등재됐어요. 그리고 2010년엔 이 구럼비가 있는 곳 일대가 세계 지질공원으로 인증받았죠. 논란이 있긴 하지만 제주도가 세계 7대 자연경관에 도전하는 것도 이 유네스코 3관왕 타이틀이 있기 때문에 가능한 일이었고요.

그리고 내가 사는 지역 일대는 '문화재 보호구역'과 '절대보전지역'으로 지정된 곳이에요. 절대보전지역에서는 자연환경의 고유한 특성을 절대적으로 보호하기 위해 건축물의 건축, 시설의 설치, 토지의 형질변경,

공유수면의 매립 등을 해서는 '절대' 안 돼요. 그래서 유네스코는 절대보전지역에서는 개발시설이나 경제행위는 규제하고 학술연구와 생태교육 등 보전활동만 하라고 권고하고 있죠.

요즘 해군이 하도 법, 법 하니까 나도 법 얘기 하나 할게요. 강정마을 해군기지 유치 결정이 난 시점은 2007년 5월 14일이에요. 그런데 공사를 할 수 있게 절대보전지역 지정을 해제해달라고 신청을 낸 것은 2년 뒤인 2009년 9월 22일이고요. 무슨 얘기냐 하면 해군은 최소한 2년 동안 불법 공사를 했다는 것입니다. 이 불법은 어떻게 처벌할지 무척 궁금합니다.

세세하게 따지기 시작하면 이 밤을 새워도 이야기를 다 못할 지경이에요. 근래에 밝혀진 사실 몇 가지만 이야기하죠. 야당 의원들이 밝혀낸 사실인데요, 해군기지를 짓기 위해 국방부와 제주도, 국토해양부가 협약서를 이중으로 체결했다고 하는군요. 국방부가 갖고 있는 기본협약서의 제목은 '제주해군기지(민·군복합형 관광미항) 건설과 관련한 기본협약서', 반면 제주도와 국토해양부가 갖고 있는 것은 '민·군복합형 관광미항 건설과 관련한 기본협약서'라는 것입니다.

야당 의원들은 "제목부터 다른 협약서가 이중으로 작성돼 있었다는 것은 해군이 처음부터 장난을 친 것이고 대국민 사기극을 벌인 것"이라고 주장하고 있어요. 그래서 정동영 민주당 최고위원의 지적이 이해가 가더라고요. 정 최고위원은 "1조 원 가까운 돈을 국회가 강정마을 해군기지 예산으로 줄 때 조건이 민·군복합항 건설이었으니 당연히 5천억 원 이상은 '민'을 위해 써야 한다"고 전제했죠.

그런데 "해군은 1조 원의 5퍼센트인 5백억 원을 책정하고 있다"는 것입니다. 정 최고위원은 "이는 명백히 국회 예산 부대조건을 어긴 것이기 때문에 해군기지 예산을 전액 삭감할 것"이라며 벼르고 있죠.

정리하자면 협약 자체가 이중협약이기 때문에 해군기지를 건설하면 안 되고, 또 백번 양보해서 해군기지 만들려면 국회가 예산 줄 때의 조건처럼 '민간항' 개발에도 전체 예산 약 1조 원 중 50퍼센트, 즉 5천억 원을 책정해서 사용해야 합니다. 그런데 5퍼센트인 5백억 원만 책정하여 집행하고 있기 때문에 예산삭감 사유가 된다는 것이죠.

더욱 놀라운 것은 강정 해군기지 건설예정지 내에서 유적지가 발견된 것입니다. 황평우 한국문화유산정책연구소장이 "제주의 탐라국 건국 시기부터 최근까지의 유적이기 때문에 제주에선 보기 드물게 거의 모든 시대별 유구가 한곳에서 나온 것으로서 장차 국가문화재로 지정돼야 할 유적"이라고 큰 의미를 부여할 정도예요. 문화재법은 상위법이어서 문화재로 추정되는 유구가 발견되는 즉시 공사를 멈추고 발굴조사를 실시해야 하는데 해군은 막무가내로 공사를 하고 있어요. 야당이, 주민들이 그렇게 호소를 해도 말을 듣지 않습니다. 심지어 유구가 발견된 지점에 쇠말뚝을 박아 내게로 오는 길을 막는 펜스를 치고, 그 아래 철조망을 휘감았죠.

제 나라 역사도 맘대로 파헤치고 무시하는 정부가 일본의 역사왜곡을 꾸짖을 수 있나요? 이런 나라가 중국의 동북공정이 역사를 왜곡한다고 질타할 수 있나요? 이게 얼마나 수치스러운 일인지 알기나 할까요?

국방부와 해군은 강정마을에 해군기지가 필요한 이유를 남방해상무역을 보호하기 위해서라고 설명하더군요. 제주도 남쪽 바다를 오가는 한국 상선과 어선을 보호하기 위해 군사기지가 필요하다는 얘기죠.

그러나 국제법상 해상무역보호는 해군이 아닌 해양경찰이 하는 거래요. 해군이 그 역할을 하면 그 지역은 국제분쟁지역으로 설정될 수 있기 때문이죠. 이렇게 되면 한국 영토와 가까이 있는 중국이나 일본과 불필요한 영토분쟁을 하게 돼 영토주권을 침해받을 수 있다고 해요. 한국 정부가 독도에 군대가 아닌 경찰을 파견해 주둔시키는 이유도 바로 이 때문이에요.

그래서 많은 군사전문가들이 의심하고 있어요. 제주해군기지가 중국을 압박하는 미군의 기항지로 활용될 목적은 아닌가 하고요. 한·미안보동맹과 한·미행정협정 등에 근거해 미군은 언제든지 자신들이 필요할 때 한국의 기지를 사용할 수 있거든요. 미국이 중국이라는 잠재적인 위협 대상을 견제하기 위해 제주해군기지를 적극 활용할 것이 뻔하다는 우려인 셈이죠.

2010년에만 40만 6100여 명의 중국인이 '관광의 섬 제주'를 찾았어요. 외국 관광객의 대부분이 중국 관광객이래요. 전문가들은 제주해군기지가 대중국 압박용 기지라는 점이 분명해지면 중국이 제주도를 여행금지 지역으로 설정할 공산이 크다고 우려합니다. 중국 관광객 유치로 큰돈을 벌고 있는 제주도로선 큰 경제적 손실을 입게 되는 것이죠. 해군은 해군기지가 지역경제 활성화에 도움이 된다고 하는데, 40만 명이 넘는 중국 관광객이 발길을 끊은 이후의 대안이 무엇인지는 얘기하지 않더군요. 중국인들이 자기 나라 압박하는 '민·군복합항' 구경하러 제주도 오겠어요? 답답할 뿐이에요.

감옥에 가 있는 강동균 마을회장, 고유기·홍기룡 범도민대책위 집행위원장, 미량 씨, 동원 씨, 종환 삼촌, '평화와 통일을 여는 사람들' 김종일 전 처장님도 저 은하수를 보고 있을까요? 늦여름 초가을에 보는 은하수니 아마 안드로메다 은하일 거예요. 안드로메다까지는 빛의 속도로 가도 230만 년이 걸린다고 하니 지금 우리가 보고 있는 저 은하수 빛은 230만 년 전 빛이겠군요. 시간과 공간이란 이렇게 덧없는 건가요.

그리운 이들을 가둔 저들은 내일 아침이면 다시 내 뼈와 살을 으깨기 시작하겠죠. 그래도 신음소리 하나 저들에게 들려주지 않으렵니다. 법도 상식도 인정도 없는 저들에겐 고통으로 토해내는 피조차 희열이 될 테니까요. 실컷 부수라고 하세요. 내 모든 것 온전히 다 내어줄 테니 원하는 대로 실컷 짓이기라고 하세요. 그래서 철들 수 있다면, 그래서 제정신 차릴 수 있다면, 그렇게 해서라도 자신들이 얼마나 큰 죄를 저지르고 있는지 깨달을 수 있다면 기꺼이 으스러져갈 테니……

아이들 웃는 소리가 들려요. 이젠 할아버지가 돼버린 아이들, 그 아이들의 아이가 다시 와 뛰놀고, 그 아이의 아이가 내 품에 안겨요. 항상 그런 먼 미래를 안고 살아왔죠. 인간의 시간으론 가늠할 수 없는 아주 오래된 이야기이자 아주 오래된 미래……

다시 아이들을 안고 싶어요. 내 너른 등에 무등을 태우고, 강정바다 수평선 너머를 함께 꿈꾸고 싶어요. 나를 가두고, 나를 죽이는 건 참을 수 있어요. 그러나 섬마을 아이들의 꿈을 죽이는 건 참을 수 없어요. 섬마을 아이들의 웃음소리를 지우는 건 참을 수 없어요.

이봐요, 이봐요, 거기 누구 없어요? 제발 이 미친 짓 그만두라고 말해주세요. 이봐요, 이봐요, 거기 누구 없어요? 제발, 제발 이 죽음의 망나니 짓 그만 멈추라고 말려주세요!

제주해군기지 건설 문제가 매우 첨예한 국면에 와 있다. 주민과 시민활동가들은 연일 해군 측 공사를 저지하기 위해 비상상태를 유지하고 있다. 벌써 두 달째다. 해군기지 공사가 예정된 강정마을 구럼비해안으로 이르는 통로는 세 군데다. 이를 주민과 시민사회단체들이 밤낮으로 지키며 막고 있다. 육상에서의 공사는 사실상 봉쇄된 셈이다.

대신 해상에서 매일같이 대치 국면이 벌어지고 있다. 인근 화순항에서 제작 중인 케이슨 투척을 위한 사전작업인 해군 측 해상측량 활동을 주민과 시민사회단체 활동가들이 보트를 이용해 저지하고 있는 것이다. 높이만 30미터에 이르는 거대한 케이슨 구조물이 강정 구럼비해안에 설치되기 시작하면, 기지 건설공사는 되돌리기 어려운 지경에 이를지도 모른다. 그래서 강정 주민들과 이곳에 상주하는 시민들, 활동가들은 이를 막기 위해 촉각을 곤두세우고 있다.

제주해군기지가 공개적으로 추진되기 시작한 때는 2002년이다. 하지만 그때만 해도 해군 측은 제주에 건설하려는 기지가 '전략기지'가 아닌 '해군 전용부두'라고 밝혔다. 그렇지만 제주도민들과 언론에서는 '무늬만 부두일 뿐 사실상 전략기지 아니냐'는 의문을 지속적으로 제기해왔다. 실제로 제주해군기지 건설 의혹의 시발점이 되었던, 2002년 5월 제주항에서 열린 토론회에서 '전략기동함대' 건설 필요성이 제기되었고, 당시 해군본부 정훈공보실도 "전략기동함대 건설은 해군의 숙원사업"이라고 밝혔다.

그럼에도 해군은 2002년 7월 11일, '제주도 해군부두 건설계획'을 통해 "그동안 제주지역에서 불거졌던 해군기지 구축 문제와는 차원이 다르다"면서 "화순항에 건설 중인 민항 및 마리나 부두와 연계해서 건설할 계획"이라고 밝혔다. 당시 제주시민사회단체 대책위의 공개질의에 대한 답변에서도 "(제주해군기지는) 동해나 평택의 함대보다도 작은 규모"라고 밝혔다. 이지스함 등 구체적인 함정 배치 계획도 없다는 뜻을 분명히 했다.

그러던 해군이 2006년에 들어서는 제주해군기지가 한 개 기동전단급의 규모를 갖춘 전략기지라고 말을 바꿨다. 2006년 12월 14일 제주도의회 군사특위 설명회에서 해군이 제주에 건설하려고 계획 중인 기지가 이지스함과 잠수함 전대가 배치되는 전략기지 성격을 띠고 있음을 최초로 밝힌 것이다.

그렇다면 해군이 제주에 건설하려는 기지의 규모는 지금의 한 개 기동전단 수준이 전부일까? 2004년 국방부가 국회 국정감사에 제출한 자료는 이에 대한 단서를 제공하고 있다. 당시 국방부 자료에는 제주 화순항을 모기지로 하는 전략기동함대 계획이 들어 있기 때문이다. 7천 톤급 구축함(이지스함) 두 척, 4천 톤급 구축함 두 척, 1만 3천 톤급 상륙함 한 척, 2만 톤급 군수지원함 한 척으로 구성되는 기동전단이 두 개 더 추가돼 총세 개의 기동전단 체제로 전략기동함대를 건설하겠다는 것이다. 이는 제주 강정마을에 건설하려는 해군기지가 향후에도 얼마든지 확장될 가능성이 있음을 보여주는 대목이다.

이를 뒷받침하는 정황은 또 있다. 2007년 〈동아일보〉, 〈국민일보〉 등은 제주해군기지에 배치되는 상륙함(LPX)이 "상륙작전용 장비뿐만 아니라 수직이착륙 전투기를 적재해 유사시 경(輕)항공모함으로 이용할 수 있도록 설계된 사실을 확인했다"는 보도를 내보낸 적이 있다. "상륙함이던 독도함을 개조해 경항모로 바꿀 경우 호위형 구축함, 잠수함으로 이뤄진 항모전단이 완성된다"는 것이다. 2007년 3월 17일에는 중국의 관영 신화통신이 '한국 해군 항공함대 초기 형태 구비'라는 기사를 내보내기도 했다.

게다가 2008년 11월의 '국방개혁 2020' 조정안을 보면 제주에 새롭게 해병부대를 창설한다는 내용이 들어 있다. 당시 조정안은 지금의 제주해역방어사령부를 해체하는 대신 제주기동전단을 창설하는 한편 해병대 연평부대와 해병여단을 해체하고 제주부대를 창설한다는 계획을 담고 있다. 제주에 추진되는 해군기지가 이지스함과 잠수함 전대뿐 아니라 여단급 해병부대까지 동반한다는 것이다. 이는 해군기지가 한번 만들어지면 언제든지 필요에 따라 규모와 실체가 지속적으로 확장되고 심화될 수 있음을 보여준다.

이뿐만이 아니다. 심지어 제주해군기지가 건설되면 결국 '핵기지'로 가는 것이 아니냐는 우려마저 나오고 있다. 2005년 12월 1일 자 〈경향신문〉은 '핵추진 잠수함' 개발 관련 소식을 보도하면서 당국 고위관계자의 입을 빌려 "핵추진 잠수함 계획은 사무실 캐비닛에 들어가 있지만, 강대국을 견제할 수 있는 가장 효과적인 비대칭 무기라는 점에서 언제든지 열쇠로 따고 나올 가능성이 높다"고 전했다. 제주해군기지에 배치되는 잠수함 전대가 향후 대양해군 전략에 따라 어떻게 그 실체가 드러날지 짐작할 수 있는 대목이다.

2006년 10월, 우리 군이 한국형 미사일 개발에 성공했음을 발표한 것 또한 제주해군기지의 실체에 대한 의문을 보탰다. 당시 정부 발표는 다분히 연초부터 정국을 달군 북핵 사태를 의식한 것으로 보이지만, 이 역시 제주해군기지의 실체와 관련해 중요한 단서로 작용하고 있다.

당시 국내 일간지들은 이 소식을 대서특필하면서 사거리 500킬로미터-1000킬로미터-1500킬로미터 능력을 갖춘, 이른바 '천룡 시리즈'라고 불리는 이 미사일이 성능 면에서도 미국의 핵전술 무기인 토마호크 미사일에 버금가는 수준이라고 전했다. 그런데 눈여겨볼 것은 이 미사일을 "차기 중형 잠수함이나 이지스함에 장착해 북한의 핵 및 미사일 기지를 정밀 타격하는 전략무기로 활용할 계획"임을 덧붙이고 있다는 사실이다. 새롭게 창설되는 잠수함 전대를 동반한 이지스함의 모항이 제주해군기지이고 적어도 북핵을 겨냥한 미사일을 장착한다는 점은 제주해군기지가 핵기지가 될 것이라는 우려를 사기에 충분하다.

2005년에는 진해 소모도 해군기지에 미군의 핵추진 잠수함이 정박해 논란을 일으켰다. 소모도 해군기지는 진해 해군기지가 생긴 이래 1990년대 초반에 추가로 20만 평의 바다가 매립되면서 만들어진 것으로 알려지고 있다. 제주해군기지가 건설될 경우의 양상을 앞서 보여주는 사례가 아닐 수 없다. 특히 해군이 제주기지를 건설하려는 목적이 진해기지와는 또 다른 대양해군 차원의 전략기동함대 완성에 있다는 것을 감안하면, 제주해군기지는 그 모기지로서 충분히 확장을 거듭할 것이라고 볼 수 있다.

양해각서 만들어놓고 진행된 여론조사

2011년 6월 23일 야5당 진상조사단이 국회에서 주최한 제주해군기지 갈등 해결을 위한 공청회에서 해군 측 토론자로 나선 송무진 대령은 "강정마을 선정 과정은 우리나라 국방사업 역사상 가장 민주적인 절차를 거친 것"이라고 강조했다.

송 대령의 이러한 언급은 제주해군기지 건설을 둘러싼 군과 정부의 인식을 잘 보여준다. 국가안보를 위한 사업을 결정할 때 주민 의견까지 물어가며 추진한 사례가 있느냐는 것이다. 한마디로 그냥 밀어붙여도 그만이지만 의견을 묻는 절차를 거치는 '배려'까지 했는데 왜 절차적 정당성을 따지느냐는 뉘앙스다. 실제로 2007년 9월 사회갈등연구소가 주최한 토론회에서 당시 국무총리실의 한 관계자는 "제주해군기지 사업이 정부가 추진하는 사업으로는 100점 만점에 70점 정도는 된다"고 자평했다.

'역사상 가장 민주적인 사업'이라는 해군 측의 주장은 2007년 5월에 있었던 여론조사에 근거를 두고 있다. 당시 제주해군기지 유치 여부를 두고 제주도가 실시한 여론조사는 제주도민이 해군기지 유치를 찬성한다는 결론을 이끌어냈고, 또 지금의 강정마을을 후보지로 결정하는 배경이 되었다. 비록 아무런 법적 구속력도 없는 단지 '참고용' 여론조사였지만, 사실상 해군기지 건설 추진의 결정적인 계기가 된 것이다.

그러나 여론조사의 과정과 방식은 오히려 제주도민의 반대 목소리를 확장시키는 결과를 불러왔다. 여론조사에 수반된 예산, 용역위탁 과정 등이 관련 법과 조례를 위반했다는 지적이 공식적으로 확인되었고, 심지어 여론조사 결과에 대한 조작 의혹도 강하게 제기되었다.

특히 해군기지 건설 최종 후보지로 선택된 지금의 강정마을은 여론조사를 불과 17일 앞둔 시점에서야 거론됐을 정도로 상당히 기습적으로 후보지 대상에 포함되었다. 이런 탓에 정부와 해군의 사전 개입 의혹이 제기되고 있는 것이다. 이와 관련, 당시 도의회에서 한 주민은 해군 측과 제주도정이 사전에 찬성 주민을 사실상 '포섭'했다는 내용의 진술을 하기도 했다.

어쨌든 2007년 당시 제주도 당국이 해군기지 유치 여부를 결정하기 위해 실시한 여론조사가 여전히 해군 측의 가장 큰 명분으로 활용되고 있다. "우리나라 국방사업 역사상 정부나 군의 요구가 아니라 주민 스스로의 요구에 따라 가장 민주적인 방법으로 결정된 사업"이라는 정삼만 해군대학 교수 주장의 가장 큰 근거도 바로 이 여론조사다.

그러나 2007년 당시 여론조사는 이런 주장과는 달리 제주해군기지 건설을 전제한 요식행위일 뿐이었다. 당시 큰 논란이 되었던 이른바 양해각서(MOU) 사건이 이를 뒷받침한다. 제주군사기지저지 범도민대책위가 당시 공개한 '제주해군기지사업 협력에 관한 양해각서(안)'는 사실상 정부와 제주도 당국이 제주해군기지 건설을 기정사실화하고 있었음을 보여준다.

양해각서(안)에는 해군기지 건설을 전제한 지역개발지원사업과 주민지원에 관한 사항이 구체적으로 담겨 있다. 당시 제주도는 국방부에서 일방적으로 작성한 것이라고 주장했지만, 이를 곧이곧대로 믿는 사람은 별로 없다. 설령 그대로 믿더라도 어쨌든 국방부 차원에서 여론조사 결과와 무관하게 제주해군기지 건설을 추진하려 했다는 것을 보여주고 있으니 "민주적인 방법으로 결정된 사업"이라는 해군의 주장은 터무니없는 것이다.

최근 우근민 제주지사가 부쩍 해군기지 건설 문제를 둘러싼 논란에 대해 "되돌릴 수 없다"는 발언을 내놓고 있다. 그런데 이 과정에서 우 지사는 "절차적으로 일부 매끄럽지 못한 부분이 있었다"고 밝혔다. 2007년 이후 해군기지 추진 과정에서 도지사가 절차의 잘못을 인정하는 발언을 한 것은 아마 처음인 듯싶다. 제주도민의 여론도 해군기지의 찬반을 떠나 해군기지 추진 과정이 잘못되었다는 데 대체로 공감대가 형성돼 있다. 그런데도 해군은 여전히 '가장 민주적인 사업'이라고 주장하며 해군기지 건설 강행에 나서고 있다.

이런 상황에서 야5당의 진상조사단이 구성되어 진상조사 활동이 이뤄지고 있다. 제주해군기지 문제가 정치권의 현안이 되면서 국가안보사업의 민주성 여부를 가늠하는 리트머스가 된 것이다. 해군이 '역사상 가장 민주적인 사업'이라고 주장하듯, 거꾸로 국가안보사업이라 할지라도 민주성이 결여되었다면 되돌리고 바로잡아야 한다. 야5당의 진상조사 활동이 주목되는 이유가 여기에 있다.

MB 공약으로 탄생한 '민·군복합관광미항'

제주해군기지 건설 문제가 나올 때마다 거론되는 것이 호주의 시드니 항과 미국의 샌디에이고 항이다. 주로 해군기지 찬성 측의 주장인데, 세계적인 미항에도 해군항이 있다는 것이다. 한마디로 제주해군기지를 건설하면 시드니나 샌디에이고 같은 아름다운 항구가 될 텐데 왜 반대하느냐는 이야기다. 2011년 6월 23일 국회 공청회에서 한 찬성 측 토론자도 "시드니, 싱가포르, 나폴리 등 항구 이름에서 '미항'을 떠올리지 '전쟁기지' 따위의 단어들을 연상하지는 않는다"며 "제주해군기지는 미항이 될 것"이라고 주장했다.

제주해군기지에 '관광미항'이라는 수식이 따라붙은 것은 이명박 정부 들어서다. 2008년 9월 11일 당시 국가정책조정회의에서 제주해군기지의 공식 명칭을 '민·군복합형 관광미항(제주해군기지)'으로 확정한 것이다. 이명박 대통령의 공약이기도 하다.

지금 추진하고 있는 제주해군기지를 과연 '관광미항'이라고 할 수 있을까? 실제로 '민·군복합형 관광미항'을 위해 계획 중인 예산은 530억 원에 불과하다. 터미널 한 개와 진입도로 한 식, 토지보상 등이 전부다. 사실상 터미널 하나 짓는 셈이다. 이것이 관광미항 실체의 전부다.

여기에다 2008년 국토해양부 예산으로 반영된 15억 원의 설계용역비도 현재 제대로 집행되지 못하는 실정이다. 이 용역 예산도 2008년 말, 2009년도 국회 예산심의 과정에서 해군기지 관련 예산 삭감 주장에 대응해 즉흥적으로 국토부 예산에 반영한 성격이 짙다. 결국 민·군복합형 관광미항은 제주해군기지의 실체를 감추려는 겉치레에 불과하다.

민과 군이 공동으로 사용하는 '복합항'이라는 개념 또한 불분명하다.

게다가 복합항도 아니고 '복합형'이다. 군항을 만들어놓고 크루즈 선박도 같이 이용하도록 하겠다는 발상이다. 최근 우근민 제주도지사는 서귀포 동지역 간담회에서 "해군기지가 건설되면 매일 크루즈 선박이 한 대씩 들어온다"고 발언했다가 구설수에 올랐다.

이미 강정마을에서 불과 7~8킬로미터 떨어진 제주 화순항은 8만 톤 규모의 크루즈 선박 입항이 이뤄지고 있을 정도로 크루즈 접안시설을 갖춰놓고 있다. 최근 개발된 제주시 외항에도 크루즈 선박을 위한 선석이 마련돼 있다. 이런 상황에서 어떤 크루즈 선박이 군의 통제를 받아가며 군항에 들어오려고 할까? 그것도 매일 한 대씩 말이다. 그만큼의 수요가 있을까? 상식적으로 이해하기 어려운 대목이다.

2008년에 크루즈항 건설의 경제적 타당성 조사를 위한 용역이 실시된 적이 있다. 결론은 당연히 '돈이 된다'였지만, 조금만 자세히 들여다보면 허술하기 짝이 없는 내용이었다. 한국개발연구원(KDI)이 작성한 당시 보고서대로라면 오히려 크루즈 선박 기항이 늘어날수록 적자폭만 더 커지는 것으로 분석됐다. 애초 경제성이 없는 사업인데 경제적 타당성을 도출하려고 비재무적 요소까지 편익요소에 반영시키는 등 데이터상의 짜맞추기를 하다 보니 이런 결과가 나올 수밖에 없었다. 그러나 이런 문제제기에 대해 해군은 물론 용역을 시행한 도당국은 해명 한마디 없었다.

더 큰 문제는 크루즈 선박 기항시설이 기본적으로 민간용이라면 국토해양부의 몫이 되어야 하는데, 국토해양부는 별 관심이 없다는 점이다. 2008년 국회에서 만난 한 국토해양부 관계자는 "군기지를 만드는데 왜 국토해양부가 예산을 지출해야 하느냐"며 노골적으로 불만을 나타내기도 했다. 크루즈 선박 접안을 위한 선석이 해군기지 예산에 포함되어 있다는 것만 봐도 이것은 사실상 항공모함 접안용이라는 것이 주된 시각이다.

일부 제주도민들이 해군기지 건설을 찬성하는 이유는 대부분 경제적인 것이다. 해군기지를 건설하면 경제가 발전할 것이란 기대가 크기 때문이다. 2011년 6월 〈제주도민일보〉가 도내 각계 전문가 2백 명을 상대로 한 설문조사에서도 응답자의 76퍼센트가 '크루즈항 중심의 민·군복합형 기항지'를 주문했다(기항지는 배가 목적지로 가는 도중에 잠시 들르는 항구를 뜻한다). 해군의 계획대로 이지스함을 포함한 기동전단과 잠수함 전대 등 대규모 군사기지에 찬성하는 응답률은 18퍼센트에 불과했다.

2008년 1월, 제주KBS가 도민 8백 명을 상대로 한 여론조사에서도 33퍼센트가 '해군기항지+관광미항'을, 35퍼센트는 '해군기지+관광미항'을 선호하는 것으로 나타났다. '기존 해군기지'에 찬성하는 여론은 4.6퍼센트에 불과했다.

백 보 양보해서 제대로 된 민간 크루즈 선석을 갖춘 항구를 건설한다고 치자. 이미 몇 킬로미터 인근에 민간 크루즈항이 마련돼 있는데, 또다시 수천억 원의 예산을 들여 크루즈항을 만든다? 혈세 낭비 논란에 휘말릴 것은 불을 보듯 뻔하다. 나아가 제주도민의 민심을 달래기 위해 수백억 원, 혹은 수천억 원의 예산을 쏟아붓는 것은 그 자체로 '돈 주고 안보를 사는 꼴'이다. 해군 측의 주장대로 안보상의 중대한 이유 때문에 해군기지 건설이 필요하다면 있는 그대로 정직하게 설득에 나서야 한다.

최근 우근민 제주도지사는 정부가 제주해군기지 건설 대가로 법적 수준의 지원을 약속했다며 자신감을 보이고 있다. 그러나 그 대가가 수천억 원에 이른다 해도, 제주도가 군사기지 건설 탓에 장래에 치러야 할 비용을 생각한다면, 제주도지사 역시 신중해야 한다. 제주해군기지는 지금이라도 허울 좋은 가면을 벗고 민얼굴로 솔직해져야 한다.

해군기지 앞에서 법과 원칙 모두 무너져

2011년 6월 9일, 해군 측 바다 준설용 바지선이 강정마을 앞바다에 나타났다. 인근 제주 화순항에서 제작 중인 케이슨 투척을 앞두고 사전 준설작업을 하기 위해서다. 강정마을 주민과 활동가들은 보트를 타고 바다에 나가 해군 측 바지선 위로 올라가는 등 공사를 저지했다.

해군의 공사를 저지한 것은 해군기지 건설의 부당함에 대한 항의 표시이기도 했지만, 이날 공사가 명백하게 관련법을 위반했기 때문이다. 해상공사의 피해를 막기 위해 바다에 설치한 오탁방지막이 상당 부분 훼손됐는데도 해군은 바지선 위의 크레인으로 바다 밑을 긁어 올리는 준설작업에 나섰다.

해군기지 건설이 예정된 해상부지 인근에는 천연기념물 442호로 지정된 연산호 군락이 대규모로 서식하고 있다. 그래서 환경영향평가와 문화재 현상변경허가에서는 연산호의 안전을 위한 오탁방지막 설치 등 피해 예방대책을 주문하고 있다. 그러나 해군은 오탁방지막 정비보다 준설작업 등 해상공사 추진에만 열을 올렸다. 현재 이 문제는 제주군사기지저지 범도민대책위의 문제제기로 문화재청에서 진위를 파악하고 있다.

해군은 강정마을이 해군기지 건설 최적지라는 근거의 하나로 주변에 특별한 관광명소나 문화재가 없다는 점을 든다. 특히 사업지구 내에는 연산호가 아예 없다는 주장을 펴고 있다. 그러나 이는 사실이 아니다. 강정마을 앞바다 일대는 연산호 서식처로서 2004년 12월에 문화재 보호구역으로 지정됐다. 이곳에는 대규모 연산호 군락이 분포하고, 환경부 지정 멸종위기종 9종과 희귀종이 서식하고 있다.

물론 해군의 주장대로 사업지구 내에는 연산호가 없다. 아니 정확하게 말하면 연산호 군락이 존재하지 않는다. 그렇다고 연산호가 아예 없다고 할 수 있을까? 사업지구에서 불과 1킬로미터도 떨어지지 않은 곳에 연산호 군락이 존재하는데, 단지 사업지구 안에 없다는 이유로 해군은 "연산호가 없다"는 주장을 펴고 있다. 하지만 2009년 제한적이나마 실시된 공동생태계조사 결과에서는 "연산호 군락의 서식 안정성이 높아 해군기지사업 같은 개발 압력만 없다면 충분히 지금의 사업지구 내로도 확장 번식이 이뤄질 수 있다"고 한다.

가만히 놔두기만 하면 개체로 존재하는 사업지구 내의 연산호도 군락을 이룰 수 있고, 그렇게 되면 강정 앞바다 일대는 그야말로 연산호의 천국이 될 수 있다. 그런데도 해군은 군락으로 존재하지 않고, 사업지구 내에 연산호가 없다는 주장으로 해군기지 건설을 정당화하고 있다.

강정마을 앞바다와 육상 일대는 대규모 연산호 군락이 서식하는 문화재 보호구역일 뿐만 아니라 각종 희귀 동식물이 서식하는 그야말로 생태계의 보고다. 붉은발말똥게와 기수갈고둥 같은 멸종위기종이 발견되었고, 최근에는 해군기지 공사 현장에서 환경부 지정 멸종위기 2급인 맹꽁이 서식이 환경단체에 의해 확인됐다.

그러나 해군의 환경영향평가 과정은 이런 사실들을 대부분 누락한 채 이뤄졌다. 지금은 강정마을 해안의 상징처럼 된 붉은발말똥게, 기수갈고둥, 맹꽁이 등도 해군의 환경영향평가서에는 들어 있지 않았는데, 환경단체가 문제제기를 하니 마지못해 반영하는 식이었다. 이러다 보니 해군기지 건설을 위한 절차인 사전 환경성 검토나 환경영향평가는 그 과정에서 부실·졸속 논란을 불러왔다.

여기에 사실상 일방적으로 결정된 강정마을 절대보전지역 해제는 해군기지 건설을 둘러싼 최대 쟁점 중 하나가 되고 있다. 강정마을은 그 경관의 우수성이 인정돼 절대보전지역으로 지정됐으나 해군기지 사업이 추진되면서 제주도 당국은 오로지 '국가안보사업'이라는 이유로 이를 해제해버렸다. 주민들이 이의 무효소송을 제기해놓은 상태지만 원고당사자로 인정조차 받지 못하고 있다.

제주의 대표 경관이자 천혜의 생태지역인 서귀포시 강정마을. 그러나 해군기지 추진 과정에서 이곳은 상대적으로 환경이 '덜 중요한 곳'으로 철저히 짜 맞춰졌다. 한마디로 이곳의 천연기념물인 범섬, 연산호, 붉은발말똥게를 포함한 멸종위기종 동식물, 빼어난 경관이 국가안보사업을 위한 후보지가 되면서 '아무것도 아닌 것'이 되고 말았다. 수십억 원을 들여 관리해오던 국가생물자원이 군사안보의 논리 앞에서는 부차적인 것이 돼버렸다.

강정마을을 다녀간 시민들은 해군기지 찬반 의견을 떠나 안타까움을 표시한다. 왜 이런 곳에 군기지가 들어서야 하는지 의문을 나타내고 있는 것이다. 제주올레 중 가장 각광받는 7코스가 지나는 길목도 이곳이다. 이미 2만 명 가까운 올레꾼이 이곳 강정마을 올레길이 영원히 보존돼야 한다고 서명했다. 제주올레를 처음 개척한 사단법인 제주올레의 서명숙 이사장도 개인 명의의 현수막을 만들어 달았다. 방송인 김제동 씨는 올레길을 걷다가 이곳에 들러 이런 말을 남겨놓았다.

"해군기지 반대요? 이유는 잘 모르겠지만, 이곳 사진 한 장이면 모든 게 다 설명되지 않을까요?"

2002
▸제주 화순항을 해군기지로 선정, 주민 반대
▸제주 강정마을 일대를 생물권보전지역으로 지정

2004
▸강정마을 해안 일대를 절대보전지역으로 지정

2005
▸제주 위미를 해군기지로 선정, 주민 반대

2007
▸강정마을 일대를 비롯한 제주 일원이 유네스코 지정 세계자연유산으로 등재

2007. 4. 26
▸강정마을 회장 윤태정, 마을 총회 소집, 주민 87명이 참석한 가운데 박수로 해군기지 유치
 결의

▸다음 날 유치 신청〔향약(향촌의 자치규약)에서 정한 공고일 위반, 수시방송 의무 위반, 공고 내용 위반〕

2007. 5. 14
▸김태환 제주도지사, 해군기지 강정마을 유치 결정 발표

2007. 7
▸강정주민 비상총회, 강정마을 해군기지 유치를 결의한 윤태정 마을회장 해임
▸강동균 마을회장 선출

2007. 8. 20
▸해군기지 유치 찬반 주민투표, 강정마을 주민 725명 참가, 주민 94퍼센트 유치 반대

2009. 1
▸국방부 장관, 국방·군사시설 실시계획승인 고시

2009. 4
▸강정마을 주민들, 국방·군사시설 실시계획승인처분 무효확인 소송 제기, 원고 일부 승소 판결

2009. 9. 22
▸해군, 제주해군기지사업 시행을 위해 도지사에게 강정마을의 절대보전지역 지정을 해제해 달라고 요청

2009. 12. 17
▸제주도의회, 절대보전지역 변경(축소) 날치기 처리

2010. 10
▸강정마을 일대를 비롯한 제주 일원이 세계지질공원으로 인증

2010. 3. 15
▶국방·군사시설 실시계획 변경승인처분, 서울행정법원 적법 판시

2010. 11. 15
▶우근민 제주도지사, 강정 해군기지 건설사업 수용 공식화

2010. 12
▶제주해군기지 건설 예산을 포함한 2011년도 예산이 국회에서 날치기 통과
▶제주지방법원, 강정마을 주민들이 제주도지사를 상대로 제기한 '절대보전지역 변경(해제)처분 효력정지 및 무효확인 등 소송'에서 주민들에게 '원고 자격이 없다'는 이유로 각하 결정

2011. 2. 16
▶해군기지 공사 시작

2011. 5. 4
▶민주당·민주노동당·창조한국당·진보신당·국민참여당 등 야5당 국회진상조사단 구성

2011. 5. 12
▶야5당 진상조사단 제주 방문, 우근민 도지사에게 6월 말까지 공사 중단 요청

2011. 5. 18
▶광주고등법원 제주지원, '절대보전지역 해제'에 대한 2차 항소심 기각

2011. 5. 30
▶전국 2백여 개 시민사회단체, '제주해군기지 건설 저지를 위한 전국대책회의' 발족

2011. 7. 9
▶놈 촘스키 교수 등 미국의 진보 지식인 25명, '제주해군기지 반대' 성명 발표

2011. 7. 15
▸경찰, 강동균 강정마을 회장·고권일 해군기지반대대책위원장·송강호 박사 연행
▸주민들, 서귀포경찰서 정문 앞에서 항의시위

2011. 7. 17
▸고권일 해군기지반대대책위원장·송강호 박사 구속
▸강동균 강정마을 회장 석방

2011. 7. 18
▸강정마을 주민들, '강정 사수·해군기지 건설 저지 7·8월 비상투쟁 선포식' 개최

2011. 7. 19
▸서울 대한문 앞 '제주해군기지 건설 백지화를 위한 시민 평화행동' 개최

2011. 7. 20
▸강정마을 주민들, 농로(해군기지 건설예정지로 내려가는 도로) 폐쇄 건으로 서귀포시장과
 간담회

2011. 7. 21
▸조현오 경찰청장, 서귀포경찰서 전격 방문해 "불법 행동 엄단" 지시
▸강정마을 주민들, 조현오 경찰청장이 탑승한 차량 앞에서 7분간 항의시위
▸천주교 제주교구 강우일 주교, 구럼비에서 평화미사 집전

2011. 7. 23
▸강정마을 일대에 경찰 배치

2011. 7. 24
▸경찰, 강정마을 진입로 세 곳에 거점 확보
▸강정마을 주민들, 공권력 투입에 항의하며 밤샘 농성 돌입

2011. 7. 25

▸천주교 사제들, 강정마을 주민들과 함께 천막농성 돌입

▸현애자 민주노동당 제주도당위원장과 주민들 쇠사슬투쟁 시작

▸김진표 민주당 원내대표, 강정마을 전격 방문해 "해군기지 공사 중단하라" 요구

2011. 7. 26

▸강정마을 주민들, 해군기지사업소 정문 앞에서 '촛불집회' 시작

2011. 7. 28

▸강정마을 곳곳에서 경찰과 주민들 충돌

▸고권일 해군기지반대대책위원장·송강호 박사, 보석으로 석방

2011. 7. 29

▸서귀포시, 정부의 농로 폐쇄 요구 수용

▸해군, 주민들 농성 중인 중덕해안 진입 근거 확보

2011. 8. 1

▸국회 야5당 진상조사단장 이미경 민주당 의원, 해군참모총장 면담하고 해군의 공사 진행
  요청 거부

2011. 8. 2

▸〈뉴욕타임스〉등 해외 매체, 강정마을 현지 취재

2011. 8. 4

▸야5당 진상조사단, 제주해군기지 사업 재검토 촉구

2011. 8. 5

▸해병전우회·특수임무수행자회 등 재향군인단체, 강정천 축구장에서 해군기지 건설 촉구
  집회

▸강정마을 주민들, 반대편에서 '해군기지 건설 반대 문화제' 개최

2011. 8. 6

▸해군기지 백지화를 위한 강정 평화대회 개최, 정동영 민주당 최고위원 · 이정희 민주노동 당 대표 등 6백여 명 참가

2011. 8. 8

▸경찰, '해군 시설물 설치 보호'를 이유로 강정마을 진입
▸강정마을 주민들, "태풍 피해 외면한 처사"라며 격렬 항의

2011. 8. 9

▸오전 11시부터 3시간 동안 중덕 입구에서 경찰병력 2백 명과 강정마을 주민들 충돌
▸동영상 촬영 중이던 자원활동가 연행
▸강정마을 주민들, 서귀포경찰서 정문 앞에서 '공권력 남용' 항의 집회

2011. 8. 14

▸경찰, 해군기지 건설부지 시설보호 요청에 따라 서울과 경기지역에서 차출한 전경 5개 중대 6백여 명과 물대포 3대, 진압장비 차량 10여 대 등을 강정마을 인근에 배치

2011. 8. 15

▸강정마을 주민들, "4 · 3 악몽 떠오른다, 육지경찰에 맞서 끝까지 싸울 것"이라며 농성
▸민주당을 비롯한 야당, "공권력 투입 말라" 요구

2011. 8. 16

▸CNN, 강정마을 특집 보도 방영

2011. 8. 18

▸평택 대추리−매향리−오키나와 주민들, '평화를 위한 반전 연대 강정 선언문' 발표

2011. 8. 19

▸'육지경찰' 일부 철수
▸김관진 국방부 장관, 8월 말 공권력 투입 시사

2011. 8. 22
▸천주교 광주대교구 김희중 대주교, 강정마을에서 평화미사

2011. 8. 24
▸해군기지 공사장으로 크레인 불법 반입
▸항의하던 강동균 강정마을 회장과 김종환·김동원 씨를 업무방해 혐의로 체포
▸강정마을 주민들, 강동균 회장을 태운 경찰 차량과 10시간 동안 대치

2011. 8. 25
▸조현오 경찰청장, 24일 상황의 책임을 물어 서귀포경찰서장 경질

2011. 8. 26
▸정부, 2년 만에 강정마을 안건으로 공안대책협의회 개최

2011. 8. 31
▸국방부·국토해양부 장관, 강정마을 관련 합동담화문 발표
▸경찰, '육지경찰' 약 450명을 강정마을에 추가 투입

2011. 9. 1
▸경찰, 강정마을 일대에서 주민 및 자원활동가 3명 긴급체포, 6명 사전체포영장 발부

2011. 9. 2
▸경찰, 강정마을에 공권력 투입
▸해군, 펜스 설치 및 중덕해안과 구럼비 봉쇄
▸고유기·홍기룡(범도민대책위 공동집행위원장), 김종일(평화와 통일을 여는 사람들 전 사무처장), 김종환·김미량(마을주민) 씨 등 37명 연행

2011. 9. 3
▸1차 평화비행기 제주 도착, 1회 강정평화콘서트 개최(전국에서 2천여 명 참가)

구럼비의
노래를
들어라

2011. 9. 4
▸ '강정을 사랑하는 제주도민 평화버스', 제주 전역에서 출발

2011. 9. 5
▸민주당, 강정마을 해군기지 부지 내 문화재 정밀조사 및 국정조사 추진 결의

2011. 9. 6
▸강창일 민주당 의원, 해군기지 건설과 관련하여 국방부·국토해양부·제주특별자치도가 이중협약을 체결했음을 확인
▸한국기독교교회협의회(KNCC), 강정마을 중덕삼거리에서 기도회 개최

2011. 9. 7
▸해군, 구럼비해안 파괴 시작
▸주민들, "문화재 발굴 정밀조사 중 공사는 불법, 중단하라" 요구

2011. 9. 15
▸김찬 신임 문화재청장, "강정마을 유적 보존 방안 마련할 것"

2011. 9. 16 현재
▸강정마을 해군기지 반대투쟁 1605일째, 중덕삼거리 쇠사슬투쟁 54일째

구럼비의 노래를 들어라

제주 강정마을을 지키는 평화유배자들

1판 1쇄 펴낸날 | 2011년 10월 25일
1판 2쇄 펴낸날 | 2012년 5월 17일

지은이 | 이주빈 노순택
펴낸이 | 오연호
편집주간 | 이한기
책임편집 | 서정은
편집 | 차경희
홍보 | 김동환
교정 | 김성천 김인숙
디자인 | 여상우
인쇄 | 천일문화사
제본 | 희망제작소
도움주신분 | 강정마을 대책위 국제팀 영실님(통역) 강정마을회
            제주군사기지저지 범도민대책위

펴낸곳 | 오마이북
등록 | 제313-2010-94호 2010년 3월 29일
주소 | 서울시 마포구 상암동 1605 누리꿈스퀘어 비즈니스타워 18층 (121-270)
전화 | 02-733-5505 팩스 | 02-733-5077
www.ohmynews.com book@ohmynews.com

ISBN 978-89-964305-6-8 03810

이 책의 저자 인세와 판매 수익금은 강정마을의 평화를 지키는 데 쓰입니다.
오마이북은 오마이뉴스에서 만드는 책입니다.

우리도
행복할 수
있을까

우리도
행복할 수
있을까

행복지수 1위 덴마크에서
새로운 길을 찾다

오연호 지음

오마이북

우리는 무척 열심히들 살고 있다. 우리나라 학생들의 공부 시간은 세계 최고 수준이며 어른들의 노동 시간도 이에 뒤지지 않는다. 덕분에 짧은 기간에 배고픔을 해결했고 세계 경제 대국 20위 안에 드는 외향적 성장을 이뤘다. 하지만 그 과정에서 나를 돌보지 못했고 이웃을 돌보지 못했다. 경쟁에서 살아남아야 한다는 압박감은 내가 누구인지, 어떤 인생을 살 것인지, 내 이웃은 안녕한지 차분히 생각할 틈을 주지 않았다.

좋은 직장, 돈과 출세, 자녀의 성공이 절박하다 보니 가장 먼저 그리고 가장 깊게 생각해야 할 것들이 생략되고 말았다. 그러는 사이 대한민국은 OECD 국가 중 자살률 1위, 출산율 최하위의 나라가 되었다. 이 지구 상의 그 누구보다 열심히 살지만 우리의 걱정과 불안은 줄어들기는커녕 점점 커지고 있다.

무엇이 잘못된 것일까? 나는 이 모든 문제가 우리 개개인의 잘못 때문만은 아니라는 생각이 들었다. 대한민국 사람들은 하루하루 최선을 다해 살고 있는데 왜 스스로 목숨을 끊는 이들이 세계에서 가장 많은

지, 후세에게 이 세상을 물려주기 두렵다는 이들은 왜 그렇게 많은지 규명하고 싶었다. 집단 무기력증, 집단 불안감을 치유할 방법이 무엇인지 찾고 싶었다.

그래서 덴마크를 찾아갔다. 덴마크는 UN의 행복지수 조사에서 2012년, 2013년 연속 세계 1위였다. 궁금했다. 무엇이 덴마크 사람들을 "행복하다"라고 말하게 할까? 덴마크 사람들은 어떻게 행복사회를 이뤄낼 수 있었을까? 나는 2013년 4월부터 2014년 1월까지 세 차례 덴마크를 방문해 약 300명의 덴마크인들을 만났다. 수도 코펜하겐부터 지금은 독일 땅이 된 다네비르케까지 렌터카를 몰고 1500킬로미터를 달리며 덴마크의 과거와 현재를 추적하고 행복의 비밀을 찾아나섰다.

덴마크에서 행복한 학교, 행복한 일터, 행복한 사회가 어떻게 가능했는지 모색하는 과정은 곧 나를 향한 질문의 연속이었다. 처음엔 '오연호가 묻고 덴마크가 답하다'였지만 '덴마크가 묻고 오연호가 답하다'로 바뀌었다. 무엇보다 대한민국의 시민으로서 내가 살아온 방식과 이들이 살아온 방식은 너무나 달랐다. 50대 초반인 나는 앞으로 남은 인생의 후반을 어떻게 살아가야 할지 고민이 점점 깊어질 수밖에 없었다.

덴마크를 취재하면서 많은 것이 부럽기도 했다. 우선 대학생과 고등학생 두 아이를 둔 아빠로서 덴마크의 학생들이 부러웠다. 그들은 성적과 취업에 대한 걱정 대신 여유를 가지고 어떤 인생을 살 것인가를 고민했다. 행복한 인생, 행복한 사회는 행복한 교실에서부터 시작되고 있었다. 또 110명의 직원과 함께 일하는 중소기업의 사장으로서 덴마크 일터의 문화가 부러웠다. 덴마크는 우리나라 사장들이 원하는 '기업하기 좋은 나라'이면서 동시에 직장인에게는 '직업 만족도 OECD 1위'

의 나라다.

이 책을 쓰면서 나는 덴마크 사람들을 행복하게 만드는 6개의 키워드를 추출했다. 자유, 안정, 평등, 신뢰, 이웃, 환경. 덴마크에는 이 가치들이 학교와 일터, 사회에 깊숙이 스며들어 있다. 그래서 '개인'은 자존감을, '우리'는 연대의식을 갖고 있다.

물론 덴마크의 행복사회는 저절로 이뤄지지 않았다. 그들에게도 한때 온 국민이 무기력과 절망, 불신에 빠져 있던 시절이 있었다. 1864년 독일에 패해 국토의 3분의 1, 인구의 5분의 2를 잃었을 때 그들도 이런 질문을 했다. '우리도 행복할 수 있을까?' 그러나 포기하지 않았다. 희망의 씨앗을 뿌렸고 오늘날 그 열매를 누리고 있다. 행복지수 세계 1위의 나라가 되기까지 지난 150년을 투자한 셈이다. 그 시작은 '깨어있는 시민'이었다. 참교육 인생학교를 만들어 어떤 인생을 살지, 어떤 사회를 만들지를 묻고 해답을 찾아나섰다. '나'의 행복과 함께 '우리'의 행복을 가꿔나갔다.

우리에게도 내일이 온다. 그러나 그 내일은 우리의 오늘이 만들어간다. 오늘 우리가 어떤 씨앗을 뿌리느냐에 달려 있다는 뜻이다. 무엇보다 아이들은 좀 더 행복한 우리 속에서 살아가야 한다는 점을 잊지 말아야 한다.

이 책을 쓰는 동안 대한민국 국민 모두를 상주로 만든 세월호 참사가 일어났다. 군대 안에서 목숨을 잃은 청년들의 소식이 이어졌다. 분노와 자괴감이 뒤엉켰다. 그동안 정부는 무엇을 했단 말인가? 나를 포함해서 우리가 만든 사회가 이 정도였단 말인가? 이내 두려움이 밀려왔다. 이러다간 나도 우리 아이들도 위험하다는 생각을 떨칠 수가 없었다.

세월호 참사 이후 우리는 두 가지를 다짐했다. '미안합니다' 그리고 '가만히 있지 않겠습니다'. 그렇다면 어디서부터 시작할 것인가? 출발은 '나'여야 한다. 그리고 우리 가족 안에서 회사에서 동네와 지역에서 그동안 걸어온 길을 되돌아보고 새로운 길을 모색해야 한다. 덴마크는 우리에게 다른 길이 있음을 보여준다. 물론 덴마크가 완벽한 사회는 아니다. 그러나 지구 상에서 인간이 만들어낼 수 있는 가장 행복한 사회 중 하나임은 분명하다.

나는 이 책을 중학생 이상부터 누구나 쉽게 읽을 수 있도록 쓰려고 노력했다. 행복한 가족을 위해 부모와 자녀가 함께 읽어도 좋겠다. 독자 여러분이 나의 행복, 우리의 행복을 가꾸는 데 이 책이 작은 보탬이 되길 바란다.

2014년 늦여름
오연호

차례

1부 행복은 어디에서 오는가

1장 **행복한 일터**
출근길 발걸음이 가볍습니까?

2장 행복한 사회
1분 안에 떠오르는 걱정거리가 있습니까?

3장 **행복한 학교**
학교에서 인생을 설계했습니까?

2부 행복사회의 비밀

4장 행복사회의 역사
시대를 이끄는 리더, 깨어 있는 시민

5장 **행복사회를 위한 제언**
새로운 길이 필요하다

+ 덴마크

인구 560만 명
화폐단위 덴마크 크로네(DDK)

독일

+ **주요 방문지**

❶ **코펜하겐** 로슈 덴마크, 폴리티켄, 미래학연구소, 발뷔 스콜레, 외레스타드 스콜레, 프레데릭스베르
프리스콜레, 이드렛스 에프터스콜레, 덴마크 의회, 코펜하겐 대학 등

❷ **스키뷔** 스반홀름 마을

❸ **로스킬레** 로스킬레 대학

❹ **우드뷔** 그룬트비 생가

❺ **오덴세** 오덴세 교회

❻ **오르후스** 상크트크누스 스콜레, 오르후스 직업센터

❼ **비보르** 달가스 기념관

❽ **예딩** 최초의 낙농 협동조합이 시작된 농가

❾ **빌룬** 레고 본사

❿ **옐링** 덴마크 초기 왕궁 터

⓫ **리베**

⓬ **뢰딩** 뢰딩 호이스콜레

⓭ **다네비르케** 다네비르케 장벽 유적지

행복사회를 이해하는
6개의 키워드

덴마크는 북유럽에 있는 스칸디나비아의 작은 나라다. 인구는 약 560만 명이며 국토는 한반도의 5분의 1 크기다. 사계절이 있으나 날씨가 나쁘기로 유명하다. 수도 코펜하겐(Copenhagen)에서 해가 온전히 비치는 날이 1년에 겨우 50여 일 정도다. 진눈깨비가 자주 내리는 겨울은 춥고 음습하다. 천연자원도 특별히 많지 않다. 가장 높은 산이 173미터로 전국이 평평해 빼어난 경치도, 세계인의 주목을 끌 만한 관광지도 없다. 이처럼 땅도 좁고 날씨도 불순하고 풍광도 볼품없는 나라지만 행복지수에서는 세계 1위다.

덴마크에 거주하는 우리나라 교민은 코펜하겐과 그 외 지역을 다 합쳐봐야 대략 300명쯤 된다. 미국이나 유럽의 영국, 프랑스, 독일 등지에 비해 덴마크에 대한 우리의 관심이 높지 않음을 보여주는 숫자다. 그러나 이 작은 나라는 우리에게 큰 질문을 던진다. 어떤 인생을 살 것인가? 개인과 공동체가 모두 행복한 사회는 어떻게 만들어질 수 있는가?

UN(국제연합)은 2012년부터 세계행복보고서(World Happiness Report)

를 발행하고 있다. 156개국을 대상으로 행복지수를 조사해 국가별 행복도를 보여주는 보고서인데, 여기서 덴마크는 2012년에 이어 2013년에도 1위를 차지했다. 미국은 17위, 독일은 26위, 한국은 41위(2012년에는 56위)였다. 이 조사는 다음의 중요 변수 6가지를 기준으로 점수를 매긴다. 각 나라의 국민 1000명에게 사회적 안전망(만일 당신이 큰 어려움에 처하면 도움을 청할 만한 누군가가 있는가), 자유(자신의 인생을 선택할 수 있는가), 관용의식(자선단체에 기부를 하고 있는가), 주관적 부패지수(정부와 기업의 부패가 어느 정도인가)를 묻고, 이 응답들과 1인당 국민소득, 기대수명을 점수로 환산해 총점을 내는 방식이다. 덴마크는 다른 글로벌 조사기관들이 실시하는 행복지수 조사에서도 1위를 하거나 최상위권에 속해왔다.

나는 세 차례에 걸친 덴마크 취재에서 택시기사, 식당 종업원, 주부, 고등학생, 대학생, 교사, 교수, 공무원, 언론인, 목사, 의사, 변호사, 국회의원 등 여러 부류의 사람들을 만났다. 그들이 정말 UN의 발표대로 세계 1위의 행복도를 누리고 사는지 알아보기 위해서였다. 그리고 그들을 만날 때마다 같은 질문을 던졌다.

"요즘 걱정거리가 있다면 무엇입니까?"

놀랍게도 모든 사람의 반응이 한결같았다. 딱히 걱정거리가 없다면서 뭐라 답해야 할지 몰라 하는 표정이었다. 그들은 마치 어려운 수학 문제를 풀듯 애써 걱정거리가 무엇인지 한참 궁리하다가 결국 별로 없다고 말했다. 걱정거리가 너무 많은 나라에서 온 사람으로서는 이해하기 어려운 반응이었다.

"그래서 당신은 행복하게 살고 있습니까?"

이번에도 내가 만난 덴마크 사람들 모두 머뭇거림 없이 고개를 끄

덕였다. 다양한 직업, 다양한 연령대의 사람들을 만났지만 답은 비슷했다. 한두 명이라도 행복하지 않다거나 잘 모르겠다는 반응이 나올 법한데 그렇지 않았다. 코펜하겐에 살고 있는 미국인, 아시아인, 한국인 등 외국인 30여 명을 만났을 때도 마찬가지였다. "함께 살아보니 정말 덴마크가 행복한 사회인가"라는 질문에 대부분 "그렇다, 참 부럽다"라는 반응을 보였다.

"그들이 왜 행복한지 찾아냈습니까?"

한국에서 덴마크에 대한 이야기를 꺼낼 때마다 사람들은 꼭 이런 질문을 던졌다. 그래서 나는 덴마크의 행복한 일터, 행복한 사회, 행복한 학교를 취재하면서 발견한, 그들을 진정 행복하게 만드는 핵심 요인을 뽑아내려고 노력했다. 본격적인 내용으로 들어가기에 앞서 독자들에게 그 6개의 키워드를 소개하려고 한다.

자유: 스스로 선택하니 즐겁다

자유의 다른 이름은 '스스로 선택하니 즐겁다'일 것이다. 그런 점에서 덴마크인들은 자유를 누리고 산다. 스스로 좋아하는 것을 선택하는 자유로운 삶은 초등학교 때부터 본격적으로 다져진다.

덴마크의 초등학교는 우리의 중학교 과정을 포함해 9학년제인데, 7학년까지는 점수를 매기는 시험이 없다. 자연히 등수도 없다. 공부를 잘한다고 상을 주는 일도 없다.

왜 그럴까? 공부를 잘하는 것은 여러 가지 능력 중 하나일 뿐이라고 보기 때문이다. 이런 문화가 자리 잡고 있어 학생들은 마음 편하게 자신이 무엇을 좋아하는지 탐색할 수 있다. 한 초등학교 교장은 공부를

잘하든 못하든 학생들이 각자 자존감을 갖고 스스로 선택하는 즐거움을 누리는 데 교육의 중점을 둔다.

덴마크의 학생들은 고등학교 진학 전에 1년간 '인생학교'에 간다. 이 기간 동안 어떤 인생을 살 것인가를 스스로 점검한다. 고등학교 2학년 학생들을 인터뷰했을 때 그들은 학교를 졸업하면 1년 정도 해외여행을 다녀올 계획이라고 했다. 대학 진학 여부조차 정해두지 않았지만 다들 여유가 있었다. 자기 앞날은 스스로 결정한다고 입을 모았다.

안정: 사회가 나를 보호해준다

스스로 좋아하는 일을 선택해서 즐길 수 있는 자유는 안정감에서 나온다. 덴마크 사회는 개인의 경제적 부담을 줄여주는 아주 촘촘한 사회안전망을 갖추고 있다. 우선 병원 진료비가 평생 무료다. 누구나 태어날 때부터 개인별로 주치의가 정해진다. 동네 주민 1600명의 주치의로 일하고 있는 25년 경력의 의사를 만났을 때, 그는 오랜 시간을 함께하다 보니 담당 주민들의 건강 상태를 잘 알고 있을 뿐 아니라 가정에서 쌓이는 스트레스까지 상담해준다고 말했다.

교육비도 대학까지 무료다. 우리는 반값등록금이 이슈가 되고 있지만 덴마크는 대학 등록금이 공짜인 것은 기본이고 대학생이 되면 매달 우리 돈으로 약 120만 원을 생활비로 받는다. 직장에 다니다 실직해도 2년까지는 정부에서 예전 월급 수준과 큰 차이 없이 보조해준다. 그리고 그 기간에 다른 일자리를 찾을 수 있게 적극적으로 도와준다.

사회복지 시스템이 마련해준 안정감은 덴마크인들에게 자신이 좋아하는 일을 차분히 찾을 수 있는 자유를 준다. 우리처럼 대학생의 상당수가 공무원이 되기 위해 고시 공부를 하는 풍경은 덴마크에서 볼 수 없다. 한마디로 창의적인 도전이 가능하다. 어떤 도전을 하다 실패해도 기존 안전망이 자신을 받쳐준다는 믿음, 즉 비빌 언덕이 있기 때문이다.

평등 : 남이 부럽지 않다

덴마크 국회에서 만난 국회의원 두 명에게는 공통점이 있었다. 우선 방문객 접수대까지 본인이 직접 내려와 손님을 맞이했고 정장이 아닌 청바지 차림이었다. 자그마한 자신의 방에서는 손수 음료를 대접했다. 덴마크에서 국회의원은 특별한 직업이 아니었다.

코펜하겐에서 만난 택시기사들도 대부분 표정이 밝았다. 자기 직업에 대한 자부심이 강했다. 20년 경력의 택시기사는 자신이 좋아서 하는 일이기 때문에 의사나 변호사 친구들과도 편하게 잘 어울린다고 했다. 자신을 스스로 중산층이라 말하던 40년 경력의 식당 종업원이 한참 동안 자랑을 늘어놓은 아들의 직업은 열쇠 수리공이었다. 식당 종업원 아버지와 열쇠 수리공 아들이 자존감을 갖고 살 수 있는 나라가 덴마크다.

신뢰 : 세금이 아깝지 않다

덴마크의 초등학교 중 절반가량은 9년간 담임이 똑같다. 나머지 절반도 최소 3년에서 6년까지 같은 담

임이 지도한다. 성장기의 대부분을 한 담임과 보내는데도 교사, 학생, 학부모 모두 불만이 없다. 교사는 학생 한 명 한 명에게 좀 더 집중할 수 있고, 학생과 학부모 들은 그런 교사를 신뢰하고 의지할 수 있기 때문이다.

이런 신뢰는 정치권을 향해서도 마찬가지다. 덴마크인들은 사회안전망 혜택을 많이 받는 만큼 세금을 많이 낸다. 부자들은 월급의 50퍼센트 이상을 세금으로 낸다. 그런데도 덴마크의 고소득자들은 이구동성으로 세금이 아깝지 않다고 말한다. 자신도 대학 다닐 때 누군가의 세금으로 혜택을 받아 공부했으니 후배들을 위해 내는 세금은 당연하다는 반응이다. 정부와 시민들 사이에 오랫동안 형성된 이런 신뢰가 없다면 덴마크의 고세율 정책은 실현되기 어려웠을 것이다.

이웃: 의지할 수 있는 동네 친구가 있다

덴마크인들은 외롭지 않다. 이웃이 있기 때문이다. 국회 근처에서 만난 40대 남성은 초등학생 6명을 데리고 있었는데, 그중 두 명만 자기 자녀고 나머지는 이웃 아이들이었다. 평소 가깝게 지내기 때문에 돌아가면서 아이들을 돌보는 데 익숙하다고 했다.

이웃 간의 유대는 일상을 넘어 다양하게 확장된다. 특히 덴마크에서는 크고 작은 협동조합 활동이 무척 활발하다. 2013년 기준으로 전체 인구의 35퍼센트가 협동조합에 참여하고 있다. 이런 이웃 공동체들은 촘촘한 사회안전망이 되어 소외감과 외로움을 방지하고 유대감과 행복감을 뿌리내린다.

환경 : 직장인의 35퍼센트가 자전거로 출퇴근한다

덴마크는 자전거의 나라다. 코펜하겐의 직장인 중 35퍼센트 정도가 자전거로 출퇴근한다. 이들이 이용하는 자전거도로는 도로의 한 차선을 당당히 차지한다. 개인이 친환경적인 삶을 살 수 있게 인프라 시스템이 갖추어져 있다.

인구 50만 명의 수도 코펜하겐에서 평균 출근 소요 시간은 15분 전후다. 1000만 서울에서 느끼는 번잡함, 한 시간 이상 걸리는 출근길의 교통지옥이 이곳에선 없다. 자동차 공해가 적으니 미세먼지 주의보가 내리는 날도 없다.

덴마크는 자연에너지 강국이다. 풍력에너지 등 자연에너지가 전체 에너지 공급에서 23.4퍼센트의 비중을 차지한다. 위험한 미래를 안고 가동되는 핵발전소도 없다. 그럼에도 에너지 자급률은 100퍼센트가 넘는다. 비록 날씨가 좋지 않아 햇볕 드는 날은 드물지만 덴마크인들은 건강하고 안전한 환경에서 살고 있다.

덴마크를 다녀온 뒤부터 나는 더 이상 UN의 행복지수 조사나 다른 조사기관의 행복도 조사에 관심을 두지 않았다. 짧은 기간이지만 직접 눈으로 본 현실이 이미 풍부하게 말해주고 있었기 때문이다. 내가 본 것만으로도 그들이 사는 방식과 우리가 사는 방식이 다름을 충분히 알 수 있었다.

이 책의 1부에서 나는 그들이 사는 방식을 행복한 일터, 행복한 사회, 행복한 학교로 나눠 들여다봤다. 자유, 안정, 평등, 신뢰, 이웃, 환경의 6가지 키워드가 어떻게 덴마크의 학교에서부터 구현되어 일터와

사회로 확장되는지를 살폈다. 2부에서는 역사적으로 덴마크가 행복한 나라를 만들기 위해 어떤 씨앗을 뿌리고 어떤 노력을 해왔는지를 정리했다. 그리고 그들처럼 우리 모두가 행복해지려면 무엇을 해야 할지 모색했다. 자, 지금부터 그 생생한 행복사회의 현장으로 독자 여러분을 안내한다.

1부

행복은
어디에서
오는가

출근길 발걸음이
가볍습니까?

평등과 신뢰의 가치가 살아 있는 일터

+

좋아서 하는 일의
소중함

코펜하겐 한복판에 있는 대형 레스토랑에서 나는 호기심을 품고 한 종업원을 지켜보고 있었다. 그는 수십 명의 서빙 종업원 중 가장 나이 들어 보이는데도 몸놀림이 유난히 가볍고 힘이 느껴졌다. '저 사람은 자기 직업에 어느 정도나 만족하고 있을까?' 자신을 따라다니는 시선을 느꼈는지 그가 우리 자리로 다가왔다.

"주문 도와드릴까요?"

눈을 마주하고 본 그의 얼굴 표정은 담담했지만 끌림이 있었다. 겸손함과 당당함의 결합이랄까? 그가 자신의 일을 즐기고 있음을 알 수 있었다. 일행과 식사를 마칠 때까지 그가 서빙해준 음식을 먹으며 머릿속으로 그의 인생을 그려보았다.

식당을 나서면서 여전히 분주한 그에게 다가갔다. 일을 즐기는 모습이 보기 좋다고 말문을 연 다음, 바쁜 그가 간단히 답할 수 있는 나이부터 물어봤다.

"저요? 올해 쉰여섯입니다. 두 발로 걸어 다닐 수 있는 한 웨이터를 계속하고 싶어요."

그의 이름은 클라우스 페테르센(Klaus Petersen)이었다. 왠지 존경스러운 마음이 들어 사진을 함께 찍자고 청했다. 숙소로 돌아와 그날 찍은 사진을 정리하면서 그의 눈을 한참 바라보았다. 아쉬웠다. 따로 인터뷰 날을 잡을걸!

그로부터 두 달 후 두 번째로 덴마크에 갔을 때 다시 그 레스토랑을 찾아갔다. 그는 여전히 그곳에서 일하고 있었고 오래전에 온 손님을 단박에 알아봤다.

"한국에서 온 그 기자죠?"

내가 정식으로 인터뷰를 요청하자 그는 흔쾌히 답했다.

"여기 종업원이 모두 30명쯤 되는데 내가 제일 나이가 많아요. 아직 덜 바쁜 시간이니 30분쯤 시간 내는 건 문제없습니다. 고참의 특권이죠. 하하."

사실 인터뷰라기보다 그에게 행복론 특강을 듣는 시간이었다.

즐기는 사람의 여유

"17살 때부터 지금까지 40년 동안 요리사와 웨이터로 일했어요. 대학에 꼭 갈 필요가 없다고 생각했거든요. 그래서 좋아하는 요리사와 웨이터 일을 하기 위해 고등학교를 졸업하자마자 식당에 취직했죠. 거기서 공부와 일을 병행했고요."

덴마크는 회사에 다니는 동안 1년에 10주씩 직업학교에 다닐 수 있게 보장한다. 수업료는 회사와 정부에서 대준다. 페테르센은 사회생활을 시작한 뒤 7년 동안 직업학교 교육을 병행했고 그 과정에서 자신의 일을 더 좋아하게 됐다고 했다. 원하는 직장에 취직해 일을 하면서 관련 공부를 계속하다 보면 의미 있고 가치 있게 노동하는 방법을 배우고 점

점 자신의 일을 즐기게 된다. 경력이 쌓이는 만큼 발전하는 자신의 모습을 보면서 스트레스와 매너리즘이 아닌 즐거움과 성취감이 쌓인다.

인터뷰 중간에 페테르센이 아들 자랑을 늘어놓았다.

"올해 22살인데 열쇠 수리공으로 일하고 있어요."

열쇠 수리공? 평생 식당 종업원으로 일해온 아버지 밑에서 자란 '출세'한 아들의 이미지를 떠올리던 나는 솔직히 좀 의아했다. 그러나 페테르센은 되레 이렇게 말했다.

"한 번도 아들이 판검사나 의사나 교수가 되길 바라지 않았어요. 열쇠 수리공이 사회적으로 얼마나 필요하고 의미 있는 직업입니까?"

덴마크에 가기 전에 만난 한국의 한 대기업 간부는 중소기업에 다니는 아들 이야기를 꺼내면서 "아비로서 참 부끄럽다"라고 했다. 또 다른 나의 지인은 직업이 의사인데 아들 이야기만 나오면 기가 죽는다. 그는 아들이 자신처럼 명문대를 나오지도 않았고 번듯한 직장에 다니지도 못한다는 사실을 부끄러워한다. 그래서 아들이 무슨 일을 하는지 친구들에게 이야기하지 않는다.

페테르센은 고등학교 동창회 자리에서도 자신이 식당 종업원이고 아들이 열쇠 수리공이라는 사실을 떳떳이 이야기한다고 했다. 아들이 자랑스러운 덴마크 웨이터와 아들이 못마땅한 한국 의사, 누가 더 행복할까? 이것은 부자 관계의 차이가 아니라 노동을 바라보는 가치관의 차이가 아니겠는가.

오늘에 만족하는 삶

페테르센은 직장에 다니면서 부당 대우를 당할까 봐 걱정해본 적이 없다. 그는 혼자가 아니기 때문이다.

"덴마크에는 전국의 식당 종업원들이 가입할 수 있는 노동조합 '3F'가 있어요. 전체 노조원이 32만 명에 이르죠. 우리 식당 동료들도 모두 여기에 가입해 있고, 나도 고등학교 졸업하고 처음 이 직업을 선택했을 때부터 노조원이에요. 40년 동안 노조비로 매달 1400크로네(약 26만 원)씩 내왔죠. 만약 차별이나 부당한 대우가 발생하면 노조에 알리고 중앙의 노조가 사장과 대화를 나누면서 문제를 해결합니다."

그는 40년을 일하면서 단 한 번도 부당 대우를 당한 적이 없으며 거리에서 머리띠를 두르고 투쟁해본 적도 없다고 했다. 그럼에도 매달 1400크로네씩 꼬박꼬박 노조비를 내는 이유는 무엇일까?

"함께하고 있음을 느껴서 좋고 안정감이 들어서 좋습니다. 행여 실직하게 되면 노조와 정부가 연대해 1년 6개월 동안 매달 1만 9000크로네(약 350만 원)를 주거든요. 물론 노조원이 아니어도 정부의 실업보조금을 2년간 받을 수 있습니다. 하지만 그것만으로는 충분하지 않기 때문에 일종의 보험으로 노조비를 내는 거죠. 그래서 실직에 대한 걱정이 없습니다."

덴마크의 노조 조직률은 70퍼센트 전후로 세계 평균 23퍼센트보다 훨씬 높다. 우리나라는 10퍼센트대에 불과하다. 페테르센의 이야기를 들으면서 그가 왜 즐겁고 당당하게 식당 종업원 일을 하는지에 대한 두 개의 키워드를 얻어낼 수 있었다. 바로 자존감과 연대의식이다.

그런데 이 두 가지는 3장(행복한 학교)에서 이야기할, 덴마크의 교실들에서 강조되는 가치들과 맞닿아 있다. 학교에서 익히고 배운 것들이 이렇게 사회에서도 통하고 있었다.

페테르센은 식당에서 동료들과는 물론 사장과도 합심해 일한다. 신뢰가 있기 때문이다. 신뢰의 핵심은 관계의 투명성이다.

+

"행복하냐고요? 물론이죠. 특별한 걱정이 없고 오늘에 만족하니까요."
페테르센은 좋아하는 일을 즐기면서 하기 때문에 당당하고
40년을 함께한 든든한 노조가 있어 안정감을 느낀다.

"하루 매출 총액의 15퍼센트는 직원들의 월급으로 정해져 있어요. 그 15퍼센트를 가지고 모든 직원이 동등하게 나누는 거죠. 그래서 전체 매출을 늘리기 위해 서로 도와가며 일합니다."

페테르센 같은 베테랑이든 갓 들어온 신입이든 모두 똑같은 월급을 받는다는 말인데 이 점에 대해 그는 불만이 없었다.

"고참의 특권요? 이렇게 사장이나 동료들의 허락을 구하지 않고도 근무 시간에 인터뷰를 하는 정도랄까요? 하하."

페테르센은 코펜하겐 시내에 아파트를 갖고 있고 도시 근교에 여름용 별장도 있다. 주말이나 휴가를 별장에서 즐기며 채소와 과일 나무도 기른다. 자신을 당당하게 '중산층'이라고 말하는 그는 더 좋은 직업을 갖기 위해, 혹은 더 많은 돈을 벌기 위해 욕심 부리지 않는다. 아들이 더 좋은 직업을 갖기를 원하지도 않는다.

"우리 아버지 세대만 하더라도 직업의 귀천이 있었어요. 빈부격차도 있었고요. 그런데 언제부턴가 그런 것이 사라지고 덴마크 전체가 평등한 사회가 되었습니다. 행복하냐고요? 물론이죠. 특별한 걱정이 없고 오늘에 만족하니까요."

페테르센의 말처럼 덴마크도 처음부터 행복사회는 아니었다. 정치권과 노사가 합심해 복지 시스템을 만들고 이러한 제도적 안정 속에 평등과 신뢰의 문화가 정착되면서 덴마크인들의 세계관이 바뀌기 시작했다. 대학 등록금과 병원비가 무료인 사회, 노조가 있어 외롭지 않고 충분한 실업보조금이 보장되는 사회. 이런 기본적인 안전장치가 있기 때문에 누구나 인간의 품격을 유지할 수 있고 직업의 귀천을 따지지 않는 평등 문화가 자리 잡은 것이다.

세상에 공짜는 없다. 페테르센의 눈은 내게 이렇게 말하고 있었다.

'당신도 행복하고 싶습니까? 그러면 당신의 나라를, 당신이 속한 공동체를 기본이 되어 있는 사회로 만들어야 합니다.'

우리는 어디서부터 손을 대야 할까. 대한민국을 행복사회로 만들기 위해, 동창회에 나가 "나는 웨이터다, 우리 아들은 열쇠 수리공이다"라고 당당하게 말하기 위해, 부당한 실직과 불안한 노후에 대한 걱정 없이 살 수 있는 사회를 만들기 위해 우리는 무엇부터 시작해야 할까.

+

행복은
소유가 아니라 삶이다

택시기사 라세 밀보(Lasse Milbo)와의 인연은 우연히 맺어졌다. 코펜하겐에서 자동차로 30분 거리에 있는 로스킬레 대학(Roskilde University)에 행복학을 연구하는 교수가 있다기에 인터뷰를 하러 가는 길이었다. 그런데 덴마크는 행복지수도 세계 1위지만 물가도 상위권에 속한다. 택시로 20~30분만 이동해도 10만 원이 훌쩍 넘는 금액이 나온다. 앞의 일정이 늦어져 시간이 촉박하지만 않았다면 택시를 타는 일은 없었으리라.

택시에 올라 잠시 눈을 붙이고 나서 미터기를 본 순간 잠이 싹 달아났다. 아뿔싸, 예상은 했지만 미터기에 찍힌 금액이 한없이 올라가고 있었다. 목적지는 아직 멀었는데 벌써 580크로네(약 11만 원)라니. 행복을 취재하러 왔는데 갑자기 불행해졌다. 뭐라도 기분 전환을 해야 할 것 같아 택시기사에게 말을 붙여봤다. 그런데 뜻밖이었다. 그가 자기 나름의 행복론을 풀어놓기 시작했는데, 생각이 매우 깊었다.

한때 이삿짐센터 직원과 전기공으로도 일한 적이 있는 밀보는 46세이고 22년째 택시를 몰고 있다. 그의 영어는 유창했다. 그 실력 갖고

왜 택시 운전을 하느냐는 질문을 자주 받는다고 했다. 그러나 그는 택시를 모는 일에 대한 자부심이 높았다.

"돈을 많이 버는 건 아니지만 재미있는 직업이라고 생각해요. 택시 운전을 하다 보면 전 세계 사람과 이야기를 나눌 수도 있고요. 나는 내 일을 즐기고 있습니다."

누구도 부럽지 않다

밀보는 대학을 다니지 않았다. 대학에 가야 할 필요성을 느끼지 못했다고 했다. 그의 친구들도 20~30퍼센트만 대학에 갔다. 덴마크는 대학 진학에 대한 문화 자체가 우리와 사뭇 다르다. 각종 직업학교에서 실속 있게 전문 교육을 받아 사회에 나가는 이들이 많다. 그래도 대학을 졸업해 의사나 변호사가 된 친구를 보면 부럽지 않을까?

"덴마크인들은 모든 사람이 평등하고 중요하다고 믿습니다. 사장이나 노동자나 다 중요하다고 생각하죠. 사장 없이 노동자 없고 노동자 없이 사장 없지 않습니까? 양쪽 모두 필요하고 똑같이 사회의 중요한 구성원이죠. 가령 택시기사와 의사가 건강 문제에 대해 토론한다면 의사가 더 많이 알 것이고 청중도 의사의 말에 더 귀를 기울일 겁니다. 그러나 다른 사안이라면 택시기사가 더 많이 알 수도 있죠. 그러면 사람들은 택시기사의 말을 더 중시할 겁니다."

밀보에게는 자녀가 세 명 있다. 자녀 양육에 대한 그의 생각은 열쇠수리공 아들을 자랑스러워하던 페테르센과 같았다. 그는 아이들이 좋은 교육을 받고 좋은 생활을 하길 원하지만, 의사나 법률가가 되기를 원한 적은 없다고 했다. 아버지의 뜻에 따라 그런 직업을 선택한다면

돈을 많이 벌지는 몰라도 돈보다 더 중요한 것을 놓치게 되기 때문이다.

"스스로 좋아하는 일을 해야죠. 그게 돈보다 더 중요합니다. 우리 큰아들은 요리사가 되고 싶어 해요. 큰딸은 쇼핑몰 판매원이죠. 작은딸은 병원에서 일하게 될 것 같고요. 나는 아이들에게 어떤 직업을 선택하라고 요구한 적이 없어요. 부모의 선택이 아니라 그들 자신의 선택이어야 하니까요. 부모가 특정 직업을 강요해서 그걸 선택했는데, 나중에 그 일을 좋아하지 않는다면 삶이 얼마나 비참하겠어요? 자기가 하는 일이 즐겁지 않다면 돈이 무슨 소용입니까."

밀보는 자신에게도 자녀들에게도 세속적 가치 기준에서 자유로운 듯했다. 무엇이 그것을 가능하게 할까? 문득 덴마크에서 만난 초등학교 교장의 말이 떠올랐다. 덴마크에서는 초등학생 때부터 즐거운 일을 스스로 선택하게 하고 성적이나 등수로 비교하지 않는다. 무엇보다 자기가 하는 일에 자부심을 갖도록 교육한다. 밀보와 초등학교 교장의 이야기에 따르면 덴마크는 학교에서 배운 것이 사회에서도 통하고 있다.

하루에 8시간씩 택시를 모는 그는 한 달에 1만 9800크로네(약 370만 원)를 번다고 했다. 숙련노동자의 수입보다는 적지만 단순노동자보다는 높은 수준이다. 그에게 돈은 무엇일까?

"덴마크는 기본적으로 자기가 하고 싶은 것을 하게 해주는 사회예요. 표현의 자유도 확실하게 보장되어 있죠. 정부가 언론을 통제하거나 간섭하는 일은 당연히 있을 수 없고요. 택시기사인 나도 내가 일하고 싶은 시간만큼만 일합니다. 손님에게 받은 요금의 50퍼센트가 내 수입이고 나머지 50퍼센트는 회사 수입이에요. 욕심을 내면 돈을 더

+

"스스로 좋아하는 일을 해야죠. 돈이 모든 걸 만족시킬 수는 없습니다.
당신이 당신을 행복하게 할 수 있죠." 밀보에게 행복이란
돈보다 더 중요한 가치, 즉 친구가 있고 가족이 있는 안정된 삶 그 자체다.

벌 수도 있지만 돈이 모든 걸 만족시킬 수는 없습니다. 돈이 당신을 행복하게 해줄 수도 없어요. 당신이 당신을 행복하게 할 수 있죠. 이건 기본적으로 철학의 문제입니다."

그에게서 자신의 나라에 대한 만족과 자부심이 느껴졌다. 그런데 이방인의 눈으로 보면, 이 나라 사람들은 자국인들끼리 결속력이 너무 강해서 외국인들이 끼어들기 힘들다는 지적도 있다.

"일부 그런 사람들이 있는지 모르겠지만 나는 마음이 열려 있어요. 이렇게 작은 지구에서 왜 서로들 싸우는지 모르겠어요. 인종은 달라도 다 같은 사람 아닌가요?"

걱정 없는 안정된 삶

운전을 하면서 쉴 새 없이 말을 이어가는 그에게 행복이란 무엇이라고 생각하는지 물었다.

"행복은 소유가 아니라 삶입니다. 친구가 있고, 지붕이 있는 집이 있고, 그 안에서 가족과 함께 사는 것이 행복입니다. 그런 점에서 나는 지금 행복하다고 말할 수 있죠. 나뿐 아니라 덴마크인들의 생활은 대체로 안정되어 있습니다. 여기서는 당신이 필요로 하는 모든 것이 기본적으로 무료예요. 대학 등록금이 무료고 병원비가 무료입니다. 덴마크인들은 길거리에 내쫓기는 신세가 되는 일이 없어요. 직장을 잃어도 정부가 2년간 실업보조금을 주고, 직업 훈련을 시켜서 다른 회사에 취직하도록 적극적으로 도와줍니다. 그러니 생활하는 데 큰 걱정이 별로 없어요. 그래서 덴마크 사람들의 행복지수가 세계 1위이지 않겠습니까?"

걱정 없는 안정된 삶을 가능하게 만드는 사회복지 시스템. 이런 제

도가 택시기사 밀보에게 여유를 가져다주고, 자식들이 어떤 직업을 갖든 크게 신경 쓰지 않으며, 돈보다 더 중요한 것이 있다고 이야기할 수 있게 만드는 배경이 아닐까.

목적지인 로스킬레 대학에 도착해 택시에서 내리면서 그에게 말했다. 행복학 교수를 찾아가는 길이었는데 택시 안에서 이미 그 교수를 만난 기분이라고. 그는 씩 웃으며 말했다.

"나는 단지 보고 느낀 것을 내 가슴으로 말했을 뿐입니다."

밀보는 낯선 이방인과의 헤어짐이 아쉬웠는지 자신의 메일과 연락처를 알려주면서 다음에 덴마크에 올 때 꼭 자기 집에 들르라고 했다.

한 나라의 행복지수는 택시기사의 얼굴을 보면 대략 알 수 있다. 덴마크에서 만난 30여 명의 택시기사들은 모두 평온해 보였고 여유가 있었다. 그들에게 "당신은 행복한가"라고 물으면 대부분 "그렇다"라는 대답이 돌아왔다. 처음 덴마크를 방문했을 때 코펜하겐 공항에서 만난 택시기사는 묻지도 않았는데 "여긴 참 살기 좋은 나라"라고 이야기하기도 했다.

그들의 모습을 보면서 서울에서 마주치는 택시기사들의 얼굴이 떠올랐다. 서울에서 택시를 탈 때면 왠지 미안하다. 늘 시간에 쫓기고 피곤해 보이는 그들의 얼굴을 대하기가 불편하다. 특히 요금이 5000원 미만 나오는 단거리를 가자고 할 때면 더욱 그렇다. 사회가 안정적인 복지 시스템을 만들어놓지 못하면, 인간의 품위를 지킬 수 있는 기본소득을 사회 시스템이 보장해주지 못하면, 이렇게 개인과 개인이 감당해야 하는 스트레스가 높아질 수밖에 없다.

로슈 덴마크의 직원 복지

+

노동에 여유를
더하는 회사

코펜하겐 외곽에 있는 로슈 덴마크(Roche Denmark)는 건물 모양만 보면 매우 평범하다. 이렇다 할 조경도 없는 곳에 깔끔하지만 밋밋한 3층짜리 건물이 서 있다. 그런데 이 회사는 2012년에 아주 특별한 상을 받았다. '덴마크에서 가장 일하기 좋은 회사'로 선정된 것이다. 매년 세계 각지의 일하기 좋은 회사를 조사해서 발표하는 GPTW협회(Great Place to Work Institute)가 주관하는 권위 있는 상이다. 글로벌 제약회사 로슈의 덴마크 지사인 로슈 덴마크는 약사, 마케터 등 100여 명의 직원이 일하고 있는데, 같은 심사에서 2006년에 6위였다가 6년 만에 1위 자리를 차지했다.

로슈 덴마크의 안내 데스크에서 방문증을 발급받는 동안 이런저런 호기심으로 약간은 설레는 기분이었다. 나는 지금 '신의 직장', '일터 천국'에 들어서고 있다! 덴마크가 세계에서 행복지수 1위라면, 이곳은 덴마크에서 가장 일하기 좋은 회사니까 세계에서 가장 행복한 일터가 아닐까? 과연 무엇이 다를까? 다른 곳을 취재할 때보다 정신이 바짝 들었다. 대한민국 회사들이 이곳에서 무엇을 배워야 할지, 당장 적

용하면 좋을 내용들이 얼마나 될지 꼼꼼히 살펴보리라.

이 회사에 근무한 지 25년째라는 인사 담당 간부 리나 베스테르고르(Linda Vestergaard)의 안내를 받아 방에 들어가니 탁자에 놓인 커피와 싱싱한 과일들이 눈에 띄었다. 값으로 따지면 별것 아니지만 손님을 맞이하는 정성이 느껴졌다. 과일까지 챙겨줘서 고맙다고 했더니 그가 말했다.

"손님에게만 특별히 드리는 것이 아닙니다. 우리 직원들도 회사에서 매일 싱싱한 과일을 먹습니다."

알고 보니 이 회사는 직원들에게 과일뿐만 아니라 아침과 점심까지 제공하고 있었다. 1층에 마련된 구내식당에 들렀을 때 주방 직원이 말했다.

"직원들의 건강을 위해 싱싱한 재료만 씁니다. 과일은 언제든 와서 먹을 수 있게 준비하고 있어요."

'퇴근 이후'까지 챙기는 회사

여기까지도 뭐 그럴 수 있겠다 싶었다. 덴마크에서 가장 일하기 좋은 회사인데 이쯤이야 대수겠는가. 그런데 그게 끝이 아니었다.

"일주일에 두 번은 직원과 그 가족들을 위해 저녁 도시락을 준비합니다. 식구가 네 명이면 도시락 네 개를 가져갈 수 있죠. 아이들 것도 따로 있어요. 무료는 아닙니다만 재료비 정도만 받기 때문에 직원 대부분이 이용합니다."

선뜻 이해되지 않았다. 덴마크의 1일 법정 근무시간은 7시간 30분이고 점심시간이 30분 정도다. 덴마크 직장인들은 대부분 오전 8시에

출근해 오후 4시에 퇴근하며 상황에 따라 근무시간은 유동적이다. 로슈 덴마크의 직원들도 오후 4시나 5시면 퇴근하는데, 왜 회사가 직원들의 저녁 식사까지 챙겨줄까? 그것도 가족이 먹을 것까지 말이다.

"퇴근한 직원들이 집에서 여유로운 시간을 즐길 수 있게 하려는 겁니다. 퇴근해서 장 봐다가 요리하고 설거지까지 하고 나면 기운이 다 빠지잖아요. 특히 아이가 있는 여직원은 더하죠. 벌써 6년째 저녁 도시락을 제공하고 있는데 건강식이고 맛있어서 인기가 아주 좋아요."

근무 5년 차인 남자 직원 마스 엑스트란올센(Mads Ekstrand-Olsen)은 자녀가 네 명인데 일주일에 두 번씩 꼬박꼬박 저녁 도시락을 이용한다고 했다.

"아내가 간호사인데 도시락을 가져가면 무척 좋아해요. 아이들 저녁까지 준비하려면 시간이 많이 걸리는데 그 노동에서 해방되니까요."

3년 차인 독신 여직원도 회사의 저녁 도시락을 즐겨 먹는다.

"저녁 도시락이 마련된 날은 아침부터 세 끼 모두 회사에서 먹습니다. 아주 편해서 일에 더 집중할 수 있죠."

일터와 가정의 조화

만약 회사가 직원 개인과 가족의 세탁물을 처리해주고 우체국에도 대신 가준다면 믿을 수 있겠는가? 로슈 덴마크는 직원들이 일에 집중할 수 있게 우리의 상상을 초월하는 서비스를 제공한다. 가족용 저녁 도시락은 그중 하나일 뿐이다.

"세탁물을 회사로 가져오면 퇴근할 때 찾아갈 수 있게 해줍니다. 우편물을 보내는 일도 회사에서 대신 해주고요. 성가신 일에 시간 낭비하지 않고 스트레스 받지 않도록 배려해주는 겁니다."

우리나라 기업들은 회사 내부의 복지나 대우에 대해서는 고민하지만 직원 개개인이 일과 가정생활을 병행하면서 겪는 스트레스까지 해결할 생각은 아직 못 하고 있다.

베스테르고르는 집에서 편하고 행복해야 직장에서도 일을 잘한다고 생각하기 때문에 회사에서 이런 부분까지 세심하게 챙긴다고 했다. 로슈 덴마크의 서비스는 여기서 그치지 않는다. 휴가 때 직원들이 회사 차로 여행을 해도 된다. 덴마크 노동자들의 법정 유급휴가는 1년에 5주다. 엑스트란올센은 이번 여름휴가 때 회사 차를 이용해 다른 나라를 돌아볼 계획이다.

"우리 직원들은 신제품 설명과 홍보 등으로 외근이 많아서 70퍼센트 정도가 회사 차를 갖고 있어요. 이 차는 출퇴근할 때 써도 되고, 업무 외에 개인이나 가족이 여행할 때도 사용할 수 있습니다."

기름값은 개인이 부담한다지만, 직원들이 업무가 아닌 가족 여행을 하는 데 회사 차를 몰고 나라 밖까지 다닐 수 있다는 점이 신선했다.

베스테르고르는 한 가지를 더 소개했다. 일터와 가정의 조화를 위해 '유연한 근무시간 제도'를 적극 활용하고 있다는 것이다. 특히 로슈 덴마크는 제약회사의 특성상 직원의 70퍼센트가 여성이기 때문에 '워킹맘(일하는 엄마)'에 대한 배려를 많이 한다. 덴마크의 법정 유급 출산휴가는 1년이다. 산전 1개월, 산후 6개월은 회사에서 기존과 동일한 월급을 주고 나머지 5개월은 정부에서 기존 월급의 80~90퍼센트를 지급한다.

"출산 후 12개월이 지나면 육아휴가를 계속 더 쓰는 엄마도 있지만 대부분 일터에 나오니까 어린이집 등에 아이를 맡기게 돼요. 이럴 때 부부들이 유연하게 출퇴근 시간을 정합니다. 엄마는 아이를 맡기고 9시

에 출근해서 5시까지 일하고, 아빠는 7시에 출근해 3시쯤 빨리 퇴근해서 아이를 데리러 가죠. 어떤 엄마들은 일찍 퇴근해 아이를 재운 다음 밤에 집에서 일하기도 합니다."

로슈 덴마크의 자랑거리는 또 있다. 직원들의 건강에 무척 신경을 쓰는 점이다. 원하는 직원들을 대상으로 월요일 오후엔 한발자전거 타기, 화요일 오후엔 에어로빅, 수요일엔 달리기를 한다. 덴마크에서는 대다수의 직장인들이 자전거로 출퇴근을 하는데, 이 때문에 회사가 어느 정도 규모가 되면 샤워 시설을 만들도록 법에 정해져 있다. 이곳엔 세 군데의 샤워 시설이 있다.

그야말로 일하기 좋은 회사다. 로슈 덴마크를 둘러보며 한편으로는 부러우면서 또 한편으로는 우리나라 기업들이 따라 하기에는 부담스럽겠다는 생각도 들었다. 가족 저녁 식사를 챙기고 세탁 서비스를 하려면 회사가 부담해야 하는 추가 비용이 만만치 않을 것이기 때문이다.

그래서 나는 이 회사에서 부러운 것을 두 가지로 구분했다. 돈을 들여야 가능한 것들과 돈을 들이지 않아도 되는 것들로 말이다. 그렇게 구분한 다음 다시 천천히 봤더니 길이 있었다. 우리도 당장 할 수 있는 것들이 보이기 시작했다.

+

열린 소통으로
함께 성장한다

로슈 덴마크의 '일하기 좋은 회사 1위'의 비결은 환상적인 복지가 아니었다. 비용을 꼭 들이지 않아도 의지만 있으면 당장 할 수 있는 것이었다. 베스테르고르는 그 비결이 건강한 사내 커뮤니케이션이라고 설명했다.

"우리가 1위가 된 것은 서로의 업무와 노력에 대한 적절한 반응, 즉 피드백을 잘했기 때문입니다. 매달 간부와 사원 사이에 피드백하는 시간을 가졌습니다. 그래서 모든 직원이 항상 자신이 지금 어느 정도로 일을 잘하고 있는지 분명하게 알 수 있었어요. 효과는 컸죠. 직원들 각자 그 피드백 이후에 어떤 부분을 보완하면 더 잘할지, 어떤 일에 집중하면 더 좋을지를 알게 되었으니까요."

의사소통을 충분히 하면서 제품을 생산하고 판매하기 때문에 직원들의 자부심이 높을 수밖에 없다. 그렇다면 건강한 사내 커뮤니케이션은 구체적으로 어떻게 이뤄졌을까?

첫째, 비전과 가치를 확실히 공유한다.

"우리 회사는 세 가지 가치를 갖고 있습니다. 진실, 용기, 열정. 이

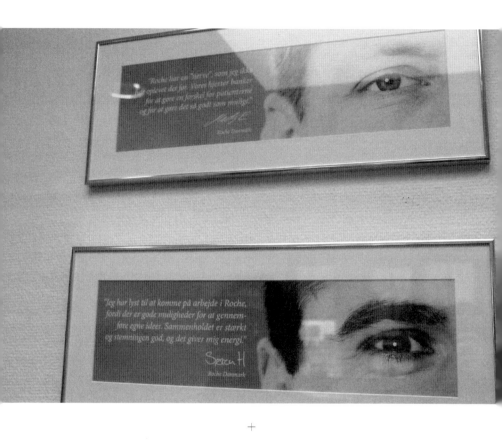

+

로슈 덴마크의 1위 비결은 환상적인 복지가 아니라 비전과 가치를 공유하는
건강한 사내 커뮤니케이션이다. 직원들의 눈을 클로즈업한 사진에서
소통을 강조하는 로슈 덴마크의 의지를 엿볼 수 있다.

것이 모든 활동의 기반이고, 이를 공유하기 위해 몇 년을 준비했습니다. 팀별 회의와 세미나를 하고, 심지어 직원들이 배우가 되어 연극도 해봤어요. 우리는 이 가치를 바탕으로 회사의 비전과 목표를 세웁니다. 어떤 직원도 그 과정에서 뒤처지지 않게 하려고 노력했습니다."

모든 직원이 가치와 비전을 공유하는 일에서 소외되지 않게 한다! 그래서일까? 로슈 덴마크의 사무실 복도 곳곳에는 회사의 비전을 설명하는 액자들이 걸려 있는데, 액자 속 사진의 주인공들은 사장이나 간부가 아니라 일반 사원이었다. 평사원의 눈을 클로즈업한 사진에 그가 말하는 회사의 가치를 적어두었는데, 소통을 상징하는 눈에 담긴 진심과 확신이 고스란히 전달되는 듯했다.

건강한 소통의 비결

둘째, 격식을 따지지 않고 모든 직원이 창의적으로 참여한다.

"우리는 사장과 전체 직원이 수시로 30분 정도 미팅을 합니다. 여기서는 누구나 새로운 시도나 문제에 대해 자기 생각을 이야기할 수 있죠. 그리고 1년에 두 번씩 코펜하겐 교외에서 2박 3일간 전 직원 컨퍼런스를 합니다. 안내 데스크와 식당에서 일하는 직원까지 모두 참여하죠. 여기서 회사의 비전과 현황을 공유합니다."

베스테르고르는 격식을 따지지 않는 것이야말로 로슈 덴마크 사내 커뮤니케이션의 주요한 특징이라면서 이른바 오픈도어(open door) 제도를 소개했다. 이 회사는 100여 명의 직원 대부분이 각자 독립된 방을 쓰고 있는데 모두 방문을 열어놓는다. 복도를 걷다 보면 열린 문을 통해 누가 무엇을 하는지 알 수 있다. 업무에 집중할 수 있게 밀실을

보장하면서도 전체 커뮤니케이션을 위해 광장으로 향하는 문을 열어 둔 셈이다.

"둘러보세요. 사장이든 간부든 사원이든 다 방문을 열어놓고 있죠? 모든 직원이 언제든지 사장을 만날 수 있고, 전략기획팀장이나 인사팀장을 만날 수 있습니다. 문제가 있으면 바로바로 해결하는 거죠."

하지만 일반 사원이 어떤 문제가 있다고 해서 사장을 바로 만난다면 중간관리자 입장에서는 싫어할 수도 있지 않을까?

"물론 기본적으로는 먼저 자기 팀장과 이야기를 해야겠죠. 그러나 회사의 비전에 대한 것이라든지, 팀장과 이야기해도 이해가 잘되지 않는 것이라든지, 혹은 자기가 추진하는 프로젝트에 대해 사장이 어떻게 생각하는지를 추가로 알고 싶을 때는 언제나 사장실에 갈 수 있습니다."

셋째, 사내 커뮤니케이션을 위해 특정한 방법을 고집하지 않는다.

"커뮤니케이션은 여러 가지 방법으로 합니다. 사람마다 선호하는 방법이 다르니까요. 내부 게시판에 올리기도 하고 메일로 공유하기도 합니다. 또 아주 아날로그적으로 복도에 공지를 하기도 합니다."

사무실을 둘러보다 보니 한 팀은 큰 칠판을 복도에 걸어놓고 각 팀원의 일주일간 동선을 적어두었다. 어떤 사원은 수요일에 아이 유치원 때문에 오후 2시에 퇴근한다고 공지했다. 베스테르고르는 이렇게 서로의 상황을 예측하는 것이 가능할 때 더 효과적으로 일할 수 있다고 설명했다.

누구나 소중하다

아무리 이상적인 제도를 갖추고 참신한 방법을 도입해도 효과적으로 구현하기란 쉽지 않은데 로슈 덴

마크에서 이런 사내 커뮤니케이션이 멋지게 통한 비결은 무엇일까? 베스테르고르는 그 답을 덴마크의 문화에서 찾았다.

"덴마크에는 '사람은 누구도 특별하지 않고, 누구나 소중하다'는 의식이 문화적으로 자리 잡혀 있습니다. 회사의 사장이라고 해서 특별한 사람도 아니고 무조건 존경의 대상도 아닙니다. 일반 사원보다 결정권이 더 있으니 조금 다른 사람일 뿐이죠."

덴마크 사회에 탄탄하게 자리 잡은 평등의식이 있기 때문에 기업 안에서 격식 없는 커뮤니케이션이 가능하다는 말이다. 이는 덴마크의 여러 학교에서 들은 이야기와 비슷했다. 학교 교실에서 '함께'를 중요하게 여기듯 회사에서도 마찬가지였다. 왕따 없는 교실과 왕따 없는 회사는 연결되어 있었다.

결혼해 두 자녀를 둔 베스테르고르는 덴마크에서 가장 일하기 좋은 직장의 고위 간부이자 성공한 커리어우먼이다. 주위 친구들에게 부러움을 살 법도 한데 그는 전혀 그렇지 않다고 말했다.

"일하고 싶으면 일하고, 가정에서 아이들 키우고 싶으면 육아에 전념하고…… 다들 자기 선택입니다. 회사 간부라고 특별할 건 없어요. 덴마크 사람들은 대체로 자기가 좋아서 그 길을 가기 때문에 다른 사람의 조건을 특별히 부러워하지 않습니다."

비슷한 질문을 5년 차 엑스트란올센에게 해봤더니 같은 대답이 돌아왔다.

"약사도 중요한 직업이지만 목수나 택시기사도 마찬가지로 중요합니다."

함께 이야기를 듣고 있던 홍보 담당 안야 기엘스트루프 케르(Anja Gjelstrup Kjær)는 이렇게 덧붙였다.

"덴마크는 불평등을 허락하지 않는 사회입니다. 예를 들어 아이를 공립학교에 보내는 것은 무료지만 사립학교는 돈을 내야 합니다. 그런데 형편이 넉넉하지 않은 부모가 자식을 사립학교에 보내고 싶으면 학비를 정부에서 대줍니다."

'불평등을 허락하지 않는 사회'라는 말이 인상적이었다. 상대적으로 고액 연봉자들인 이 회사의 간부와 직원 들은 월급의 50퍼센트 정도를 세금으로 내는데도 불만이 없었다. 오히려 그 세금으로 덴마크가 행복사회로 자리 잡은 것에 자부심을 느끼고 있었다. 엑스트란올센이 말했다.

"우리가 세금을 내기 때문에 덴마크는 걱정 없는 사회가 된 겁니다. 나뿐 아니라 내 친구들이, 그리고 내가 모르는 우리의 이웃들이 평생 병원비를 걱정하지 않고 진료받으며 건강을 돌볼 수 있으니 얼마나 좋은 일인가요?"

내 발걸음이 가볍다면

이들과 대화를 나누면서 한 가지 궁금증이 생겼다. 이 회사의 3대 가치 중 하나가 열정인데 직원들의 열정은 어디에서 나올까? 좋은 직장에 다닌다고 자랑할 일도 없고, 연봉이 많아도 절반을 세금으로 내야 하는데 일을 열심히 하고자 하는 열정이 어디에서 나오는 것일까? 엑스트란올센은 이렇게 설명했다.

"매일 훌륭한 동료들과 좋은 일을 함께 하는 데서 열정이 나옵니다. 나는 최근 덴마크에 단 50명뿐인 특정 피부암 환자를 위한 치료제 개발 프로젝트를 진행하고 있습니다. 얼마나 보람 있는 일인가요?"

취재를 마치고 헤어지면서 베스테르고르에게 물었다.

"그래서 당신은 이 일터에서 행복합니까?"

"네. 행복합니다."

"행복한지 아닌지는 무엇을 기준으로 판단하나요?"

"아침에 출근할 때 내 발걸음이 가벼운지, 회사로 향하는 마음이 즐거운지가 척도가 아닐까 싶습니다. 출근길에 '빨리 가서 일하고 싶다'는 생각이 드느냐가 중요합니다. 나는 이 회사에 출근하기 싫다고 느낄 때가 1년에 아주아주 적게 있습니다. 하하."

로슈 덴마크는 덴마크 사회에서 별종이 아니다. OECD(경제협력개발기구)의 2011년 발표 조사에서 덴마크인들은 생활 만족도 1위, 직업 만족도 2위를 차지했다. 같은 조사에서 한국인들은 직업 만족도 27위로 꼴찌를 했고, 생활 만족도에서는 간신히 꼴찌를 면한 26위를 기록했다.

로슈 덴마크를 취재하고 나오면서 우리 회사 직원들의 얼굴을 떠올렸다. 그리고 대한민국 직장인들을 생각했다. 그들의 출근길은 과연 얼마나 즐거울까? 그 발걸음을 좀 더 가볍게 하기 위해 무엇을 어디서부터 시작해야 할까?

+

권한과 책임의
즐거운 주인의식

　세계적인 장난감 회사 레고의 본사는 덴마크 유틀란트(Jutland) 반도의 소도시 빌룬(Billund)에 있다. 찬바람이 매섭게 불던 한겨울, 추위를 뚫고 그곳을 찾아갔다. 하지만 본사 현관에 들어서는 순간 몸을 녹일 틈도 없이 레고의 세계에 푹 빠져들었다. 안내 데스크가 있는 로비의 디자인부터 레고스러웠다. 천장도 바닥도 벽도 우리가 익숙하게 접해온 레고 조각 모양들로 꾸며져 있었다. 정면 벽에 'LEGO'라고 쓴 회사명마저 색색의 레고 조각들로 수를 놓은 듯했다. 레고 조각의 동그란 홈을 본뜬 노란 의자에 앉아 홍보실 직원을 기다리는데 안내 데스크에 있던 남성이 다가와 말을 걸었다.

　"환영합니다. 저 벽에 있는 회사명 'LEGO'에 동원된 레고 조각이 몇 개나 되는지 맞혀보세요. 1000개 이내의 근사치로 맞히면 최신 레고 게임 세트를 선물로 드리겠습니다."

　귀가 번쩍 뜨여 몇 가지 답을 말해봤지만 모두 '땡'이었다. 정답은 1만 2500개였다. 그래도 덕분에 가로 3미터 세로 2미터 크기로 만들어진 회사명 디자인을 꼼꼼히 볼 수 있었다. 가까이 가서 보니 그 레고

조각들은 현재 레고 회사에서 근무하는 직원들을 상징하고 있었다. 레고 게임을 해본 이들은 알겠지만 그 조각들 가운데는 사람 캐릭터도 있다. 이것들을 조립해서 회사명을 완성한 것인데 남자와 여자, 키 작은 사람과 큰 사람, 백인과 흑인, 슬픈 사람과 기쁜 사람 등 각양각색이었다. 동원된 조각 개수도 현재 레고의 직원 1만 명과 거의 비슷했다. 전체 직원이 '더불어' 회사를 만들어가고 있음을 보여주고자 이렇게 꾸몄다고 했다.

레고 조각들을 들여다보는 사이 홍보실 직원이 왔다. 그는 반갑게 악수를 하고 명함을 건넸는데 사람 모양의 레고 조각 몸통에 이름, 전화번호, 이메일 주소가 적혀 있었다. 조각의 얼굴을 자세히 보니 명함의 주인공과 닮은 듯했다.

"저와 최대한 닮은 레고 얼굴 모양을 선택했습니다. 우리 직원들 명함은 모두 이렇습니다."

지금까지 내가 본 명함 중 가장 독특했다.

엄격한 품질 관리와 혁신

LEGO는 덴마크어 'Leg Godt(Play Well)'에서 나왔다. 해석하면, '즐겁게 놀자!' 1932년에 회사 이름을 직접 짓고 창업한 사람은 농부이자 목수였던 올레 키르크 크리스티안센(Ole Kirk Kristiansen)이다. 그는 당시 왜 어린이 장난감 회사를 만들 생각을 했을까? 그 답을 찾아 본사 옆에 있는 레고 역사박물관으로 향했다. 박물관에는 크리스티안센의 창업 아이디어부터 지금까지의 역사가 전시되어 있다.

크리스티안센이 1930년대에 내놓은 초기 장난감은 플라스틱이 아

니라 나무였다. 개, 비둘기, 마차 등 초기 나무 제품들이 박물관에 보관돼 있었다. 크리스티안센은 원래 목수였고 큰 집을 만들어 팔았는데, 당시 경제 상황이 나빠져 더 이상 큰 집을 사는 사람이 없었다. 생활고에 시달리던 그는 먹고살 궁리를 하다가 한 가지 아이디어를 떠올렸다. '큰 집이 팔리지 않으면 작은 장난감을 만들어 팔아보자.' 때론 이와 같은 생존을 위한 불가피한 선택이 대박을 터뜨린다. 레고 회사는 그렇게 시작되었다.

그런데 때가 맞았다. 마침 덴마크에서는 어린이를 보는 시각이 달라지고 있었다. '보조 일꾼' 혹은 '예비 일꾼'이던 농촌의 어린이들에게도 '즐겁게 놀 권리'가 있다는 인식이 퍼져가고 있었다. 그 덕에 레고의 나무 장난감들은 수요가 많았다. 하지만 크리스티안센은 물량을 맞추기 위해 대충대충 만드는 것을 허용하지 않았다. 품질을 매우 중시해서 일정한 양 이상은 만들지 않았다. 역사박물관을 안내해준 크리스티안 레이메르 하우게(Kristian Reimer Hauge)는 레고의 정신을 이렇게 설명했다.

"창업 초기부터 지금까지 변함없이 관철되고 있는 것이 바로 품질을 중시하는 정책입니다. 레고의 특징은 소비자가 직접 수없이 조립하며 만들어가는 즐거움에 있습니다. 그 기능에 충실하려면 창의성을 뒷받침할 수 있는 우수한 품질이 가장 중요합니다."

레고의 미션은 이것이다. '내일을 건설하려는 이들에게 영감을 주자.' 홈이 8개(2×4)인 레고 조각 6개를 조합해서 만들어낼 수 있는 모양새의 수는 얼마나 될까? 그 경우의 수는 무려 9억 1510만 3765가지다. 창의적인 방법으로 다양한 즐거움을 주기 위해 레고는 엄격한 품질 관리와 제품 혁신을 거듭해왔다.

▲ 레고 본사 입구

▼ 레고 직원들의 독특한 명함

+

글로벌 기업으로 우뚝 성장한 레고의 비결은 창업 초기부터
지금까지 관철되고 있는 엄격한 품질 관리와 제품 혁신이다.
우수한 품질이 뒷받침되어야 즐거움과 창의성이 나온다.

홍보실 직원 로아르 트랑베크(Roar Trangbæk)의 안내로 둘러본 생산 라인에서도 이런 정신을 확인할 수 있었다. 전 과정이 자동 시스템으로 돌아가는 생산 라인에서 1분에 8만 7000개의 레고 조각이 만들어지는데 곳곳에 디지털 저울이 설치돼 있었다. 만들어지는 레고 조각에 결점이 없는지, 제품 포장 봉투에 담긴 조각 개수가 정확한지를 저울이 자동으로 감지해냈다. 지정된 무게보다 0.1그램이라도 무겁거나 가벼우면 육안 점검을 위해 라인에서 제외된다. 이런 엄격한 품질 관리 덕분에 레고는 130여 개 나라에 매장이 세워졌고 전 세계 장난감 시장의 약 9퍼센트를 차지하는 글로벌 회사로 성장했다.

평직원도 경영의 주체

레고는 100퍼센트 가족 소유 회사다. 크리스티안센 가족이 재단을 만들어 소유하고 있으며 현재는 창업자의 손자가 재단 이사장이다. 가족회사라고 하면 한국에서는 왠지 '족벌 경영'과 같은 부정적인 이미지가 있다. 편법 상속이라는 검은 단어가 따라다닌다. 그러나 덴마크에서는 그렇지 않다. 가족이 대대로 물려받는 회사라 할지라도 투명하게 경영하고 노동자와의 관계에 신뢰가 있으면 오히려 장점을 살릴 수 있다는 것을 보여준다. 인사 관리 담당자 아네테 아스무센(Anette Asmussen)은 이렇게 말했다.

"가족회사의 장점은 전통이 이어진다는 점입니다. 회사가 '살아 있는 역사'와 함께 가는 거죠. 창업자가 상품의 질을 강조했는데 여전히 그런 전통이 지켜지는 것도 같은 이유입니다."

레고가 글로벌 회사로 성공한 것은 전통을 지키면서도 품질 혁신과 함께 인적 자원 혁신을 계속해왔기 때문이다. 레고에서 '직원은 모두

가족'이다. 물론 기업 홍보에서 흔히 들을 수 있는 식상한 표현 가운데 하나다. 문제는 어떻게 실천하고 있느냐인데 레고는 달랐다. 평직원들을 회사 경영의 주체로 만들어냈기 때문이다. 아스무센이 말했다.

"레고는 평직원 두 명이 이사회에 참여합니다. 그렇잖아도 요즘 그 이사들을 뽑기 위해 직원들이 선거를 하고 있습니다."

우리나라에서는 아직도 노조 결성 자체를 탐탁지 않게 여기는 회사가 많은데, 직원들이 이사회에 참여할 뿐 아니라 파견할 사람을 직선으로 뽑는다니 놀라웠다. 마치 국회의원을 뽑듯 4년마다 이런 선거를 한다고 했다. 내가 신기해하자 아스무센은 별것 아니라는 듯 말했다.

"우리 회사만의 특별한 일이 아닙니다. 덴마크의 회사법에 의해 하는 것입니다. 문화가 된 거죠. 함께 일하고 협의하는 것이 덴마크 모델입니다. 이런 제도의 장점은 경영진이 노동자들과 매우 밀접하게 협의를 해가면서 일을 추진하기 때문에 갈등이 별로 없다는 겁니다. 우리는 경영진이나 노동자나 다 함께 행복할 수 있는 방법을 찾고 있어요. 그러기 위해 늘 대화를 합니다."

노사 간 소통이 잘되면 그만큼 크게 충돌할 일도 없다. 아스무센은 레고의 80여 년 역사 동안 자신이 알기로 파업이나 큰 갈등이 없었다고 말했다. 대화와 협의가 습관화되어 있다지만 어떻게 그토록 오랫동안 단 한 건의 파업도 없었을까? 비결은 미리미리 대화하기에 있었다.

"경영진은 회사에 어떤 큰 변화가 있을 것 같으면 미리 노동자들에게 알려줍니다. 3개월 혹은 5개월 전에 알려주죠. 그래서 충분한 시간을 두고 노사가 합의를 할 수 있습니다. 조기 공유, 이것이야말로 노사 갈등을 줄이는 좋은 방법입니다."

레고를 방문하기 며칠 전 또 다른 글로벌 기업인 단포스(Danfoss)를

방문했다. 단포스는 에너지 효율을 상품화한 회사인데 이곳에서도 이 사회에 파견할 평직원 대표를 뽑는 선거가 한창이었다. 우리에게는 매우 낯선 평직원의 이사회 참여가 덴마크에서는 회사법으로 보장돼 있다. 종업원 35인 이상 기업에서 가능하며 이 제도를 선택할지 여부는 노사 합의로 정한다. 평직원 이사의 수는 주주들이 주주총회에서 뽑은 이사 수의 절반이고, 사외 이사를 포함한 전체 이사 수의 3분의 1이다. 평직원 이사는 그저 상징적인 직책이 아니라 실질적으로 경영에 참여한다. 주총에서 선임된 다른 이사와 똑같은 권한과 책임이 있다. 이런 문화에서는 평직원이 진정한 경영의 동반자이면서 책임자가 되지 않겠는가?

레고는 전 세계적으로 오랫동안 인기를 누려왔다. 지금까지 유통된 레고 조각을 계산하면 지구 상의 모든 사람이 각자 86개의 조각을 지니고 있는 셈이라고 한다. 우리나라 사람들도 레고를 즐기며 살아왔다. 그동안 레고를 그저 게임으로만 즐겼다면 지금부터는 레고가 글로벌 기업으로 성장하기까지 세계 최고 수준의 노사 화합이 있었다는 점도 음미해보자.

사람을 즐겁게 하는 게임을 만들려면 그 생산자들부터 즐거워야 한다. 주인의식 없이는 즐거움이 나올 수 없다. 덴마크에서는 500인 이상 기업의 65퍼센트가 평직원의 이사회 참여 제도를 선택하고 있다. 덴마크가 행복지수 세계 1위의 나라가 된 것은 평직원을 직선으로 뽑아 이사회에 보낼 정도로 일터에 '즐거운 주인의식'이 있기 때문이 아닐까?

레고 회사의 미션을 다시 한 번 되새겨본다. '내일을 건설하려는 이들에게 영감을 주자.' 내일을 건설하려면 즐거운 주인의식은 필수다.

+

연대의식과 신뢰사회가
행복을 만든다

코펜하겐 시청 근처에는 덴마크에서 가장 영향력 있는 신문사 폴리티켄(Politiken)이 있다. 1884년 자유주의 지식인들이 만든 일간지 〈폴리티켄〉은 덴마크의 〈가디언〉으로도 불리는데 덴마크에서 발행되는 '진지한 신문' 중 판매 부수 1위다. 온라인판 편집장 크리스티안 린하르트(Christian Lindhardt)를 만나러 가는 길에 내 머릿속에는 꼬리에 꼬리를 무는 질문이 번지고 있었다.

언론인들은 기본적으로 스트레스를 많이 받고 사는데, 행복지수 세계 1위 나라의 언론인들은 좀 다를까? 그 바쁜 언론사도 행복한 일터일 수 있을까? 신문은 대체로 좋은 이야기보다 사건 사고, 감시와 비판 등 불미스러운 이야기를 많이 다루는데 행복사회의 뉴스는 좀 다를까?

편집국에 들어서니 여느 신문사 같은 사무실 풍경이 눈에 들어왔다. 여러 대의 텔레비전 화면에서 뉴스들이 쏟아져 나오고 기자들은 컴퓨터 모니터를 쳐다보며 자판을 두드리거나 삼삼오오 커피 잔을 들고 회의를 하고 있었다. 그런데 한 가지 신기한 것이 눈에 들어왔다.

기자들이 일하는 책상이 독특했다. 평상시엔 우리가 흔히 보는 책상인데 버튼을 누르면 책상이 일어섰다. 서 있는 사람의 어깨 높이로 책상이 올라오는 데 10초도 걸리지 않았다.

한 젊은 기자가 높아진 책상 앞에 서서 허리를 돌려가며 일을 계속하고 있었다. 오래 앉아서 일하는 직원들의 건강을 신경 쓴 특별한 배려가 신선했다. 알고 보니 덴마크의 회사들은 대부분 이런 책상을 쓴다고 했다.

일은 효율적, 휴가는 길게

린하르트 편집장은 47세로 폴리티켄에서 17년째 근무하고 있다. 사무실에서 그와 마주 앉은 시간이 오후 2시였는데 얼굴에 '나 바빠요'라고 써 있었다. 서둘러 질문을 던졌다. 기자들은 늘 바쁜 사람들인데 신문사도 하루 7시간 30분만 일할까?

"기본적으로 그렇습니다. 갑작스럽게 일이 생겨서 더 일하면 다른 날 쉴 수 있어요. 기자는 스트레스를 많이 받을 수밖에 없는 직업이지만, 그래도 미국이나 한국 등 다른 나라보다는 여기가 상황이 좋은 편입니다. 하나만 예를 들면, 우리는 휴가가 아주 길어요. 기본적으로 1년에 7주의 휴가가 주어지고 6년마다 3주씩 추가됩니다. 그러니까 경력 6년 이상이 되면 한 해 휴가가 10주 정도 되는 거죠."

1년에 휴가가 두 달 반이라니! 기본 연차휴가 15일인 우리나라에 비하면 천국이라 할 만하다. 그런데 기자들이 일주일에 약 37시간을 일하고 1년에 두 달 반씩 휴가를 쓰면서 어떻게 일간신문을 발행할 수 있을까? 그만큼 기자 수가 더 많을까?

+

〈폴리티켄〉 기자들은 경력 6년이 넘으면 한 해에 10주의 연차
휴가를 쓸 수 있다. 신문사 전체 인원은 많지 않지만 대신 매우 열심히
효과적으로 일하고 충분한 재충전의 시간을 갖는다.

"우리 신문사 전체 직원이 200명인데 다른 나라 일간지들은 보통 400명 이상이라고 들었습니다. 인원이 적은 반면 덴마크 저널리스트들은 매우 열심히 효과적으로 일하죠. 그리고 아주 잘 조직돼 있어서 효율성이 높습니다. 또 스스로 원해서 초과 근무를 하는 기자들도 있고요. 사실 대부분의 정치부 기자들은 주 50시간 정도 일합니다. 정치인들과 저녁을 같이하면서 취재할 때가 많으니까요."

그렇지만 초과 근무를 해도 추가로 수당이 나오지는 않는다. 기자가 원해서 또 즐기면서 하는 일이니 달라고 하는 사람도 없다고 했다. 편집장 자신도 하루에 11시간 정도 일하는데 스스로 즐긴다고 말했다.

그런데 즐기면서 버티는 데도 한계가 있을 것이다. 그래서 폴리티켄 기자들의 연차 휴가 10주가 부러웠다. 〈오마이뉴스〉 기자들은 경력에 따라 2~4주 정도밖에 쉬지 못한다. 재충전의 질이 다를 수밖에 없다.

만약 우리도 연차 휴가를 10주로 늘리면 회사가 어떻게 될까? 잘 돌아갈까? 발상의 전환을 하면 가능하지 않을까? 몸은 코펜하겐의 신문사에 있는데 마음은 서울의 사무실에 가 있었다.

린하르트가 내 생각을 눈치챈 것 같아 다시 눈에 힘을 주고 질문을 이어갔다. 행복지수 1위의 나라인데, 〈폴리티켄〉에도 좋은 뉴스가 절반 이상 되느냐고 묻자 그는 한껏 웃고 나서 그렇지 않다고 답했다.

"덴마크의 언론은 기본적으로 비판적입니다. 권력 집단인 정치권과 대기업, 주요 기관을 매우 강하게 감시하고 있어요. 덴마크의 언론은 어떤 제약도 받지 않고 비판의 자유를 누립니다. 언론이 그런 역할을 했기 때문에 덴마크에는 부정부패가 거의 없어요."

부정부패가 별로 없다면 비판할 거리도 많지 않을 텐데 뭘 비판한다는 것일까?

"정치 기사는 정부와 정당의 정책을 비판합니다. 오늘 〈폴리티켄〉의 머리기사는 정부의 실업률 통계가 엉터리라는 기사입니다. 실업률에 잡히지 않은 실업자가 6만 명이나 된다는 사실을 구체적인 데이터에 기초해 분석한 내용이죠."

린하르트는 미팅이 끝나면 바로 지방 출장을 가야 한다며 시계를 자꾸 쳐다봤다. 나는 덴마크에 취재 온 핵심적인 이유와 관련된 질문을 던졌다.

"당신은 언론인으로서가 아니라 개인적으로 덴마크가 행복지수 세계 1위의 나라라는 조사에 동의합니까?"

그는 주저 없이 "그렇습니다"라고 단언했다. 언론인이니 좀 비판적이고 냉철한 답이 나올 줄 알았는데 뜻밖이었다. 이유를 묻자 그는 자신이 겪은 일들을 예로 들며 이렇게 말했다.

"이 나라 사람들은 서로를 믿습니다. 얼마 전 호텔 로비에 있는데 차림새가 그다지 깔끔하지 않은 사람이 핸드폰을 빌려달라고 했어요. 나는 스스럼없이 핸드폰을 건넸고, 그는 쓰고 나서 돌려줬죠. 똑같은 일이 다음 날에도 벌어졌습니다. 젊은 청년 둘이 다가와 핸드폰을 빌려달라고 했어요. 그래서 또 줬고 돌려받았죠. 서로 믿으니 허물없이 빌려달라고 하고 빌려주는 겁니다. 며칠 후에는 여동생 가족과 공원에 갔는데, 세 살짜리 조카가 갑자기 사라졌습니다. 주변을 둘러봤지만 보이지 않아서 마음이 다급해졌죠. 그때 누군가 자전거를 타고 오길래 조카를 찾아야 한다며 자전거를 빌려달라고 했습니다. 그 사람은 자전거를 바로 넘겨줬고, 자전거를 타고 돌아다니다 한참 만에 조카를 찾았죠. 자전거는 주인에게 다시 돌려줬고요. 모두 일주일 사이에 벌어진 일입니다. 이런 일은 서로 믿지 않으면 일어날 수 없어요. 이 나라

사람들은 서로를 믿습니다. 물론 일부 예외가 있겠지만 기본적으로는
서로를 믿어요."

조직과 연대 그리고 신뢰
서로 신뢰하는 사회가 행복한 사
회라는 말인데, 그렇다면 그 신뢰는 어디에서 오는 것일까? 덴마크인
들이 선천적으로 착해서일까?

"덴마크는 매우 작은 나라입니다. 인구가 560만 명밖에 되지 않고,
수도인 코펜하겐에는 50만 명이 살죠. 코펜하겐 시내를 걸으면 아는
사람을 만나지 않을 도리가 없어요. 서울같이 큰 도시에서는 아는 사
람을 한 명도 만나지 않고 하루 종일 걸을 수도 있겠지만 여기는 다릅
니다."

그때 한 원로 기자가 우리 곁으로 다가왔다. 61세인 플레밍 위첸
(Flemming Ytzen)은 오랫동안 동아시아 전문 기자로 일해왔다. 그는 덴
마크가 신뢰사회인 이유를 이 말로 거들었다.

"덴마크 사회에서는 노조에 가입하지 않기가 매우 힘듭니다. 일하
는 자는 대부분 노조원입니다. 그것이 바로 행복지수가 높은 나라인
이유이기도 하죠. 우리는 매우 조직화된 사회에 살고 있어요. 아마도
이 지구 상에서 가장 조직화된 나라일 겁니다. 우리 신문사도 거의 모
든 직원이 노조원이에요. 기자들은 전국언론노조에 속해 있는데 조합
원이 1만 5000명에 이릅니다. 만약 신입 기자가 노조에 가입하기 싫
다고 한다면 문제가 생길 겁니다. 사람들이 그를 놀릴 거예요. 우리는
노조를 통해서 강한 연대의식, 우리가 함께하고 있음을 느끼죠. 그런
연대의식에서 신뢰사회가 형성됩니다."

편집장은 선배 기자의 응원에 힘입어 덴마크 예찬을 이어갔다.

"덴마크에서는 누구도 굶어 죽지 않습니다. 교육 시스템도 좋고 병원도 좋아요. 나는 이 나라가 좋은 나라라고 생각합니다. 우리 언론은 정치권력과 경제권력을 감시하면서 민주주의를 지키는 일을 했습니다. 또 학교 등 사회 구석구석이 잘 돌아가고 있는지를 취재하고, 문제가 있으면 그것을 지적해왔습니다."

〈폴리티켄〉의 두 언론인과 인사를 하고 나오면서 덴마크는 참 이상한 나라라고 생각했다. 내가 만나본 각 분야 사람들 200여 명 중에 덴마크가 행복지수 세계 1위의 나라라는 데 반론을 제기하는 사람을 단 한 명도 만나지 못했다. 다른 직업군의 사람들보다 비판적이고 냉철한 언론인들에게서는 다른 이야기를 듣게 되리라던 기대마저 빗나갔다.

그 예외 없음을 어떻게 해석해야 할지 당혹스러웠다. 그들은 다르게 말할 자유가 있는데도 같은 말을 하고 있었다. 행복사회는 덴마크에서 이미 성숙한 문화로 깊이 깃들어 있는 듯했다.

+

기본소득이 가져온
선택의 자유

기업하기 좋은 나라와 직장인들의 만족감이 높은 나라. 한 나라가
이 두 가지를 다 충족시킬 수 있을까? 덴마크의 경영자들은 다른 어느
나라 못지않게 기업하기 좋은 환경에서 사업을 한다. 사업이 계획보다
잘 안되면 노동자를 해고할 수 있는 자유가 보장된다. 그런데도 덴마
크 노동자들의 직장 만족도는 OECD 국가 중 최상위권이다. 노동조
합 조직률은 70퍼센트 가까이 된다. 덴마크는 어떻게 두 마리 토끼 잡
기에 성공했을까?

그 비결은 유연안전성(flexicurity)이다. 유연성(flexibility)과 안전성
(security)을 결합한 이 용어는 두 마리 토끼 잡기에 성공한 덴마크 사
람들이 만들어낸 신조어다. 기업에는 노동자의 채용과 해고에서 유연
성을 보장하고, 동시에 노동자들에게는 안정된 소득과 고용을 보장한
다는 뜻이다.

코펜하겐 중심부에 있는 덴마크 정부청사 고용부에서 고용정책을
담당하는 중견 간부 로네 헨릭센(Lone Henriksen)을 만났다. 그는 종이
에 그림을 그려가며 유연안전성 모델을 설명했다. 덴마크 사회에 대한

강한 자부심이 묻어났다.

"덴마크의 유연안전성 시스템은 2005년부터 본격적으로 시작됐어요. 그리고 2008년 유럽 경제위기를 전후로 그 효용성이 세계적으로 주목받았습니다. 유럽 대부분의 나라들이 실업률 증가 등으로 크게 흔들렸지만 덴마크는 상대적으로 덜했기 때문이죠. 이때 EU(유럽연합)가 공식적으로 '덴마크의 유연안전성 시스템을 본받자'고 나섰습니다. 당시 나는 EU에 덴마크 대표로 파견 나가 있었는데 정말 큰 자부심을 느꼈어요."

유럽 경제위기 전까지 덴마크의 실업률은 2퍼센트대였다. 경제위기 이후 수출 둔화 등으로 5퍼센트대까지 높아지긴 했지만 유연안전성 모델 덕분에 다른 나라에 비해 상대적으로 안정적일 수 있었다. 헨릭센은 이 모델이 덴마크인들의 행복지수를 높이는 데 크게 기여했다고 말했다.

해고의 자유, 고용의 안정

덴마크 고용부 장관의 정책 자문위원인 얀 헤넬리오위츠(Jan Hendeliowitz)는 유연안전성 모델의 뿌리를 이해하려면 100여 년 전으로 거슬러 올라가야 한다고 말했다.

"유연안전성 시스템의 핵심은 1899년 9월에 마련됐습니다. 덴마크 역사상 가장 길고 심각했던 노동자와 경영자 충돌의 결과였죠. 우리는 이를 '9월 대타협'이라 부릅니다. '덴마크 노동시장의 헌법'이라고도 하죠."

큰 충돌은 으레 모순의 축적 과정을 거친다. 19세기 후반 덴마크는 급격한 산업화를 경험하면서 노동자들이 대거 등장했는데 그들의 근

로조건은 매우 열악했다. 저임금 장시간 노동이 예사였다. 덴마크의 대표적 기업인 맥주 회사 칼스버그(Carlsberg)의 노동자들은 당시 하루 14시간을 일했다. 경제 상황에 따라 대량 실업도 자주 일어났다. 1885년 겨울에는 코펜하겐 노동자 3분의 1이 실업 상태에 처하기도 했다.

노동자들은 근로조건 개선을 내세우고 노조를 결성하기 시작했다. 짧은 기간에 전국 단위의 노조를 결성한 노동자들은 1899년 5월 파업을 시작했고 경영자들은 직장 폐쇄로 맞섰다. 4개월간 계속된 이 충돌에서 덴마크 노동자의 절반이 파업에 동참했으며 많은 노동자가 직장을 잃었다.

이와 같은 100일이 넘는 대충돌이 대타협을 만들어냈다. 노동자는 노조 결성과 파업의 권리를 갖고 경영자는 노동자를 해고할 수 있는 자유를 갖는다는 점이 대타협의 핵심이었다. 이 9월 합의는 이른바 '덴마크 노동시장의 헌법'이 되었으며 그 내용은 1960년까지 글자 하나 바뀌지 않았다. 그 후에도 부분적인 수정은 있었지만 골간은 오늘날까지 그대로 유지되고 있다.

이러한 115년 전의 노사 간 대타협은 신뢰가 뒷받침됐기 때문에 가능했다. 노동자는 경영자를 신뢰한다. 경영자에게 '노동자 해고의 자유'까지 주지 않았는가? 우리로서는 상상하기 힘든 참으로 통 큰 양보다. 물론 해고는 경영상의 합당한 이유가 있어야 한다. 새해 계획을 세울 때 사업이 잘될 줄 알고 직원을 100명 더 채용했는데 그해 시장 상황이 좋지 않아 연말에 적자를 내서 50명을 해고해야 한다면 이때 경영자는 합법적으로 해고가 가능하고 노동자는 이를 당연하게 받아들인다. 그러나 경영상의 이유가 아닌 차별에 의한 해고, 악의에 의한 해고는 금지된다. 임신, 출산, 종교, 정치적 견해에 의한 해고, 질병이나

휴가와 관련된 해고는 법적으로 금지돼 있다. 노조 활동 방해를 목적으로 한 해고, 노조 간부에 대한 해고 등도 산업별 단체협약에 의해 금지된다.

경영자는 노동자를 신뢰한다. 노동자를 파트너로 인정한다. 노동자의 이사회 참여가 이를 단적으로 보여준다. 직원 대표로 선출된 이사는 주주총회에서 선임된 일반 이사와 동일한 권한을 갖는다. 노동조합을 만드는 것조차 반기지 않는 우리나라 경영자들의 인식과는 한참 다르다.

신뢰의 3각 협력

덴마크의 유연안전성 시스템은 이렇듯 노동자와 경영자가 통 큰 양보를 주고받았기에 가능했다. 그런데 노동자와 경영자 사이에 이런 신뢰가 가능했던 것은 또 하나의 중요한 축인 '신뢰받는 정부'가 존재하기 때문이었다. 정부가 노사 간 신뢰에 강한 접착제 역할을 한 것이다. 정부 역할의 핵심은 시장에서 일시 탈락한 사람들을 안심시키고 다시 시장으로 진입하게 하는 일이다.

정부는 실업자에게 직업을 찾을 때까지 생활 자금을 지원해준다. 현재 법적인 실업보조금 지급 기간은 2년이다. 처음 1970년대에는 기한이 없었는데 차츰 9년, 7년, 4년, 2년으로 줄어들었다. 그러나 실업자들이 직업을 찾고 일정한 수입이 생길 때까지 정부와 사회가 도와준다는 기본 정책은 이어지고 있다. 실직자가 2년간 받는 실업보조금은 기존 월급의 최대 90퍼센트에 달한다. 주 5일 근무 기준으로 계산했을 때 한 달에 최소 1만 860크로네(약 200만 원), 최대 1만 6300크로네(약 300만 원)를 받을 수 있다.

+

유럽 경제위기 이후 덴마크는 실업률이 5퍼센트대까지 올랐지만
유연안전성 모델 덕분에 다른 나라에 비해 상대적으로 안정적일 수 있었다.
헨릭센은 이 점이 덴마크인의 행복지수를 높이는 데 기여했다고 분석했다.

그런데 2년이 지나도 새 일자리를 찾지 못한다면 어떻게 될까? 실업보조금은 종료되지만 또 다른 우산이 나타나 그를 보호해준다. 이때부터는 실업보조금의 약 70퍼센트에 해당하는 생활 자금을 사회보장기금에서 지급해준다. 기한은 새 직업을 찾을 때까지다. 어떤 시민도 생활고 때문에 길거리에서 홀로 비를 맞으며 쓰러져서는 안 된다는 사회적 합의가 있기 때문에 이런 우산을 마련해둔 것이다. 다시 말해 덴마크의 시민이라면, 어떤 상황에 처해도 인간의 품위를 유지할 수 있는 이른바 기본소득이 보장돼 있다. 서울역 앞에서 흔히 볼 수 있는 노숙자들을 코펜하겐에서는 거의 보기 힘든 이유다.

기본소득은 안정감을 주고 선택의 자유를 높인다. 덴마크 중부에 있는 항구도시 오르후스(Aarhus)에서 지방정부의 고용정책을 담당하는 하네 마르클룬(Hanne Marklund)은 이렇게 말했다.

"덴마크가 행복지수 조사에서 세계 1위인 이유 중 하나는 어떤 일이 있어도 일정한 기본소득이 보장되기 때문입니다. 덴마크인들은 밥벌이를 위해 하기 싫은 일을 억지로 하지 않아요."

그와 함께 일하는 젊은 여성 시그네 카르스텐센(Signe Carstensen)은 이를 소득안정성이라고 표현했다.

"소득안정성은 선택의 자유를 줍니다. 지금 자신의 직업이 마음에 들지 않으면 곧 그만둘 수 있어요. 소득안정성은 내가 하고 싶은 일이 무엇인지 고민하고 찾을 수 있는 여유를 준다는 점에서 행복지수를 높이는 데 기여한다고 생각합니다."

115년 전에 노동자-경영자 대타협으로 만들어진 '9월 합의' 정신은 이렇게 '덴마크식 유연안전성 모델'이 되어 덴마크 경제를 이끌어가고 있다. 이는 노동자-경영자-정부의 3각 협력으로 이뤄진다. 노동

자와 경영자가 각자 최대한의 자유를 누리되 서로 최대한 협력하고 그 과정에서 발생하는 시장 탈락자들을 정부가 소득안정성으로 책임져 주는 것이다.

3각 협력은 여기서 그치지 않는다. 노동자-경영자-정부는 공동 협력해 노동시장을 예의 주시하고 실업자들을 재교육해 새 일자리를 찾아준다. 광역 지방자치단체에 있는 노동시장위원회와 기초 지방자치단체에 있는 직업센터가 그 일을 한다. 덴마크의 실업자들은 외롭지 않다.

+

덴마크 실업자들은
외롭지 않다

　내가 쓰러지면 누군가가 나를 일으켜 세워줄 것이다, 내가 실업자가 되면 재취업이 될 때까지 정부가 적극적으로 도와줄 것이다! 대한민국에 살고 있는 직장인 중 이런 믿음과 기대를 갖고 있는 사람이 얼마나 될까.

　덴마크의 실업자들에게는 든든한 동지가 있다. 노동자-경영자-정부의 3각 협력이 만들어낸 재취업 안전망이 그들의 동지다. 덴마크 정부는 경영자 단체 및 노동자 단체와 손잡고 실업자의 재취업을 위해 다각도의 노력을 기울인다. 실업자로 등록되면 실업보조금은 기본이고 새 일자리를 얻기 위한 교육과 훈련, 실직에 따른 스트레스와 우울증에 대한 치료까지 뒤따른다. 덴마크 고용부 장관의 정책 자문위원인 얀 헤넬리오위츠는 이러한 안전망이 행복사회의 배경이라고 말했다.

　"덴마크인들은 자기가 살고 있는 사회에 대한 만족감이 아주 높습니다. 내가 만약 넘어지면 누군가가 나를 일으켜 세울 것이라고 믿기 때문입니다. 그 믿음이 행복지수에도 영향을 주지 않을까요?"

　덴마크의 지방 도시 오르후스에 있는 직업센터에는 아직 이른 시간

인데도 네댓 명의 실업자들이 상담 중이거나 컴퓨터로 정보를 찾고 있었다. 센터 한쪽에는 실업자들이 활용할 수 있는 각종 문서들이 꽂혀 있었는데 그중 하나를 꺼내 보니 장거리 인터뷰 비용 지원 신청서였다. 실업자가 자신이 사는 도시를 벗어나 다른 지역으로 구직 인터뷰를 하러 가면 그 비용을 센터에서 지원하는 것이다.

우리의 시군구에 해당하는 기초 지방자치단체마다 마련된 덴마크의 직업센터는 재취업을 원하는 실업자와 정부 기관이 직접 접촉하는 창구 역할을 한다. 덴마크 사람들은 실직하면 바로 이곳을 찾아 실업자 등록을 한다. 그 후 2개월이 지나면 의무적으로 직업센터 직원과 만나 상담을 하고 구직 계획서를 만들어야 한다. 그러면 센터 직원은 실업자의 조건을 파악하고 알맞은 일자리가 있는지 함께 찾아준다.

오르후스 직업센터를 관할하는 시청 고용정책 간부 하네 마르클룬에 따르면 이 과정에는 당근과 채찍이 함께 쓰인다. 당근은 실업보조금이 2년간 지급되는 것이고, 채찍은 실업 2개월 후부터 적극적인 구직 활동을 하도록 주 단위로 관리하는 것이다.

"2개월이 지나면 실업자와 상담원 사이에 이른바 '일자리 계획'이 마련됩니다. 이것은 민주주의 사회에서 늘 있는 일종의 협상이죠. '나는 이런 노력을 할 테니 당신은 이런 노력을 하라'라는. 얼마 전까지는 매주 두 곳 이상 이력서를 내야 한다는 규정이 있었는데 너무 기계적이라는 지적에 따라 없어졌습니다. 적어도 일주일에 한 차례씩 실업자와 상담원이 만나 대화를 합니다."

만약 실업자가 2개월이 지나도 구직 계획을 제시하지 않고 적극적인 노력을 하지 않으면 실업보조금 지급이 중단될까?

"규정은 그렇지만 실제로 그런 사태를 맞는 사람은 1퍼센트 미만입

니다. 거의 없죠. 간혹 있더라도 하루 이틀 늦어 경고받고 나서 규정을
지키는 경우가 대부분입니다."

노동 환경을 개선하는 선순환

사회복지가 잘된 나라의 부작용
가운데 하나는 수혜자들이 자칫 게을러지기 쉽다는 점이다. 그런데 덴
마크에서는 그런 '복지 게으름병'에 걸리는 이가 드물다. 헤넬리오위
츠는 그 이유를 이렇게 추측했다.

"덴마크는 개신교 국가입니다. 개신교는 일을 열심히 해야 한다는
윤리를 갖고 있죠. 덴마크에서는 일하지 않으면 죄를 짓는다고 생각합
니다. 열심히 일하는 전통을 지닌 농민의 자식들이라는 점도 영향이
있을 겁니다."

직업센터를 매개로 한 새 일자리 찾기에 큰 도움을 주는 것은 이른
바 직업 로테이션 제도다. 예를 들어 한 회사의 노동자가 1년간 휴직
을 하면 그 자리에 실업자가 들어가 일을 한다. 직업 로테이션이 덴마
크에 도입된 것은 20여 년 전인데 2008년 유럽 경제위기 이후 늘어난
실업자들을 위해 본격적으로 활성화되었다.

"결과는 매우 성공적이었습니다. 실업자들이 새로운 회사에 들어가
1년간 체험 교육을 받는 것도 중요하지만 그 과정에서 인적 네트워크
를 형성할 수 있다는 점이 큰 장점이었죠. 실업자들은 고립되기 쉽잖
아요. 그런데 직업 로테이션 제도를 통해 현장 정보를 풍부히 접하니
까 그만큼 재취업을 더 쉽게 할 수 있더군요. 직업 로테이션에 참여한
실업자들의 약 80퍼센트가 유관 회사에 취업했습니다."

이런 직업 로테이션은 각 회사의 경영자와 노동자들이 적극적으로

협력하지 않으면 불가능하다. 경영자는 노동자들이 1년간 육아휴직, 교육휴직 등을 자유롭게 쓸 수 있게 장려해야 하고, 노동자는 휴직 동안 자기 일을 대신할 실업자가 잠재적 경쟁자가 될 수 있다는 경계심에서 해방돼야 한다. 덴마크에서 직업 로테이션이 통했다는 것은 노동자-경영자-정부의 3각 협력이 제대로 이뤄졌다는 사실을 보여준다.

직업센터는 정부 기구지만 노사정 3자가 공동 운영하도록 법으로 규정돼 있다. 그렇기 때문에 직업센터가 파악하고 있는 구인시장 정보는 매우 정확하다. 직업센터를 통한 적극적인 재취업 전략 덕분에 덴마크의 실업자들은 1년 안에 약 50퍼센트가 재취업한다. 실업보조금 지급이 만료되는 2년 안에는 약 80퍼센트가 새 일자리 찾기에 성공한다.

실직은 새로운 기회

높은 재취업률은 덴마크의 유연안전성 모델이 가장 빛을 발하는 지점이기도 하다. 언제나 해고될 가능성이 있되 재취업 가능성이 매우 높은 것이다. 그래서 덴마크 사람들은 다니던 직장에서 해고돼도 크게 충격받지 않는다. 전직의 기회로, 새로운 도전의 기회로 삼는다. '해고는 살인'이라는 구호처럼 격렬하게 저항할 수밖에 없는, 안전성은 부실하고 합의되지 않은 유연성만 강조되는 한국의 상황과는 너무나 대조적이다. 헤넬리오위츠는 덴마크의 유연안전성 모델이 직업안정성에 대한 개념을 바꿔놓았다고 설명했다.

"우리가 생각하는 직업안정성이란 직업을 찾을 가능성에 대한 이야기예요. 한 직장에 오래 다니는 것을 뜻하지 않습니다. 매년 덴마크 전체 직장인의 3분의 1가량이 직장을 옮기죠. '그래, 걱정 마, 난 새 일자

리를 곧 찾을 수 있어!' 직장을 잃어도 이런 마음을 갖는 것이 곧 직업 안정성입니다. 사실 많은 나라에서 실직 후 다른 일자리를 찾기가 참 어렵다고 하잖아요? 그들은 꽤 안전한 직장에 다니면서도 일터를 잃을까 봐 두려워하죠. 덴마크인들은 그렇지 않습니다."

덴마크 사회의 직업안정성은 직장인들을 불안과 두려움에서 해방시켜 주눅 들지 않게 만들고, 이것은 다시 도전 정신의 확대로 이어진다. 헤넬리오위츠는 이러한 '선순환 효과'를 주목했다.

"덴마크 직장인들은 방어적이지 않습니다. 지금의 내 직장을 꼭 지켜야 한다고 생각하지 않아요. 능력과 실력을 키워서 더 좋은 곳을 찾아야겠다고 공세적으로 생각합니다. 이런 문화는 당연히 경영자들에게도 영향을 줍니다. 사원들의 대우를 개선해서 떠나지 않게 해야겠다는 마음가짐을 갖게 하죠. 그러니 직장과 업무 환경을 개선하는 선순환 효과가 생긴다고 볼 수 있습니다."

덴마크 노동자들의 평균 근속 기간은 대략 8년으로 평생 6회 정도 직장을 옮긴다. 이는 EU 국가 중에서 가장 높은 수치다. 그런데도 직장 만족도가 EU 안에서는 물론 OECD 안에서도 최상위권이다. 헤넬리오위츠는 직장 환경이든 유연안전성이든 신뢰가 중요하다고 덧붙였다.

"높은 신뢰 관계가 있어야 그 직장에서 일하려고 하지 않겠어요? 공정하게 선발하고 대우해줘야 신뢰감이 생깁니다. 공정하게 대우하면 해고할 때도 기준이 명확하기 때문에 감정적으로 치우치지 않습니다."

직업센터가 시군구 단위의 기관이라면 코펜하겐 등 광역 지방자치 단체 수준의 지역에는 노동시장위원회가 있다. 운영 자금은 정부에서 부담하지만 운영은 철저히 노사정 3자의 협의로 이뤄진다. 코펜하겐

의 노동시장위원회에는 지방정부, 경영자 대표, 노동자 대표가 각 7인씩 위원으로 참여하고 있다. 이들은 코펜하겐 지역의 시장 환경을 예측 분석하고 실업자의 재취업 프로그램을 설계한다.

노동시장의 노사정 3각 협력은 여기서 그치지 않고 한발 더 나아간다. 덴마크의 노사정은 공동으로 노동법원을 운영하는데, 기존 법원과는 완전히 독립적으로 운영하는 점이 특징이다. 덴마크 대법원도 노동법원에 개입하지 못한다. 노동법원에서는 파업이나 해고 등 모든 노동 관련 재판들이 다뤄진다.

직업센터부터 노동시장위원회, 그리고 노동법원까지 노사정 3자가 협력해 이끄는 덴마크의 유연안전성 모델은 다름 아닌 사회적 대타협 모델이다. 이런 대타협을 가능하게 하는 사회적 신뢰의 비밀은 무엇일까? 우리는 덴마크의 사례에서 어떤 교훈을 얻어야 할까?

+

'또 다른 길'을 제시한 유연안전성 모델

덴마크에서는 노동자-경영자-정부의 협력을 '황금 삼각형(golden triangle)'이라고 부른다. 세 주자 사이에 '신뢰의 체인'이 형성되어 있기에 협력이 가능하다. 이러한 신뢰의 체인은 어떻게 형성되었을까? 덴마크의 노동자와 경영자는 왜 서로를 신뢰할 수 있었으며 두 세력은 제3자인 정부의 개입을 왜 받아들이게 되었을까? 덴마크 사회를 돌아보며 공부한 신뢰의 근원은 다음과 같다.

첫째, 신뢰는 힘에서 나온다. 서로를 당당한 주체로 인정할 때 신뢰도 가능하다. 덴마크엔 당당한 노동자들이 있다. 스스로 깨우친, 주인의식을 가진 조직화된 노동자가 있다. 그것은 일종의 '그룬트비 효과'이기도 했다. 덴마크 농부들에게 "깨어 있으라, 공부하라"라고 외친 니콜라이 그룬트비(Nikolaj Grundtvig, 1783~1872)는 1872년에 89세를 일기로 죽었지만 그의 교육철학을 따라 공부한 농부들과 그 자녀들은 이후 산업화의 물결 속에서 노동자가 되어 '조직된 힘'으로 거듭났다.

1899년 9월의 대타협은 노동자들의 힘이 무시할 수 없는 수준으로 커지고 있었기에 가능했다. 그들은 1898년 1월부터 덴마크노동조합

총연맹이라는 전국 조직을 만들어 당시 노동자의 50퍼센트 이상을 흡수했다. 이때 경영자들이 가장 걱정스러워한 것은 공산주의였다. 경영자들은 노동자들이 공산주의자로 좌경화하는 것을 막기 위해 몇 가지 '양보'를 했다. 노조의 결성을 용인하고 파업권을 인정하면서 그들을 체제 내로 끌어들였다.

2010년 OECD 보고서 기준으로 덴마크 노동자들의 노조 조직률은 68.5퍼센트다. 이는 유럽연합 평균 25퍼센트보다 훨씬 높고, 우리나라의 2011년 기준 9.9퍼센트와는 하늘과 땅 차이다. 노무현 전 대통령은 "민주주의는 깨어 있는 시민들의 조직된 힘에서 나온다"라고 했다. 깨어 있는 시민들의 조직된 힘은 민주주의를 주저하는 세력에게도 '더 나은 결단'을 요구하는 힘을 발휘한다.

신뢰 속에 만들어지는 행복

둘째, 신뢰는 책임감에서 나온다. 변화를 촉구하거나 급진적인 생각을 말할 때 우리는 흔히 이런 말을 듣는다. "당신이 책임질 수 있습니까? 책임도 못 질 거면서 그런 주장을 왜 합니까?" 이 말은 불신 관계를 대변한다. 신뢰는 어떤 사람이 주장만 하는 데 그치지 않고 실행의 결과에도 책임진다는 믿음에서 나온다. 덴마크 노동자들은 주장자에 그치지 않고 책임자가 되었다. 깨어 있는 유권자를 넘어 나라 살림을 책임지는 집권 세력이 되었다.

19세기 말에 조직화를 시작한 덴마크 노동자들은 정치 세력화를 위해 사회민주당을 결성했고, 이 당이 1924년에 처음으로 정권을 잡았다. 그리고 2014년 현재까지 3분의 2 이상의 기간 동안 집권했다. 나라 살림을 책임져야 했던 사회민주당은 노동자의 권리 증진뿐 아니라

전체 시장의 원활한 작동을 위해서도 노력을 기울였다. 집권당으로서 기업하기 좋은 나라를 만드는 데 앞장섰고, '경영자의 노동자 해고의 자유'를 규정한 9월 합의도 유지해왔다. 덴마크 사회민주당의 역사를 되새겨보면 '노동자들이 만든 정당이 기업하기 좋은 나라를 만들었다'는 말이 전혀 모순되지 않는다. 이러니 어찌 경영자들이 노동자를 신뢰하지 않을 수 있겠는가.

셋째, 신뢰는 연속성에서 나온다. 진보에서 보수로, 보수에서 진보로 정권이 바뀌어도 노동자-경영자-정부의 '황금 삼각형', 즉 신뢰의 체인은 그대로 유지되었다. 덴마크의 현대사는 진보파인 사회민주당이 주로 집권했지만 1968~1971년, 1982~1985년 등 드문드문 보수파가 권력을 잡았으며 특히 2001년부터 2010년까지는 연속 두 차례 보수정당 연합이 집권했다. 이때 실업보조금 지급 기간이 단축되고 실업자의 취업 노력 강제가 더 엄격해지긴 했지만 실업안전망 자체에 대한 기본 정책은 유지되었다.

왜 그랬을까? 실업안전망으로 대변되는 사회복지는 덴마크 사회에서 정책이 아니라 문화로 자리 잡았기 때문이다. 어떤 정책이 여러 세대에 걸쳐 지속적으로 이뤄지면 그것은 탄탄한 문화가 된다. 그만큼 신뢰가 견고해진다. 이렇게 형성된 문화와 신뢰는 여와 야를 초월한다. 만약 이것을 깨려고 드는 당이 있다면 선거에서 패배를 예약하는 셈이다.

넷째, 신뢰는 '그래야 같이 산다'는 공동 인식에서 나온다. '황금 삼각형'은 3자 모두가 자국 경제 환경의 특수성을 인정했기에 가능했다. 그들은 현실주의자였다. 덴마크 경제의 특징은 크게 두 가지다. 하나는 중소기업이 지배적이라는 점이다. 2012년 기준으로 덴마크 기업의

92퍼센트가 종업원 수 10명 미만의 소기업이며 50명 이상 고용한 기업은 1.4퍼센트에 불과하다. 또 하나는 대외의존도가 높다는 점이다. 2007년 통계에 따르면 덴마크 경제의 대외의존도[국내총생산에서 무역액(수출+수입)이 차지하는 비중]는 64.8퍼센트로 우리나라의 75.1퍼센트보다는 낮지만 매우 높은 편이다. 이렇게 중소기업 위주인 데다 대외 의존성이 높으니 외부 충격에 취약할 수밖에 없다. 이런 특수성으로 인해 덴마크 노사정은 외부 충격에 대한 보호막으로서 노동시장의 유연안전성이 필요하다는 현실주의적 사고에 합의한 것이다.

세금이 제대로 쓰일 때

다섯째, 신뢰는 현실적 이득을 체험하면서 생긴다. 덴마크 국민들이 정부를 신뢰하고 높은 세금을 납부하지 않았다면 '황금 삼각형'은 불가능했을 것이다. 덴마크 국민들의 조세 및 사회보장기여금 부담률은 2011년 기준 47.7퍼센트로 OECD 평균 34.1퍼센트보다 높고 우리나라 25.9퍼센트의 두 배에 가깝다. 월급을 타면 절반은 세금으로 낸다는 뜻이다. 이 세금으로 덴마크 정부는 실업보조금 등 사회안전망을 만들 수 있었다. 이것이 없었다면 노동시장에서 유연안전성이란 말은 성립되지 못했으리라.

그렇다면 덴마크 국민들은 왜 월급의 절반가량을 기꺼이 세금으로 낼까? 실업하면 실업보조금을 받고 대학까지 공짜로 다니고 병원비가 평생 무료이기 때문이다. 내가 낸 세금을 정부가 제대로 쓰고 있다는 것을 체험했기 때문이다. 우리나라에서 증세에 저항감이 높은 이유는 '세금이 준 혜택'을 국민들이 체험하지 못했기 때문이다. 대신 이명박 정부처럼 22조 원이나 되는 세금을 멀쩡한 강을 죽이는 '4대강 사업'

에 쏟아붓는 것을 봤기 때문이다. 그 세금이 일부 대기업 건설업자들의 배만 불린다는 사실을 알기 때문이다.

덴마크 국민들은 정부에 대한 신뢰가 높다. 덴마크는 국제투명성기구에서 2013년 발표한 부패인식지수에서 세계 180개 국가 중 가장 부정부패가 적은 깨끗한 나라 1위를 차지했다. 우리나라는 46위였다.

신뢰 속에 만들어지는 행복, 현대 산업사회에서 노동자와 경영자가 동시에 행복감을 느끼는 사회. 덴마크의 유연안전성 모델은 우리에게 많은 시사점을 던진다. 행복사회는 두 마리 토끼를 다 잡는 데서 나온다. 이것을 얻기 위해 저것을 포기해야 한다는 이분법적인 사고에서 벗어나자. 생각을 바꾸고 역지사지하면 다 함께 행복한 길이 만들어질 수 있다!

덴마크인들이 만들어낸 유연안전성 모델은 우리에게 '또 다른 길'이 있음을 보여준다. 효율성 대 평등성 논쟁을 넘어 그 두 가지를 긍정적으로 결합하는 방법을 제시하고 있다. 그동안 효율성을 중시한 '미국의 길'을 맹목적으로 따라온 우리에게 제동을 건다. 다시 자각하고 성찰하게 만든다.

새 길을 모색하되 서두르진 말자. 덴마크 모델은 이미 말했듯 1899년 9월의 대타협에서 뿌리가 내려졌다. 115년에 걸친 사회 주요 세력 간의 갈등과 타협의 산물이다. 그것을 단기간에 우리 사회에 복제하려들면 부작용이 따를 것이다. 덴마크의 특수성과 우리의 특수성을 고려하고 긴 호흡으로 우리다운 사회적 대타협을 만들어내야 한다. 그 대타협 선언의 첫 줄은 이렇게 시작될 수 있을 것이다. 이제 새 길을 찾아 핸들을 틀어야 한다! 나와 우리 아이들의 행복한 삶을 위해!

1분 안에 떠오르는
걱정거리가 있습니까?

이웃과 제도가 지켜주는 안정된 사회

+

건강과 인생을 보살피는
동네 주치의

"이 카드가 주민등록증 같은 건데요. 맨 위에 내 주치의가 어느 병원에 있는지 적혀 있어요. 주소와 전화번호도 함께 말이죠."

덴마크에서 20년째 살고 있는 오대환 목사는 자신의 지갑에서 주치의 병원이 적힌 주민카드를 꺼내 보여줬다. 그는 어제도 아내가 아파서 주치의를 만나고 왔다고 했다. 덴마크에서는 주민은 물론 단기 교환학생으로 온 외국인까지 모두 주치의가 정해져 있다.

덴마크인들이 행복지수 세계 1위를 달리고 있는 이유 중 하나는 그들의 생활이 안정돼 있기 때문이다. 기본적인 생활에 큰 걱정거리가 없는 삶은 마음에 여유와 안정을 준다. 평생 병원비가 전액 무료고, 자신의 건강을 책임져주는 주치의가 동네 친구같이 존재한다면 당연히 행복지수가 높아지지 않겠는가.

주치의 제도는 어떻게 운영되고 있을까? 의사는 얼마나 주민들과 밀착돼 있을까? 그런 궁금증을 품고 코펜하겐의 한 동네병원을 찾아갔다. 간호사 두 명과 함께 20평 정도 규모의 병원에서 나를 맞이한 카르스텐 뮐레르 크리스텐센(Karsten Møller Christensen)은 흰 가운 대

신 티셔츠와 청바지 차림이었다. 길거리에서 보면 평범한 동네 아저씨로 여겨질 만큼 수수했다. 그는 "사진까지 찍는 줄 알았으면 머리를 좀 빗고 나올걸 그랬다"라는 농담으로 인터뷰를 시작했다.

동네 친구 같은 의사

크리스텐센은 25년 동안 같은 동네에서 환자들을 돌보고 있다. 덴마크의 주치의들은 보통 한 동네에 자리 잡으면 은퇴할 때까지 그곳에서 일한다.

"나는 이 동네 주민 1600명의 주치의를 맡고 있습니다. 하루에 평균 30명의 환자들이 찾아옵니다. 자주 오는 환자는 보통 일주일에 한 번씩 와요. 환자당 진료 시간은 10분 정도 됩니다."

재미있는 것은 덴마크에서 주치의는 의사 역할만 하지 않는다는 점이다. 그야말로 오랫동안 사귄 동네 친구나 다름없다.

"25년이나 일하다 보니 3대가 함께 찾아오는 경우도 많아요. 자연히 그 가족의 건강 내력뿐 아니라 가정환경도 대체로 알고 있죠. 사실 몸이 아파서 진료받으러 오는 것보다 개인적인 고민을 상담하러 오는 경우가 더 많습니다. 심리적인 치료를 받고 싶은 거죠. 성가시지 않으냐고요? 고민 상담은 당연한 일이에요. 그걸 받아주는 것도 내 역할입니다. 하하."

집안 사정까지 터놓고 말할 수 있는 주치의라면 다른 의사로 바꾸고 싶지 않을 것 같은데, 다른 동네로 이사를 하면 주치의도 저절로 바뀌는 걸까? 그렇지 않다. 기존 주치의를 계속 만날지 새 동네의 주치의를 선택할지 주민 스스로 결정할 수 있다.

주민들의 주치의들은 다양한 치료를 해야 하기 때문에 내과 전문

의, 외과 전문의처럼 하나의 전공 분야가 있는 것이 아니라 전반적인 것을 두루 알아야 한다. 굳이 비교하자면 우리나라의 가정의학과와 비슷하다. 덴마크 사람들은 동네병원에서 1차 진료와 치료를 받고, 더 정밀한 검사와 치료가 필요한 경우 국공립 병원을 찾는다. 이때 비용은 사립 병원에 가지 않는 한 모두 무료다.

주치의 제도는 정부에서 의료 복지의 일환으로 만든 시스템이다. 그렇다면 주치의로 일하는 덴마크 의사들은 공무원인가? 그것은 아니다. 의사는 기본적으로 개인영업인데 지방정부와 일종의 특별 계약, 즉 자기 동네에 있는 환자의 주치의 역할을 한다는 계약을 맺는 것이다.

"주치의에게는 최소 환자와 최대 환자가 정해져 있습니다. 적어도 1600명의 환자를 책임져야 합니다. 일종의 의무죠. 하지만 최대 2300명을 넘어가면 안 됩니다. 환자에 대한 서비스의 질이 떨어지지 않게 상한선을 정해둔 겁니다."

그럼 동네병원 의사들의 월급은 정부에서 나올까? 지방정부는 주민들의 주치의 역할을 해준 대가로 의사들에게 전체 수입의 80퍼센트 정도를 보장해준다. 나머지 20퍼센트의 수입은 취업을 위한 건강진단서 발급 등 간접 진료에서 나온다. 아픈 주민들이 치료받는 것은 정부가 진료비를 모두 부담하지만 개인적 용도로 진단서를 받는 비용은 개인이 내는 것이다. 결국 덴마크에서 의사는 자유로운 신분이지만 내용적으로 보면 업무의 80퍼센트는 공무원이고 20퍼센트는 개인사업자라고 할 수 있다.

크리스텐센의 말에 따르면 덴마크에서 의사는 돈을 많이 버는 직업이 아니다.

"일반 회사의 부장급 월급이라고 보면 될 겁니다. 보통 근로자의 평

+

"동네 주민 1600명의 주치의 역할을 하고 있는데 3대가 함께 찾아오는
경우도 많아요. 자연히 그 가족의 건강 내력뿐 아니라 가정환경도 알고 있죠."
의사 크리스텐센은 25년째 한 동네에서 주민들의 건강과 삶을 돌보고 있다.

균보다 조금 많은 수준이죠. 덴마크에서 부자가 되기 위해 의사를 하는 사람은 없을 거예요. 의대생들도 처음부터 이 점을 잘 알고 있습니다. 돈을 좀 번다 해도 세금이 50퍼센트 전후로 굉장히 높아요. 관건은 일이 즐거운가에 있죠. 내 적성과 취향이 여기에 맞으니까, 환자를 도와주는 것이 즐거우니까 이 일을 하는 겁니다."

특별 대우가 없는 사회

덴마크인들은 주치의를 만날 때 '의사 선생님'이라는 호칭 대신 서로 편하게 이름을 부른다. 덴마크인들은 의사를 존경하고 신뢰하지만 특별히 부러워하거나 어려워하지는 않는다. 우리 사회와 비교해보면, 덴마크 사회는 직업에 대한 귀천이나 특별 대우를 없애 양극화를 줄임으로써 격차 스트레스라는 사회적 중병을 예방·치료하고 있다.

크리스텐센과 인터뷰를 마치면서 덴마크의 의료 시스템이 덴마크인의 행복에 어느 정도 기여한다고 보는지 물었다.

"덴마크 사람들이 행복한 이유는 신뢰가 높은 사회에 살기 때문입니다. 주민들끼리의 신뢰도 높지만 정부에 대한 신뢰가 아주 높습니다. 정부가 오랫동안 추진해온 의료 복지 시스템이 사람들의 삶의 질을 높여 그들을 행복하게 하는 데 큰 기여를 하고 있다고 봅니다. 의사도 가장 신뢰받는 직업 중 하나입니다."

본인도 행복하냐고 묻자 그는 환한 웃음을 보였다.

"정말 만족스러운 생활을 하고 있습니다. 다른 나라에선 살고 싶지 않아요. 한 가지 흠이 있다면 날씨가 좀 별로라는 거죠. 하하."

+

'우리는 모두 똑같다'는 겸손함과 당당함

행복한 삶, 행복한 사회는 어떻게 가능할까? 이 질문을 붙잡고 수년째 '현장 체험'을 하고 있는 사람이 있다. 코펜하겐에서 덴마크인 남편과 사는 30대 미국인 샤미 알브렛슨(Sharmi Albrechtsen)이다.

코펜하겐 외곽의 널따란 정원을 갖춘 하얀 이층집에서 그가 딸기 케이크를 만들어놓고 우리 일행을 맞이했다. 그는 12년째 덴마크에서 살고 있으며 최근 3년간 본격적으로 '덴마크인의 행복 비결'을 취재해 블로그에 연재하고 있다. 왜 행복을 주제로 연구에 나선 것일까? 그는 자신이 매우 불행했기 때문이라고 답했다.

"2009년에 덴마크가 행복지수 세계 1위라는 조사들이 나왔어요. 그런데 당시 덴마크에 살고 있던 나는 아주 불행했어요. 두 번째 이혼을 한 상태였거든요. 나를 덴마크로 오게 한 덴마크인 남편과 헤어진 직후였죠. 행복지수 세계 1위의 사회에서 가장 불행했던 나는 그래서 이곳 사람들이 왜 행복한지 연구하기 시작했어요."

알브렛슨은 자신을 글로벌 시민이라고 부른다. 캐나다로 이민 온 인도 출신 부모에게서 태어난 그는 한 살 때 미국으로 건너가 25세까

지 미국에서 살았다. 미국인과 결혼했다가 이혼한 다음에는 덴마크인과 재혼해 런던에서 3년간 살았다. 그 후 남편을 따라 덴마크로 왔지만, 이 행복하다는 나라에서 두 번째 이혼을 했다. 그는 두 번째 이혼을 겪은 원인 중 하나를 이렇게 설명했다.

"나는 덴마크 문화를 완전히 받아들이지 못했어요. 무엇이 덴마크 사람들을 행복하게 하는지를 몰랐죠. 나는 덴마크 속에서도 미국인이길 바랐던 것 같아요. 그러나 통하지 않았던 거죠."

미국인의 정체성이 왜 덴마크에서 통하지 않았을까?

그들은 왜 행복하지?

"미국인은 대체로 물질주의적입니다. 성공은 곧 돈이고, 행복을 돈으로 살 수 있다고 믿는 경향이 있어요. 그래서 성공하면 큰 차와 큰 집을 사죠. 그런데 덴마크 사람들은 그렇지 않더군요. 물질주의와 반대죠. 내가 루이뷔통 가방을 가지고 있어도 이곳 사람들은 아무도 부러워하지 않았어요. 덴마크인 남편과 살면서도 나는 여전히 돈으로 행복을 찾으려고 했으니 헛일이었죠."

그가 직접 겪은 미국 사회와 덴마크 사회는 차이가 분명했다.

"미국 사회는 '더 많이'를 강조하면서 경쟁합니다. 늘 최고가 될 것을 요구하죠. 반면에 여기 덴마크 사람들은 여유를 가지고 삶을 즐기려고 합니다. 최고가 되기 위해 아등바등하지 않아요."

그처럼 여유를 갖고 즐길 줄 아는 삶은 덴마크의 사회제도에서 나오는 것일까, 덴마크인의 독특한 특성 때문일까? 이 질문에 그는 "두 요소의 결합이 만들어낸 것"이라고 말했다. 예컨대 높은 세금과 사회적 합의에 기반을 둔 덴마크의 복지 제도와 잘난 체하지 않고 남을 부

러워하지도 않는 덴마크인의 오랜 관성이 서로 결합돼 있다는 것이다.

"덴마크에서는 높은 세금으로 두꺼운 중산층을 만들어냅니다. 이곳에서는 거의 모든 사람을 중산층이라고 봐야 하죠. 물론 빈부격차가 없을 수 없지만, 가난한 덴마크인도 부자 덴마크인만큼 행복합니다. 이것이 미국과 다른 점이죠. 미국에서는 가난하면 엄청나게 불행해지잖아요. 덴마크인들은 그런 걱정이 없습니다. 사회복지가 잘돼 있어서 길거리에 나앉을 일이 없는 거죠. 그래서 부자들도 자기 수익의 절반을 세금으로 내는 데 자부심을 느낍니다."

그는 물론 이러한 복지 제도만으로 '행복한 덴마크인들'을 다 설명할 수 없다고 덧붙였다.

"독일 역시 복지 제도가 잘돼 있는데도 왜 덴마크인들이 더 행복하다고 할까요? 그것은 제도 이전에 태도의 문제입니다. '우리는 모두 똑같다'는 정신적인 태도, 가치관이 중요하죠. 덴마크에서는 남이 큰 집을 갖고 있어도, 친구가 좋은 대학을 다녀도 부러워하는 문화가 없습니다. 어찌 보면 덴마크 사회는 사람들을 행복하게 만들려고 하기보다 사람들을 불행하게 만드는 것을 먼저 제거했다고 할 수 있습니다."

알브렛슨은 덴마크인들의 그런 태도가 이 사회의 오랜 관습인 '얀테의 법칙(Law of Jante)'에서 나온다고 했다. 누가 언제 만들었는지 불확실한 이 관습법은 모세의 십계명을 본떴는데, 그중 일부는 다음과 같다.

1. 자신이 특별한 사람이라고 생각 말라.

4. 자신이 다른 사람보다 잘났다고 착각하지 말라.

8. 다른 사람을 비웃지 말라.

9. 누가 혹시라도 네게 관심을 갖는다고 생각 말라.

+

코펜하겐에서 덴마크인 남편과 살면서 행복을 연구하는 미국인 알브렛슨.
미국 사회가 '더 많이'를 강조하며 최고가 되기를 요구한다면
덴마크 사회는 남과 비교하지 않고 여유롭게 삶을 즐기게 한다.

10. 자신이 누군가를 가르칠 수 있다고 생각 말라.

얀테의 법칙은 한마디로 잘난 척하지 말라는 것인데, 다른 말로 하면 '모든 사람이 특별하고 소중하고 평등하다'는 것을 강조한다. 알브렛슨은 얀테의 법칙이 덴마크인들의 문화에 녹아 있기 때문에 높은 세금에 의한 복지 제도가 가능하다고 말했다.

"덴마크인들은 자신들의 세금으로 다른 사람을 가치 있게 돕는다고 생각해요. 대부분의 미국인들이 '아까운 내 돈, 내 돈' 하는 것과는 차이가 있죠."

이곳 부자들은 돈을 많이 벌어도 자신이 특별히 잘나서가 아니라고 생각하며 자기보다 돈을 덜 버는 사람을 비웃지 않는다. 빈부격차나 사회적 신분을 떠나 누구에게나 배울 점이 있다고 믿는다.

"덴마크인들의 행복지수가 높은 이유는 한마디로 말하자면 평등이라고 할 수 있어요. 평등이 행복의 모든 요소들과 연결되는 것 같아요. 서로 평등하면 특별히 남을 부러워하거나 질투해서 불행에 빠지는 일이 없잖아요. 남보다 잘되는 것이 목표가 될 수 없죠. 여기서는 의사나 청소부나 큰 차이가 없어요. 서로 어울려 등산과 스포츠를 함께 즐기고 비슷한 삶을 살아요. 의사를 그냥 친구처럼 이름으로 부르죠. 심지어 경찰관이나 공무원을 부를 때도 이름을 불러요."

알브렛슨은 덴마크의 또 다른 문화적 특성인 '느긋하게 함께 어울리기'도 행복한 덴마크를 만든다고 분석했다. '느긋하게 함께 어울리기'는 덴마크어로 '휘게(hygge)'라고 한다.

"덴마크는 해가 짧아 어둡고 추운 나라입니다. 이런 날씨에도 사람들이 행복하다고 느낀다니 이해하기 어려웠어요. 그런데 이들이 행복

한 이유 중 하나는 휘게에 있더군요. 이곳 사람들은 긴 밤이면 촛불을 켜고 케이크를 만들고 커피를 마시면서 친구들과 이야기를 나눕니다. 부자든 가난하든 똑같이 즐깁니다. 휘게 문화 속에서 편안함을 느끼고 평등을 누리는 거죠."

느긋하게 평등하게

평등한 문화, 함께 어울리는 문화가 개인의 자유를 침해하는 부분은 없을까? 공동체 문화를 강조하다 보면 남들과 다르거나 튀는 선택을 하는 사람에게 곱지 않은 시선이 향하진 않을까? 알브렛슨은 오히려 반대라고 설명했다. 얀테의 법칙 8항 '다른 사람을 비웃지 말라'에서 볼 수 있듯 평등 문화는 남을 존중하게 하고 개인의 떳떳한 선택을 보장한다.

평등하면 남의 눈치를 보지 않는다. 이것은 덴마크 사람들을 행복하게 하는 중요한 요소다. 예를 들어 덴마크는 이혼율이 높은 나라지만 개인의 선택을 존중하는 문화 덕분에 이혼이 행복지수를 떨어뜨리지는 않는다.

"덴마크의 이혼율은 40퍼센트대입니다. 두 번째와 세 번째 결혼의 이혼율도 각각 67퍼센트와 73퍼센트로 아주 높죠. 그래도 이 나라의 행복지수가 높은 이유는 남의 눈치를 보지 않기 때문입니다. 남의 눈치를 보며 살아가는 삶과 자신이 좋아하는 것을 선택해 즐기는 삶은 다를 수밖에 없잖아요?"

알브렛슨과 한참 이야기를 하고 있는데 외출했던 남편이 돌아왔다. 중견 기업 간부인 그는 우리의 대화를 듣더니 부러운 농담을 던졌다.

"우리 덴마크인들은 우리가 얼마나 행복한지를 잘 의식하지 못하고

살아요. 아내의 블로그 글이 책으로 나온다면 그 책을 덴마크 학교에서 교과서로 채택해야 할 것 같아요. 내가 읽어봤는데, 나도 모르는 이야기들이 많더라고요. 정말 재미있어요."

+

월급의 절반을
세금으로 내는이유

덴마크의 미래학자 롤프 옌센(Rolf Jensen)은 국방부 공무원으로 일하던 1973년에 앨빈 토플러의 《미래 쇼크(Future Shock)》를 읽고 미래학에 관심을 갖기 시작했다. 1983년 공무원 생활을 그만둔 그는 미래사회의 변화 방향을 연구하는 코펜하겐 미래학연구소에 들어갔다. 그의 오랜 연구의 결과물인 미래 예측 보고서 《드림 소사이어티(Dream Society)》(1999)는 전 세계 10여 개 언어로 번역되면서 그에게 명성을 가져다주었다. 평생을 덴마크에서 보낸 미래학자도 덴마크가 세계에서 가장 행복한 나라 중 하나라는 의견에 동의할까? 그와 저녁 식사를 함께하면서 몇 가지 질문을 던졌다.

"물론이죠. 사실이니까요. 여러 조사에서 유사한 결과들이 나왔습니다. 왜 행복하냐고 덴마크 사람들에게 물어보면 대답은 서로 다르겠지만, 내 생각애는 한마디로 평등하기 때문입니다. 덴마크는 평등사회예요. 내가 서울에 강연을 하러 가면 특급 호텔에 머물면서 특별한 대접을 받게 해줍니다. 그러나 덴마크에서는 그런 특별 대우가 없어요. 그것이 자연스럽죠."

+

덴마크 사람들이 행복한 이유 중 하나는 평등의 가치가 깊게
뿌리내렸기 때문이다. 남녀평등에서도 덴마크는 세계 최고 수준인데
아빠들이 초등학생 자녀의 등교를 돕는 일이 자연스럽다.

엔센도 덴마크 사람들이 행복한 이유를 평등사회에서 찾았다. 그렇다면 덴마크 평등사회의 기원은 무엇일까?

"19세기 중후반의 노동운동에 뿌리를 두고 있습니다. 노동자들이 중심이 되어 사회민주당을 만들었고 그들이 현대사에서 대부분 집권을 해왔는데 그들의 핵심 가치가 자유, 이웃 사랑, 평등이었죠. 또한 덴마크 사회에서 평등이 깊게 뿌리내린 것은 사회민주당의 주적이 자본주의가 아니라 공산주의였기 때문입니다."

공산주의와의 대결에서 가장 비용을 덜 들이고 승리하려면 평등사회를 만들 수밖에 없었다는 이야기다. 서로 신뢰하고 평등하면 사회적 비용이 적게 든다는 사실을 덴마크가 보여주고 있다.

엔센과 헤어진 뒤 도심에 마련된 인공호수 주변을 거닐었다. 코펜하겐의 건물들은 대개 5, 6층 정도로 '평등'했다. 세계 유명 도시마다 흔하게 볼 수 있는, 초고층으로 치솟은 랜드마크도 찾아볼 수 없었다. 덴마크의 이곳저곳을 자동차로 달려보면 이 나라의 땅덩이마저도 높낮이에서 참으로 평등한 나라임을 느끼게 된다.

남녀평등 면에서도 덴마크는 세계 최고 수준이다. 덴마크에서는 더 이상 주부라는 개념이 없다. 여성 취업률이 남성과 거의 같아서 어느 직장에서건 남녀 비율에 차이가 없다.

나는 덴마크의 남녀평등이 어느 수준에 와 있는가를 상징적으로 관찰할 기회가 있었다. 한 초등학교의 등교 시간에 교문 앞에서 엄마와 아빠 중 누가 저학년 학생들을 데려다주는지 지켜봤다. 30분 정도 눈대중으로 보니 아이를 데려온 사람은 엄마와 아빠가 각각 절반 정도였다. 우리나라 같으면 여전히 엄마가 더 많을 텐데 대조적이었다.

로스킬레 대학에서 만난 벤트 그레베(Bent Greve) 교수도 높은 신뢰

와 평등, 그로 인한 사회적 비용의 감소를 덴마크 사회의 장점으로 꼽았다. 그는 덴마크 언론노조에서 사무장으로 일하다가 1996년부터 이 대학에서 경제학과 사회복지학을 가르치고 있다. 그는 '행복학'에 관심이 있는 드문 교수다. 그동안 사회복지에 관한 20여 권의 책을 펴낸 그가 최근 몇 년간은 행복을 연구 중이다.

피를 흘리지 않은 역사

"행복이란 좋아하는 일을 할 수 있는 것이죠. 기대를 충족시키는 것. 그건 주로 좋은 관계를 맺는 데서 나옵니다. 나는 좋은 관계 속에서 좋아하는 일을 하고 있으니 행복합니다. 미국인들은 아마도 우리가 세금을 월급의 50퍼센트나 내면서 왜 행복하다고 하는지 잘 이해되지 않을 겁니다. 그러나 그 세금을 내고 있기 때문에 우리는 직장을 잃어도 별걱정이 없어요. 빈부격차가 크지 않고 평등하죠. 늦은 밤에 코펜하겐 시내를 걱정 없이 걸어 다닐 수 있을 정도로 치안도 좋습니다. 무엇보다 친구와 이웃이 있어요. 자기에게 어떤 문제가 생기면 언제든지 친구들에게 도와달라고 부탁할 수 있습니다. 덴마크 시민들에게는 정부와의 관계든 이웃과의 관계든 가족 관계든 매우 높은 수준의 신뢰가 형성돼 있습니다."

덴마크처럼 복지와 사회적 평등이 강조된 북유럽 국가들을 우리는 흔히 사회민주주의가 모범적으로 구현된 곳으로 꼽는다. 그런데 그레베는 사회민주주의보다 덴마크를 더 잘 표현할 수 있는 다른 용어를 제안했다.

"나는 사회시장경제(social market economy)라고 부르고 싶어요. 혹은 사회투자국가(social investment state)라고도 할 수 있죠. 덴마크 사

+

"덴마크 사회는 시장의 힘을 이용하지만 사회정의라는 관점을 놓치지
않아요. 높은 수준의 자본과 높은 수준의 신뢰가 결합돼 있습니다."
그레베는 신뢰와 평등, 그로 인한 사회적 비용의 감소를 덴마크 사회의 강점으로 꼽는다.

회는 시장의 힘을 이용하지만 사회정의라는 관점을 놓치지 않아요. 높은 수준의 자본과 높은 수준의 신뢰가 결합돼 있습니다."

그레베는 덴마크인들이 행복한 이유를 설명하면서 특히 '높은 신뢰'를 강조했다. 덴마크만의 신뢰의 비결을 묻는 질문에 그는 옛날이야기를 하나 들려줬다.

"600~700년 전에 덴마크 왕이 말을 타고 가다가 시계를 잃어버렸어요. 며칠이 지나 그 자리에 다시 가봤더니 시계가 그대로 있었어요. 아무도 가져가지 않았죠. 이게 진짜 일어난 일인지는 모르겠으나 우리가 서로 신뢰한다는 것을 상징적으로 보여주는 이야기입니다. 덴마크는 매우 작은 나라예요. 그래서 응집력이 강합니다. 많은 사람이 서로 가까운 친척들이죠. 문제가 발생하면 대화를 통해 해결할 수 있는 관계가 됩니다."

덴마크는 한반도의 5분의 1 크기로 인구 560만 명이 산다. 우리나라 경상도 정도의 인구와 크기다. 세계적으로 덴마크와 비슷한 규모의 나라나 지방자치단체는 많지만 덴마크 정도의 높은 신뢰가 형성된 곳은 많지 않다. 신뢰의 비밀을 단지 규모로만 생각하긴 힘들지 않을까? 그레베는 덴마크의 신뢰가 역사적으로 형성돼왔다고 설명했다.

"최근 150년을 되돌아보면 덴마크는 비교적 평화롭게 발전해왔습니다. 물론 더 오랜 과거를 보면 우리도 피를 흘렸죠. 독일, 영국, 프랑스와 전쟁도 하고, 스웨덴에 땅을 잃기도 했어요. 그러나 1849년 절대왕정에서 민주국가로 전환한 과정에서도 매우 평화로웠고, 그 이후에도 피의 혁명은 없었습니다."

프랑스혁명(1789~1794)의 경우 절대왕정을 무너뜨리기 위해 수많은 사람이 피를 흘렸는데 왜 덴마크에서는 그렇게 평화로웠을까?

"아마도 사회 구성원들의 응집력 때문이지 않을까 싶어요. 서로 입장이 다른 그룹들이 한자리에 둘러앉아 대화를 통해 중간 지점을 찾아내는 거죠. 덴마크가 오늘날 복지국가가 된 이유는 그런 타협 정신이 오랜 세월 지속되었기 때문입니다. 가장 대표적인 예가 1899년 9월에 있었던 노동자와 사용자 간의 타협이죠."

앞에서도 소개했지만, 덴마크 노사 관계의 초석을 놓은 9월 합의는 115년이 지난 지금 생각해봐도 매우 획기적이고 참신하다. 노동자들에게 노조 결성권과 단체교섭권을 인정한 대신 경영자들에게 노동자 해고의 자유를 주었다. 100여 일간의 파업과 직장 폐쇄 끝에 만들어진 이 대타협은 오늘날 덴마크의 노사 관계에서도 기본적으로 유지되고 있다.

신뢰와 경제적 이득

어떤 사람들은 덴마크인들이 타협을 잘하고 서로 신뢰하는 문화의 뿌리를 자연환경에서 찾는다. 춥고 척박한 덴마크에서 생존하려면 농부들이 서로 협력해야 했기 때문이라는 설명인데, 그레베는 그런 추론을 무게 있게 받아들이지 않았다.

"전통적으로 일을 열심히 해야 한다는 암묵적인 규칙은 있었던 것 같습니다. 춥고 척박한 환경에 집도 제대로 없던 시절에는 모두가 열심히 일해야 했고, 각자 자기의 역할을 잘해야 생존할 수 있었죠. 그러나 그런 자연조건이 덴마크 사람들의 응집력을 만든 주요 요인은 아니라고 봐요. 토론과 논쟁을 통해 사람들이 스스로 터득해나간 거죠. 충분한 논쟁을 거쳐 갈등을 해소하는 쪽이 다른 선택보다 비용이 적게 든다는 사실을 깨우친 겁니다. 나는 경영자들에게서 '노동자를 믿으

면 비용이 적게 든다, 관리비도 적게 들고 소송비도 적게 든다'는 말을 자주 들었습니다."

신뢰는 돈이다! 서로 신뢰하면 경제적 이득이 된다! 고상하게만 들리던 '신뢰'라는 단어가 지극히 현실적인 가치, 욕망의 상징인 돈과 연결되면서 덴마크 사람들이 왜 신뢰 형성을 중요하게 여겼는지 조금 더 분명해지는 듯했다.

덴마크에서는 상대적으로 저소득층인 택시기사, 식당 종업원도 월급의 약 36퍼센트를 세금으로 낸다. 의사, 변호사, 기업가 등 고소득자는 50퍼센트 전후를 낸다. 국민 1인당 세율이 OECD 국가 중 최고다. 덴마크 국세청에서 만난 대변인은 높은 세금을 내는 일이 하나의 문화로 자리 잡혀 있다고 말했다. 정부를 신뢰하고 세금을 내면 그 돈이 사회복지에 제대로 쓰이고 또한 그 혜택을 본인도 받을 수 있는 사회라는 뜻이다. 그레베의 말처럼 이런 선순환이 사회적 갈등과 문제를 해결하는 데 들어가는 비용을 줄인다는 사실을 국민 모두가 경험해왔다.

그렇지만 월급의 절반을 세금으로 내면서도 행복하다고 하는 덴마크 사람들을 선뜻 이해하기란 이방인에게 쉽지 않은 일이다. 그래서 취재 기간 동안 만난 고소득자 10명에게 같은 질문을 던졌다.

"열심히 일해서 번 수익의 50퍼센트를 세금으로 내면 억울하지 않습니까?"

억울하다고 답변한 사람은 아무도 없었다. 한 명이 높은 세금에는 불만이 없지만 어디에 어떻게 쓰는가에 대해서는 이견이 있다고 말했을 뿐이다. 이들은 한결같이 내 질문을 이해하지 못하겠다는 표정이었다.

"우리는 대학까지 무료로 공부했고 병원 치료도 무료로 받았는데,

우리의 후배와 후손 들도 그래야 하지 않겠어요? 세금을 많이 내는 것은 당연합니다."

로슈 덴마크의 직원도, 고등학교 교장도 자신이 낸 세금으로 가난한 사람들이 생활고에서 벗어나고 사회가 전체적으로 안정된 것을 보면 행복하다고 했다. 자기 수입의 56퍼센트를 세금으로 내고 있는 변호사 에리크 크리스티안센(Erik Christiansen)도 마찬가지였다.

"기쁜 마음으로 세금을 냅니다. 나도 우리 아이들도 많은 혜택을 누리고 있기 때문입니다. 무엇보다 이런 복지 제도 덕분에 서로를 믿는 사회가 됐잖아요."

우리나라 국민들이 평균적으로 내는 세금은 수익의 26퍼센트다. 증세에 대한 저항감은 여전히 높다. 사회복지를 확대하려면 세금을 늘려야 하는데 국민적 저항 때문에 여든 야든 증세 이야기를 꺼내는 것을 꺼린다. 정부와 국민 사이에 신뢰가 형성되지 않았다는 증거다. 내가 낸 세금이 제대로 쓰여서 나 개인에게도 혜택이 온다는 체험을 늘려가는 것이 증세 저항감을 줄이는 지름길이다.

+

이웃과 사회를 위해
무엇을 할 것인가

"행복이 어디에서 오는지를 찾고 있다고 하셨나요? 그렇다면 내 이야기를 들어보세요."

변호사이자 에너지 관련 소기업의 사장인 에리크 크리스티안센은 자신의 사무실에서 우리를 맞이하자마자 유창한 영어로 프레젠테이션을 시작했다. 50대 후반인 그는 '준비된 취재원'이었다.

"코펜하겐 중앙역에서 덴마크 사람 두 명이 열차의 옆자리에 탔다고 합시다. 종점까지는 45분 정도 걸리는데, 출발역에서 이야기를 나누기 시작한 두 사람은 종점에서 내리기 전에 하나의 협동조합을 만드는 데 합의합니다. 이것은 이 나라에서 보통 있는 일이죠."

우리나라로 치면 서울역에서 KTX를 같이 타고 대전역에 내릴 때쯤 협동조합을 하나 만든다는 이야기다. 크리스티안센은 덴마크를 '조직의 나라'라고 일컬었다.

"덴마크는 시민들 사이의 네트워킹이 매우 강합니다. 모든 덴마크 사람이 어떤 종류든 하나 이상의 사회적 모임에 참여하고 있다고 보면 됩니다. 내가 속해 있는 에너지산업 분야만 해도 시민 참여로 만든 협

동조합이 60~70퍼센트의 비중을 차지합니다. 내 아들은 취미로 음악을 하는데 친구들끼리 밴드를 결성하면서 협동조합을 만들었어요. 그들은 서로를 믿기 때문에 밴드를 어떻게 꾸려가면 좋을지 토론해서 조합을 운영하고 있습니다. 덴마크인들은 어려서부터 그런 문화 속에서 자라죠."

협동조합으로 세상을 바꾸다

덴마크에는 '이웃'이 살아 있고 그들 사이에 '신뢰'가 있기 때문에 시민 참여형 모임과 협동조합이 다양하게 존재한다. 크리스티안센은 이웃과의 신뢰야말로 덴마크가 가진 매우 중요한 '사회적 자산'이라고 했다.

"세계 기관들이 행복지수를 조사하면 대개 덴마크가 1위를 합니다. 같은 유럽이라도 남유럽은 행복지수가 낮아요. 왜 그럴까요? 사람들 사이에 신뢰가 부족하기 때문입니다. 행복한가 아닌가는 사람들 사이의 관계에 따라 달라집니다. 만약 이웃과의 관계에서 불편함이나 공포를 느낀다면 절대로 행복해질 수 없어요."

크리스티안센은 대학 졸업 후 변호사로 사회활동을 시작했는데, 얼마 지나지 않아 협동조합 전도사로 변신했다. 직원 11명을 둔 컨설팅 회사의 사장인 그는 요즘 하루 7시간 노동을 모두 협동조합과 관련된 일에 투자한다. 그는 바람을 이용해 전기를 만드는 미델그루넨(Middelgrunden) 풍력협동조합의 이사장이고 또 다른 몇 개의 협동조합 운영에도 참여하고 있다. 모두 무보수 자원봉사인데 하루 두 시간 정도를 이 일에 할애한다. 나머지 5시간은 자기 회사의 일을 하는데 그것도 협동조합과 관련이 깊다.

"내가 만든 회사는 에너지 협동조합들을 도와주는 사업을 합니다. 에너지 관련 신기술이 나올 때마다 그것을 협동조합에 어떻게 적용할지를 조언해주죠. 풍력, 가스, 전기 등의 협동조합 870여 곳과 거래합니다. 오래전부터 협동조합 일을 해왔기 때문에 꽤 신뢰받고 있죠."

그는 청년 시절인 1981년, 자신이 살던 동네에서 공동주택 협동조합에 참여하면서 협동조합에 관심을 갖기 시작했다. 1997년부터는 본격적으로 에너지 관련 협동조합에 뛰어들어 오늘에 이르렀다. 변호사라면 사회적 지위나 수입이 꽤 만족스러울 텐데 왜 협동조합에 그토록 오랫동안 열정을 쏟아온 것일까? 답은 간단했다.

"세상을 좀 더 나은 곳으로 만들고 싶으니까요."

그는 자신이 주로 참여하는 에너지 협동조합의 경우, 시민들의 주도로 에너지를 생산, 유통, 소비한다는 점에 큰 의미를 두고 있다. 나아가 '핵발전소 없는 덴마크'를 만드는 데도 시민들이 참여하는 에너지 관련 협동조합이 큰 기여를 한다고 말했다.

크리스티안센의 말에 따르면 덴마크에서 협동조합에 참여하는 것은 특별한 일이 아니라 자연스러운 문화다. 그렇다면 덴마크의 어떤 특성 때문에 이러한 문화가 뿌리내릴 수 있었을까?

"함께 의미 있는 일을 만들어가는 문화는 수동적인 방어가 아니라 적극적인 노력에서 나옵니다. 신뢰는 신에게 기도한다고 해서 나오는 것도 아니고, 자연조건에서 비롯되지도 않습니다. 사람들이 삶 속에서 부딪치고 깨지고 노력하면서 서로 쌓아가야 해요. 서서히 발전시켜야 합니다. 덴마크 사람들 사이의 신뢰는 수 세기 동안 쌓여온 것이죠. 협동조합 문화는 19세기로 거슬러 올라갑니다. 하루아침에 이뤄진 게 아니에요."

+

"덴마크는 시민들 사이의 네트워킹이 매우 강해서 대부분 하나 이상의
사회적 모임에 참여하고 있어요." 크리스티안센이 청년 시절부터
협동조합에 열정을 쏟은 이유는 "세상을 좀 더 나은 곳으로 만들고 싶어서"다.

물론 크리스티안센은 덴마크의 특수성을 인정했다. 이웃이 살아 있는 신뢰사회가 된 배경에는 인구가 560만 명으로 상대적으로 적은 점, 단일민족으로 생활에서 유머까지 문화적 공감대가 높은 점, 그리고 왕정에서 입헌군주제로 전환될 때 피를 흘리지 않은 대화와 타협의 역사가 있다. 그러나 가장 중요한 것은 역시 사람들의 노력이었다.

동등한 주체의 결합

"우리가 1997년에 풍력 협동조합을 만들었을 때는 7명이 10달러씩 내서 시작했어요. 자본금이 고작 70달러였죠. 우리는 좋은 일에 동참하라고 시민들을 설득했습니다. 우리 지역 에너지는 우리가 책임지자는 신조였죠. 그랬더니 8600명이 기꺼이 뜻을 모아 투자에 참여했어요. 그래서 총 3000만 달러의 투자금을 모을 수 있었죠. 덴마크 사회의 신뢰는 정부에 의해 만들어지지 않았습니다. 시민들이 하나하나 쌓은 것이죠. 에너지산업만 봐도 그래요. 중앙정부는 난방시설과 관련해 주요 설비만 제공합니다. 그다음엔 시민들이 자발적으로 움직여요. '우리 지역의 난방은 우리가 주인이 되어 관리하겠다'고 나서는 것이죠. 이들이 무려 807개의 협동조합을 만들어서 지역 난방 관리에 동참하고 있습니다."

주민 참여는 덴마크 에너지산업의 지도를 획기적으로 바꾸는 데 기여했다. 1970년대까지만 해도 에너지의 90퍼센트 이상을 수입하던 덴마크는 1997년에 EU 국가 중 유일한 에너지 자립국이 되었고, 이후 한발 나아가 저탄소 에너지 정책에 매진하고 있다. 이 과정에서 주민들은 다양한 친환경 에너지 협동조합에 참여함으로써 자연스럽게 주인의식을 갖게 되었다.

"지역 난방 협동조합은 대부분 비영리로 운영되며 주민들이 주인입니다. 한 해를 결산해서 적자가 생기면 주민들이 갹출해서 메우고, 흑자면 수익을 나눕니다. 그래서 늘 수입과 지출이 균형을 이룹니다. 협동조합에 참여하는 주민들이 모두 주인의식을 갖고 서로 신뢰하기 때문에 가능하죠."

크리스티안센은 주인의식이 곧 민주주의에 대한 훈련과 연결된다고 강조했다. 협동조합에 참여하는 사람들은 투자금에 상관없이 공평하게 1인 1표를 행사한다.

"협동조합 안에서 운영진이 잘못된 일을 하면 조합원들이 바로잡을 수 있습니다. 그 과정에서 민주주의를 경험합니다. 또 누구나 동등하다는 공감대가 있기 때문에 조금은 실현 불가능해 보이는 아이디어를 생각해낸 사람도 눈치 보지 않고 제안합니다. '우리 한번 시도해볼까요?' 같은 긍정적인 자세죠."

코펜하겐에서 만난 다른 사람들처럼 크리스티안센도 마치 덴마크 홍보대사 같았다. 그래서 그에게 아메리칸드림(American dream)과 데니시(Danish, 덴마크인의)드림의 차이를 물어봤다. 과거 이상적인 기회의 땅이 미국이었다면, 오늘날에는 북유럽 복지국가들이 이상적인 모델로 꼽히고 있다. 게다가 덴마크는 그중에서도 행복지수 1위의 나라이지 않은가.

"아메리칸드림은 자신과 가족이 잘되기 위한 것에 초점이 맞춰져 있죠. 그러나 데니시드림은 거기에 그치지 않아요. 자기 사회를 위해 무엇을 할 것인가로 이어집니다."

미리 준비해둔 것처럼 핵심을 짚은 대답이 돌아왔다.

크리스티안센은 아들 하나, 딸 하나를 두고 있다. 그들은 이미 대학

을 졸업하고 사회생활을 하고 있는데, 아들은 시민 참여형 디자인 사업 분야에서 일하고 딸은 국제 관계를 다루는 시민단체에서 일한다. 아버지로서 자녀들이 자신처럼 변호사가 되길 바라는 마음은 없었을까?

"그런 마음도 있긴 했는데, 둘 다 변호사가 되기를 원하지 않더군요. 아이들이 사회로 진출해 자기 분야에서 즐겁게 일하는 모습을 보면 참 행복합니다. 어떻게 이웃들과 함께할까를 배우고, 그와 관련된 일을 하고 있기 때문이죠. 그런 점에서 나쁜 아빠는 아니었던 것 같아요."

활짝 웃는 그의 얼굴에도 행복이 묻어났다.

+

자발적 협동으로 이룬
상생의 길

나는 우유나 치즈, 버터를 별로 좋아하지 않는다. 어렸을 때 많이 먹어본 적이 없어서인지 입에 당기지 않아서 빵을 먹을 때도 버터를 바르지 않는다. 특히 몇 년 전부터 우유가 과연 인간에게 이로운가에 대한 논란이 이는 것을 보면서 유제품과 더욱 멀어졌다.

그런데 덴마크에서는 달랐다. 우유를 한 잔 쭉 들이켜면 신선하고 맛이 좋았다. 왠지 신뢰감까지 느껴졌다. 직접 보지는 못했지만, 덴마크 농부들은 소를 키우고 젖을 짜고 그것을 식품으로 만들어내는 과정에서 기본을 잘 지킬 것 같은 믿음이 갔다.

왜 그럴까? 우유는 치즈, 버터, 요구르트 등 여러 유제품의 재료다. 그런데 덴마크 근현대사를 보면 이곳 농부들은 우유에서 더 중요한 것을 만들어냈다. 바로 '신뢰'라는 가치다. 신뢰야말로 덴마크 농부들이 협동조합을 통해 생산한 것 중 가장 부가가치가 큰 성과가 아닐까? 낙농 협동조합이 덴마크 농촌을 경제적으로 살렸다면, 그 과정에서 만들어진 신뢰는 덴마크 사회 전체를 튼튼하게 만들었다.

그 신뢰 생산지를 향해 차를 몰았다. 덴마크에서 맨 처음 낙농 협동

조합이 만들어진 곳은 유틀란트 반도의 중서부에 있는 작은 마을 예딩 (Hjedding)이다. 마을로 들어서니 도로변에 허름한 건물이 하나 서 있었다. 20평 정도 크기의 아담한 단층 벽돌집으로, 원래 한 농부의 농가였던 이 작은 집이 덴마크를 크게 바꿔놓았다.

우유로 만든 신뢰의 실핏줄

이 지역 박물관 소속 역사 해설가인 샤를로테 웨스트(Charlotte West)의 안내를 받아 실내로 들어섰다. 집 안에는 옛날 농부들이 사용한 낙농 기계들이 그대로 설치돼 있었다. 농가에서 수거한 우유를 쏟아붓던 큰 나무통, 스팀엔진이 장착된 보일러, 우유에서 크림을 분리해내는 장치, 크림에서 버터를 만들어내는 기계. 1882년 6월 10일 처음 가동된 이 낙농장은 농민 26명이 참여한 협동조합에 의해 운영되었다. 그들이 가진 소는 총 300여 마리였다.

농민들은 어떻게 협동조합을 만들 생각을 했을까? 웨스트는 당시의 협동조합 운동이 그룬트비의 농민학교 운동과 밀접한 연관이 있다고 설명했다.

"농민의 아들들은 그룬트비 학교에 다니는 동안 서로 힘을 합해 농촌을 살려야 한다고 뜻을 모았습니다. 그들이 돌아와 협동조합 만드는 일에 앞장섰고요. 청년 아네르센도 그중 한 명이었죠."

협동조합을 만들자고 동네 농민들을 설득한 이는 스틸링 아네르센 (Stilling Andersen)이라는 청년이었다. 아네르센은 각 농가가 개별적으로 버터와 치즈를 만드는 것보다 공장을 차려 함께 만들면 훨씬 쉽게, 그리고 더 많은 수익을 얻을 수 있다고 설득했다. 물론 처음부터 모든

농민이 동의한 것은 아니었다. 동네에서 소를 키우던 농가의 3분의 1은 협동조합 방식에 의문을 표시하고 동의하지 않았다. 그들이 소유한 소의 숫자는 약 100마리였는데, 아네르센은 만약 그들이 손해를 보면 개인적으로 배상해주기로 하고 우유 원료를 받았다. 처음에는 일부 농가에서 비조합원으로 참여한 것이다.

그러나 곧 그들도 정식 조합원이 되었다. 함께하면 득이 된다는 사실을 체험했기 때문이다. 당시 이 협동조합은 이런 구호를 내걸었다.

'전체는 하나를 위해, 하나는 전체를 위해.'

협동조합에서는 부자와 가난한 자 사이의 절묘한 타협이 이뤄졌다. 조합은 1인 1표제로 운영되었다. 소가 아무리 많아도, 단 한 마리만 있어도 의결권은 똑같이 한 표였다. '소의 머릿수가 아니라 사람의 머릿수로 의결한다'는 말이 그래서 생겼다. 주식 수대로 의결권이 정해지는 미국식 주주 자본주의의 회사 운영 형태와는 근본적으로 다르다.

협동조합의 필수 조건은 부자가 포용력을 발휘하고 가난한 자를 동지로 인정하는 것이다. 반대로 가난한 자도 부자를 인정한다. 소를 10마리 소유한 사람은 한 마리 소유한 사람보다 원료가 되는 우유를 10배 더 투자하니 수익도 그에 비례해 10배로 가져갔다. 물론 관리 운영비도 10배로 냈다. 이렇게 '서로 인정'하는 타협 속에서 신뢰가 만들어졌다.

신뢰는 공정한 관리에서도 형성된다. 각 농가에서 가져온 우유 통은 낙농장에 들어올 때 빠짐없이 엄격하게 무게를 달았고 표본을 채취해 농도를 쟀다. 그 무게와 농도에 따라 우윳값이 달리 지불되었다. 투명한 공정이 있고 노력한 만큼 인정받는다는 점이 분명하기 때문에 신뢰가 형성될 수 있었다.

+

덴마크에서 맨 처음 낙농 협동조합이 만들어진 작은 마을 예딩.
1882년에 처음 가동된 낙농장은 한 농부의 작은 벽돌집 농가에 자리를
잡았고 농민 26명이 만든 협동조합에서 소 300여 마리로 출발했다.

협동조합 운동은 덴마크보다 영국에서 먼저 시작했다. 1844년 영국 맨체스터 인근 로치데일의 한 방직공장 노동자들이 일용품을 싸게 사기 위해 얼마씩 자금을 모아 소비조합을 만들었는데, 이것이 협동조합의 기원으로 알려져 있다. 덴마크에서는 1866년에 첫 소비조합이 탄생했다. 소비가 아닌 생산조합은 그보다 늦은 1882년에 낙농 협동조합으로 출발했다.

신기한 것은 후발 주자 덴마크에서 협동조합 운동이 한번 불이 붙더니 일시에 확산되었다는 점이다. 낙농 협동조합은 1년 만에 인근 지역에서 10개로 늘어났고, 8년 후인 1900년에는 덴마크 전역에 1000개 이상이 만들어졌다. 들불 같았다.

1950년대가 되자 덴마크 우유 생산 농가의 약 90퍼센트가 낙농 협동조합에 참여했다. 그 이유를 샤를로테는 한마디로 설명했다.

"협동하면 돈을 벌 수 있다는 점을 확인했기 때문입니다."

이보다 더 매력적인 참여 동기가 있을까?

협동조합 천국엔 법이 없다

최초의 낙농 협동조합은 왜 예딩에서 탄생했을까? 수도 코펜하겐이나 그 인근이 아니고 왜 유틀란트 중서부에 있는 자그마한 시골에서 만들어졌을까? 샤를로테는 오히려 코펜하겐에서 멀리 떨어져 있었기에 가능했다고 설명했다.

"수도는 중앙의 입김이 센 곳이잖아요? 여기는 지방이어서 중앙정부의 영향이 덜해 무엇이든 자유로운 시도가 가능했던 겁니다."

그래서일까. 덴마크의 협동조합은 출발부터 철저히 민간 주도로 이뤄졌다. 정부에서는 어떤 관여도 하지 않았다. 초창기 낙농 협동조합

이 한창 발전할 때 정부에서는 왕립 농업대학이나 농업연구소를 통해 관련 기술을 간접적으로 지원했을 뿐이다. 이런 역사적 배경이 있기 때문에 신기하게도 덴마크엔 협동조합법이 없다.

협동조합의 천국에 협동조합법이 없다니, 처음에는 선뜻 믿기지 않았다. 그래서 거듭 확인했는데 정말 없었다. 조합원들끼리 자발적으로 참여하는 총회에서 만든 정관만으로도 모든 일을 결정하고 운영할 수 있으니 굳이 국가가 나서서 법을 만들 필요가 없다는 것이다. 샤를로테는 대부분의 외국인들이 이런 사실에 당황스러워한다고 말했다. 일찍이 1920년대에 일본에서 덴마크 협동조합을 배우자는 붐이 일었는데, 이때 시찰단으로 덴마크에 파견된 한 공무원도 여기저기 아무리 뒤져봐도 협동조합법을 찾지 못해 난감해했다고 한다.

앞서 소개한 미델그루넨 풍력협동조합 이사장 크리스티안센은 덴마크에 협동조합법이 없는 점은 EU의 다른 나라와 비교할 때도 매우 독특한 현상이라고 했다.

"요즘 협동조합을 연구하는 한 프로젝트에 참여하고 있습니다. 거기에서 재미있는 점을 발견했어요. 프로젝트에 참여하는 EU 회원국 6개 나라 중에 관의 허락 없이, 어떤 법률의 제약도 없이 마음에 맞는 사람들끼리 협동조합을 만들 수 있는 나라는 덴마크밖에 없더군요. 다른 나라들은 협동조합을 만들려면 관에 가서 신고하고 서류도 작성해야 하잖아요. 그런데 우리는 그런 절차가 없습니다. 그냥 모인 자리에서 회원들끼리 합의하면 됩니다."

우리나라에 협동조합 바람이 일기 시작한 지는 얼마 되지 않았다. 2011년 말 국회에서 협동조합법을 만들고 서울시 등에서 협동조합 상담지원센터 등을 개설해 그 긍정성을 적극적으로 알리면서부터다. 뒤

+

예딩 마을의 벽돌집 농가에는 옛날 농부들이 사용했던
낙농 기계들과 우유를 쏟아붓던 나무통이 그대로 보존되어 있다.

늦게나마 '다른 길도 있다'는 것을 확인했으니 다행스럽지만, 한편으로 관의 지원 없이 이런 바람이 불 수 있었을까를 생각하면 과연 길게 갈 수 있을지 우려스럽다.

무엇이든 자발적 참여가 있어야 오래가고 널리 퍼진다. 덴마크에는 생산, 판매, 신용, 구매 등 각종 협동조합이 있으며, 농민 한 명이 다양한 조합에 중복 가입돼 있다. 그래서 이런 말이 있다.

'일을 시작할 때 미국 농부는 기계를 먼저 생각하고 덴마크 농부는 협동조합을 먼저 생각한다.'

농촌에서 시작한 협동조합 운동은 도시로, 전 덴마크인의 삶 속으로 스며들었다. 우유로 만들어진 신뢰의 실핏줄이 덴마크 사회를 살찌우고 있다.

+
이기적 시장경제에 맞선
고귀한 실험

최초의 낙농 협동조합을 둘러보면서 이런 생각을 했다. 기회는 위기에서 온다. 만약 1880년대의 덴마크 농촌이 위기에 처해 있지 않았다면, 그냥 잘살았다면 협동조합을 만들어낼 수 있었을까? 아닐 것이다. 생존을 위한 몸부림만큼 큰 에너지는 없다.

1880년대는 때마침 덴마크 농촌이 궁핍 속에서 일대 전환을 겪는 중이었다. 그동안 곡식을 재배해 수출하는 것이 주요 수입원이었는데, 미국과 우크라이나의 값싼 곡식들이 영국 등 유럽 시장을 장악하자 살 길이 막막해졌다. 그래서 농민들은 생존을 위해 곡식에서 가축으로 주 종목을 바꾸기 시작했다. 소, 돼지, 닭에서 나오는 버터, 치즈, 베이컨, 달걀이 덴마크 농민들의 생명줄을 쥐게 되었다. 이렇게 전환기를 맞아 긴장하고 있던 차에 협동조합이라는 새로운 방식이 등장했다.

낙농 협동조합의 출현은 여러 가지로 혁명이었다. 우선 고된 노동이 줄어들었다. 소를 키우는 농가에서 일일이 손으로 유제품을 만들었는데, 이제 스팀엔진이 장착된 기계로 처리할 수 있었다. 버터를 만드는 과정에서 가장 중요한 공정은 우유에서 분리해낸 크림을 휘젓는 일

이다. 개별 농가에서는 그 일을 주로 여성이 담당했는데 매우 고된 노동이었고 한 번 하는 데 이틀씩 걸렸다. 한데 낙농장에서는 한 시간 만에 처리되었다.

글로벌 경쟁력을 높이다

생산량은 물론 품질도 획기적으로 좋아졌다. 협동조합이 만들어낸 집단 지성의 힘이었다. 직접선거로 낙농장을 가장 잘 운영할 만한 사람을 지배인으로 뽑고, 지배인은 품질 관리인을 고용했다. 제품은 질이 높게 표준화되었다. 조합원들은 더 큰 연대가 더 큰 이득을 준다는 것도 체험했다. 동네 협동조합은 지역 협동조합으로 묶이고 지역들이 모여 전국낙농협동조합을 결성했다. 전국 단위에서는 수출 경쟁력 등을 책임졌다.

당시 유럽에서 가장 큰 시장은 영국이었는데, 낙농 협동조합이 생기기 전까지 덴마크 농민들은 자신들이 생산한 유제품을 바로 영국으로 수출하지 못했다. 독일로 넘겨 표준화 과정을 거쳐야 했고 이런 유제품에는 독일 상표가 붙었다. 독일이 중간 이윤을 챙긴 것이다. 그러나 협동조합이 생기기 시작하고 특히 전국낙농협동조합이 결성되면서 덴마크 유제품은 독일을 거치지 않고 직접 영국 시장에 진출했다. 이는 당연히 덴마크 농가의 소득 증대에 크게 기여했다.

여기서 짚고 넘어가야 할 것이 있다. 낙농 협동조합은 처음부터 덴마크 농민들에게 글로벌 마켓을 고려하게 만들었다. 그들은 영국, 독일, 미국, 우크라이나 시장을 분석했고 그 과정에서 시야가 넓어졌다. 덴마크 농민들이 이후 산업화 과정에서 기업인이나 노동자로 전환할 때도 이런 노하우는 그대로 이어졌다. 에너지 관련 기업 단포스와 어

+

'여기 예딩에서 덴마크 최초의 낙농 협동조합이 세워졌다. 이곳 농부들의
협동으로 번영의 기초를 닦았다. 덴마크를 위해 한 사람이 할 수 없는 일을
여러 사람이 함께 이루어냈다.'
낙농장 뒷마당에 세워진 기념비의 문구가 덴마크인들의 정신을 잘 설명하고 있다.

린이 장난감 기업 레고는 모두 1920년대에 덴마크의 농촌에서 출발해 글로벌 기업으로 성장한 사례다.

글로벌 마켓을 고려해온 역사 때문인지 덴마크인들은 유럽의 어느 나라 사람들보다 영어에 능통하다. 고등학생쯤 되면 대부분 영어를 유창하게 구사한다. 우리 동네, 우리 민족에 뿌리를 두되 세계와 소통하는 것. 덴마크인들은 예나 지금이나 그것에 능하다. 덴마크 사람들의 협동조합은 그냥 '잘살아보세'가 아니었다. 신뢰와 함께 글로벌 마인드까지 생산해냈다.

함께 만든 새로운 길

낙농장을 돌아본 후 겨울바람이 부는 밖으로 나왔다. 뒷마당으로 가니 커다란 돌 기념비가 서 있었다. 1932년, 그러니까 이 협동조합이 만들어진 지 50년 뒤에 세워진 기념비에는 이렇게 적혀 있었다.

여기 예딩에서 덴마크 최초의 낙농 협동조합이 세워졌다. 이곳 농부들의 협동으로 번영의 기초를 닦았다. 덴마크를 위해 한 사람이 할 수 없는 일을 여러 사람이 함께 이루어냈다.

함께하니 새로운 길이 열렸다! 이 얼마나 아름다운 선언인가. 처음 협동조합을 만든 26명의 농부들은 자신들이 하는 일이 이 마을뿐 아니라 덴마크 사회 전체를 바꿔놓게 되리라는 걸 조금이라도 예상했을까?

덴마크어로 된 기념비 앞에서 묵념하듯 눈을 감았다. 세찬 겨울바람은 계속 불어대는데 눈에서 뜨거운 것이 올라왔다. 순국선열을 위한

묵념은 많이 해봤지만, 이국땅에서 과거의 덴마크 농부들을 위해 이렇게 고개가 숙여지다니…….

　나중에 한국에 돌아와서 보니, 덴마크의 협동조합을 현지에서 둘러보고 감동해 경의를 표한 한국인은 전에도 있었다. 1950년대 초에 덴마크 농촌을 방문한 당시 서울대 농대 류달영 교수는 《새 역사를 위하여》에서 이렇게 썼다.

　나는 인류사 위에 이 고귀한 실험을 성공해준 데 대하여 진심으로 감사하여 마지않는다.

　그렇다. 나는 진심으로 감사하고 싶은 마음에 기념비 앞에서 묵념을 했다. 전 세계적으로 신자유주의 물결이 휩쓰는 시대에, 천박한 이기주의가 판을 치는 시대에 덴마크 농부들의 고귀한 실험은 더욱 우러러보였다. 전쟁과 반목과 궁핍으로 점철된 우리 인류사에서 '인간은 무엇으로 사는가'를 증명해 보인 사례를 만나는 일은 얼마나 기쁘고 감동스러운가.

스반홀름 마을 공동체

+

인간의 욕망은
통제 가능한가

월급의 80퍼센트를 마을 공동체에 내고, 개인이 쓸 수 있는 돈은 나머지 20퍼센트뿐이라면 당신은 과연 행복할 수 있을까? 이 질문에 그렇다고 답하는 사람들이 있다. 그들이 누구인지 궁금하다면 구글 지도에서 이 주소(Svanholm Alle 2, 4050 Skibby, Denmark)를 검색해보라. 푸른 나무숲에 둘러싸인 작은 마을이 보일 것이다. 30여 동의 크고 작은 건물로 이뤄진 이곳이 바로 지난 35년간 경제·생태 공동체를 실험해오고 있는 스반홀름(Svanholm) 마을이다.

이 마을을 찾아 코펜하겐에서 차를 타고 남서쪽으로 약 60킬로미터를 달렸다. 가는 내내 이렇다 할 산은 구경하지 못했다. 높낮이가 없는 땅만큼이나 덴마크는 불평등지수가 낮다. OECD가 발표한 자료에 따르면 2010년 기준으로 최상위층 10퍼센트와 최하위층 10퍼센트의 소득 격차가 5.3배로 34개 회원국 가운데 가장 적다. 한국은 10.5배다.

그런데 스반홀름 공동체는 소득 격차가 거의 제로다. 최상위층, 최하위층 개념이 아예 없다. 개인 소득의 80퍼센트를 공동체에서 공유하기 때문이다. 도대체 어떤 사람들이기에 개인소유라는 인간의 욕심

을 통제할 수 있을까? 덴마크 사회는 이미 불평등지수가 낮고 행복지수는 높은 나라인데, 또 무엇이 부족해서 이런 '극단적인' 소유 공동체를 꾸려가고 있을까? 완벽한 사회를 꿈꾸는 이들의 에너지는 어디에서 나올까? 그래서 이들은 행복할까?

공동소유와 자급자족

스반홀름 마을에 도착했을 때 우리를 맞이한 이는 50대 후반의 엘세베트 레고르(Elsebeth Lægaard)였다. 그는 1978년 이 공동체를 만든 창립 멤버 중 한 사람이다.

"그때 나는 대학생이었는데, 공동체를 함께 만들어보자는 친구의 권유로 참여하게 됐어요. 여기서 남편을 만나 결혼했고 아이 두 명을 낳아 길렀습니다. 처음에 성인 84명이 함께 시작했는데 그들 중 여길 떠난 사람은 35년이 지난 지금까지 12명에 불과합니다."

지금은 새로운 사람들을 포함해 어른 80명과 어린이 50여 명이 이 마을에서 살고 있다. 어떤 철학으로 운영했기에 지금까지 공동체를 유지할 수 있었을까?

이곳의 창립 철학을 한마디로 표현하자면, 지속 가능한 삶이다. 이를 위해 마을 공동체는 크게 네 가지를 실천하고 있다. 공동소유, 100퍼센트 유기농 자급자족, 더불어 사는 삶, 모두가 주인인 마을이 그것이다.

스반홀름 공동체에는 35개의 일자리가 있다. 농사일, 식당 일, 건축일 등 다양하다. 물론 마을 밖에서도 일한다. 레고르는 동네 밖 병원에서 의사로 일하는데 침술이 전공이다. 창립 멤버인 그에게 당신이 이 마을의 리더냐고 물었더니 아니라고 했다.

"리더는 특별히 따로 없습니다. 우리가 모두 리더죠. 이 마을의 최고 의결 기관은 마을총회입니다. 모든 멤버가 총회에 참석해 발언합니다."

마을총회가 열리는 건물은 1700년대에 지어진 디귿(ㄷ) 자 형태의 3층짜리 아파트였다. 이곳은 마을 사람들의 숙소로 사용되고 있으며 중앙에 자리한 넓은 홀이 마을총회장이었다. 피아노가 놓인 중앙 홀에는 얼마 전 진행된 마을총회의 식순과 안건을 적은 일람표가 걸려 있었다. 최근의 주요 토론거리는 한 가족이 어느 정도 크기의 방을 소유해야 적절한지, 소 외양간을 새로 짓는 데 필요한 예산이 얼마인지였다.

"우리의 원칙 중 하나는 마을의 주요 사안을 결정할 때 모든 구성원이 참여하는 것입니다. 찬반 투표는 하지 않아요. 어떤 사안이 발생하면 만장일치로 합의될 때까지 토론합니다. 그러다 보니 시간이 제법 걸릴 때가 있죠."

누군가 이 마을로 이사 와서 함께 살고자 한다면 특별한 절차를 밟아야 할까?

"우선 메일로 신청서를 받아요. 서류 심사를 통과하면 직접 와서 우리의 삶을 보라고 하죠. 이 과정이 보통 1, 2년 걸립니다. 많은 변화가 있는 만큼 신중히 결정해야 하니까요. 이사를 와서도 1년 정도는 생각을 바꿀 기회를 줍니다. 물론 생각이 바뀌었다고 바로 다음 날 떠날 수는 없어요. 마을에 미리 이야기하고 절차를 밟아 6개월 후쯤 떠날 수 있죠. 마을에 들어올 때 맡긴 개인 재산은 떠날 때 다시 찾아갈 수 있고요."

35년을 살아온 레고르에게 그동안 행복했는지 물었다.

"항상 행복했다고 말하긴 어렵죠. 힘들 때면 나에게 물었습니다.

'그럼 여기를 떠나 다른 곳에서 살고 싶은가?' 그때마다 선택은 이 마을에서 계속 산다는 거였어요. 그리고 나에게 닥친 문제들을 풀어나갔습니다. 아이들이 커가면서 때때로 그들에게도 의견을 물었죠. 여기서 살든 떠나든 너희 자유라고요. 그럴 때마다 아이들은 여기서 살기를 원했습니다. 이제는 어른이 되어 이곳을 떠났지만 지금도 여기서 살던 시절과 그때 배운 가치들이 있기에 매우 행복하다고 말한답니다."

욕망을 통제하는 삶

레고르의 안내로 마을을 한 바퀴 둘러보는데 한 중년 여성이 나무 간판에 글씨를 적으며 무엇인가를 만들고 있었다. 공동체에 들어온 지 4개월째라는 그는 곧 있을 마을 축제를 함께 준비하면서 안내 표지판 만드는 일을 맡았다. 학교 교사인 그는 아이들 때문에 이 공동체를 선택했다.

"유치원에 다니는 두 아이들과 시골에서 공동체 생활을 하고 싶었는데, 이곳이 안성맞춤이더군요. 지금까지는 잘 적응하고 있습니다."

30대의 미켈 브링크(Mikkel Brink)도 두 아이 때문에 이 마을을 선택했다. 자전거 뒷좌석에 유치원생 둘째를 태우고 나타난 그는 마을 밖 학교에서 음악을 가르치는 교사다. 인터뷰하는 동안 주변에서 또래 아이들 서너 명이 신 나게 어울려 노는 모습이 보였다. 아이들 키우기에 좋은 환경인 것은 확실한 듯했다. 하지만 교사로 일하며 받는 월급의 80퍼센트를 마을 사람들과 공유해야 하는데, 그런 선택을 하기까지 갈등은 없었을까?

"인간이니까 욕심이 생기죠. 그런데 공동체 생활을 시작하면서 의식적으로 욕심을 통제하려고 노력했어요. 큰 차를 사고 싶은 욕망이

+

35년간 경제·생태 공동체를 실험해오고 있는 스반홀름 마을은
완벽한 사회를 꿈꾸는 이들의 에너지로 가득하다.

생겨도 참는 거죠. 마을 바깥의 친구들이 해마다 이 나라 저 나라를 여행하는 모습을 보면 부러운 마음이 들기도 하는데, 잦은 여행과 소비가 어쩌면 자연 파괴에 동참하는 일일 수 있다는 생각을 하면 이렇게 소박하고 순박하게 사는 것도 괜찮겠다는 마음이 듭니다."

마을에서 숙식을 제공하긴 하지만 개인적으로 필요한 물건을 사거나 문화생활을 하려면 수입의 20퍼센트만으로는 빠듯하지 않을까?

"별로 불편함은 없어요. 이제 어느 정도는 내 안의 욕망을 통제하게 됐거든요. 돈이 전부는 아니라는 생각을 해보면 내 선택을 이해하기가 좀 더 쉬울 겁니다."

"그래서 지금 행복합니까?"

"그렇습니다. 물론 인간으로 살면서 감당해야 하는 고민이나 스트레스가 없을 순 없죠. 그래도 환경이 좋으면 마음가짐이 달라질 수 있습니다. 내가 선택한 이 환경이 스트레스와 걱정을 덜어주거나 없애는 데 분명 도움을 주고 있어요."

스반홀름 주민들은 모두 덴마크 시민이다. 당연히 덴마크 정부에서 제공하는 기본적인 사회복지 혜택을 누린다. 그런데 이들은 덴마크의 일반 사회보다 이곳의 복지가 더 잘되어 있다고 믿는다. 이곳에는 '더 끈끈한 이웃'이 있기 때문이다. 브링크는 몸이 아프거나 힘든 일이 생기면 이웃들이 정말 자기 일처럼 애틋하게 잘 도와준다고 자랑했다.

스반홀름의 이웃이 끈끈할 수밖에 없는 이유는 밥상 공동체, 생명 공동체를 함께 이루고 있기 때문이다. 마을에는 넓은 밭과 농장, 100마리가 넘는 소들을 키우는 시설이 자리 잡고 있다. 널찍한 우리에서 어미 소가 갓 태어난 송아지를 바라보는 모습이 평화로웠다. 이런 곳에서 유기농으로 생산된 채소와 곡식, 우유와 고기가 매일 마을 사람

들에게 제공된다. 아침은 각 가정에서 간단히 해결하지만, 점심과 저녁은 공동 식당에서 함께 어울려 먹는다. 마을의 식사는 식당 일을 전담하는 마을 일꾼들이 준비한다. 레고르는 그 덕분에 아이를 둔 엄마인데도 지난 35년간 식사 준비를 한 번도 하지 않았다며 웃었다.

"우리는 100퍼센트 유기농으로 직접 재배한 음식을 먹어요. 그래서 모두 100세까지 살 수 있겠다고 기대하고 있답니다. 하하."

자유를 보장하는 공동체

유기농 재배는 마을 사람들의 건강한 먹거리 장만이라는 용도 외에 마을의 수익 사업이기도 하다. 주변 시장에 내다 팔아 적지 않은 수익을 올린다. 그래서 마을 한 해 살림은 흑자 기조가 유지되고, 공동으로 매입한 경작지는 점점 늘어나고 있다. 마을을 둘러본 후 레고르에게 물었다.

"스반홀름 공동체에는 현실 사회주의 나라들이 이뤄내지 못한 이상적인 사회주의 요소가 많은 것 같은데, 기존 사회주의와의 차이는 무엇입니까?"

"스스로 선택한다는 점이죠. 그래서 우리는 공동체를 이루고 살면서도 개인의 자유를 매우 중시합니다. 이 점이 큰 차이입니다."

실제로 이곳 사람들은 수입의 80퍼센트를 마을 공동소유로 넘기지만 개인 생활에서는 최대한의 자유를 누린다. 어른들의 절반 이상은 마을 밖의 사회 곳곳에서 자유롭게 자신의 일을 한다. 마을 안에서 일하는 사람들도 오후 5시까지 공동 작업을 한 이후에는 누구의 방해도 받지 않고 자유 시간을 즐긴다.

스반홀름에는 이 특별한 마을을 체험해보고 싶은 외국인들의 발걸

음이 이어지고 있다. 보통 여름에는 10~20명의 외국인 손님들이 2~3개월씩 머문다. 50대 후반의 미국인 케이티 린드블래드(Katy Lindblad)도 그중 한 명이다. 미국 미네소타 주 정부의 고위 공무원이었던 그는 덴마크에 사는 친척에게 이곳 이야기를 듣고 인연을 맺었다. 주방 일을 맡아 공동 식사를 준비하는 그는 스반홀름 공동체에 푹 빠져 있었다.

"이곳은 삶의 질이 높아요. 내가 풀을 깎거나 밥을 하면 그게 전부 동네 사람들을 위한 일이니까 당연히 만족감이나 보람이 크죠. 다른 일반 사회에서라면 얼마나 자주 같은 동네의 목수, 전기공, 유치원 교사와 저녁 식사를 함께할 수 있을까요? 스반홀름에서는 여러 부류의 사람들이 친밀하게 어울려 사는 모습이 참 보기 좋아요."

덴마크 사회는 기본적인 사회복지가 잘되어 있고 빈부격차도 크지 않은데 왜 스반홀름 사람들은 이런 특별한 공동체에서 살아갈까? 이곳에 오면서 품었던 핵심 질문에 대해 린드블래드는 미국 사회와의 비교를 예로 들었다.

"과연 미국에서 이런 실험을 할 수 있을까요? 아마 큰 위험부담을 감수해야 할 겁니다. 건강보험, 실업보조금 등 사회복지가 제대로 안되어 있으니 실패하면 타격이 크죠. 그런데 덴마크는 병원비가 평생 무료고 교육비도 대학까지 무료고 실업보조금도 2년 이상 나올 정도로 여러 기본 복지 제도가 잘되어 있잖아요. 실험을 하다 실패해도 괜찮은 거죠."

스반홀름 창립 멤버 레고르가 공감의 표시로 고개를 끄덕였다.

"맞아요. 그 점 때문에 나도 대학 졸업 후에 바로 이 길을 선택할 수 있었어요. 실패해도 위험부담이 없으니까요."

사회적 안정이 창의적 도전을 가능케 한다는 말이다. 궁핍, 척박, 고난 속에서 생존을 위해 몸부림치다 만들어낸 것과는 '삶의 질'이 달랐다. 행복지수가 높은 덴마크 사회에서 왜 이런 대안적 삶의 공동체가 실험되고 있는지 조금은 알 것 같았다.

+

페달을 밟듯
삶도 주체적으로

덴마크는 자전거의 나라다. 코펜하겐의 직장인 중 약 35퍼센트가 자전거를 타고 출퇴근을 한다. 이동거리 5킬로미터 미만까지 따지면 직장인의 절반이 넘는 59퍼센트가 자전거를 이용한다. 코펜하겐 중앙역 앞은 자전거 수천 대가 놓인 장관을 이루고 있다. 그 모습을 보노라면 덴마크에는 사람보다 자전거가 더 많다는 말이 실감 난다.

어느 거리에서나 자전거 행렬을 볼 수 있는 덴마크에서는 자전거도로가 차선 하나를 당당히 차지한다. 코펜하겐 도심도 마찬가지다. 자전거 신호등이 별도로 있을 만큼 자전거 주행 규칙이 하나의 문화로 존재한다. 코펜하겐에 갈 때마다 그 자전거 물결이 신기해서 유심히 살펴보곤 했다. 수많은 사람이 한꺼번에 자전거를 타고 출근하는데, 흐름이 어쩜 저렇게 물처럼 자연스러울까?

그러다 곧 그들의 주행 규칙을 포착해냈다. 자전거 운전자들은 도로에서 우회전이나 좌회전을 할 때 회전하려는 쪽의 손을 옆으로 뻗었다. 우회전하려면 오른손을 뻗어 뒤따라오는 자전거들에게 예고를 한다. 우측 깜빡이 표시인 셈이다.

+

"우리 집에는 자전거가 총 9대 있어요. 식구보다 더 많아요."
세 아이와 함께 자전거도로 개통 기념행사에 참가한 야코브 노르고르 부부.
매일 자전거를 이용한다는 이 가족의 행복한 표정에서 건강한 사회가 느껴진다.

인프라와 시스템이 완벽한 데다 서로에 대한 배려까지 문화로 굳어져 있으니 사람들은 안심하고 자전거를 탄다. 페달을 밟는 사람들의 표정에 여유가 있다. 반면 서울의 자전거도로와 주행 문화는 어떤가? 아직도 자전거 전용도로가 없는 곳이 많다. 자전거도로가 있어도 차도의 한 선을 차지한 것이 아니라 대부분 기존 인도의 일부를 뒤늦게 '빼앗아' 만든 것들이다. 그러니 인도의 보행자와 자전거 운전자는 서로 긴장할 수밖에 없다. 덴마크의 자전거 행렬은 제대로 정비된 인프라와 시스템이 출근길 시민들의 표정을 바꿀 수 있음을 보여준다.

덴마크 사람들은 초등학교 때부터 자전거 타기 이론과 실습을 배운다. 한 초등학교를 방문했을 때는 실습이 한창이었다. 학생들이 교사의 지도에 따라 널빤지로 만든 좁다랗고 경사진 길을 무사히 통과하는 훈련을 하고 있었다.

덴마크 정부는 최근에도 계속 자전거도로를 확장하고 있다. 도시마다 시내에는 이미 자전거도로가 상당 부분 만들어져 있는데 지금은 도시와 도시를 연결하는 광역 자전거도로를 만들고 있다. 공해 없는 나라, 건강한 나라가 국민들의 행복을 높일 수 있다고 믿기 때문이다.

이웃 친화적인 삶

코펜하겐을 처음 방문했을 때 마침 새로운 자전거도로 개통을 기념하는 행사가 열리고 있었다. 코펜하겐과 인근 위성도시를 연결하는 자전거도로의 개통 기념식에 참석한 300여 명의 시민은 모두 자전거를 타고 있었다. 쌍둥이를 앞에 태울 수 있는 자전거, 1인 승용차 모양의 자전거, 두 사람이 함께 타는 자전거 등등 저마다 개성 만점이었다.

아내와 세 아이와 함께 온 야코브 노르고르(Jacob Nordgaard)는 자기네 집에는 자전거가 총 9대로 식구보다 더 많다며 웃었다. 매일 자전거를 이용한다는 이 가족은 새로운 자전거도로를 앞서거니 뒤서거니 달리며 행복한 표정으로 대화를 나눴다.

아내와 함께 참석한 40대 중반의 페테르 헨릭센(Peter Henriksen)은 차가 있지만 매일 직장까지 20킬로미터를 자전거로 달린다고 했다. 이 부부는 서로 주거니 받거니 하면서 자전거가 주는 행복감을 세 가지로 정리했다.

첫째, 건강이다. 헨릭센은 원래 비만이었는데 4년 전부터 자전거를 타기 시작해 25킬로그램을 줄였다. 듣고 있던 아내가 그의 목걸이를 가리키며 "살을 빼기 전에는 목이 두꺼워서 이 목걸이도 할 수 없었다"라고 했다. 그래서일까? 자전거의 나라 덴마크에서는 미국 등 서구에서 흔히 볼 수 있는, 자기 몸을 주체하지 못하는 거대 비만자들이 거의 보이지 않았다.

둘째, 자동차를 몰지 않으니 공해를 줄이는 데 기여할 수 있다. 코펜하겐에는 서울과 달리 공해를 머금은 미세먼지의 공포가 없다.

건강과 환경, 이 두 가지는 충분히 예상할 수 있는 장점이다. 그런데 헨릭센이 말한 세 번째 장점은 새롭게 다가왔다. 자전거는 출퇴근길에 이웃을 만나게 해주는 이웃 친화적인 매개체다.

"자동차를 타고 가면 이웃을 만나도 인사할 수 없잖아요. 그런데 자전거를 타면 인사도 할 수 있고 대화도 나눌 수 있어요."

덴마크 수도 코펜하겐 직장인의 평균 출퇴근 소요 시간은 15분이다. 우리나라 수도권 직장인들의 출퇴근 시간은 한 시간이 넘는 경우가 흔하다. 피로도가 높을 수밖에 없다. 서울의 직장인들도 코펜하겐

+

무엇보다 자신의 힘으로 페달을 밟아 전진하고 어디로 갈 것인가를
내 발로 결정하며 내가 내 인생의 주인이라는 주체성의 쾌감은
덴마크인들의 행복지수를 높이는 또 하나의 요인이다.

직장인들처럼 15분 거리에 회사가 있고 출퇴근 자전거를 타고 안전한 전용도로를 달릴 수 있다면 얼마나 좋을까.

내가 처음 덴마크에 간 것은 4월 봄이었고 두 번째는 6월 여름이었다. 코펜하겐 도심의 자전거 물결을 보며 문득 이 많은 사람이 눈 내리는 겨울에는 어떻게 할까 궁금했다. 그러다 다시 덴마크를 찾은 때는 한겨울인 1월이었다. 진눈깨비가 내리는 날이 많아 도로 이곳저곳에 눈이 쌓이기도 했는데, 그래도 아랑곳하지 않고 자전거 물결은 계속됐다. 눈이 쌓이면 시청에서 가장 먼저 자전거도로에 제설 작업을 했다.

덴마크 사람들은 사시사철 자전거와 한 몸이다. 자전거는 자유도가 높다. 이 길로 갈까 저 길로 갈까, 빨리 갈까 천천히 갈까, 곧장 갈까 쉬었다 갈까, 운전자의 선택의 자유가 자동차보다 더 높다. 무엇보다 자신의 힘으로 페달을 밟아 전진하고 있다는, 어디로 갈 것인가를 내 발로 결정하고 있다는 쾌감이 있다. 내가 내 인생의 주인이라는 주체성의 쾌감, 그것이 덴마크인들의 행복지수를 높여주는 요소 중 하나라면, 자전거 문화는 그와 참 많이 닮아 있다.

+

텅 빈 교회
꽉 찬 사회

일요일 오전 10시 30분, 코펜하겐 중심부에 있는 300석 규모의 교회는 뜻밖에도 거의 비어 있었다. 예배를 보는 사람이 고작 30명 정도였다. 덴마크 국민의 80퍼센트가량이 기독교인이라고 답한다는데, 그리고 그들은 자기 월급의 0.58퍼센트를 매달 꼬박꼬박 교회세로 낸다는데, 일요일 예배 시간에 왜 이렇게 빈자리가 많을까?

예배가 끝난 후 30대 후반의 담임 목사에게 물었더니 이날만 그런 것이 아니었다. 이 교회가 지어진 지 약 300년이 되었고 한때는 교인들로 가득 찼지만 지금은 일요일마다 고작 30~40명이 예배에 참석한다고 했다.

또 다른 일요일, 동화 작가 안데르센(Hans Christian Andersen)의 고향 오덴세(Odense)에서 가장 큰 교회를 방문했다. 빈자리가 많긴 했지만 그래도 100여 명이 예배를 보고 있었다. 이곳의 페데르 P. 튀센(Peder P. Thyssen) 목사는 60대 초반의 나이로 33년째 목회를 하고 있다. 다른 곳보다 주일예배 참석자가 많아 보인다고 말하자 튀센은 고개를 저으며 웃었다.

"오늘은 좀 특별한 날입니다. 세례식을 하기 때문에 보통 때보다 많이 왔어요. 보통은 60~70명 정도 옵니다. 이 교회가 600석이니까 10분의 1 정도 채우는 거죠."

그는 코펜하겐에서 만난 목사와 같은 말을 했다. 덴마크 어디나 상황은 다르지 않다고 말이다. 크리스마스 같은 특별한 날, 그러니까 1년에 딱 한 번 교회의 전 좌석이 찬다고 했다.

일상적 믿음과 연대

덴마크인들은 80퍼센트가 기독교인인데 매주 일요일 교회에 나가는 비율은 단 3퍼센트다. 왜 그럴까? 주기도문에 이런 대목이 있다. '뜻이 하늘에서 이루어진 것같이 땅에서도 이루어지리라.' 행복지수 조사에서 늘 최상위권에 속하는 나라가 덴마크다. 이 나라 사람들은 땅에서 이미 천국이 이뤄지고 있기 때문에 굳이 교회에 나가지 않는 것일까? 튀센에게 나의 이런 추측을 전하자 그는 대체로 동의한다고 말했다.

"덴마크 사람들은 대부분 행복하게 살고 있습니다. 적어도 생활고 때문에, 경제적 생존 문제 때문에 고통을 받고 있지는 않죠. 그런 문제로 고통을 느끼는 사람들은 하느님께 더 의지하게 됩니다. 교회에 사람들이 몰린다는 것은 불행한 사람이 그만큼 많다는 방증일 수 있어요. 그런 면에서 덴마크의 낮은 예배 출석률과 높은 행복지수는 일정하게 연관이 있다고 생각합니다."

코펜하겐에서 20여 년째 교포 대상 한인교회를 담임하고 있는 오대환 목사의 말이 생각났다. 그는 덴마크의 복지 시스템은 인류가 지금까지 발전시켜온 제도 가운데 가장 뛰어난 수준이며 따라서 덴마크는

다른 사람에게 아쉬운 소리를 할 필요가 없는 사회라고 했다. 이런 사회라면 말 그대로 기도거리가 적을 법하다.

덴마크 목사들은 한국 목사들에 비해 참 편하다. 우선 새벽기도가 없다. 주일마다 1부, 2부, 3부 연속해서 설교할 일 없이 한 번이면 족하다. 교인들에게 헌금 내라는 소리를 할 필요도 없다. 헌금은 직장인들의 월급에서 자동적으로 걷힌다. 덴마크 목사의 대부분을 차지하는 국교인 루터교 목사의 경우에는 정부에서 월급도 나온다. 그리고 무엇보다 교인들에게 교회에 나오라는 이야기를 하지 않아도 된다. 이와 관련해 튀센은 일요일마다 교회에 나오지 않는다 해도 덴마크인들에게는 하느님에 대한 믿음이 문화로 정착돼 있다고 말했다.

"예를 들어 덴마크인들의 약 80퍼센트가 장례식을 교회에서 합니다. 인생과 작별할 때 반드시 교회에서 목사와 함께해야 한다는 문화가 있죠. 그리고 아무리 행복한 사회에서 살더라도 하느님이 꼭 필요한 경우가 있습니다. 삶에는 당신 스스로 해결할 수 없는 일들이 있으니까요. 사회복지 시스템도 도와줄 수 없는 것이 있습니다. 아주 많이 아프거나 점점 늙어간다거나 죽음이 다가올 때, 그 누구도 당신의 문제를 해결해줄 수 없는 순간에 하느님이 필요합니다."

덴마크 사람들이 교회에 나가지 않는 것은 믿음이 약하거나 기도할 일이 없어서가 아니다. 믿음이 문화가 되었기 때문이다. 그들에게 교회는 우리나라의 주민센터 같은 존재다. 우리는 주민등록증을 발급받을 때, 서류를 뗄 때, 이사했다고 신고할 때 주민센터에 간다. 덴마크인들에게 교회는 그런 곳이다. 성년식, 결혼식, 장례식을 할 때 교회에 나간다. 물론 내 영혼이 원하거나 특별한 기도를 올릴 때도 자발적으로 교회에 간다.

+

"교회에 사람들이 몰린다는 것은 불행한 사람이 그만큼 많다는 방증일 수 있어요.
그런 면에서 덴마크의 낮은 예배 출석률과 높은 행복지수는 연관이 있다고 생각합니다."
튀센은 가난한 사람을 돕고 서로 사랑하라는 기독교 정신이
덴마크를 어떤 사회로 만들 것인가에 매우 깊이 영향을 주고 있다고 말했다.

일요일마다 교회에 신도들이 꽉꽉 차는데 그 사회 구성원들의 사랑과 신뢰는 높지 않다면 종교가 무슨 소용이겠는가? 반대로 신도들이 교회 좌석의 10분의 1만 채웠지만 그 사회에 전반적으로 사랑과 신뢰가 넘쳐난다면 믿음이 약하다고 걱정할 필요가 있겠는가? 전자는 대한민국이고 후자는 덴마크다.

덴마크가 기독교의 나라가 된 것은 다른 유럽 나라들에 비해 늦은 편이었다. 10세기 후반 들어서야 블루투스〔Harald Bluetooth, 하랄 블로탄(Harald Blåtand)〕 왕이 처음으로 기독교를 받아들였다. 4세기에 기독교가 공인된 로마보다 600년 뒤의 일이다. 그러나 '네 이웃을 내 몸과 같이 사랑하라'는 예수의 가르침을 실제로 구현하는 일에는 다른 유럽 나라들에 비해 앞섰다. 부자들이 월급의 50퍼센트가 넘는 세금을 아까워하지 않고, 지구 상에 존재하는 최고의 복지 제도를 구현해 '더불어' 사는 사회의 모범을 창출했다. 튀센은 이렇게 말했다.

"덴마크는 가난한 사람이나 아픈 사람을 도와야 한다는 책임감이 분명한 사회입니다. 그런 연대 정신의 핵심은 기독교의 '사랑'에서 왔다고 봅니다. 서로 사랑하라. 이 기독교 정신이 덴마크에서 다른 사람과의 관계, 사회를 어떻게 만들 것인가의 관점에 매우 깊이 영향을 주고 있습니다."

부모, 교사, 주치의, 목사

함석헌은 《뜻으로 본 한국역사》에서 우리 민족이 부흥하려면 '뜻'을 세워야 한다고 역설했다. 온 민족이 하나가 되어 함께 일어설 수 있는 어떤 '정신적 가치'가 있어야 한다고 봤다. 함석헌은 분단 상황에 처한 우리 민족에게 정신적 가치가

부족하다고 판단했고, 무엇이 그 가치가 될까를 찾고 또 찾았다. 그런 점에서 그룬트비는 함석헌보다 좋은 조건에 있었다. 거의 모든 국민이 기독교인이었기 때문에 다음과 같은 그의 말은 국민의 가슴속에 잘 스며들 수 있었다.

"하느님을 사랑하고, 나를 사랑하고, 이웃을 사랑하고, 조국을 사랑하라."

튀센은 그룬트비가 덴마크인들에게 통한 것은 자기 주도적 믿음을 강조했기 때문이라고 했다.

"그룬트비는 자유를 믿음의 영역에서도 주창했습니다. 믿음은 국왕이 시켜서가 아니라, 목사가 시켜서가 아니라, 한 개인이 스스로 믿어야 한다고 했습니다. 기독교인이 되어야 하기 때문에 되는 것이 아니라 스스로 예수님의 정신을 따라 살고 싶기 때문에 기독교인이 되는 것이 옳다고 보았습니다. 그래서 그룬트비는 국가에 속한 교회와 별개로 '시민의 교회'를 만들기도 했습니다."

덴마크는 1536년부터 루터교를 국교로 삼았고, 1850년까지는 모든 국민이 의무적으로 주일예배에 출석해야 했다. 그런 역사를 볼 때 그룬트비의 주장은 그야말로 혁명적이었다. 튀센은 그룬트비 덕분에 덴마크의 기독교인들이 어떤 사랑을 실천해야 할지를 제대로 알았다고 설명했다. 형식적이고 의무적인 사랑이 아닌, 스스로 마음속에서 우러나오는 사랑을 실천하라. 이 가르침의 영향을 받았기에 오늘날 덴마크는 '텅 빈 교회, 꽉 찬 사회'가 되었다.

생각해보면 그룬트비가 외친 제대로 된 사랑이 어찌 기독교인만의 것이겠는가? 어떤 종교를 믿건 나를 사랑하고 이웃을 사랑하고 조국을 사랑하는 마음이 있고 그것을 제대로 실천한다면 행복사회는 이뤄

지지 않겠는가? 덴마크 교회, 덴마크 사회의 오늘은 우리에게 말한다. 신도의 숫자는 중요하지 않다. 주일예배 참석도 중요하지 않다. 교회 안뿐 아니라 밖에서 이웃 사랑을 얼마나 제대로 실천하느냐가 중요하다.

튀센과 대화를 하면서 왠지 모를 편안함을 느꼈다. 그는 일요일마다 교회에 나와야 한다는 이야기를 하지 않았다. 자기 교회의 교인 수가 얼마나 많은가를 자랑하지 않고, 덴마크 사회에 얼마나 사랑과 신뢰가 있는지를 힘주어 이야기했다. 권위를 내세우지도 않았다. 내가 만약 이 동네에 사는 덴마크인이라면 내 영혼이 목마를 때 그를 찾아가 편안히 상담할 수 있을 것 같았다. 동네 아저씨를 만나듯 말이다.

덴마크 사회에서 아이 한 명은 특별한 컨설턴트들에게 보호를 받는다. 첫 번째 보호자는 부모다. 두 번째는 길면 9년간이나 담임을 맡는 교사다. 어쩌면 부모보다도 그 아이를 잘 알 것이다. 세 번째는 주치의다. 몸이 아프면 그를 찾아가면 된다. 마지막 네 번째 보호자가 바로 목사다. 신앙이 필요할 때 동네 아저씨 같은 목사를 찾아가면 된다. 그는 왜 지난주에 교회에 나오지 않았느냐는 꾸지람을 하지 않고 친구처럼 이야기를 들어준다. 부모, 교사, 주치의, 목사. 이렇게 특별한 보호자들과 함께 살고 있기에 덴마크 아이들은 안정감을 느낀다. 이들이 자라나 행복사회를 이끈다.

학교에서 인생을
설계했습니까?

내 삶의 주인으로 자라는 교실

+

시험도 등수도
왕따도 없는 학교

덴마크를 처음 취재할 때부터 분명하게 잡히는 것이 하나 있었다. 행복 인생의 출발은 학교 교육에서부터 시작되고 행복한 학교에서 행복한 인생이 시작된다! 덴마크의 초중등학교 과정은 이러한 사실을 잘 보여준다. 폴케스콜레(Folkeskole)라 불리는 덴마크의 공립학교는 우리의 중학교 과정까지 포함해 1학년부터 9학년까지로 구성된다. 취재를 위해 찾아간 일반 공립학교, 혁신형 공립학교, 자유학교, 사립학교 들은 서로 운영 방식이 조금씩 달랐지만 공통점이 있었다.

첫째, 학교는 어떤 인생을 살 것인가를 학생 스스로 찾는 방법을 가르치는 곳이다. 둘째, 개인의 성적이나 발전보다 협동을 중시한다. 셋째, 학생과 학부모와 교사와 교장 중 누구도 소외되지 않고 학교 운영의 주인이 된다. 넷째, 학생들이 여유 있게 충분한 시간을 두고 인생을 자유롭고 즐겁게 사는 법을 배운다. 다섯째, 학교에서 배우는 것들이 사회에서도 통한다는 사실을 알고 있기 때문에 학생들이 걱정이나 불안감 없이 안정되어 있다. 이 정도면 덴마크 초등학교의 다른 이름을 '행복초등학교'라고 해도 되지 않을까.

+

코펜하겐에 위치한 발뷔 스콜레. 이 학교의 이사회는 모두 11명인데
학부모가 7명으로 과반을 차지하고 학생 대표도 두 명이나 참여한다.
덴마크의 학생들은 초등학교 때부터 민주적 참여를 훈련하는 셈이다.

코펜하겐에 있는 발뷔 스콜레(Valby Skole)는 덴마크의 초중등학교 중 가장 일반적인 공립학교이며 1학년부터 9학년까지 600여 명이 다니고 있다. 오래된 공장을 개조한 이 학교는 이렇다 할 조경도 없고 매우 소박했다. 우리나라의 초등학교에는 큼지막한 교훈이 교문이나 본관 건물에 걸려 있는데 그런 것도 없었다. 그러나 교장 마르그레테 프라우싱(Margrethe Frausing)이 학생들을 어떻게 가르치고 있는지 설명하기 시작하자 이 학교가 점점 특별하게 다가왔다.

"공부를 못하는 학생도 칭찬을 받습니다. 산만한 학생도 칭찬을 받습니다. 문제아도 칭찬을 받습니다."

성적 우수상이 없는 학교

우리나라에서는 시험으로 등수를 매기기 때문에 기준에 미달하면 칭찬을 받을 수 없다. 공부를 잘해야 한다는 중압감이 어느 학생에게나 있기 마련이다. 그런데 덴마크의 초등학생들은 그렇지 않다. 기본적으로 덴마크의 모든 공립학교에서는 7학년까지 점수를 매기는 시험이 없다. 점수를 매기는 시험은 8학년 때부터 시작되는데 그것도 등수는 매기지 않는다. 9학년에 보는 졸업 시험도 등수가 없다. 단지 학생들의 진로를 조언하는 데 참고만 한다. 초등학교 1학년 때부터 시험에 시달려야 하는 우리나라와는 전혀 다르다. 덴마크는 왜 이렇게 다른 길을 선택하고 있을까? 프라우싱은 학생들 사이에서 경쟁보다는 협력이 더 중요하기 때문이라고 말했다.

"덴마크의 전통적인 교육 방법은 기본적으로 아이들끼리 경쟁시키지 않는 것입니다. 그래서 8학년부터 시험을 보지만 등수를 매기지는 않습니다. 성적이 좋다고 상을 주지도 않아요. 물론 학생들끼리는 서

로 점수를 알 수 있으니까 누가 잘하고 못하는지를 압니다. 그러나 담임교사나 학교가 공부 잘하는 학생을 공개적으로 치켜세우거나 특별히 대하는 경우가 없기 때문에 더 이상의 경쟁은 일어나지 않죠."

덴마크에는 성적 우수상이 아예 없다. 공부를 잘하는 것은 여러 가지 능력 중 하나이기 때문에 특별히 따로 상을 줄 필요가 없다는 생각이다. 그리고 그 덕분에 교사의 애정이 학생들에게 골고루 나뉘어 모든 아이가 저마다의 장점을 칭찬받을 수 있다.

"공부를 잘하는 아이는 더 잘하도록 개별적으로 칭찬해주지만 공부를 못하는 아이에게도 칭찬을 해줍니다. 물론 공부를 못하는데 잘한다고 거짓말로 칭찬할 수는 없죠. 그런 아이들에게는 작은 목표를 세워줍니다. 만약 20개의 문제 중 절반만 맞힌 아이가 있으면 다음번에는 한 문제만 더 맞혀도 그걸 아주 크게 칭찬해줍니다. 그렇게 해서 그 아이가 점점 자신감을 갖게 하죠. 이런 칭찬의 효과는 상당히 큽니다. 공부를 못하는 학생들에게도 자신감과 안정감을 줘서 학교에 오기를 좋아하게 만드니까요."

모든 학생에게 자신감과 안정감을 주어 아침 등굣길 발걸음을 가볍게 하라! 공부 못한다고 구박받아 도살장 끌려오는 소처럼 억지로 학교에 오던 내 어린 시절 친구들이 떠올랐다. 지금도 우리 사회에는 각자 자기만의 매력을 갖고 있는데도 공부를 못한다는 이유만으로 어깨가 축 처진 학생들이 얼마나 많은가. 프라우싱은 주의력이 산만한 아이도 칭찬받을 기회를 준다고 했다.

"어떤 아이들은 수업 시간에 가만히 앉아 있지 못하죠. 그런 아이들에겐 짧은 시간 동안 가만히 앉아 있게 하는 목표를 정해줍니다. 가령 10분간 조용히 있어보라고 한 다음 타이머로 10분을 재는 거죠. 그리

고 약속을 지키면 아주 크게 칭찬을 해줍니다."

그래도 교사로서 참기 힘든, 문제라고 할 만한 아이도 있을 텐데 그럴 때는 어떻게 할까?

"이해하고 포용해줘야죠. 그 아이들도 다닐 수 있는 학교가 되어야 하니까요. 기본적으로 덴마크의 교육은 '학생들은 매우 다양하며 그들을 다 포용해야 한다'는 전제에서 출발합니다. 우리는 소수의 장난꾸러기, 문제아 들이 잘못을 하면 아이는 용서하되 대신 부모를 탓해요."

부모를 탓한다는 말은 다름 아니라 대화를 뜻한다.

"교사와 부모가 아주 솔직한 대화를 자주 나눕니다. 아이에게 문제가 있으니 이런 점은 힘을 합쳐서 고쳐보자고 말이죠. 부모가 협력할 형편이 아니면 학교가 더욱 그 아이를 위해 신경을 씁니다. 부모가 챙겨주지 않은 아이를 학교에서도 챙겨주지 않으면 그 아이의 인생이 어떻게 되겠어요? 그런 아이일수록 학교에 오고 싶은 마음이 들도록, 학교에 오면 마음이 놓이도록 해줘야죠."

교장의 이야기를 듣고 있으니 덴마크의 교사들은 정말 인내심이 강해야겠다는 생각이 들었다. 게다가 덴마크에서는 초등학교 수업 시간에 아이들이 교사의 말을 조용히 듣고 있는 풍경은 보기 힘들고, 교사는 떠드는 아이를 용인하고 수업을 한다던데 사실일까? 교장이 웃으며 대답했다.

"그렇지 않아요. 우리도 당연히 학생들에게 조용히 하라고 하지만 시간이 많이 걸릴 뿐이죠. 완전히 자유롭게 마음대로 하게 두진 않습니다. 하지만 조용히 하지 않는다고 해서 교사가 자기 권세를 부려 아이들을 처벌하는 일은 전혀 없어요. 보통 조용히 하라고 하면 다들 말

을 듣는데 소수만 떠들 뿐이죠. 그땐 그냥 내버려둡니다. 그것까지 포용해야죠."

스스로 선택하는 미래

덴마크의 학생들은 교사의 사랑도 골고루 나눠 받지만 학생들 사이에서도 '너와 나는 모두 소중하다'는 평등 문화가 자리 잡혀 있다. 프라우싱은 덴마크의 초등학교 교실에는 반장이라는 개념이 없다고 말했다.

"반에서 무슨 활동을 하든지 평등하게 하기 때문에 반장이 필요 없어요. 단지 반 아이들의 의사를 대변해서 학생회에 파견되는 아이는 있습니다. 그런 학생도 내가 반을 이끌어간다든지, 내가 대장이라든지 하는 생각이 전혀 없어요. 단지 우리 반 아이들의 의견을 대변한다는 책임감 정도만 느낄 뿐이죠."

그렇다면 이른바 왕따 문제도 없을까?

"거의 없어요. 사실 선생님들이 학생들에게 많은 시간을 투자해서 교육하는 내용은 결국 '어떻게 함께 잘 놀 것인가'입니다. 쉬는 시간이나 방과 후에 어떻게 같이 놀아야 하는지를 미리 교육합니다. 한두 번 소외당해도 왕따라는 피해의식을 크게 가질 수 있으니까 함께 노는 방식을 평소에 가르치는 거죠. '놀다 보면 이런 애도 있고 저런 애도 있을 수 있다. 사회생활도 마찬가지다. 친구들 사이에 차이가 있을 수 있다. 모두가 같은 정도로 다 사랑할 수는 없다. 서로를 이해해야 한다.' 이런 교육이 이뤄지기 때문에 학생들 간의 문제로 자살하거나 폭력이 발생하는 일은 없어요. 우리 학교뿐 아니라 덴마크 전체적으로 그렇습니다."

+

"덴마크의 교육은 아이들끼리 경쟁을 시키지 않습니다. 학생들은
매우 다양하며 그들을 다 포용해야 한다는 전제에서 출발합니다."
7학년까지 시험도 없고 등수도 매기지 않는 이유에 대해
교장 프라우싱은 경쟁보다 협력이 더 중요하기 때문이라고 설명했다.

골고루 사랑받는 평등한 문화는 아이들에게 자부심을 길러준다. 그래서 덴마크 학생들은 자기가 좋아하는 방식으로 자신의 미래를 선택한다.

"7학년부터는 진로 담당 선생님과 면담을 할 수 있습니다. 진로 담당 선생님은 전문적인 교육을 받은 사람으로 일주일에 이틀씩 학교에 상주하면서 진로를 고민하는 학생들과 상담합니다. 이때 학생은 자신의 장단점을 충분히 파악하면서 어떤 직업을 선택할지 조언을 듣게 됩니다. 9학년 졸업하고 직업학교로 갈지 일반 고등학교로 갈지 스스로 정하는 거죠. 진로 결정은 전적으로 학생들이 원하는 방향으로 합니다. 학교나 선생님은 이래라저래라 할 수 없고 하지도 않아요. 단지 그 학생의 선택이 실패가 되지 않게 도와줄 뿐이죠."

덴마크의 학생들은 초등학교 때부터 민주적 참여를 훈련한다. 프라우싱은 학생회 활동에 큰 의미를 부여했다.

"학생회는 각 반에서 한 명씩 파견해 구성되고 이들은 한 달에 한 번 모입니다. 무척 활발하게 활동하는데 최근에는 학생회의 제안으로 교실 의자를 전부 새것으로 교체했어요. 그리고 학생회에서는 학교 행정의 최고 결정 기관인 이사회에 학생 대표 두 명을 파견합니다. 누구를 파견할지는 자기들끼리 논의해서 결정하죠."

발뷔 스콜레의 이사회는 모두 11명이다. 학부모 7명, 교직원 두 명, 학생 두 명으로 구성된다. 이사회는 교장의 교육 방안을 승인하기도 하고 새로운 제안을 내놓기도 한다. 학부모가 이사회의 과반을 차지한 점도 이채롭지만 학생 대표가 이사회에 참여하는 것도 우리로서는 상상하기 힘들다.

학생들이 교사의 애정을 골고루 나눠 받는 학교, 그래서 학생 개개

인에게 자부심을 심어주는 학교, 학생이 여유를 갖고 자신의 진로를 선택하게 도와주는 학교, 학생이 주인의식과 평등의식을 갖게 하는 학교. 덴마크 곳곳의 이런 학교들이 행복지수 세계 1위를 만드는 덴마크 시민들을 배출해내고 있다.

+

9년 동안 같은 반
같은 담임

초등학교 6년 내내 같은 반에 같은 담임교사이고 중학교 3년까지도 계속 이어진다면 어떨까? 덴마크에는 '9년 내내 같은 반, 같은 담임'이라는 오랜 전통이 있다. 요즘은 3~6년이 지나면 바뀌는 곳도 늘어나고 있지만 한번 같은 반이 되면 몇 년씩 유지되는 시스템은 그대로다. 코펜하겐의 공립학교인 발뷔 스콜레의 경우 한 반이 23명인데 0학년(1학년 준비반)부터 5학년까지, 그리고 6학년부터 9학년까지 계속 같은 반이 유지된다. 담임교사도 마찬가지다. 교장 프라우싱이 말했다.

"저학년 때는 안정감을 중점으로 하고, 고학년 때는 학문적인 도전을 강조하기 위해 두 단계로 나눴습니다. 담임교사도 그에 맞게 배치하고 있죠."

몇 년간 똑같은 담임교사를 만약 학생이나 학부모가 싫어하거나 거부하면 어떻게 될까?

"우리 학교 전교생이 600명인데 그런 일은 1년에 한 번 정도나 있을까요? 그럴 때는 부모와 학생이 담임교사와 계속 대화를 나눠요. 교장으로서는 담임과 학생 간에 무슨 오해가 있는지 살펴보죠. 대개의

경우 이 과정에서 오해가 풀리는데 정 안되면 다른 반으로 바꿔주기도 합니다."

담임에 대한 만족도가 높은 이유는 덴마크에서 교사란 부모나 마찬가지이기 때문이다.

"교사들이 학생에게 엄마, 아빠처럼 관심과 사랑을 주니까 그만큼 학생과 학부모 들이 만족하죠. 우리는 담임교사가 학생, 부모와 자주 대화해서 아이들 개개인의 특성과 장단점을 모두 파악하는 것을 가장 중요하게 여깁니다. 그래서 그 학생의 특이한 취향은 물론 가정환경까지 알게 되죠. 그걸 바탕으로 그 아이를 위한 학습 방법을 만들어줍니다. 그렇게 학생 한 명 한 명을 위한 교육을 하다 보면 아이들과 선생님 사이에 강한 친밀감이 생겨서 정말 서로를 자식과 부모처럼 느낍니다."

이런 관계는 오랜 기간에 걸쳐 한 학생을 같은 교사가 담임하는 덴마크의 독특한 전통이 있기에 가능한 일이다. 학생의 특성을 파악할수록 '어떤 사랑'으로 그 학생을 대해야 할지 더 잘 알 수 있다. 군사부일체(君師父一體)라는 말이 있는데, 덴마크에서는 부모와 담임교사가 그야말로 사부일체를 이루고 있다. 그 일체는 충분한 대화를 통해 이뤄진다. 덴마크 대부분의 학교가 그렇듯 발뷔 스콜레도 1년에 두 차례씩 담임이 학부모를 심층 면담한다.

"면담은 30분씩 진행됩니다. 해당 학생의 수업 태도와 공부 방향에 대한 이야기를 기본으로 하고 가정환경이나 특이 사항에 대해서도 이야기를 나누죠. 부모들은 자기 아이의 미래에 대한 이야기니까 빠지지 않고 참석합니다."

이 밖에도 부모들은 1년에 세 번씩 반별로 모여서 담임과 함께 반의 전체적인 학습 분위기 등에 대해 대화를 나눈다.

덴마크에서는 담임뿐 아니라 과목 교사도 수년간 한 반을 계속해서 가르치는 일이 많다. 코펜하겐 거리에서 만난 고등학생들과 이야기를 나눴다.

"과목마다 좀 다르지만 대부분 계속 선생님이 같아요. 어떤 과목은 3~4년간, 혹은 7~8년간 같은 선생님에게 배워요."

"국어와 수학 선생님이 쭉 같았는데 안정감이 들어서 좋았어요. 선생님은 우리에게 제2의 엄마 같은 존재예요. 우리를 무척 잘 돌봐주고 어떤 문제가 있을 때마다 정성껏 함께 고민하며 잘 극복하게 해줬어요."

"한 선생님이 9년간 가르치다 보면 나의 장점과 단점을 다 알게 돼요. 그러니 장단점에 맞춰서 가르쳐주죠. 덴마크에는 이런 말도 있어요. 학생이 수학을 못하면 학생 잘못이 아니라 선생님 잘못이라고."

안정과 혁신의 교육 현장

교사가 친부모처럼 학생들을 돌보고 일일이 학생의 장단점을 파악해 맞춤형 수업을 하려면 여간 정성을 쏟지 않으면 안 될 텐데, 육체적·정신적으로 너무 힘들지 않을까? 이에 대해 덴마크 사람들은 교사들의 자발성이 중요하다고 했다. 교육부와 교장의 지시가 아닌 교사 스스로 자율성을 가지고 학급과 수업을 이끌어가야 한다는 것이다. 학교 이사회에 교사의 참여가 보장된 것도 그 때문이다.

덴마크 교사들은 자기 주도적 학습이 학생뿐 아니라 자신들에게도 필요하다고 말했다. 교사도 여유를 가지고 스스로 계속 배워야 학생들을 즐겁게 잘 가르칠 수 있다고 믿기 때문이다. 2013년 4월, 덴마크

+

"교사가 즐거워야 학생들도 즐겁습니다." 2013년 4월 덴마크 공립학교
교사들이 정부의 '수업 준비시간 단축'에 반대하며 수업을 거부하고 집회를 열었다.
한 교사가 국회 앞 광장에서 '교사의 하루'를 시간표로 꾸민 우산을 들고 있다.

공립학교 교사들로 구성된 교원노조는 고용주 격인 정부와의 갈등으로 한 달 이상 수업을 중단한 상태였다. 쟁점은 교사들의 수업 준비시간 단축 여부였다. 정부에서는 그동안 한 과목을 한 시간 가르치기 위해 준비하는 시간이 두 시간이었다면 앞으로는 한 시간으로 줄이자고 제안했다. 같은 과목을 매해 반복적으로 가르치니까 수업 준비시간을 기존보다 단축하라고 요구한 것이다.

그러나 교사들은 반대했고, 이에 항의하기 위해 수업까지 거부했다. 신기하게도 한 달 이상 수업이 중단되고 있는데 학생들이나 학부모들의 동요가 별로 없었다. 교사들은 국회 앞 광장이나 코펜하겐 시청 앞에서 평화롭게 집회를 열었다. 한 교사가 들고 있는 우산에는 '교사의 하루'가 시간표로 그려져 있었다. 학교에 출근해서 하루 동안 얼마나 신경 쓸 일이 많은지를 시계 모양으로 표현한 것이다. 그에게 왜 정부의 '수업 준비시간 단축'에 반대하느냐고 물었다.

"교사가 즐거워야 학생들도 즐겁습니다. 우리가 충분히 공부를 해야 학생들을 쉽게 가르칠 수 있고요. 매년 똑같이 가르친다면 우선 교사가 먼저 지루하고 즐겁지 않을 겁니다. 그러면 학생들도 즐겁지 않겠죠. 세상의 변화를 따라잡아야 학생들에게 새로운 것을 가르칠 수 있지 않겠어요? 따라서 충분한 수업 준비시간이 보장돼야 합니다."

이 말을 들으니 덴마크에서 왜 '9년간 같은 담임'이 통할 수 있는지 알 것 같았다. 교사가 안정감만 준다면 학생들로선 꽤나 지루할 것이다. 그러나 안정감과 함께 끊임없이 새로운 것을 보여주고 그 새로운 것을 매해 성장하는 학생들과 함께 만들어간다면 9년간 같은 교사여도 괜찮지 않을까? 안정과 혁신이 함께 어울릴 수 있는 것, 바로 교사와 학생이 교육 현장의 당당한 주체로 선다면 가능하지 않을까?

코펜하겐에서 만난 한 학생은 0학년부터 에프터스콜레(Efterskole, 10학년)까지 11년간 같은 반이었다고 했다. 지루하지 않았느냐는 질문에 그는 이렇게 답했다.

"오랫동안 같은 반이면 안정감이 생기기 때문에 학생들이 더 창의적인 도전을 하게 돼요. 반드시 옳다는 확신이 덜 들어도 말할 수 있는 용기를 주거든요. 누군가가 발표 중에 실수를 해도 비웃지 않아요. 모두가 그 학생을 전부터 잘 알아왔으니까요."

안정감이 용기와 도전을 가능케 한다는 말은 덴마크 사회를 취재하면서 반복적으로 듣는 이야기였다. 우수한 사회복지는 사람들에게 안정감을 주고, 이 안정감은 그들을 게으르게 만들기보다 창의적인 도전을 하게 한다는 것이다. 교실과 사회가 닮은꼴이었다.

단 한 명의 루저도 없다

오랫동안 같은 반이면 친구들끼리의 화합이 무엇보다 중요할 것이다. 덴마크의 교실에서 학생들 사이에 큰 문제가 발생하지 않는 이유는 성적과 등수를 최우선으로 삼는 문화가 없기 때문이다.

"7학년까지는 시험과 점수가 없잖아요? 만약 시험을 보고 점수를 매긴다면 일부 고득점자는 칭찬받겠지만 나머지는 전부 루저(패자)가 되겠죠. 평균 이하의 점수를 받는 학생들은 내가 왜 공부를 계속해야 하는지 회의감에 빠질 겁니다."

7학년, 우리나라로 치면 중학교 1학년 때까지 학생들은 그 누구도 성적과 등수의 루저가 없이 함께 어울린다. 8학년부터는 시험도 치고 점수도 매기지만 이미 7학년까지 '더불어 문화'가 워낙 끈끈하게 형

+

고등학교 졸업 시즌인 6월이면 코펜하겐 시내 곳곳에서 카퍼레이드를 볼 수 있다.
낡은 트럭을 빌려 풍선을 매달고 같은 반 졸업생 전원이 올라타 음악에 맞춰
춤을 추며 시내를 달린다. 모든 학생이 서로의 집을 방문하며 함께 즐기고 축하한다.

성돼 있기 때문에 왕따나 낙오자가 없다. 공부를 잘하는 것은 여러 가지 재능 중 하나에 불과하다는 교실 문화는 고등학교에 진학해서도 계속 이어진다.

그래서일까, 덴마크의 고등학교 졸업 풍경은 참 독특했다. 형식적인 행사가 아니라 모든 학생이 주인공이 되어 함께 즐기고 서로를 축하하는 축제를 방불케 한다. 졸업 축제의 백미는 반 학생이 모두 참여하는 카퍼레이드다. 고등학교 졸업 시즌인 6월이면 코펜하겐 시내 곳곳에서 그 광경을 목격할 수 있다. 학생들은 졸업식 직후 하루 날을 정해 그들만의 축제를 벌인다. 최대한 낡은 트럭을 빌려 풍선을 매달고, 같은 반 졸업생 전원이 올라타 음악에 맞춰 춤을 추며 시내를 달린다. 그러면서 아침부터 저녁까지 서로의 집을 일일이 방문하는데, 집에 있던 부모들은 술과 맛있는 음식을 내준다. 한 학생은 가는 곳마다 술을 마시는 바람에 대략 10번째 집까지만 기억이 난다고 했다. 코펜하겐 시내에서 카퍼레이드를 구경하던 70대 남성이 입을 열었다.

"우리 때도 저런 전통이 있었죠. 언제부터 생겼는지는 잘 모르겠어요. 예나 지금이나 졸업생들이 탄 트럭을 보면 시민들이 박수를 쳐줍니다. 본격적인 사회 진출을 축하해주는 뜻에서요."

반 학생 전원이 서로의 집을 방문한다는 것은 학교 교실에서 친구들 사이가 얼마나 끈끈했는지를 잘 보여준다. 일부라도 '나는 루저야, 실패했어'라고 생각한다면 이런 축제는 불가능할 것이다.

우리나라 고등학교 졸업식 풍경은 어떤가? 원하는 대학에 합격한 학생의 표정은 밝지만 그러지 못한 학생은 졸업식 참석마저 꺼린다. 어떤 대학과 직장이냐에 따라 언제든지 루저가 될 수 있는 대한민국과 어떤 조건에도 상관없이 개개인이 자존감을 가지면서 친구들 사이에

서도 연대의식이 강한 덴마크.

이 차이는 졸업 후 10년, 20년이 지난 동창회 풍경에서도 나타난다. 덴마크 사람들의 동창회에서는 좋은 직업, 높은 연봉, 자식들의 사회적 성공과 같은 비교 잣대가 불필요하다. 학교 교실에서 화합하며 서로를 인정했던 그들은 어른이 되고 사회에 나가서도 허물없이 평등하게 어울린다.

+

틀에 갇히지 않는
자유로운 혁신

행복사회는 거저 얻어지지 않는다. 행복한 학교도 마찬가지다. 부단한 노력이 필요하다. 복지와 행복의 나라 덴마크는 현재에 안주하지 않는다. 사회든 개인이든 안정이 되면 안주하기 쉽고 새로운 시도를 게을리할 법도 한데 이 나라는 그렇지 않다. 전통의 가치를 유지하되 끊임없이 혁신을 시도한다.

외레스타드 스콜레(Ørestad Skole)는 코펜하겐의 아마게르(Amager) 섬에 있다. 발뷔 스콜레가 전통적인 공립학교라면 이 학교는 최신식 공립학교다. '혁신형 공립학교'라는 거창한 이름이 붙어 있진 않지만, 지방자치단체가 이 학교를 지을 때 공립학교 미래의 본보기로 삼으려 노력했다고 한다. 이곳은 코펜하겐에서 가장 최근에 문을 연 학교라서 최고 학년이 4학년이다. 1~4학년 450명이 다니고 있으며 한 반의 학생 수는 법정 제한선인 28명을 꽉 채웠다. 그만큼 인기 있다는 뜻인데, 공립학교지만 디지털 교육과 미학 교육으로 특성화되어 있다.

미학을 강조하는 학교답게 건물 디자인부터 독특했다. 8층짜리 학교 건물은 황갈색인데 유리창이 유별나게 크고 많아서 멀리서 보면 마

치 벌집 같다. 특히 유리창은 학생들이 걸터앉을 수 있게 베란다처럼 돌출돼 있다. 좋은 전망에서 봐야 좋은 생각이 나온다는 뜻에서 의도적으로 그런 디자인을 했다고 한다.

그런데 나는 이 학교를 방문하고 적잖이 충격을 받았다. 혁신은 멋진 새 건물같이 아주 근사한 무엇일 것이라 기대했던 내 생각이 너무 짧았음을 깨달았기 때문이다. 이 학교의 혁신은 아주 오랫동안 소중하게 여겨온 가치를 더욱 철저히 하는 데 있었다.

교장실의 자유로운 낙서

오전 9시, 엄마 아빠의 손을 잡고 등교하는 학생들로 학교는 부산했다. 교무실 쪽으로 이동하면서 교장의 방을 찾느라 이리저리 둘러보는데 마침 중년 남성이 눈에 띄었다. 검은 티셔츠에 청바지, 낡은 운동화 차림인 그는 교실로 급히 들어간 학생이 흘린 휴지를 줍고 있었다. 행정실 직원으로 짐작하며 그에게 다가가 물었다.

"교장 선생님과 만나기로 했는데, 어디로 가면 될까요?"

그는 웃으며 손을 내밀었다.

"내가 교장입니다."

순간 당황스러웠다. 이 학교는 인기가 워낙 높아서 교사 자리가 하나 생기면 250명씩 지원을 한다는데, 교장 헨리크 카를센(Henrik Carlsen)은 굉장히 수수한 모습이었다. 올해 49세인 그는 34세부터 교장으로 일하기 시작했으며 이번이 세 번째 학교다. 외레스타드 스콜레에는 2010년 초대 교장으로 부임했다. 그는 나를 작은 방으로 안내했고, 우리는 평범한 나무 탁자에 마주 앉았다. 기본적인 학교 소개를 들

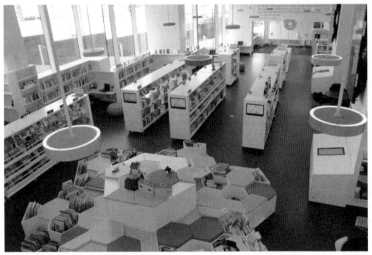

\+

'혁신형 공립학교' 외레스타드 스콜레는 디자인부터 독특하다.
학생들이 걸터앉을 수 있게 커다란 유리창이 돌출된 학교 건물과
틀에 갇히지 않는 자유로움을 추구하는 정신이 엿보이는 도서관 풍경.

고 나서 교장실을 구경하고 싶다고 했더니 그는 다시 웃으며 말했다.

"여기가 내 방입니다."

또 한 번 당황했다. 그 방은 사면이 유리로 된 작은 회의실 같은 공간이었다. 권위를 드러내는 큰 탁자나 등받이 의자 하나 없고 몸을 푹 파묻을 만한 소파도 없었다.

"일부러 벽면을 유리로 했습니다. 오가는 학생들이 누구나 나를 볼 수 있고, 나도 그들을 볼 수 있으니 좋아요. 내 방엔 아이들이 자유롭게 들어옵니다. 유리벽에 낙서가 보이죠? 다 아이들이 그린 겁니다."

그러고 보니 정말 낙서투성이였다. 유리벽으로 된 교장실에 학생들이 마음대로 드나들고 벽에 낙서를 해도 야단맞지 않는 학교. 이런 곳에서라면 아이들은 어떤 틀에 가두어지지 않고 자유롭게 자신의 개성을 살릴 수 있을 것 같았다. 덴마크 최신식 공립학교의 혁신은 이런 자유로움에서부터 실현되고 있었다.

외레스타드 스콜레는 디지털 교육 특성화 학교답게 각 층 입구에 디지털 스크린이 마련돼 있다. 스크린을 통해 학생들 사진이 모자이크처럼 조각조각 역동적으로 움직이고 있었는데, 자세히 보니 3~4초마다 한 명씩 선택되어 사진이 확대되었다. 카를센은 모든 학생에게 동등한 사랑을 쏟겠다는 정신을 담았다고 설명했다.

"우리는 성적이 좋다고 개별 학생을 특별히 칭찬하지 않습니다. 그러면 학생들이 함께 어울리는 데 좋지 않기 때문이죠. 대부분의 학생들이 각자 잘하는 분야가 있으니까 그것을 골고루 칭찬해줍니다. 어떤 학생은 스포츠를 잘하고, 어떤 학생은 수학을 잘하고, 어떤 학생은 노래를 잘하죠. 우리는 그 점을 북돋아줘서 단 한 명이라도 '난 아무것도 못해'라고 생각하는 일이 없도록 노력합니다. 물론 어느 방면에서

든 다른 학생들보다 뛰어난 학생이 있기 마련입니다. 그래도 그 학생에게 '네가 최고다'라고는 말하지 않습니다. 그냥 '다른 친구를 좀 도와주렴', 이렇게 하죠."

친구를 도와주렴! 참 좋은 방법이지 않은가. 잘한다고 치켜세워 우쭐하게 만드는 대신, 다른 친구를 도와주라고 함으로써 칭찬과 배려의 연대의식을 함께 전달하니 말이다.

자존감과 연대는 교사와 학부모 간의 관계에서도 중시된다. 카를센은 어떤 혁신도 교장 혼자서 할 수는 없다고 말했다. 그래서 그는 교사, 학부모와 격의 없는 대화를 한다. 평교사들과는 주 1회 '터놓고 말하기' 시간을 갖는다. 학부모들과는 매주 금요일 오전 8시부터 9시까지 교무실 입구 공간에서 이른바 '스탠딩 미팅'을 한다. 학부모들은 아이들을 학교에 데려와 교실에 들어가는 것을 보고 나서 카를센 교장과 이야기를 나눈다. 매주 20~30명의 학부모가 참석하는데 아빠와 엄마가 반반이다. 또 1년에 두 차례, 모든 학부모가 담임을 만나 30분씩 자녀에 대해 심층 대화를 나눈다.

"정기 모임이나 공식적인 면담이 아니더라도 학부모들은 언제든 학교에 올 수 있습니다. 교무실 옆에 마련된 디지털 스크린에서 아이 사진을 검색해 터치하면 지금 어느 공간에서 무엇을 배우고 있는지 자동으로 안내받을 수 있어요."

덴마크에서 학부모는 교장이나 교사에게 부탁하고 호소하는 처지가 아니라 학교의 실질적인 주인이다. 학부모가 학교 이사회의 다수를 차지하는 것만 봐도 알 수 있다. 공립이든 사립이든 마찬가지다. 외레스타드 스콜레는 이사 7명이 모두 학부모다. 그러니 학부모와 교장의 대화가 여러 채널을 통해 막힘없이 이뤄진다.

+

학생들은 유리벽으로 내부가 훤히 보이는 교장실에 자유롭게
드나들고 벽에 낙서를 해도 야단맞지 않는다. 다양한 용도로 변형이 가능한
직삼각형 책상은 교장 카를센이 특별히 주문 제작했다.

카를센이 이 학교에 초대 교장으로 올 때도 학부모들이 심사를 했다. 교장 공모에 지원한 100여 명을 학부모와 교사 들이 심사하고 면접 인터뷰를 진행했다. 관할 구청의 교육 담당 위원도 심사에 참여했지만 보조 역할만 했다. 공립학교지만 교장 선발권이 학부모와 교사에게 있으니 그들의 높은 자존감과 주인의식은 당연해 보였다.

교실에서 사회로 번지는 가치

외레스타드의 교실에 들어서자 직삼각형 책상이 가장 먼저 눈에 띄었다. 카를센은 자신이 특별히 신경 써서 주문 제작한 책상이라면서 그 이유를 설명했다. 삼각형 책상은 서로 조합하면 다양한 용도로 변형이 가능해 좋다고 했다. 학생 세 명이 둘러앉아 이야기를 나눌 수 있고, 책상 하나를 더 보태 사각형을 만들면 많게는 8명이 함께 토론 수업을 할 수 있다. 수업에 따라 다양하게 조를 짜야 하는데 학생들 스스로 어떤 책상 모양새를 만들지 선택한다. 그는 교실 책상이 늘 1인용 직사각형이어야 한다는 공식을 깨고 싶었다. 책상 하나에도 이 학교가 추구하는 여러 가치가 담겨 있다.

이 외에도 카를센은 덴마크의 다른 어떤 학교에서도 볼 수 없는 독특한 실험을 하고 있었다. 외레스타드에서는 한 학급에 두 학년이 공부한다. 예를 들어 한 반의 정원 28명 중 1학년이 14명, 2학년이 14명인 식이다. 학급 편성의 관행적인 틀을 파괴함으로써 학생들이 한 해는 선배와 공부하고 다음 해는 후배와 공부하면서 더불어 배우게 하려는 취지다. 그런데 이런 변화와 시도를 교장이 마음대로 결정할 수 있을까?

"물론 교육부에 미리 계획을 보고하고 허락을 받았습니다. 일반 회

사에서는 한 팀에 여러 연령대가 함께 일하잖아요. 나이가 다르면 서로 배울 점이 많습니다. 그래서 학교에서도 그런 실험을 해보고 있는 겁니다."

덴마크는 다른 유럽 국가들의 학교에 비해 교장과 교사의 자율성이 높은 편이다. 국가가 제시하는 기본 교육과정이 있지만 그 범위 안에서 다양한 시도를 할 수 있다. 덴마크의 학교는 학생과 학부모뿐 아니라 교사와 교장도 자존감이 높은 행복한 작은 사회다.

카를센은 이 학교에 지원해 교장으로 부임하기 전까지 외레스타드에서 수백 킬로미터 떨어진 고향 근처에 살았다. 젊은 시절 핸드볼 선수였고 다섯 아이의 아빠이며 고향에서 그리 멀지 않은 두 학교의 교장을 지내던 사람이 적지 않은 나이에 왜 이 먼 곳까지 자청해 와서 혁신적인 공립학교 만들기에 도전하고 있을까? 카를센은 교육자로서 혁신에 대한 자기 신념이 확고했다.

"덴마크의 교육이 다른 나라들에 비해 좋다고는 하지만 혁신을 중단해서는 안 됩니다. 예전과 똑같이 하면 진보할 수 없죠. 그래서 계속 도전해보는 겁니다. 10년쯤 지나면 바른 선택을 했는지 무리한 선택을 했는지 평가받을 수 있겠죠. 미래가 어디에서 오겠습니까? 결국은 창조적이고 혁신적인 정신을 가진 학생들이 만들어냅니다."

교사는 도우미일 뿐 각자의 길은 학생 스스로 찾아야 한다는 말도 덧붙였다.

"학생들은 우선은 기본적인 교과목 학습에 충실해야겠죠. 아울러 인간의 삶을 향상시키기 위해 뭔가를 새롭게 창조하는 데 기여하고 또 자기가 사는 동네에 보탬이 되어야 합니다. 물론 그 과정이 미학적으로 아름다우면 더욱 좋겠고요. 그런데 그 길을 가는 방법을 선생님들

이 가르치지는 않습니다. 가이드라인은 주지만 답을 찾는 일은 학생들에게 맡깁니다. 스스로 질문하고 답을 찾게 하는 것이죠. 그 과정에서 혁신적인 사고와 행동을 하게 될 것입니다."

덴마크인들은 오늘에 안주하지 않고 더 나은 내일을 향해 달려가고 있다. 그들이 추구하는 혁신은 아주 새로운 무엇이 아니다. 오랫동안 소중하게 생각한 가치를 다시 제대로 실천하는 것이다. 개인에게 선택의 자유를 주면서 주인의식과 자존감을 심어주는 것, 더불어 소통하고 연대하는 것, 이 두 가지가 중심에 있다.

자유학교: 프레데릭스베르 프리스콜레

+

꿈과 미래를 짓는
집 같은 학교

덴마크 사회에는 선택의 자유가 있다. 초등학교 학생들에게도 마찬가지다. 공립학교, 사립학교, 자유학교 중에 골라서 입학할 수 있다. 공립학교나 사립학교는 우리에게 익숙한데 자유학교인 프리스콜레(Friskole)는 어떤 곳일까?

덴마크가 왜 행복지수 세계 1위의 나라가 되었는지를 알려면 자유학교를 이해해야 한다. 덴마크 공립학교에서 왜 7학년까지 시험도 보지 않고 등수도 매기지 않는지, 학교 이사회에 왜 학부모와 교사와 학생이 참여하는지를 이해하려면 자유학교의 전통과 철학을 알아야 한다. 자유학교는 오늘날 덴마크의 공립학교는 물론 사립학교의 정신적 · 문화적 모태이기 때문이다.

코펜하겐 시내에 있는 자유학교 프레데릭스베르 프리스콜레(Freder-iksberg Friskole)에서는 일반적인 학교 분위기를 찾아보기가 쉽지 않았다. 마치 넓은 가정집에 학생들이 놀러 온 듯했다. 널따란 운동장은 따로 없었지만 공놀이하는 학생들, 수다 떠는 학생들, 손잡고 온 엄마와 함께 이야기하는 학생들이 마당 여기저기에 흩어져 있었다. 교실도 큰

방을 개조한 것처럼 아담했다.

그렇다. 덴마크에서 자유학교는 '집의 확장'이라고 불러도 좋은 곳이다. 32년 전에 개교한 이 자유학교에는 1학년부터 9학년까지 160여 명의 학생이 다니고 있고 교사는 모두 12명이다. 오전 9시, 교장 잉에게르 아우켄(Ingegerd Auken)은 하루의 시작을 준비하느라 몹시 분주했다.

"이리 따라 오세요. 우리 학교의 특징을 엿볼 수 있는 아침 노래 시간이 곧 시작된답니다."

그를 따라 들어간 큰 방에서는 50여 명의 학생들이 명상을 하고 있었다. 학부모 10여 명도 뒷자리에 서 있었다. 명상이 끝나자 앞줄의 학생들이 일어나더니 바이올린 등의 악기를 들고 연주를 시작했다. 그리고 학생들의 합창이 이어졌다. 덴마크어로 된 가사는 이해하지 못했으나 학생과 학부모와 교사 들을 하나로 묶어주고 있다는 것을 느낄 수 있었다. 10여 분간 이어진 노래가 끝나고 아우켄이 말했다.

"우리는 매일매일 하루의 수업을 이렇게 '다 함께 노래 부르기'로 시작합니다. 덴마크의 모든 자유학교에서 행하는 오랜 전통이죠. 함께 노래를 부르는 일은 우리가 이 사회에서 더불어 사는 존재임을 확인하는 의식입니다. 개인도 물론 중요하지만 공동체 속에서 잘 어울려 사는 것도 중요하니까요."

그는 직접 만들었다는 노래책도 보여줬다.

"우리가 독자적으로 편집해 만든 노래책입니다. 기독교적 세계관에 바탕을 두고 있지만 찬송가는 아닙니다. 옛 덴마크 민요부터 최신 노래까지 다 포함돼 있어요."

그런데 이 학교에는 노래책은 있어도 역사 교과서는 없다. 국어나 수학 같은 과목들은 교과서가 있지만 역사 과목은 예외다. 덴마크 자유

학교는 '살아 있는 말'과 '살아 있는 삶'을 중요하게 여기기 때문이다.

"역사 수업은 선생님들의 '살아 있는 말'로 진행됩니다. 선생님들과 초빙 강사들이 자신의 체험을 바탕으로 학생들에게 다양한 이야기를 들려주죠. 저학년 때는 동화나 신화를, 고학년이 되면 덴마크 역사와 성경 이야기 등을 들려줍니다. 그리고 학생들과 토론을 하죠."

살아 있는 말로 배우다

노래 부르기와 '살아 있는 말'로 이야기 나누기. 이 두 가지를 강조하는 것은 모든 덴마크 자유학교의 공통점이다. 그 전통은 160여 년 전으로 거슬러 올라가는데 씨앗을 뿌린 이는 덴마크 교육의 아버지라 불리는 니콜라이 그룬트비다. 그룬트비가 살던 시대의 주요 시민은 농민과 그 자녀들이었다. 그룬트비는 그들을 '깨어 있는 시민'으로 만들려면 국가가 일률적으로 제공하는 공교육보다 시민과 학부모들이 만든 학교에서 자유롭게 교육하는 쪽이 더 효과적이라고 생각했다.

덴마크에서는 왕정 시대인 1814년, 국가 차원에서 남녀 학령기 아동(7~14세)에 대한 7년간의 의무교육이 시행됐다. 이어 1848년 왕정이 무너지고 자유주의 엘리트 그룹이 장악한 의회가 권력을 잡아 입헌군주제 시대가 도래하면서 의무교육에 더욱 박차를 가했다. 그런데 왕정 시대나 입헌군주제 시대나 국가에 의한 위로부터의 교육이라는 점은 마찬가지였다.

그룬트비는 이에 맞서 아래로부터의 교육을 주창했다. 농민들의 눈높이에 맞고 실질적인 삶과 어울리는 '노래'와 '살아 있는 이야기'를 통한 '함께 나누기'를 교육의 주요 방법으로 삼았다. 이러한 그룬트

비의 철학을 현실에서 구현해 자유학교를 세운 사람이 크리스텐 미켈센 콜(Christen Mikkelsen Kold, 1816~1870)이다.

그렇다면 그룬트비와 콜이 살던 19세기, 그리고 지난 20세기의 전통이 지금까지 어떻게 이어져온 것일까? 아우켄은 이렇게 설명했다.

"그룬트비와 콜은 농민들이 주요 구성원인 사회에서 자유학교를 만들었습니다. 지금 사회는 그때와 완전히 다르죠. 도시화가 진행됐으니까요. 하지만 어떤 것들은 시간을 초월해 힘을 발휘합니다. 우리가 그들의 전통을 따르고자 하는 이유도 그래섭니다. 그 전통의 핵심인 '살아 있는 말'로 가르치기는 학생들을 스스로 생각하게 만드는 효과가 있어요. 차분히 생각하고 스스로 자신의 의견을 만들게 합니다. 지금은 컴퓨터 시대가 되었지만 컴퓨터가 우리의 문제를 다 풀어주는 건 아니지 않습니까? 그러기엔 세상은 평평한 것만도 아니고 네모로 정해져 있지도 않죠. 우리는 학생들이 유연한 생각을 하길 원합니다. 아무리 시대가 바뀌어도 공동체 속에서 살아 있는 말을 주고받으며 서로 어울리는 것이 무엇보다 중요하다고 생각하기 때문입니다."

덴마크에서는 전체 초중고 학생의 약 13퍼센트가 공립학교가 아닌 학교에 다닌다. 덴마크의 사립학교는 약 500개고, 그중 약 260개가 자유학교인데 재학생 수는 3만 2000명쯤 된다(2010년 기준). 공립학교가 꽤 잘 운영되고 있는 덴마크에서 학부모들이 자유학교를 선택하는 이유는 무엇일까?

그룬트비와 콜이 뿌리내린 덴마크 교육철학의 핵심은 '즐겁게'와 '자유롭게'다. 아우켄은 자유학교의 정신이기도 한 이 두 가지가 덴마크 사람들의 행복지수를 높여주는 것과 연관이 깊다고 했다.

우선 '즐겁게'를 보자. 프레데릭스베르 프리스콜레의 교실과 뒷마

당에서 배우고 뛰어노는 학생들은 즐거워 보였다. 그 즐거움의 비결 중 하나는 '집 같은 학교'에 있다.

"그룬트비는 학생들이 학교를 좋아해야 한다고 강조했습니다. 학교가 집처럼 되어야 한다고 생각했죠. 그래서 정부에서 운영하는 공립학교 말고 이런 자유학교가 필요하다고 판단한 겁니다."

집 같은 학교의 모습은 여러 곳에서 쉽게 볼 수 있었다. 가족은 언제든 학교에 올 수 있고 노래 부르기 시간에도 학부모들이 함께할 수 있다. 그리고 저학년과 고학년이 짝을 지어 소풍을 간다. 무엇보다 이 학교는 집처럼 작고 안전했다. 학생인 마르쿠스 탕에(Markus Tange)는 프레데릭스베르의 장점을 묻자 이렇게 답했다.

"부모님이 원해서 이 학교를 선택했지만 지금은 잘했다는 생각이 들어요. 규모가 작기 때문에 서로 가족 같고 안전해서 좋아요. 그리고 어떻게 공부할 것인지도 배우지만 더 중요하게는 어떤 사회인이 될지, 자기가 한 행동에 책임을 진다는 것은 무엇인지 배우고 있죠."

집 같은 학교는 학교 운영 주체에서도 나타난다. 학교의 최고 의결기구인 학교 이사회는 학부모 7명으로 구성돼 있는데, 그들이 비영리 재단인 이 학교의 모든 살림을 책임진다.

덴마크 교육철학의 또 하나의 핵심인 '자유롭게'는 '즐겁게'와 서로 연결된 개념이다. 이 학교 학생들이 즐거울 수 있는 것은 자유가 있기 때문이다. 아우켄은 학생들의 자유는 학교 운영의 자유에서 나온다고 말했다.

"우리는 큰 틀에서만 교육부의 지침을 따릅니다. 국어, 수학, 생물 같은 기본 과목을 가르치되 교육 방법이나 수업 일정 등은 우리가 알아서 자유롭게 진행하죠. 사립학교가 공부와 규율을 좀 더 강조한다면

+

덴마크의 자유학교는 '집의 확장'이라고 불러도 좋은 곳이다.
코펜하겐에 있는 프레데릭스베르 프리스콜레는 일반적인 학교
분위기와 달리 넓은 가정집에 학생들이 놀러 온 듯 편안하고 자유롭다.

우리는 꿈과 비전을 강조합니다. 시험도 보지 않고 음악이든 미술이든 체육이든 자기가 좋아하는 것을 하게 합니다. 학생 개개인의 특장점을 살려주려고 노력하죠."

자유로운 학교, 즐거운 공부

신기한 것은 이렇게 독립적으로 자유롭게 운영되는데도 자유학교의 예산을 정부가 지원한다는 점이다. 학교 운영비의 75퍼센트를 정부가 지원하고 실제 수업료의 25퍼센트만 학부모가 부담하는데, 학부모당 한 달에 우리 돈으로 20만 원 정도다. 자유학교뿐 아니라 덴마크의 모든 사립학교가 동일한 국고 지원을 받는다. 정부가 자유학교와 사립학교에 예산을 지원하는 이유를 아우켄은 이렇게 설명했다.

"우리 헌법에 반드시 '학교에 가야 한다'고는 되어 있지 않습니다. '교육을 받아야 한다'고 되어 있죠. 그런 점에서 본다면 학생들은 꼭 국가가 운영하는 공립학교에 다니면서 의무교육을 받아야 하는 것이 아니라 부모의 자유로운 교육철학과 방법에 의해 배워도 됩니다. 이러한 정신은 그룬트비의 철학에 바탕을 두고 있습니다."

국가가 직접 운영하는 공립학교가 아니더라도 '깨어 있는 시민'을 양성하는 일에 대한 지원 역시 국가의 의무이기 때문에 학교 운영비의 75퍼센트를 국가가 부담한다는 말이다. 이에 따라 자유학교와 사립학교는 학생 선발권, 교사 선발권, 교과 편성권 등에서 자유를 누리면서도 국가로부터 학교 운영비를 지원받는 독특한 시스템을 갖추고 있다. 이는 유럽의 다른 나라들과도 다른 덴마크적인 현상이다.

그렇다면 학생들을 가르치는 교사들의 월급은 공립학교와 비교할

때 어떤 수준일까? 한 교사에게 물어봤더니 완전히 똑같다고 했다.

"자유학교 교사노조와 공립학교 교사노조는 전국교사노조라는 한 울타리 안에 있습니다. 학교 예산이 대부분 정부 지원이기 때문에 자유학교 교사의 월급도 공립학교와 똑같습니다."

문득 한국의 대안학교 교사와 나눈 이야기가 떠올랐다. 그는 '가치'를 위해 대안학교 교사로 열심히 일하고 있지만 일반 학교 교사보다 훨씬 낮은 처우 때문에 자신의 신념이 흔들릴 때도 있다고 털어놓았다. 반면 덴마크는 학생이든 학부모든 교사든 자신이 믿는 가치를 위해 자유롭게 다른 방법을 시도할 수 있고, 그것 때문에 국가와 이웃과 동종 직업군에게서 차별 대우나 손가락질을 받지 않는 사회다.

덴마크의 교육을 이해하려면, 더 정확히는 덴마크가 어떻게 행복한 학교를 만드는 데 성공했는가를 알려면, 자유학교의 어제와 오늘을 봐야 한다. 학생 선발권, 교사 선발권, 교과 편성권의 자유도를 보면 자유학교, 사립학교, 공립학교 순이다. 재미있는 것은 그 자유도의 차이가 서로 그리 크지 않다는 점이다. 게다가 그룬트비가 자유학교를 만들면서 강조한 것들이 공립학교와 사립학교에도 고스란히 학교의 핵심 가치로 스며들어 있다. 학생들을 '즐겁게', '자유롭게' 해줘야 한다는 것, 수업에서 노래 부르기와 '살아 있는 말'을 강조하는 것, 국어·영어·수학보다 어떤 인생을 살 것인가를 더 중시하는 것, 비판의 자유와 토론의 자유를 통해 학생 스스로 답을 찾아가게 하는 것 등은 모든 유형의 학교에 하나의 문화로 형성되었다.

자유가 특별한 그룹에 국한되지 않고 모두에게 '문화'가 되어 있으며 그것을 초중등학교부터 체험한다는 점이야말로 덴마크를 행복지수 세계 1위로 만드는 기반이다.

+

잘해도 못해도
함께하는교실

코펜하겐에서 동남쪽으로 200킬로미터쯤 떨어진 오르후스 지역의 사립학교 상크트크누스 스콜레(Skt. Knuds Skole)는 140년 전 가톨릭 재단에 의해 만들어졌다. 덴마크는 개신교 가운데 하나인 루터교가 국교이기 때문에 가톨릭은 소수파다. 이 학교는 그런 가톨릭의 가치를 이어나가기 위해 설립되었다. 현재 이곳에 다니는 1학년부터 10학년까지 학생 중 가톨릭 신자는 20퍼센트다.

학교 정문을 들어서면서 이곳은 뭔가 좀 다르지 않을까 하는 기대를 품었다. 이미 공립학교 두 곳과 자유학교 한 곳을 가봤는데, 각각의 특색은 있지만 기본 철학은 놀랍게도 거의 비슷했기 때문이다. 모두 그룬트비의 교육철학을 기본으로 하면서 자유, 즐거움, 연대와 같은 가치를 강조했다. 차이가 있다면 자유학교가 '집 같은 학교'를 지향하면서 규모가 작고 좀 더 아기자기하다는 점이다. 이 사립학교는 어떨까?

교감 옌스 다인(Jens Degn)은 사립학교인 상크트크누스가 공립학교와 다른 점을 '운영의 자율성'으로 설명했다.

"목적은 같아요. 그러나 그 목적에 도달하는 방법은 우리 마음대로 할 수 있습니다. 예를 들어 영어를 어느 수준까지 공부해야 한다는 목표가 있다고 합시다. 공립학교에서는 1학년 때부터 영어를 일률적으로 가르칩니다. 그러나 우리는 꼭 그렇게 하지 않아도 됩니다. 초중등 과정에서 일정 수준의 영어만 할 줄 알면 되기 때문에 그 목표를 달성하기 위해 몇 학년부터 어떻게 가르칠지는 학교에서 자체적으로 정합니다. 또 우리는 가톨릭 정신에 의해 만들어진 학교니까 재량껏 그와 관련한 과목을 만들 수 있습니다. 성경 공부 시간 등이 그렇죠. 1년에 10번 전교생이 교회에 나가서 서로를 위해 기도하는 프로그램도 있습니다."

사립학교든 공립학교든

사립학교는 자유학교와도 큰 차이가 없다. 실제로 자유학교는 사립학교의 한 종류라고 볼 수 있다. 법적으로도 사립학교법에 의해 규정을 받는다. 그래서 자유학교와 마찬가지로 사립학교 운영비의 75퍼센트를 정부에서 지원하기 때문에 학부모의 경제적 부담이 매우 적다. 공립학교는 서민들 자식이, 사립학교는 부자들 자식이 간다는 통념이 통하지 않는다.

그런데 다인과 대화를 나누면서 흥미로운 점을 발견했다. 그는 인터뷰 내내 자기가 운영하는 사립학교가 다른 일반 공립학교에 비해 얼마나 더 좋은가를 강조하지 않았다. 공립학교와의 차별성도 부각하지 않았다. 우리의 개념으로는 공립학교와 사립학교가 학생들과 학부모들의 선택을 두고 서로 경쟁하는 관계라고 할 수 있는데도 말이다. 교육대학을 졸업한 뒤 10년간 공립학교에서 교사로 일했던 그는 오히려

학생들이 종이 인형에 자기 모습을 색연필로 그려 이름과
생일을 적어놓는데 옆 친구들과 손잡고 있는 모양으로 꾸며져 있다.
한눈에 '여럿이 함께'의 가치를 느낄 수 있다.

이렇게 말했다.

"덴마크 정부는 공립학교를 최대한 좋은 학교로 만들기 위해 그동안 많은 노력을 해왔어요. 우리 학교는 사립이지만 덴마크 공교육의 지향점을 공유하고 있습니다. 엘리트 교육을 목표로 하기보다는 학생들의 꿈을 키워주고 싶습니다."

스스로 찾는 행복한 삶

왜 덴마크는 사립학교마저도 공립스러울까? 여기서 다시 한 번, 덴마크의 교육을 논할 때 어김없이 듣게 되는 그룬트비의 이름이 등장했다.

"우리 학교는 매우 그룬트비스럽습니다. 비록 가톨릭 사립학교지만 말이죠. 우리는 학생들에게 국어, 영어, 수학, 물리를 잘하는 것만으로는 충분하지 않다고 강조합니다. 먼저 좋은 사람이 되어야 한다고, 스스로 좋은 인생을 꾸려갈 수 있는 길을 터득해야 한다고 이야기하죠. 그래서 역사와 전통을 배우고 기도와 노래로 아침을 시작합니다."

그룬트비의 교육철학은 공립학교와 자유학교뿐 아니라 사립학교에도 깊게 뿌리내려 있었다. 사립학교는 왠지 인간성보다는 성적을, '더불어'보다는 개인을 중시할 것 같은데 덴마크에서는 그렇지 않았다.

이 학교의 교실에서는 줄과 열을 맞춰 배열된 책상을 찾아볼 수 없었다. 모두 조를 짜서 앉을 수 있는 형태였다. 한 저학년 교실 벽에는 학생들이 각자 자기 모습을 색연필로 그리고 이름과 생일을 적어 넣은 종이 인형들을 붙여놓았는데, 각각의 그림들이 옆 친구들과 손을 맞잡은 모양으로 꾸며져 있었다. 한눈에 '우리는 한 배를 타고 있어'라는

메시지가 느껴졌다.

"덴마크에는 '더불어'가 기본 가치로 자리 잡고 있습니다. 사립학교 교실에서도 마찬가지죠. 그래서 덴마크에서는 누군가 아무리 자유주의자라고 해도 사회적 자유주의자라고 볼 수 있습니다."

옌스 다인은 더불어 관계 맺기의 행복을 이야기하면서, 한국에서는 익숙한 우열반 편성을 절대로 하지 않는다고 덧붙였다.

"한 교실에 수학을 잘하는 학생과 못하는 학생이 함께 있어야 자연스러운 겁니다. 그래야 잘하는 학생이 못하는 학생을 돕지 않겠어요? 다양한 학생이 함께 있어야 다양성을 체험합니다. 잘하는 학생끼리 모여 있으면 그럴 수가 없죠. 우리의 삶도 그렇고 사회도 그렇고 다양하고 복잡하지 않습니까? 교실에서부터 그 사회를 체험해야 하지 않을까요?"

교실에서부터 사회를 체험하고, 교실에서 통한 것이 사회에서 통한다! 이는 덴마크의 학교들에서 반복적으로 확인할 수 있는 명제였다. 교실과 사회에서 자기 인생을 자유롭게 운영하고, 아울러 모두 함께 즐거이 연대하라. 덴마크의 교육철학은 이처럼 공립과 사립이라는 틀에 갇히지 않고 스스로 행복한 삶을 찾아가는 자유로운 인간을 키워내고 있었다.

+

스스로 더불어
좋은 삶을 설계하다

덴마크에 다녀왔다고 하면 사람들은 꼭 이런 질문을 한다.

"그들이 행복하다고 느끼는 비결을 딱 한 가지만 든다면 무엇입니까?"

처음 다녀왔을 때는 선뜻 명확한 대답을 내놓기가 힘들었지만 세번째 방문 이후로는 어느 정도 확신이 생겼다.

"덴마크인들은 자기 인생을 어떻게 살지 여유를 두고 스스로 선택합니다. 국가와 사회가 그런 환경을 보장해줍니다. 대표적인 예가 에프터스콜레죠."

영어로 '애프터스쿨(after school)'이라고 하면 보통 우리나라의 방과후 수업을 떠올리기 쉽다. 그러나 덴마크의 에프터스콜레는 몇 시간짜리 프로그램이 아니다. 아예 1년을 통째로 빼내 만든 '또 하나의 학교'다. 덴마크의 초등학교는 9학년까지인데, 고등학교는 10학년이 아니라 11학년부터 시작한다. 중간에 1년이 비는 셈인데 이 10학년을 보내는 곳이 바로 에프터스콜레다. 이른바 인생 설계 학교다. 덴마크에서는 약 40퍼센트의 학생들이 고등학교에 들어가기 전에 이곳에서

앞으로 어떤 인생을 살지 설계한다.

덴마크에는 250여 개의 에프터스콜레가 있고, 3만 명의 10학년들이 다니고 있다. 10학년을 보내는 방법은 다양하다. 원하면 집과 가깝고 9학년까지 다닌 기존 학교에서 10학년을 다닐 수 있다. 그러나 대부분은 집을 떠나 기숙학교 형태의 에프터스콜레를 선택한다. 사립학교가 대부분인데 정부가 운영비의 50퍼센트를 지원하니 사실상 반(半)공립이다. 협동조합으로 운영하는 곳도 있다. 종합 교육을 하는 곳도 있고 체육, 음악 등 특별 교육을 중심으로 하는 곳도 있다. 이처럼 선택지는 다양하지만 공통점이 있다. 공부보다는 인생 설계가 중심이라는 점이다.

덴마크의 학부모와 학생 들은 대체로 에프터스콜레 제도를 반긴다. 학부모 입장에서는 아이가 집을 떠나 자립하길 원한다. 한창 사춘기인 아이를 1년 동안 집에서 챙겨주지 않아도 되는 해방감도 부모들이 이 제도를 반기는 이유 중 하나일 것이다. 아이들은 부모의 간섭에서 벗어나 또래들끼리 함께 사는 새로운 세계를 즐긴다.

어떤 인생을 살 것인가

코펜하겐에 있는 이드렛스 에프터스콜레(Idrætsefterskole)는 축구와 핸드볼을 가르치는 스포츠 전문 학교로 교사 15명이 135명의 학생을 돌보고 있다. 얼핏 보면 학교라기보다 2층짜리 숙소가 줄지어 선 평범한 모텔 같다. 바로 옆에 지방정부가 건설한 근사한 축구장과 핸드볼 경기장을 보고서야 고개가 끄덕여졌다.

이 학교의 교장 얀 바르슬레우(Jan Barslev)는 청바지 차림의 털털한

모습이었는데, 지나가는 학생들과 이웃 삼촌처럼 두런두런 대화를 나눴다. 핸드볼 코치였던 그는 2004년 친구 두 명과 함께 이 학교를 협동조합 방식으로 설립했다. 그는 자신이 설립자일 뿐 소유자는 아니라고 강조했다. 매달 일정액을 내는 조합원 200여 명이 학교 운영위원회를 구성하고 이들이 뽑은 이사 9명이 학교를 경영한다.

이 학교는 꽤 인기가 높다. 남자 축구팀의 경우 입학 경쟁률이 5 대 1인데, 입학시험 없이 인터뷰만으로 선발한다.

"우리는 지망생을 인터뷰할 때 어느 정도 잘하느냐, 포지션이 어디냐고 묻지 않습니다. 대신 얼마나 축구를 좋아하느냐, 매일 아침 8시에 축구 연습을 할 수 있느냐를 물어보죠. 25퍼센트의 학생은 프로 선수를 지향할 정도로 실력이 뛰어나지만 나머지는 꼭 그렇지도 않습니다. 그냥 축구가 좋고 취미로 하고 싶어서 오는 학생들도 많아요."

수준별로 팀을 나눠서 일주일에 8번 정도 축구 경기를 하는데 잘하고 못하고를 따지는 시험은 없다. 바르슬레우는 학생들이 이곳에서 '사는 법'을 배운다고 말했다.

"국어도 배우고 수학도 배우고 축구도 배우지만 그보다 더 중요한 것이 있어요. 나는 어떤 인생을 살 것인가, 다른 사람과 어떻게 함께할 것인가, 이런 질문의 답을 찾는 거죠. 그러면서 민주적인 사회의 일원으로 좀 더 성숙해지는 곳이 바로 에프터스콜레입니다."

더불어 사는 법을 익히다 가장 핵심적인 공부가 '어떤 인생을 살 것인가'라는 그의 말은 과장이 아니었다. 이 학교의 교육과정에는 인생 설계 수업이 들어 있다.

"1년에 네 번, 1월, 3월, 9월, 11월에 일주일씩 '인생 계획 세우기'를 해요. 이때 학생들에게 이런 질문을 던집니다. 35세가 되었을 때 무엇을 하고 싶은가? 만약 선생님이 되고 싶다면, 그것을 가능케 하는 구체적인 계획을 직접 설계해보라고 합니다."

에프터스콜레의 인생 계획 설계는 '스스로'와 '더불어'라는 두 개의 바퀴로 굴러간다. 바르슬레우는 스스로 결정하는 법을 배우는 것이 무엇보다 중요하다고 강조했다.

"부모들도 에프터스콜레를 좋아합니다. 아이들이 부모를 떠나 이곳에서 자립심을 키우죠. 하다못해 아침에 깨워주지 않아도 스스로 일어날 수 있어야 하니까요. 여기서는 한 집에 12명이 살고, 세 명씩 한 방을 씁니다. 방청소부터 시작해 매일매일 집 안에서 생기는 일들을 자기들끼리 토론하며 풀어나가죠. 이런 집이 12채가 있어요. 집마다 대표 학생 한 명이 선발되고 이 대표들이 일주일에 한 번씩 회의를 열어 마을을 이끌어갑니다."

이곳 학생들의 하루는 아침 7시쯤 시작된다. 씻고 식사를 한 뒤 8시부터 점심까지 축구나 핸드볼 기본 훈련을 한다. 점심 식사를 마치고 오후 4시까지는 교실에서 국어, 수학, 물리 등의 수업을 받는다. 그리고 다시 오후 4시부터 저녁 9시까지 축구나 핸드볼 실전 경기를 한다.

10개월째 이곳에서 생활하고 있는 학생 루카스 바스틴(Lucas Bastin)은 핸드볼을 좋아하며 가능하면 프로 선수로 성장하고 싶다고 했다.

"좋아하는 것이 비슷한 다른 학생들과 매일 어울릴 수 있어서 정말 좋아요. 서로 관심사가 비슷하니까 훨씬 빨리 친해지더라고요. 셋이 같은 방을 쓰다 보니 가끔 다툴 때도 있지만 우린 함께 생활하는 법을 꽤 빨리 배웠어요. 작은 가족 같아서 재미있을 때가 더 많죠."

+

"관심사가 비슷한 친구들과 매일 어울릴 수 있어서 좋아요.
가끔 다툴 때도 있지만 함께 생활하는 법을 꽤 빨리 배웠어요."
'또 하나의 학교' 에프터스콜레. 덴마크의 학생들은 대부분 고등학교에
들어가기 전 이곳에서 자신의 인생을 충분히 설계한다.

바스틴은 이곳에 오기 전까지 처음 본 사람과 금방 친해지는 성격이 아니었지만 지금은 많이 달라졌다고 했다.

"껍데기를 벗고 나오는 게 가장 어려웠어요. 처음엔 정말 수줍어했거든요. 다른 학생들과 이야기를 나누는 것이 두려웠죠. 하지만 곧 편해지면서 어울리게 됐어요. 선생님이 수업이나 활동에서 우리가 잘 어울리도록 많이 도와줬거든요."

수줍음을 잘 타던 학생이 말문을 트게 된 것은 관심사가 비슷한 친구들과 함께 먹고 자며 생활했기 때문이다. 바스틴의 이야기를 들으면서 고등학교에 다니는 아들과 나의 대화 방식을 떠올렸다. 부자간에 밥을 먹어도 대화가 이어지지 않을 때가 많다. 나는 완전한 문장으로 말을 건네는데 아들의 대답은 문장이 완성되지 않고 흐지부지 끝이 흐려진다. 한데 아들이 좋아하는 축구 이야기를 꺼내면 달라진다. 비로소 아들도 완전한 문장으로 대화를 한다. 그렇지만 우리 아들은 좋아하는 축구를 주말에만 잠깐 한다. 그것도 늘 같은 시간에 공부하고 있을 다른 친구들이나 밀린 숙제에 압박감을 느끼면서 말이다. 그 아이도 덴마크 학생들처럼 아무 걱정 없이 축구를 즐길 수 있다면 얼마나 얼굴이 활짝 펴질까. 나와 우리 아이들도 중학교를 졸업하고 고등학교에 들어가기 전에 1년 동안 이런 인생학교를 다녔다면 얼마나 좋았을까.

평생 배우는 인생 설계

교장과 함께 학교를 한 바퀴 돌아봤다. 식당에서는 전문 영양사들이 저녁을 준비하고 있었는데 학생들 몇 명이 옆에서 돕고 있었다. 모든 학생이 예외 없이 자기 차례가 되면

식당 일을 돕는다고 했다. 공연장에는 기타, 드럼 등 악기가 마련돼 있고, 이곳에서 1년에 서너 번 학부모를 초청해서 축제를 연다.

학교 건물 1층 한쪽에 마련된 컴퓨터실에는 대여섯 명의 학생들이 컴퓨터 앞에 앉아 뭔가에 열중하고 있었다. 가까이 가서 보니 인터넷 게임 중이었다. 덴마크 학생들도 게임에 중독되는 일이 많을까? 바스틴은 고개를 저었다.

"인터넷 게임을 즐기긴 해도 중독은 아니에요. 밖에 나가서 축구나 핸드볼 하는 걸 더 좋아하니까요."

바스틴과 헤어지면서 인생 계획은 잘 짜고 있는지 물었다.

"여기를 졸업하면 고등학교에 진학할 거예요. 그 후에 코펜하겐 대학에서 심리학을 공부할 예정이고요."

핸드볼을 좋아하고 핸드볼 프로 선수를 꿈꾸면서 왜 심리학을 공부하려고 할까?

"사람이 좋아요. 사람들과 대화하는 것도 좋고요. 여기 와서 공동생활을 하면서 더 자신감도 생기고 확신도 갖게 됐어요. 사람의 마음에서 일어나는 일을 잘 파악해 도와주고 싶어요."

그는 심리학 공부와 핸드볼 선수라는 두 가지 꿈을 분리해서 보지 않았다.

"핸드볼이나 축구는 곧 심리학 공부이기도 해요. 한 선수가 경기장에서 뛰는 모습을 보면 그가 무엇을 생각하고 있는지, 상황을 어떻게 파악하고 있는지 알 수 있지 않나요?"

의젓한 10학년 학생 바스틴을 보며 이런 생각이 들었다. 우리나라에서 중3 졸업생을 불러놓고 이렇게 말할 수 있는 부모가 몇이나 될까? 학교 안 다녀도 좋다, 공부보다 더 중요한 것이 있으니 앞으로 어떤

인생을 살지 답을 찾기 위해 1년간 하고 싶은 대로 해보라고 말이다.

그런데 이러한 선택은 한 부모, 한 학생의 결단만으로는 불가능하다. 모두가 앞으로 달려가는데 자기 혼자만 멈춰 있으면 뒤처진다는 불안감이 앞설 수밖에 없다. 덴마크에서 이런 일이 가능한 것은 한두 부모의 결단이 아니라 사회 문화와 국가 시스템으로 자리 잡고 있기 때문이다. 그래서 여유와 안정감을 갖고 인생을 설계할 수 있다.

덴마크에는 이렇게 여유를 두고 인생을 설계하는 기간이 고등학교 입학 전에만 있는 것이 아니라 인생의 중요 시점마다 있다. 바르슬레우 교장이 설명했다.

"인생 설계 학교는 대학에 가기 전에도 다닐 수 있습니다. 나도 대학 들어가기 전에 20~25세 청년들이 인생을 설계하는 기숙학교에 1년간 다녔죠. 그뿐 아니라 직장을 그만두고 인생의 2모작, 3모작을 준비하는 사람들을 위한 성인 공립학교도 잘 운영되고 있습니다."

덴마크인들은 그야말로 평생교육을 통해 인생을 설계하는 셈이다. 고등학교를 졸업하고 바로 대학에 진학하는 비율이 20퍼센트 정도로 낮은 것도 여유롭게 인생을 설계하기 때문이다. 직장을 다니다가 실직해도 바로 다른 직장을 찾아 나서지 않고 성인학교에서 어떤 인생을 살 것인가를 공부한다. 정부에서 기존 월급과 비슷한 수준의 실업보조금을 2년 동안 주고, 다음 인생을 위해 선택하고 싶은 직업이 무엇인지 상담해주고, 나아가 직장을 알선해주기 때문이다.

돈과 밥벌이보다 어떤 인생을 살 것인가를 더 생각할 수 있는 사회, 그리고 그것이 문화로 정착된 곳이 덴마크다. 나의 행복은 어디에서 오는가? 물론 개인의 노력도 중요하지만, 그 행복을 제대로 보장해주는 것은 행복한 사회, 행복한 국가다.

+

대학에 가지 않아도
자유로운 미래

요나스 노 셰룬(Jonas No Sjølund)은 한국으로 치면 고등학교 2학년이다. 그는 한국인 어머니와 덴마크인 아버지 사이에서 태어났다. 어머니가 한국이라는 먼 나라 출신임을 가끔씩 떠올리고 어머니의 나라에 가본 적도 있지만 자신을 완전히 덴마크인이라고 생각한다.

셰룬의 집을 방문했을 때 그는 같은 고등학교에 다니는 친구 두 명과 함께 있었다. 고등학교 졸업 후 계획을 묻자 그가 말했다.

"글쎄요. 우선 1년 정도는 공부를 쉬고 싶어요. 졸업하면 먼저 몇 개월은 일해서 돈을 벌고, 또 몇 개월은 그 돈으로 여행을 갈까 해요. 그러고 나서 아마도 대학에 갈 것 같아요. 아니면 완전히 다른 길을 선택하거나. 아직은 잘 모르겠어요."

셰룬은 '아마도', '아직 모르겠다'는 말을 자주 썼다. 그에게 대학은 당장 가야 할 곳도, 유일하게 가야 할 곳도 아니었다. 대학이라는 오직한 길만을 향해 달려야 하는 대다수 한국의 고등학생과는 사뭇 달랐다.

무엇보다 셰룬은 하고 싶은 일이 분명했다. 나중에 사회에 나가면 가급적 여러 사람과 함께 어울려서 문제를 풀어가고 여러 나라를 여행

하면서 일할 수 있는 국제 관련 직업을 갖고 싶다고 했다. 셰룬은 그래서 인간의 행동을 연구하는 심리학에 흥미를 두고 공부하고 있다. 주관이 뚜렷하면서도 여유 있는 모습이 고2라고는 믿기지 않을 정도로 성숙해 보인다고 말하자 그는 에프터스콜레를 졸업한 영향이 크다고 했다. 그곳에서 세상을 보는 눈이 넓어졌다는 것이다.

주관이 뚜렷한 아이들

"또래 친구들을 만나면 누가 에프터스콜레를 다녔는지 알 수 있어요. 그만큼 성숙해지거든요. 에프터스콜레에서는 자신의 감정을 어떻게 표현해야 하는지, 사회적으로 다른 사람과 어울리며 어떻게 행동해야 하는지를 배워요. 물론 기본은 나는 누구고 어떤 사람이 되길 원하는가를 파악하는 거예요."

옆에서 듣고 있던 친구 한 명은 음악 전문 에프터스콜레를 졸업했고, 다른 한 명은 산에서 나무를 베고 집을 지어보는 건축 체험 에프터스콜레를 졸업했다. 그들은 여유가 있다는 점에서 비슷했다. 셋 다 고등학교를 졸업하면 1년 정도 여행을 하고 싶다고 했다. 셰룬이 말했다.

"에프터스콜레를 다니면서 처음으로 부모님과 떨어져 1년간 지내보는 경험을 했어요. 완전히 다른 새로운 환경에서 어떻게 적응하는지를 배웠죠. 그런 경험이 있기 때문에 해외여행도 두려움이 없습니다. 여행 경비를 부모님이 대주는 경우는 드물어요. 보통 3~4개월 열심히 아르바이트해서 돈을 모아 여행을 떠나죠. 우리도 준비를 하고 있어요."

어느 대학을 갈 것인가는 대한민국 고등학생들에게 일생일대의 중대사다. 그러니 고3을 둔 가정에는 1년 내내 전쟁터와 같은 긴장감이

흐른다. 그런데 덴마크 고등학생들은 어떤 대학을 갈지 정하지도 않은 상태에서 자유롭게 자신의 미래를 설계한다.

"우리는 정부가 대학 등록금을 내줍니다. 매달 생활비도 줘요. 그러니 서두를 필요가 없죠. 미국이나 한국처럼 은행에서 등록금을 빌리고 그 돈을 갚기 위해 아르바이트를 해야 할 필요가 없습니다. 그렇다 보니 아무래도 마음의 여유가 더 있죠. 무엇보다 대학을 바로 가지 않아도 루저라고 생각하지 않는 사회적인 인식과 문화가 이미 형성돼 있어요."

덴마크 학생들은 약 40퍼센트가 4년제 종합대학에 간다. 우리의 대학 진학률 80퍼센트에 한참 못 미친다. 그런데 이 숫자만 가지고 이들이 배움을 등한시한다고 생각하면 큰 오산이다. 우리보다 훨씬 실속 있게 고등학교 이후의 공부를 시작한다. 고등학교를 졸업하고 2년제 교사 전문학교, 목수 전문학교, 요리사 전문학교 등 각종 직업학교를 선택하는 이들이 약 40퍼센트 이상이다.

"덴마크에서 고등학교를 마친 후 아무 공부도 하지 않는 사람은 10퍼센트 정도에 불과합니다. 배우려는 마음만 있으면 평생 공부할 수 있는 관련 기관이 무척 많아요."

정말 하고 싶은 일을 찾아서

고등학생 세룬은 행복지수 1위 덴마크를 어떻게 생각할지 궁금했다.

"행복은 내 생활에 어느 정도 만족하느냐 아닐까요? 나는 덴마크가 세계에서 행복지수 1위인지는 잘 몰라요. 그러나 국민들이 자신의 삶에 가장 만족해하는 나라임은 분명한 것 같아요. 덴마크 국민들은 안

정감을 느끼고 사니까요. 사회복지가 잘되어 있기 때문에 길거리에 나앉을 걱정도 없고요. 자기 생활에 만족하고 걱정거리가 많지 않으니 행복지수 1위겠죠?"

그에게 요즘 어떤 걱정거리가 있는지 물어봤다.

"글쎄요. 뭘 걱정하는지 찾아내기란 정말 쉽지 않아요."

다른 덴마크인들과 비슷한 반응이었다. 덴마크에서 만난 사람들의 공통점은 걱정거리를 말하는 걸 어려워한다는 점이다.

"학점이나 운전면허 시험은 조금 걱정한다고 말할 수 있는데……가장 큰 걱정은 너무 늦기 전에 내가 정말 좋아하는 일을 찾고 싶다는 거겠죠. 좋은 직장을 찾을 수 있을까를 걱정하는 게 아니에요. 나는 이 덴마크 사회가 적어도 밥벌이를 해줄 정도의 직장은 찾아주리라 믿으니까요. 진짜 걱정은 그 직장이 내가 꼭 하고 싶은 일이냐 하는 거예요."

자기실현이 가능한 직장인가 아닌가를 고민한다니, 참으로 부러울 뿐이었다. 우리는 월급 많은 안정된 직장이 제1의 관심사다. 적성이야 어떻든 너도나도 공무원 시험에 몰리고, 취업 잘되는 인기 학과는 늘 문전성시다.

학생들이 사회에 나가서 어떤 일을 할 것인가를 결정하기란 쉽지 않은 일이다. 선배나 어른들의 조언을 듣고, 사회적 멘토를 찾아 나서기도 한다. 그래도 아직 우리나라에선 학생들이 진로를 결정할 때 부모의 조언을 많이 따른다. 덴마크는 어떨까?

"한국에서는 부모가 학비를 대주기 때문에 그런 것 아닐까요? 우리는 나라에서 학비가 나오기 때문에 그런 부담이 없어요. 그리고 덴마크는 학생들이 스스로 앞길을 개척하도록 내버려두는 문화죠. 나중에

셰룬과 그의 친구들은 대학이라는 오직 한 길만을 향해 달리는
한국의 고등학생과 사뭇 다르다. 기성세대가 완성해놓은 덴마크 행복사회에
무임승차하지 않고 스스로 어떤 인생을 살 것인가를 선택한다.

커서 의사가 되라고 아이에게 말하는 부모가 있다면, 나쁜 부모 취급을 받습니다."

뜨끔했다. 덴마크 학생들의 이런 기준에 따르면, 대한민국에는 '나쁜 부모'로 평가될 사람들이 얼마나 많은가.

덴마크 학생들은 부모에게서 독립할 때 집 문제를 어떻게 해결하는지 궁금했다.

"꼭 좋은 집에서 살아야 하나요? 정말 중요한 건 좋은 사람들과 친구가 되는 일이죠. 함께 어울려 일하고 즐길 수 있는 사람들 말입니다. 내가 아는 30, 40대 아저씨들은 작은 아파트에서 혼자 살지만 아무도 그들을 루저라고 생각하지 않아요."

셰룬의 말을 듣고 있던 친구가 한마디 거들었다.

"덴마크에서는 좋은 집, 좋은 차, 멋진 이성친구가 꼭 있어야 체면이 선다고 생각하는 사람들이 별로 없어요."

체면을 중시하지 않고 루저라는 낙인을 찍지 않는 것은 특별한 몇몇 사람들이나 개념 있는 집단만의 인식이 아니라 덴마크 사회 전체에 스며들어 있었다. 이 속에서 덴마크 고등학생들은 자신의 인생을 자유롭게 설계한다.

암기 대신 창의적 구술시험

셰룬을 포함한 덴마크 고등학교 2학년 학생 세 명과 이야기를 하다 보니 마치 우리나라의 대학 4학년생 정도로 착각할 만큼 성숙하다는 생각이 들었다. 어째서 덴마크 학생들은 이렇게 성숙할까? 에프터스콜레를 1년간 다녔기 때문에? 물론 꼭 그 이유만은 아닐 것이다. 특정 시기의 특정 프로그램 하나 때문이 아

니라 유치원 때부터 그들이 받아온 교육의 철학과 방법이 달랐기 때문이다.

덴마크 아이들은 유치원 때부터 스스로 답을 찾는 훈련을 한다. 7학년까지 점수와 등수를 매기는 시험을 보지 않는 것은 그런 문화와 철학을 잘 반영하고 있는 한 사례다. 어떤 문제든 답은 하나가 아니다. 중요한 것은 스스로 문제를 인식하고 답을 찾아내는 과정이다. 스스로 생각하는 교육을 강조하는 덴마크는 고등학교의 시험문제도 우리와는 완전히 다르다. 단순 암기로 풀 수 있는 문제는 없다. 셰룬의 이야기를 들어보니 고등학교 시험은 대부분 구술시험이었다.

"한 학생당 25분간 구술시험을 보는데, 인근의 다른 학교 선생님이 와서 채점을 해요. 객관성과 투명성 때문에 그렇게 하죠. 우리 과목 선생님은 참관만 하고요."

다른 학교 교사를 불러 일일이 구술시험을 보면 시간도 오래 걸리고 비용도 많이 들 텐데, 그럼에도 덴마크에서는 오래전부터 이런 방식으로 시험을 본다. 게다가 시험문제도 학생마다 전부 다르다.

"시험문제는 제비뽑기로 정해요. 우리 반이 28명인데 선생님이 상자 안에 질문지 28개를 넣어 한 명씩 뽑게 하죠. 물론 문제는 학기 중에 배운 범위 내에서 출제되고요. 그러고 나면 학생들에겐 시험 준비를 할 수 있게 24시간이 주어져요."

구술시험이 진행되는 25분 가운데 10분간은 주제 발표를 한다. 나머지 15분은 다른 학교에서 온 교사와 일문일답을 하는데, 이때 교사는 학생이 그 주제를 정말 자기 것으로 소화했는지를 살펴본다. 아울러 주제에 대한 창의적인 문제의식이 있는지도 평가한다.

"달달 외우기만 해서는 안 돼요. 자기가 완전히 이해를 해야 구술시

험에서 좋은 점수를 받을 수 있거든요."

이제야 알 것 같았다. 덴마크의 고등학생들이 왜 그리 똑똑해 보였는지를 말이다. 셰룬과 그의 친구들은 대화 내내 자기 의견을 조리 있게 이야기했다. 그들은 기성세대가 이미 완성해놓은 덴마크 행복사회에 무임승차하려 하지 않았다. 여기저기 자신들이 직접 발을 디뎌보고 어떤 인생을 살 것인가를 선택하려 했다. 행복이 스스로 즐기는 일을 찾아 하는 것이라면, 셰룬은 지금 행복으로 가는 열차를 타고 있었다.

+

등록금, 취업 걱정 없이
하고 싶은 일 찾기

로스킬레 대학에서 만난 토마스 외스테를린 코크(Thomas Østerlin Koch)는 이 학교의 3학년 학생이다. 우리나라 같으면 대학등록금 걱정하랴, 학점 걱정하랴, 취업 걱정하랴 속이 타들어갈 시기다. 그러나 코크는 그런 고민과는 전혀 거리가 먼 듯했다. 한국 대학생들의 고충을 들려주자 그는 담배를 한 대 피워 물며 말했다.

"덴마크에서는 모든 학교의 등록금이 무료예요. 대학도 마찬가지죠. 대학에 다니는 동안 정부에서 생활비를 대주니까 아르바이트 부담도 없고요. 독립해서 사는 대학생의 경우 매달 약 6000크로네(약 120만 원)씩 나오거든요. 부모님과 함께 살아도 이 금액의 반절 정도 나오고요."

비싼 대학 등록금이 심각한 사회 문제로 떠오른 한국에서는 얼마 전부터 반값등록금이 이슈다. 그런데 덴마크에서는 등록금이 아예 무료고, 대학생들에게 생활비까지 지원한다. 프랑스, 독일 등 서유럽의 나라들도 등록금이 없거나 매우 낮지만 생활비까지 지원하진 않는데 덴마크는 학생 복지의 최첨단을 걷고 있는 것이다.

왜 이렇게까지 할까? 학생들이 돈 걱정 없이 공부에 전념할 수 있게

하기 위해서다. 가난한 학생도 돈 걱정 없이 대학 교육을 받을 수 있으니 기회의 균등이 완벽하게 보장된다. 교육을 시장에 맡겨두지 않고 시민이 누려야 할 기본 권리로 보기 때문에 가능한 일이다.

물론 여기 드는 비용은 모두 기성세대가 내는 세금에서 충당된다. 어른들이 많게는 월급의 절반이 넘는 세금을 내기 때문에 이런 대학생 복지가 가능한 것이다. 덴마크의 성인들에게 불만이 없는지 물어보면 늘 한결같은 답이 돌아온다. '내가 대학 다닐 때 돈 한 푼 내지 않고 생활비까지 받았다. 그런 혜택을 누렸으니 이제 우리 후배들에게도 같은 혜택을 줘야 하지 않겠는가?' 학생 복지가 대를 이어 문화로 정착돼가고 있음을 보여주는 대목이다.

돈 걱정 없는 공부

우리나라에서는 아직 반값등록금마저 제대로 시행되고 있지 않다. 미국에서도 적지 않은 젊은이들이 대학 시절 비싼 등록금을 내느라 은행에서 융자받은 학자금 때문에 빚을 떠안고 사회생활을 시작한다. 미국 대학생 1인당 2만 5000달러(약 2500만 원)가량의 빚을 지고 있다.

우리나라는 헌법 31조 1항에 "모든 국민은 능력에 따라 균등하게 교육을 받을 권리를 가진다"라고 되어 있지만, 비싼 대학 등록금은 이 헌법이 보장한 권리를 침해한다. 학자금 융자에 대한 부담, 아르바이트에 대한 부담 등으로 제대로 공부를 할 수가 없다. 덴마크 정도 되어야 헌법이 실제로 지켜지고 있다고 말할 수 있지 않겠는가.

로스킬레 대학에 다니는 코크는 여유가 있었다. 전에 만난 고등학생 세룬의 여유가 떠올랐다. 코크는 취업 걱정도 그리 크지 않다고 했다.

"졸업 후에 바로 직장을 찾으면 좋겠지만 빨리 취업해야겠다는 부담감은 없어요. 직장을 찾을 때까지 2년간은 정부에서 실업보조금을 주니까요. 내가 좋아하는 일자리를 찾을 수 있느냐가 훨씬 중요하죠."

코크는 장차 교수가 되어볼까 생각하고 있지만, 조급하거나 서둘러야 한다는 마음은 전혀 없다고 했다. 그에게서 겨우 끄집어낸 걱정거리는 담배와 날씨였다.

"담배를 피우니까 혹시 건강이 나빠지지 않을까 걱정되죠. 그리고 날씨가 안 좋은 거라고 할까요? 한국에서 왔으니 잘 아시겠지만, 덴마크 날씨는 다른 나라에 비하면 정말 안 좋거든요."

서열 없는 대학

코크의 여유와 안정은 어디서 오는 것일까? 물론 취업 부담이 우리에 비해 덜하고 대학 등록금과 생활비까지 지원받는 점도 큰 요인이겠지만 그 이상의 무엇이 있을 듯했다. 곰곰이 생각해보니 덴마크 대학생들의 여유와 안정은 고등학교 때부터 이어져온다. 코크를 인터뷰하면서 고등학생 셰룬의 여유가 생각난 것은 그 때문이었다. 덴마크 고등학생들의 여유는 무엇보다 어떤 대학이나 전문학교를 선택하든 사회적 루저로 취급받는 일이 없다는 데서 나온다.

그렇다면 덴마크는 어떤 대학 제도와 사회적 문화가 있기에 루저를 만들어내지 않을까? 로스킬레 대학의 벤트 그레베 교수는 이렇게 설명했다.

"덴마크에서는 대학 간에 서열이 없습니다. 명문대와 비명문대의 구분이 없다고 봐야 하죠. 대부분이 국립대학인데 대학별로 특성화된

학과가 있어요. 예를 들어 로스킬레 대학은 인문학과 사회학이 장점이고, 코펜하겐 대학은 자연과학과 법학이 강합니다. 이렇게 국립대학들이 서로 역할 분담을 하고 있고 각 대학은 자기의 강점이 분명하기 때문에 서열이 필요 없어요."

대학 간에 서열이 없으니 덴마크의 고등학생들은 대학이 아니라 자신이 공부하고 싶은 과를 중심으로 대학 진학을 준비하고 결정한다. 남보다 뒤처질까 전전긍긍하지 않고 소신 있게 대학을 선택하며, 정부의 지원을 받아 걱정 없이 공부하는데 자격지심이나 불안이 어떻게 싹트겠는가. 무엇보다 덴마크 사람들에게는 대학이나 직장 간판보다 더 중요한 것이 있지 않은가. '나는 무엇을 좋아하고 어떤 일을 하고 싶은가?'

덴마크의 청년들은 입대 걱정도 크지 않다. 모든 청년이 의무적으로 군대에 가야 하는 것은 아니기 때문이다. 18세가 되면 남자들은 신체검사를 받는데 이때 건강 정도에서 상위 50퍼센트 이내에 든 청년들을 우선 징집 대상으로 하고, 이들 중 추첨을 통해 적당 인원을 입대자로 정한다. 이렇게 해서 선발된 사람이 의무병이 되며, 이들의 군대 복무 기간은 4개월이다. 이때 양심적 병역거부도 인정된다. 비록 추첨에 의해 군대에 가야 할 사람으로 뽑혔지만 종교적 이유나 정신건강 등의 이유처럼 합당한 사유를 밝히면 군대에 가지 않아도 된다. 중립국을 표방하고 있는 덴마크 군인은 2만 2000명 수준이다. 분단국가도 아니고 전쟁 걱정도 하지 않는 나라의 청년들은 이렇게 '군대 스트레스'도 거의 없다. 고3 아들을 둔 아버지의 입장으로서나, 군대 내 폭력 문제로 안타까운 사건들이 벌어지는 사회를 지켜보는 언론인의 입장으로서나 참으로 부러울 뿐이다.

+

깨어 있는 시민들의
두 번째 인생학교

덴마크의 학교들은 왜 공립이든 사립이든 자유학교든 모두 '즐거운 교실, 행복한 인생'을 표방하며 그것을 실제로 구현해내고 있을까? 그 이유를 찾아 덴마크 이곳저곳을 돌다 보면 계속 듣게 되는 이름이 있다. 니콜라이 그룬트비. 사실 그를 모르면 덴마크의 오늘을 제대로 이해할 수 없다. 그를 알아야 왜 덴마크가 행복사회가 되었는지, 왜 덴마크의 학교들이 행복학교가 되었는지를 비로소 알 수 있다. 현재의 덴마크는 그가 그려놓은 설계도 위에 만들어졌다고 해도 과언이 아니다.

그룬트비를 한마디로 정의하기란 쉽지 않다. 그는 목회자, 교육자, 정치가, 역사가였으며 시인, 찬송가 작곡가, 저술가이기도 했다. 또 탁월한 언어학자이기도 했다. 그러나 이 모든 것에 우선하여 나는 그를 '깨어 있는 시민'을 만들어낸 사람이라 부르고 싶다.

그룬트비는 한평생을 시민 교육과 계몽에 앞장섰다. 그는 덴마크의 미래가 깨어 있는 시민에 있다고 여겼다. 덴마크는 왕이 절대 권력을 행사하던 왕정 시대인 1814년에 초등학교를 의무교육으로 정했는데, 그룬트비는 국정교과서 중심으로 학생들을 가르치는 것을 못마땅해했

다. 당시로선 혁명적인 생각이었다. 그는 국정교과서 대신 '살아 있는 말'을 중시했다. 학생들에게 위에서부터 아래로 지식을 심어주기보다 그들 스스로 주인이 되어 자신의 운명을 개척해가는 깨어 있는 시민으로 만드는 것이 중요하다고 여겼다. 그는 학교란 국가가 주도하는 것이 아니라 시민이 주도하는 '시민의 학교'가 되어야 한다고 주장했다.

그룬트비의 교육철학에 따라 덴마크에서는 이른바 자유학교들이 만들어졌다. 이는 국가를 위한 학교가 아닌, 시민의 삶을 위한 학교였다. 그룬트비는 사회의 모든 구성원이 깨어 있는 상태에서 역동적으로 참여할 때 진정한 민주주의와 건강한 사회가 가능하다고 봤다. 그래서 학생용 자유학교와 성인용 자유학교를 만들기 시작했다.

그룬트비 정신을 더 자세히 알고 싶어 차를 몰고 뢰딩(Rødding)을 향해 달렸다. 뢰딩은 유틀란트 남동부에 있는 작은 도시로, 170년 전인 1844년에 그룬트비의 교육철학에 입각한 최초의 성인용 자유학교가 세워진 곳이다. 오늘도 그 학교에는 학생들이 있고 교사들이 있다. 살아 있는 그룬트비들을 만날 수 있다는 생각에 가슴이 설렜다.

살아 있는 그룬트비 정신

뢰딩에 도착해 학교 입구에 다다르자 '뢰딩 호이스콜레(Rødding Højskole)'라는 정식 명칭이 눈에 들어왔다. 그룬트비가 살던 19세기에 세워진 성인용 자유학교 호이스콜레는 농민들이 많이 입학해서 농민학교라고도 불렸다.

입구를 따라 학교 안으로 들어서려는데 큼지막한 돌로 만든 기념비가 눈에 띄었다. 돌 위에는 '뢰딩 사람들의 89퍼센트가 덴마크를 원했다'라는 문장이 새겨져 있었다. 당시 독일과 국경 분쟁 중이던 뢰딩

은 주민투표로 덴마크를 선택했다. 이 기념비를 보면서 왜 그룬트비가 깨어 있는 시민을 위한 성인용 자유학교를 이곳에 맨 처음 세웠는지 이해할 수 있었다. 자유주의자, 민주주의자였으면서도 덴마크적인 것을 강조한 민족주의자 그룬트비는 강대국 독일에 저항하는 상징으로 이곳에 시민학교를 세운 것이다.

교장 마스 뤼킨에릭센(Mads Rykind-Eriksen)은 낯선 이가 학교에 들어서자 오래전부터 기다린 듯 잔디 광장을 가로질러 마중을 나왔다. 그의 안내를 받아 들어간 식당에서는 20대 초반의 남녀 학생 80여 명이 교사들과 함께 와자지껄 저녁을 먹고 있었다. 덴마크 성인들은 대체로 표정이 무뚝뚝한 편인데 이들은 밝고 활달해 보였다. 뤼킨에릭센이 말했다.

"대부분 고등학교를 졸업한 학생들입니다. 대학이나 사회에 진출하기 전에 다시 한 번 어떤 인생을 살 것인지 점검하기 위해 이 학교에 온 거죠. 이곳에서 학생들은 6개월간 기숙사 생활을 합니다."

21세의 한 남학생은 고향이 기차로 한 시간 거리인데 앞으로 어떤 삶을 살아야 할지 몰라서 힌트를 얻기 위해 이 학교에 왔다. 비슷한 또래의 다른 남학생은 장차 정치인이 되기 위해 준비 차원에서 들어왔다. 그는 지금의 덴마크도 좋지만 더 좋은 나라를 만들고 싶어서 정치인을 꿈꾼다고 말했다.

이 학교는 정치, 언론, 음악, 디자인, 공연 등 5개 학과에서 25개의 수업을 하고 있다. 수업은 있지만 시험도 등수도 없다. 그룬트비 정신을 따르고 있기 때문이다. 그룬트비는 노트에 필기하고 시험을 쳐서 점수를 받는 방식이 좋은 교육이라고 보지 않았다. 그에게 좋은 교육이란 학생들의 호기심을 불러일으키고 자극하고 도전하게 만드는 것

+

뢰딩 호이스콜레는 그룬트비의 교육철학에 입각한 최초의 성인용 자유학교다.
이 학교는 수료증도 없고 졸업장도 없다. '어떤 인생을 살 것인가, 나는 누구인가'를
찾아가면서 스스로 인생 공부를 더 하고 싶다고 생각하는 게 중요하다.

이었다.

이러한 그룬트비의 신념에 따라 이 학교는 개교 때부터 학생들이 서로 다른 시각을 갖고 열린 마음으로 토론하는 것을 중시했다. 그들은 선입견과 고정관념에 도전했다. 학교에서 다 가르치기보다 학교를 나온 뒤에 더 배우고 싶은 생각이 들게 하는 것이 목표였다. 그래서 이 학교는 수료증도 없고 졸업장도 없다. '스스로 인생 공부를 더 하고 싶다는 생각을 갖는 것'이 졸업장인 셈이다. 뤼킨에릭센이 말했다.

"밥벌이 기술을 익히는 것보다 어떤 인생을 살 것인가라는 물음에 답하는 것이 더 중요합니다. 나와 우리가 누구인가를 역사와 문화 속에서 알아내야 하는 거죠."

170년 전에 뿌린 씨앗

이 학교에서는 지식보다 '어떤 인생을 살 것인가'가 중요하기 때문에 학생들의 자치 활동이 강조된다. 일주일에 한 번씩 전교생 모임과 기숙사 단위 모임이 열리고, 여기서 청소 당번과 식사 당번을 어떻게 정할지 등을 논의한다.

금요일 저녁, 식사를 마친 학생들은 강당에 모여 조별 게임을 즐기고 있었다. 탁자마다 맥주병이 놓여 있고 깔깔깔 웃음소리가 끊이지 않았다. 우리나라 대학생들의 엠티 장면 같았다. 교장에게 학교에서 술이 허용되느냐고 묻자 금요일과 토요일만 허용되며 하루에 맥주 몇 병까지 가능한지도 학생들끼리 논의해서 정한다고 했다.

이런 기숙학교는 숙식을 제공하기 때문에 공짜가 아니다. 정부와 학생이 학비를 반반씩 부담하는데 이번 학생들은 4만 크로네, 우리나라 돈으로 약 750만 원을 냈다. 그런데 대부분의 학생이 스스로 벌어

서 학비를 마련한다. 부모에게서 자립하는 훈련을 시작하는 것이다.

학생 6명이 둘러앉은 탁자로 다가가 학비를 부모가 내준 사람이 있느냐고 묻자 모두 고개를 저었다. 산업디자인을 공부하는 19세 학생은 4만 크로네를 벌려고 식당에서 몇 달간 하루 8시간씩 아르바이트를 했다. 그는 개강한 지 3주밖에 되지 않았지만 모두 벌써 한 식구처럼 친해졌다며 만족해했다.

고등학교 졸업생들이 주로 선택하는 성인용 자유학교는 '인생학교'라는 점에서 보면 또 하나의 에프터스콜레다. 앞에서 소개한 이드렛스 에프터스콜레처럼, 덴마크의 학생들은 중학교를 졸업하고 고등학교에 들어가기 전에 1년간 기숙사 생활을 하면서 인생을 설계한다. 고등학교 졸업 후에는 기숙학교에서 '내가 진정으로 하고 싶은 일이 무엇이며 잘할 수 있는 일은 무엇인가'를 탐색한다. 직장인이 되어 한 직장에 오래 다니다가 전직을 하고 싶을 때는 또 다른 평생교육기관을 선택해 다시 한 번 자신의 인생 항로를 점검한다.

덴마크에서는 삶의 주요 전환기에 인생학교에 가는 것이 문화로 정착돼 있다. 언제든 멈춰 서서 자신이 지금 어디를 향해 달려가고 있는지를 점검한다. 일종의 다지기다. 중요한 선택 전에 나에게 시간적 여유를 주고, 내가 내 선택의 주인이 되게 한다. 그러면 자존감이 생긴다. 그리고 그 과정에서 다른 친구들과 '더불어' 인생을 설계하고, 그 속에서 연대의식을 키운다. 그룬트비가 170년 전에 뿌린 교육철학의 씨앗은 오늘날 덴마크인들 사이에 단단한 문화로 뿌리내리고 꽃을 피웠다.

+

행복사회 기틀을 세운
그룬트비 교육철학

학교가 사회를 바꿀 수 있을까? 학교가 나라를 바꿀 수 있을까? 덴마크 사례는 그것이 가능하다는 것을 보여준다. 한 사회와 나라를 개조하는 데 교육과 교육철학이 얼마나 중요한가를 보여준다. 그룬트비 정신에 의해 1844년 세워진 뢰딩 호이스콜레가 덴마크를 어떻게 바꿔놓았는지를 보면 알 수 있다. 뢰딩 호이스콜레는 고등학교를 졸업한 성인들을 위한 자유학교 혹은 에프터스콜레다. 그러나 이 학교는 덴마크의 역사와 정신에서 그 이상의 의미를 지니고 있다.

교장 마스 뤼킨에릭센과 함께 다목적 홀에 들어서니 입구에 노래책들이 놓여 있었다. 학생들은 매일 아침 이 노래들을 합창하면서 하루를 시작한다. 그룬트비는 교육은 즐겁게 해야 한다는 신조를 갖고 '노래와 함께하는 교육'을 강조했는데 이를 위해 스스로 수백 곡의 노래를 만들었다. 뤼킨에릭센이 노래책을 펴면서 말했다.

"여기 보세요. 이것이 그룬트비가 만든 노래들입니다. 이 노래책은 덴마크에서 가장 많이 팔린 책이죠."

함께 노래 부르기는 초등학교든 성인 학교든 마찬가지로 중요한 교

육이다. 덴마크 학교들이 얼마나 '즐겁게'를 강조하는지 알 수 있는 대목이다.

홀을 둘러보다 이 학교의 초대 교장 요한 베게네르(Johan Wegener)의 초상 앞에서 멈춰 섰다. 초상화를 보면서 개교식 당시 그와 학생들 사이에 오갔을 대화를 상상했다. 그룬트비의 교육철학을 구현하기 위해 노력한 베게네르는 개교식에서 대부분이 농부인 학생들에게 이렇게 당부했다고 한다.

"젊은이들은 이곳에서 명료하고 분명하게 또 올바르게 말하고 생각하고 쓰는 법을 배워야 합니다. 이 배움은 민족주의적이고 대중적인 방식으로 이뤄져야 합니다. 젊은이들의 심장은 조국의 언어, 조국의 역사, 조국의 전통에 대한 사랑으로 젖어 있어야 해요. 민족의 장점뿐 아니라 단점도 알고 있어야 합니다. 이것이 없으면 소작농은 독립하지 못할 것입니다. 그들은 누가 자신의 적인지 알면서도 의지만 할 것입니다."

깨어 있는 농부 10퍼센트의 힘

한마디로 '깨어 있는 농부'가 되라는 것이다. 뤼킨에릭센이 설명을 보탰다.

"당시 이 농민학교에는 귀족 부농은 오지 않았어요. 아주 가난한 농민도 별로 없었죠. 주로 소작농 등 중간층 농민이었습니다. 여기에 온 학생들은 자기가 사는 마을 인구의 10퍼센트에 불과했어요. 그런데 이곳에서 그룬트비 정신을 배운 그들이 덴마크라는 나라를 바꿔버렸습니다."

농민학교 한 곳이 나라를 바꿀 수 있었다니 어떻게 그런 일이 가능했을까?

"농민들은 이 학교에서 자기 개인뿐 아니라 우리 농촌, 우리나라, 우리 역사를 바꿔야겠다고 다짐했습니다. 그래서 졸업 후 고향에 돌아가서 모두 리더가 됐죠. 때마침 붐이 일기 시작한 협동조합 운동도 자연스럽게 이들이 주도하게 됐고요. 협동조합은 1인 1표잖아요? 부자건 가난한 사람이건 결정권에서 동등한 권리를 갖죠. 한마디로 평등합니다. 당시 농민들에겐 이 새로운 경험이 매우 중요했어요. 평등하게 협동하니 더 큰 이득을 얻을 수 있다는 경험을 한 것이죠."

뤼킨에릭센은 그 경험이 오늘날의 덴마크를 행복사회로 만든 기틀이라고 봤다.

"그때부터 농민들이 우리는 작은 나라니까 서로 돕자는 생각을 한 겁니다. 서로 남이 아니라 다 연관돼 있다고 본 거죠. 그래서 지금 우리는 소득의 50퍼센트를 기꺼이 세금으로 내고 있습니다. 내 돈으로 어려운 사람이 덕 보는 것을 보면 참 행복하죠."

내 돈으로 어려운 사람이 덕 보면 행복하다! 나는 이 말을 듣는 것만으로도 행복했다. 내가 이 학교를 찾아갔을 때는 1월 한겨울이었는데, 덴마크의 겨울답게 흐린 날들의 연속이어서 닷새 동안이나 햇빛을 보지 못한 내게 그 말은 마음까지 따뜻하게 해주는 밝은 햇살과 같았다. 이 지구에 사는 보통 사람에게서, 매일의 삶의 무게에 찌들어 있는 이들에게서 그런 말을 듣기란 쉽지 않은 일이다. 티셔츠에 점퍼를 걸친 이웃집 아저씨 같은 교장이 더 친근하게 느껴졌다.

다목적 홀에서 나와 운동장을 가로질러 반대편에 있는 교육관으로 향했다. 대부분의 수업이 진행되는 교육관은 과거와 현재와 미래가 대화를 나누는 장소다. 1940년에 쇠마구간, 옥수수 저장고 용도로 지은 건물을 2013년에 리모델링했는데 옛 틀은 유지하고 내부 공간을 현대

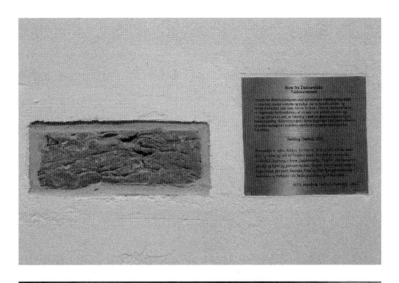

▲ 교육관 입구 왼쪽 벽에 박혀 있는 오래된 벽돌.
지금은 독일 땅이 된 다네비르케에서 가져온 것이다.
▼ 덴마크의 역사와 정신을 배우는 함께 노래 부르기는 이 학교의 오랜 전통이다.

적으로 꾸몄다.

교육관 건물 곳곳에서는 그룬트비와 마주쳤다. 현관문을 열고 들어가면 왼쪽 벽에 이 건물의 정신을 상징하는 물건이 있다. 어른 눈높이 정도의 벽에 박힌 오래된 벽돌 한 장인데 어쩌면 1000년 이상 되었을지도 모른다. 가로 20센티, 세로 5센티 크기의 이 벽돌은 지금은 독일 땅이 된 다네비르케(Danevirke)에서 가져온 것이다. 1864년 독일과의 전쟁에서 덴마크가 빼앗긴 땅, 그 아픔의 역사를 지닌 작은 벽돌은 상처받은 덴마크의 뿌리다. 벽돌 옆에는 그룬트비가 쓴 글귀가 적혀 있었다.

'인간은 육체 이상이다. 정신을 가지고 있다.'

빼앗긴 땅에 좌절하기보다 결코 빼앗길 수 없는 정신을 더 연마하라는 메시지일까? 깨어 있는 시민과 농민이 주체가 되는 교육을 꿈꾼 선구자다운 글이다.

이 역사적 벽돌을 충분히 감상하고 돌아서니 이번엔 그룬트비가 더 크게 다가왔다. 3층 높이의 벽에 그룬트비의 얼굴이 가로 2미터 세로 3미터 크기로 그려져 있었다. 1층 입구, 2층의 작은 토론방, 3층의 큰 토론방 어디에서든 그의 얼굴을 볼 수 있는 위치였다. 뤼킨에릭센이 말했다.

"여기 교육관에서 학생들은 늘 그룬트비와 마주치고 그의 정신을 배웁니다. 그가 어떤 시대를 살았고 조국의 미래를 위해 어떤 고민을 했는지 돌아보는 일은 과거와 현재를 통해 오늘날까지 살아 있는 그룬트비 정신을 잊지 않겠단 뜻이죠. 우리는 19세기 초에 노르웨이를 잃었습니다. 19세기 중반 독일과의 전쟁에서 또다시 남부 땅을 크게 잃었죠. 당시는 절대왕정 체제였는데 왕이 있었지만 왕을 의지할 수 없

었어요. 패전으로 쪼그라든 나라에서 우리는 스스로 책임감을 느꼈고, 이것이 우리의 정신을 일깨웠습니다. '우리가 주인이 되어야겠다!'"

우리가 역사의 주인

상실은 때론 이렇게 재기의 기회가 된다. 상실을 통해 그룬트비 정신의 핵심이 탄생했다. 내 삶의, 내 나라의 주인이 다른 사람이 아니라 내가 되는 것, 그것이 그룬트비 정신의 핵심이다. 그리고 이곳에서 뢰딩의 학생들은 오늘날 덴마크 사회의 안정과 행복을 가져다준 그 주인의식의 기원을 매일 마주치고 있다.

일제강점기의 시인 이상화는 이렇게 노래했다. 빼앗긴 들에도 봄은 오는가? 덴마크의 오늘을 보면 이런 답이 나온다. '빼앗긴 들에도 봄은 온다.'

시민들을 위한 자유학교는 1844년 뢰딩에서 처음 만들어진 후 급속히 퍼져나갔다. 그러자 정부도 이 학교들을 지원하기 시작했고, 20세기 이후부터는 성인들의 관심도 높아져 매년 5000~7000명의 졸업생이 배출되고 있으며 2014년 현재 78곳이 운영되고 있다.

오늘날의 덴마크, 행복지수 세계 1위의 나라는 그룬트비 정신을 간직한 후손들에 의해 만들어졌다. 뢰딩 호이스콜레의 교장 뤼킨에릭센도 그중 한 명이다. 1992년에 이 학교를 졸업한 그는 모교에서 7년째 아내와 공동 교장으로 일하고 있다. 가족이 함께 학교 건물에서 살고 있으며 목요일 저녁마다 학생 10여 명을 사택으로 불러 편하게 인생 상담을 해준다.

뤼킨에릭센은 18세에 그룬트비처럼 살겠다고 결심했다. 어린 나이에 그런 결심을 하게 된 이유는 그의 가문이 그룬트비와 밀접한 연관

이 있기 때문이었다. 그의 증조부는 그룬트비가 아직 살아 있을 때 그의 정신을 담은 교회를 만들었다. 그리고 교인들과 함께 협동조합을 결성해 '새 나라 만들기'에 앞장섰다.

40대 중반인 그는 자녀가 무려 7명으로, 첫째가 23살이고 막내가 네 살이다. 전에 만난 외레스타드 초등학교 교장도 아이가 5명이라고 했다. 교육 현장을 누구보다 잘 아는 교장들이 이렇게 자녀를 많이 둔 이유는 어떤 확신이 있기 때문이 아닐까? 덴마크 사회가 우리 아이를 안전하게 키워주리라는 믿음, 우리 아이도 나처럼 행복하게 살 수 있으리라는 확신 말이다.

뤼킨에릭센에게 지금 행복하냐고 물었더니 단박에 그렇다는 답이 돌아왔다.

"행복은 'have to(~해야 한다)'에서 나오지 않아요. 'like to(~를 좋아하다)'에서 나오죠. 의무적으로 뭔가를 해야 하는 것에서가 아니라 스스로 즐거워서 하는 것에서 나옵니다. 나는 내가 좋아하는 일을 즐겁게 하고 있어요."

그는 덴마크 사람들이 행복한 이유는 개개인이 자유롭고 동시에 서로 화합을 잘하기 때문이라고 말을 이었다.

"우리는 자유롭습니다. 교육비 무료, 의료비 무료 등 기본 사회복지가 되어 있으니까 남의 눈치, 부모의 눈치를 보지 않아도 되죠. 우리는 부모가 원하는 일이 아니라 내가 원하는 일을 할 수 있어요. 내가 뭘 할까에 대해 다른 사람에게 물어볼 필요 없죠. 나 자신에게만 물으면 됩니다. 그리고 우리가 행복하다고 느끼는 또 다른 이유는 서로 화합을 잘하기 때문이에요. 그룬트비 정신을 지닌 이 학교는 의견이 다른 사람들 사이의 토론을 매우 중시합니다. 이런 훈련이 돼 있기에 우

리 덴마크 사람들은 문제가 생기면 싸우지 않고 토론을 합니다. 그래서 실현 가능한 해법을 찾아내죠."

취재를 마치고 이곳을 떠나려니 아쉬웠다. 오랜 시간 학교를 구경하고 많은 학생과 대화를 나눴는데도 더 머무르고 싶었다. 그룬트비의 인생과 철학을 배우는 일주일짜리 특별 코스도 있다는데, 만약 다음 주에 시작한다면 출장을 연기해서라도 듣고 싶었다.

다음 날 오후, 예정에 없이 다시 이 학교를 찾았다. 토요일인데도 대강당이 시끌벅적했다. 창 너머로 들여다보니 학생들 30명이 모여 연극 연습을 하고 있었다. 춤과 노래와 몸짓 들이 어우러진 연습장은 시종 왁자지껄, 박장대소가 끊이지 않았다. 이날도 날씨는 우중충했다. 창을 통해 그들을 좀 더 잘 보려는 순간에도 햇빛은 도와주지 않았다. 덴마크의 겨울은 정말 지독하다. 그러나 나는 다른 햇빛을 보았다. 축제를 준비하는 '그룬트비의 후손' 30명의 얼굴에서 비치는 30가지 햇살을.

+

행복하려거든
사랑하라

미래학자 롤프 옌센은 덴마크가 행복지수 1위의 나라가 된 역사적 배경을 설명하면서 그룬트비를 언급했다.

"우리 덴마크인들은 참 행운아들입니다. 우리 역사에 그룬트비 같은 사람이 있었으니까요. 그는 민주주의에서 꼭 필요한 것들을 주창했습니다. 민주 헌법보다 중요한 것이 시민의 자유, 시민의 각성이라고 생각했죠. 그래서 시민 교육에 열정을 바친 겁니다. 오늘날 그는 덴마크의 좌파와 우파 모두에게 존경을 받고 있습니다."

옌센은 한 명의 리더가 한 사회를 바꾸는 데 얼마나 큰 역할을 하는지 이야기했다. 그의 말을 들으며 궁금해졌다. 만약 그룬트비가 오늘의 덴마크 사회의 기틀을 만드는 데 중요한 역할을 했다면, 그런 그룬트비는 누가, 무엇이 만들어냈을까? 우리의 질문으로 바꿔보자. 대한민국을 행복사회로 다시 세팅하기 위해서는 리더와 시민이 함께 가야 하는데, 행복사회를 위한 리더십은 어떻게 만들어질 수 있는가?

이러한 질문들을 가슴에 품고 그룬트비가 태어난 곳으로 향했다. 그룬트비는 코펜하겐에서 남쪽으로 약 50킬로미터 떨어진 작은 마을

우드뷔(Udby)에서 1783년 9월 8일 목회자의 아들로 태어났다. 초가지붕으로 된 그룬트비의 생가로 들어서자니 마치 18세기 말로 시간 여행을 떠나는 듯한 기분이 들었다. 한가운데 넓은 마당이 있는 생가에는 세월의 흔적이 고스란히 남아 있었다. 마당 위쪽 중앙에 나무 한 그루가 서 있고 나뭇가지에 그네인 양 고무 타이어 하나가 매달려 있었다. 지금 어린 그룬트비가 이 마당에 나타난다면 아마도 고무 타이어 그네를 타고 놀지 않을까?

자유를 향한 열정

생가 바로 뒤쪽으로는 시골 교회가 보였다. 250년도 더 전에 세워진 이 교회는 그룬트비의 아버지가 오랫동안 목회를 했던 곳으로, 그룬트비 자신도 한때 이곳에서 목회를 했다. 교회에 들어서니 앞마당에 그룬트비 아버지의 무덤이 있었다.

아주 조그마한 뒷동산 위에는 그룬트비의 추모비가 세워져 있었는데, 아버지의 소박한 묘비와 달리 높이가 3미터나 되었다. 아들의 영향력이 얼마나 컸는지를 상징적으로 보여주는 추모비는 교회와 그의 생가를 함께 내려다보고 있었다. 사방이 산 하나 없이 평평한, 눈 덮인 덴마크의 농토에서 불어오는 세찬 바람 소리 사이로 그룬트비의 목소리가 들려오는 듯했다.

'행복하려거든 사랑하라.'

그룬트비는 많은 것을 사랑했다. 기독교 신자로서 목회자로서 하느님을 사랑했다. 민족주의자, 애국주의자로서 덴마크 민족과 나라를 사랑했다. 교육자로서 시민을 사랑했다. 자유주의자로서 금기에 도전하는 것을 사랑했다. 시인으로서 시와 노래를 사랑했다. 감수성이 풍부

한 남자로서 여인을 사랑했다. 정치적으로 사회적으로 개인적으로 그는 역동적이었다. 게다가 그는 천수를 다했다. 19세기로서는 매우 드물게 89세까지 살았다.

"전생에 나라를 구했구나!" 우리는 누군가에게 좋은 일이 있을 때 그런 농담을 한다. 그룬트비야말로 덴마크를 구한 사람이다. 나라를 구하고자 했으나 실패한 사람이 얼마나 많은가? 그의 리더십은 어떻게 해서 가능했을까? 그룬트비 리더십의 비밀을 알려면 먼저 무엇이 그를 만들었는지를 알아야 한다.

첫째, 신앙의 힘이다. 그룬트비에게는 분명한 정신적 가치가 있었다. 목회자로서, 기독교인으로서 그는 하느님의 사랑을 이 땅에서 실천하기 위해 노력했다. 그에게는 이웃을 네 몸처럼 사랑하라는 하느님의 뜻을 실천해야 한다는 소명의식이 있었다. 그룬트비의 이웃 사랑은 단순한 자선의 차원이 아니었다. 그가 '폴케(folke, 사람들 혹은 민속)'라는 단어를 어떻게 진화시켰는가를 보면 잘 알 수 있다.

학교(folkeskole), 교회(Folkekirken), 정당(Folkeparti)의 이름에도 들어가 있는 이 단어는 덴마크 사회에서 아예 문화가 되어 있다. 폴케는 그룬트비가 유행시킨 말인데 그의 식대로 풀이하면 '민족성을 지닌 깨어 있는 시민'이다. 그는 이웃을 깨어 있는 시민으로 만드는 일이 진정한 사랑임을 알았고, 그래서 그것을 덴마크의 문화와 시스템으로 만들고자 했으며 결국 성공했다.

그룬트비는 이웃 사랑이 평등사회 구현과 밀접하게 연관돼 있다고 봤다. "부자가 적고 가난한 자는 더 적을 때, 우리 사회는 풍요로워진다"라는 그의 말에서 이런 믿음을 엿볼 수 있다. 덴마크 사회복지 시스템은 그러한 형제애와 평등의 가치 위에서 이뤄졌다.

둘째, 독서의 힘이다. 그룬트비는 청소년 시절 아버지의 권유에 따라 고향을 떠나 펠트(Laurids Feld) 목사에게 6년 동안 개인 교습을 받았는데 이때 방대한 독서를 했다. 종교, 정치, 역사, 어학 등 다방면에 걸친 관심은 이때의 독서를 기반으로 한다.

셋째, 감성의 힘이다. 노래를 사랑하는 집안 분위기 속에서 성장한 그룬트비는 어려서부터 감성이 풍부했고, 훗날 시인이자 작곡가가 되었다. 오늘날의 덴마크 교회에서 불리는 찬송가 중 그룬트비의 곡은 271곡이나 된다. 그룬트비가 만든 노래를 다 모으면 1400곡이 넘는다. 어떤 덴마크인은 그를 "다윗 이후 최고의 시인"이라고 말했다. 덴마크인들은 부활절이나 크리스마스 파티, 결혼식, 장례식 등에서 그룬트비의 노래를 부른다. 그는 어떤 논리나 이론에 앞서 감성으로 덴마크인들을 이끌었다.

넷째, 열린 사고의 힘이다. 그룬트비는 애국자였으나 국수주의자가 아니었다. 조국을 사랑했으나 외국 문화에 열려 있었다. 그는 1828년부터 왕립재정부의 지원을 받아 영국으로 가서 문학을 공부했다. 매년 3개월씩 3년간 영국에 머물렀는데, 이때 셰익스피어에 매료되었고 영국의 자유주의에 깊은 영향을 받았다. 특히 토론을 중시하는 옥스퍼드 대학의 자유로운 학풍에 매료되었다.

그룬트비는 자유로운 사고를 제약하는 어떤 것도 반대했다. 그는 열린 마음으로 토론하는 것이 법이나 기관보다 더 민주주의의 핵심이라고 보았으며 반대 의견을 가진 자를 제압하지 않고 오히려 환영했다.

다섯째, 애국의 힘이다. 그룬트비는 무엇보다 애국자였다. 1807년 영국이 코펜하겐을 침공했을 때 청년 그룬트비는 저항군에 들어가 조국을 위해 싸웠다. 1808년에 나온 그의 첫 문학작품 《덴마크의 가장

+

▲ 우드뷔에 있는
그룬트비의 생가
▼ 그룬트비 초상화

무도회(Maskeradeballet i Danmark)》는 패전 이후 국가가 위기를 맞고 있음에도 아무것도 하지 않는 덴마크 국민들을 질타하는 메시지를 담고 있다. 목사 그룬트비의 애국은 한때 그를 정치가로 변신시켰다. 1848년부터 1849년까지 그는 절대왕정을 종식시킨 제헌의회에 참여했다. 65세부터 71세까지 하원 의원을 몇 차례 지냈고, 83세에 잠시 상원 의원이 되었다.

소수파에서 영원한 리더로

여섯째, 용기의 힘이다. 그에게는 소수파 신세를 감내하는 용기, 직언하는 용기가 있었다. 문제가 있으면 고치려 했고, 개혁과 혁신이 필요하다 여겨지면 그에 따르는 논쟁의 수고를 마다하지 않았다. 그는 기득권 세력의 문제를 주로 지적했기 때문에 당대로서는 언제나 소수파였다. 그가 지은 찬송가와 책은 오랫동안 판금을 당했다. 그래서 목사 자리를 찾기도 힘들었다. 그의 교육관과 교회관은 처음엔 소수파였으나 세월이 지나면서 점점 대중의 인정을 얻었다.

일곱째, 열정의 힘이다. 그는 열정이 있었기에 안주하지 않고 늘 새 판을 짰다. 교육 쪽에서 국가가 개입하지 않는 '자유학교'라는 새 판을 만들었듯 종교 쪽에서도 그랬다. 그는 목회자이면서도 시민들이 교회로부터 자유를 누려야 한다고 주장했다. 당시의 목회자 신분으로는 도저히 상상할 수 없는 주장이었다.

덴마크 국민들은 1849년 자유민주주의 헌법이 만들어지기 전까지 종교의 자유를 누리지 못했다. 덴마크는 1536년부터 루터교를 국교로 삼고 있었기 때문이다. 절대왕정 시대에 왕은 국민의 믿음을 책임지고

국민을 '이단'들에게서 보호해야 한다고 여겨졌다. 그래서 모든 덴마크 국민은 국교인 루터교회에 다녀야 할 의무가 있었다. 그룬트비는 이것을 종교 탄압이라며 강하게 반대했다.

그는 기독교는 자유 없이 존재할 수 없다면서 덴마크인들이 국가교회에 속하지 않을 자유를 가져야 한다고 주장했다. 더 나아가 국가교회 안에서도 다른 의견을 이야기할 수 있는 자유를 가져야 한다고 강조했다. 목사의 설교를 일방적으로 듣는 것이 아니라 의문이 있을 때 질문도 할 수 있어야 한다고 했다. 그런 그룬트비의 영향으로 덴마크에서는 정치권과 목회자가 개입하지 않는 자유로운 교회인 '시민의 교회'들이 생겨났다.

그룬트비가 종교의 자유를 주창할 때 그는 분명 소수파였다. 그러나 1920년 코펜하겐 북쪽의 한 언덕에 그를 기념하는 교회가 세워졌다. 설립 자금은 정부와 시민이 절반씩 부담했다. 소수파 그룬트비는 어느새 그렇게 국민 다수의 마음을 사로잡았다.

2부

행복사회의
비밀

시대를 이끄는 리더,
깨어 있는 시민

행복사회의 뿌리를 찾아서

+

거대한 상실을
극복한 역사

2014년 1월 독일 서북부 항구도시 함부르크(Hamburg)에서 렌터카를 타고 국경을 넘어 덴마크로 들어갔다. 덴마크라는 작은 나라의 오늘을 이해하기 위해 한때 덴마크의 영토였던 지역을 돌아보자는 생각에서였다. 앞서 두 차례 덴마크를 찾았을 때는 주로 수도 코펜하겐과 그 인근 지역을 돌아봤다. 이번에는 덴마크의 동서남북을 구석구석 달리기로 했다. '행복사회 덴마크'의 역사적 뿌리를 찾아서.

불과 150여 년 전만 해도 함부르크 외곽에서 시작해 북으로 약 200킬로미터 정도 달리면 나오는 현 덴마크 국경까지가 모두 덴마크 땅이었다. 함부르크 근처에 있던 도시 알토나(Altona)는 덴마크에서 코펜하겐 다음가는 제2의 도시였다.

1777년, 노르웨이가 아직 덴마크의 땅이었고 독일 북부 홀슈타인(Holstein)도 덴마크의 지배를 받고 있을 때 덴마크의 역사 교과서에는 이렇게 적혀 있었다.

당신들의 조국을 다른 무엇보다도 사랑하라. 그렇다면 당신들의 조국

이란 무엇인가? 덴마크인, 노르웨이인, 홀슈타인인 등과 같이 구별하지 말라. 물론 당신들의 언어는 약간씩 차이가 있다. 그러나 신은 당신들 모두의 언어를 이해하고, 황제는 당신들 모두를 통치한다.

당시 덴마크는 절대왕정 체제였다. 그러나 덴마크 국왕의 이런 호기는 19세기 초반부터 사라졌다. 1814년 덴마크는 노르웨이를 스웨덴에 빼앗겼다. 그리고 나서 50년 후 또 하나의 시련이 찾아왔다. 덴마크 역사에서 1864년은 참혹한 상실의 해로 기록된다. 노르웨이를 빼앗긴 상태에서 덴마크는 다시 국토의 3분의 1을 당시 프로이센이었던 독일에 강탈당했다. 1000년간 유지해온 현 독일 북부를 빼앗긴 것이다.

역사와 대화하는 것은 흥미롭다. 1000년과 150년. 덴마크는 노르웨이와 독일 북부를 포함한 넓은 땅을 차지했던 1000년에 걸친 역사를 뒤로하고, 150년간 상실의 기억을 간직한 채 지금에 이르렀다. 덴마크인들 입장에서는 속이 쓰릴 만도 하지만 그들은 넓은 대국에 미련을 두기보다 행복한 소국의 내실을 키워왔다. 물론 상실의 기억을 완전히 지울 수는 없지만 말이다.

1000년과 150년의 대화

독일 북부, 덴마크와의 경계 지역에 있는 도시 슐레스비히(Schleswig) 근처에는 다네비르케라는 중요한 유적지가 있다. 다네비르케는 5세기경부터 덴마크인들이 만든 군사용 흙벽이다. 성인들을 위한 자유학교 뢰딩 호이스콜레에 있던 벽돌이 바로 이곳에서 가져온 것이다. 사람의 손으로 높이 10미터, 폭 30미터

+

1864년 덴마크-독일 전쟁을 설명하는 사진 앞에 선
다네비르케 박물관장 하트(오른쪽)와 유적 관리 직원 말루크(왼쪽).
이 둘은 같은 국적에 같은 박물관에서 일하고 있지만 서로 다른 역사를 간직한 사람들이다.

정도로 쌓아 올렸는데 총 길이가 동서로 26킬로미터에 달한다. 왜 하필 여기에 이런 흙벽을 쌓아 올렸을까? 이곳의 지형을 동쪽의 북해와 서쪽의 발트 해까지 눈에 넣고 보면 사람 다리의 발목에 해당한다. 즉 최단거리로 방어벽을 쌓을 수 있는 전략적 요충지다.

다네비르케 박물관장 니스 하트(Nis Hardt)의 안내로 눈 덮인 토성 현장을 둘러보았다. 1000년 이상을 버티고 있는 이 흙벽을 쌓느라 얼마나 많은 사람이 동원되었을까? 얼마나 많은 목숨이 죽어갔을까? 그 흙벽에 가만히 손을 대봤다. 1000년 동안 봄을 맞은 적이 한 번도 없는 듯 차갑게 굳어 있었다. 하트가 입을 열었다.

"이 흙벽은 어느 한 시기에 완성된 게 아닙니다. 덴마크 사람들이 수백 년에 걸쳐 만들었죠. 나도 덴마크 사람입니다. 국적은 독일이지만."

그가 바로 살아 있는 역사였다. 덴마크가 독일에게 이곳을 빼앗기지 않았다면 그는 덴마크 국적을 갖고 있었을 것이다.

토성 바로 옆에 있는 박물관 안에서 하트의 설명이 이어졌다. 2층으로 된 박물관은 다네비르케의 역사를 담고 있었다. 박물관 운영비는 덴마크 정부가 3분의 2를 내고 독일 정부가 나머지를 지원한다고 했다. 그 비율이 의미심장하다. 이곳이 덴마크 땅이었다는 것을 독일보다 덴마크가 더 기념하고 싶어 하리라.

이 박물관은 원래 겨울에는 문을 닫는데, 한국에서 손님이 온다고 하니 관장이 특별히 시간을 내서 열어준 것이다. 올해 59세인 하트는 덴마크 들판에서 만날 법한 선량한 농부 같은 모습이었다. 덴마크어가 제일 편하다는 그는 영어를 잘하는 다른 직원을 미리 대기시켜놓았다. 통역을 맡은 마티아스 말루크(Matthias Maluck)는 30대의 독일인으로, 다네비르케 유적 관리를 담당하고 있었다.

박물관을 천천히 돌아보다가 1864년 독일-덴마크 전쟁을 보여주는 그림에 시선이 머물렀다. 독일군과 덴마크군이 시체들 위에서 서로 장총을 쏘는 장면이 담긴 그림이었다. 이 전쟁으로 덴마크 영토의 3분의 1, 덴마크 인구의 5분의 2가 독일로 넘어갔다. 살아 있는 역사라 할 수 있는 두 사람이 지난 과거의 역사를 덴마크어와 영어로 번갈아가며 설명해주는 모습이 인상적이었다. 하트와 말루크는 국적이 같고 같은 박물관에서 함께 일하지만 피와 역사가 다른 사람들이다.

내 삶에 만족한다는 것

이 지역의 덴마크인들은 비록 국적은 독일이지만 아직도 곳곳에서 덴마크인 자치 마을을 만들어 덴마크어를 쓰며 살고 있다. 박물관장 하트는 자신이 덴마크인이라는 사실에 큰 자부심을 느끼고 있었다. 매일 덴마크 관련 뉴스를 챙겨 본다는 그는 덴마크가 UN의 행복지수 조사에서 1위를 한 것도 안다면서 껄껄 웃었다. 2013년 기준으로 독일은 이 조사에서 156개국 중 26위였다. 국경을 나누고 있는데 왜 행복지수는 다를까? 이런 의문에 대해 몇 가지 이야기가 나왔지만 덴마크인 하트와 독일인 말루크는 한 가지 사실에 쉽게 의견이 일치했다. 요컨대 독일인들은 만족을 잘 못 하지만 덴마크인들은 만족을 잘한다는 것이다.

다네비르케 방문객은 약 80퍼센트가 덴마크인이다. 방명록을 보니 누군가 '나는 덴마크를 사랑한다'라고 적어놓았다. 덴마크인들은 이곳을 둘러보면서 무슨 생각을 할까? 다시 땅을 되찾아야 한다고 생각할까? 만족을 잘한다는 그들은 아마도 이렇게 생각하지 않을까? '지금 시대에 땅의 크기는 중요하지 않다. 인구가 많은 것도 중요하지

않다. 한 사람 한 사람의 삶의 질이 중요하다.'

다네비르케를 떠나 마침내 덴마크 국경을 넘을 때, 땅의 경계란 우리 인간이 만들어낸 형식적 상징에 지나지 않는다는 생각을 다시금 하게 되었다. 여권을 조사하는 국경 검문소나 '여기서부터 덴마크 땅'이라는 특별난 표지판도 없이 어느새 덴마크에 들어서 있었다.

+

다른 나라의 장점을 자신의 것으로

덴마크라는 나라는 언제 어디에서 처음 만들어지기 시작했을까? 오늘날의 덴마크인의 특성, 행복사회를 만들어내는 그들의 DNA가 생겨난 기원은 과연 어디에 있을까?

현재의 덴마크 땅에서 가장 큰 비중을 차지하는 곳은 독일 북부에서 연결된, 길쭉하게 북으로 뻗은 반도다. 이곳을 유틀란트라고 하는데 덴마크 전체 면적의 5분의 3을 차지하는 덴마크의 본토다. 수도가 있는 코펜하겐과 안데르센의 고향인 오덴세는 이 본토에 붙어 있는 큰 섬들이다.

유틀란트의 서남부, 북해에 면한 곳에 덴마크에서 현존하는 가장 오래된 마을이 있다. 인구 8000여 명의 자그마한 항구도시 리베(Ribe)는 8세기 초에 처음 마을이 만들어졌고, 이후 바이킹 시대에 교통 요충지가 되었다. 올드타운(도시의 가장 오래된 지구)의 한가운데로 들어서니 사방이 고요했다. 한겨울이라 그런지 거리의 사람들을 손으로 셀 수 있을 만큼 한산했다. 색색으로 단장한 목조건물, 좁다란 골목골목이 정취를 자아냈다. 자세히 보니 나무집들의 버팀목이 굽어져 있어

긴 세월의 무게가 느껴졌다. 바닷가에 있는 한 식당에 들어가 음식을 먹으면서 거친 바다를 항해했을 바이킹의 모습을 떠올렸다.

유럽을 지배한 바이킹의 후예

바다를 장악한 바이킹은 리베 마을이 만들어진 지 80여 년 후부터 약 300년 동안 유럽을 지배했다. 역사가들은 대략 789년부터 1100년까지를 그들의 시대로 본다. 바이킹의 활약은 덴마크인, 노르웨이인, 스웨덴인 등 스칸디나비아 사람들이 함께 벌인 바다를 통한 화려한 외출이었는데 그 중심에 덴마크가 있었다. 당시 영국, 프랑스 등 유럽 사람들로서는 스칸디나비아라는 생소한 땅에서 어느 날 갑자기 배를 몰고 들이닥친 이들에게 당한 것이다.

바이킹에게 배는 생명이었다. 아니 배가 사실상 신이었다. 리베에서 자동차로 한 시간 거리인 옐링(Jelling)에는 덴마크 초기 왕궁이 있는데 궁터가 배 모양이다. 궁터 안에 우리나라 경주에서 볼 수 있는 것 같은 큰 왕릉이 있다. 958년에 숨진 고름(Gorm) 왕의 무덤으로, 20미터 높이의 왕릉 꼭대기에 올라가 사방을 내려다보면 축구장의 두 배가량 되는 배 모양의 큰 궁터를 확인할 수 있다. 뾰족한 뱃머리에 해당하는 곳에는 당시에 궁터를 조성하면서 사용한 돌들이 그대로 남아 있다. 실제로 바이킹들은 무덤도 배 모양의 돌무덤으로 만들었으며 덴마크 본토 곳곳에서 그런 무덤의 흔적을 볼 수 있다.

바이킹의 후예인 덴마크는 오늘날에도 해양물류산업의 강국이다. 1904년 설립된 해운회사 머스크(Maersk)는 전 세계에서 직원 12만 명을 고용하고 있으며 선박 컨테이너 선복(船腹) 비율로 세계 1위를 달리고 있다.

바이킹의 전성기는 고름 왕의 아들 블루투스 왕 때부터 시작되었다. 그는 덴마크뿐 아니라 노르웨이를 장악한 상태에서 왕으로는 처음으로 기독교를 받아들였다. 블루투스 왕은 이것이 이후의 덴마크에 얼마나 근본적인 변화를 가져올지를 예측했을까?

기독교는 덴마크인들의 정신적 토양을 완전히 바꿔버린 혁명이었다. 이제 그들의 운명을 좌우하는 것은 바다 위의 배가 아니라 '네 이웃을 네 몸과 같이 사랑하라'고 한 예수가 되었다. 그 혁명을 후대까지 알리기 위해 블루투스 왕은 궁 안에 돌 기념비를 세웠다. 높이 3미터 너비 2미터 크기의 이 기념비에는 '내가 덴마크와 노르웨이를 차지했고, 덴마크인들을 기독교인으로 만들었다'라고 적혀 있다.

이 기념비는 '기독교 나라 덴마크'의 출생증명서인 셈이다. 옐링 궁터에 오래된 교회가 있는 것은 그 때문이다. 현재 있는 교회는 1100년에 지어졌는데 교회 지하에 있는 유물을 보면 그 전에 또 다른 교회가 같은 자리에 세워졌다는 것을 알 수 있다.

바이킹은 블루투스 왕 이후 1000년경부터 유럽의 강국들을 아예 식민지로 만들 정도로 힘이 커졌다. 이때 프랑스의 노르망디와 영국의 3분의 1이 덴마크 식민지가 되었다. 이제 막 기독교 신자가 된 바이킹들이 '예수의 이름으로' 그들보다 훨씬 전부터 예수를 믿은 나라들을 점령한 것이다.

소통하고 조합하는 힘

옐링 궁터를 안내해준 샤를로타 린드블롬(Charlotta Lindblom)에게 처음부터 궁금했던 것을 물어보았다. 그 옛날 바이킹의 DNA가 오늘날의 덴마크인들에게 이어지고 있

+

항구도시 리베에서 한 시간 거리인 옐링에는 덴마크 초기 왕궁이 있고
이 궁터는 배 모양으로 되어 있다. 배를 타고 다니면서 다른 나라의 장점을
자신의 것으로 흡수시킨 바이킹의 능력은 자유와 평등을 잘 조합해내는
오늘날의 덴마크인들에게 이어지고 있다.

다면 그것은 과연 무엇일까? 린드블롬은 그 질문에 웃음을 터뜨렸다. 핀란드인인 그는 코펜하겐 대학에 고고학을 배우러 유학 왔다가 덴마크 역사박물관 소속 연구원이 되었다. 그는 자기가 외국인이기 때문에 좀 더 객관적으로 말할 수 있다면서 바이킹 시대에는 바이킹이 없었다는 점부터 알아야 한다고 했다.

"바이킹이란 말은 1864년 이후에 만들어졌습니다. 그 전에는 그런 말이 없었어요. 덴마크가 1864년 독일과의 전쟁에서 패해 나라의 3분의 1을 빼앗긴 다음에, 우리도 한때 힘이 있었다는 것을 강조하기 위해 만들어낸 말입니다. 바이킹이 힘세고 거칠고 사나웠다는 이미지도 그렇게 해서 생긴 거죠."

그럼 실제로 바이킹은 어떤 특징이 있었을까? 린드블롬은 그들도 물론 남의 땅을 정복할 때는 칼을 앞세우고 사람을 죽이는 일을 했지만 바이킹의 주류는 침략자라기보다 커뮤니케이터였다고 말했다.

"바이킹은 왜 배를 타고 바다로 나섰을까요? 그들의 주목적은 점령이 아니라 여러 나라를 돌아다니면서 협상을 통해 무역을 하고 서로의 문화를 교류하는 것이었어요. 덴마크인들이 여행을 좋아하는 점도 바이킹의 특성에서 나온 것이죠. 바이킹이 가장 탁월했던 점은 여기저기 다른 나라들에서 본 장점들을 자신의 것으로 조합해내는 능력이었어요. 요즘 덴마크 사람들도 그렇지 않나요? 지금 덴마크인들이 누리고 있는 최고의 사회복지도 덴마크에서 맨 처음 시작한 것이 아니지 않습니까? 독일, 영국, 프랑스 등 다른 나라에서 이미 시작한 것을 잘 조합해서 만들었죠."

듣고 보니 고개가 끄덕여지는 점이 있었다. 덴마크 사람들을 만날 때마다 서로 다른 개념일 수도 있는 것들을 자신들의 실정에 맞게 조

합해내는 능력이 탁월하다고 느꼈기 때문이다. 자유와 평등, 안정과 도전, 기업하기 좋은 나라와 직장인의 만족도가 높은 나라. 이런 요소들은 하나를 강조하면 다른 하나가 부실해지기 쉬운데도 덴마크인들은 그 둘을 조화롭게 구현해내는 재주가 있었다.

국경을 넘은 가치 공유

덴마크에는 곳곳에 크고 작은 바이킹 시대 박물관이 있다. 우리가 방문했을 때 코펜하겐 시청에서 가까운 국립박물관에서도 오랫동안 바이킹 특별전을 열고 있었다. 바이킹이 탔던 배의 조각, 휘둘렀던 칼, 거래했던 동전, 밥을 먹었던 그릇들을 구경하다가 바이킹의 해골 앞에서 발걸음을 멈췄다. '나에게도 한때 나의 시대가 있었다'라고 내게 말을 거는 듯했다. 영혼과 살은 사라졌지만 뼈는 그렇게 1000년을 살아 있었다.

바이킹의 전성기는 기원후 1000년 전후의 300년이었다. 그러나 그것은 과거가 아니다. 바이킹의 후예들은 지금 새로운 전성기를 맞고 있다.

덴마크, 노르웨이, 스웨덴의 국기는 색깔이 다를 뿐 모양은 거의 똑같다. 세 나라 모두 입헌군주제로서 국왕이 상징적인 역할을 하고 있는데 그 역사를 보면 왕족들끼리 몇 차례에 걸쳐 피를 섞은 혈족이다. 민족과 언어는 각기 다르지만 크게 보면 게르만족에 속한다. 종교도 기독교계의 루터교를 국교로 두고 있으며 국민의 80퍼센트 이상이 루터교 신자라고 답하는 점에서도 비슷하다.

덴마크, 노르웨이, 스웨덴은 사회복지가 잘된 사회민주주의 국가라는 점에서도 닮았다. UN의 세계 행복지수 조사에서도 1~5위 안에서

선두를 다툰다. 자기 국민들을 어떻게 더 행복하게 만들 것인가를 두고 서로 경쟁하는 셈이다. 한 나라의 좋은 정책은 바로 그날 언론을 통해 이웃 나라에 영향을 준다. 근현대 덴마크의 아버지라 불리는 그룬트비가 18세기 중엽에 성인용 자유학교를 만들어 농민 교육 운동을 할 때 그것을 가장 먼저 받아들인 나라가 스웨덴과 노르웨이였다.

세 나라는 친환경 정책을 앞장서서 펼치는 점에서도 닮았다. 요즘 한국 사람들은 이웃 나라의 환경적 재앙 때문에 불쾌지수가 높은 날이 많다. 일본발 방사능 오염을 걱정하고, 중국발 황사와 미세먼지를 걱정한다. 독도 분쟁, 센카쿠 열도 분쟁에 관한 뉴스가 짜증을 돋운다. 이럴 때면 좋은 이웃 나라를 둔 것이 국민 개개인의 행복지수에 적지 않은 영향을 준다는 생각을 하게 된다.

+

150년 전에 뿌린
세 가지 씨앗

덴마크는 주변에 강대국이 많다는 점에서 우리와 닮았다. 마치 우리와 일본처럼, 북해를 사이에 두고 영국과 맞서고 있다. 대륙으로는 우리에게 중국과 러시아가 있는 것처럼 독일과 국경을 맞대고 있다. 다소 떨어져 있긴 하지만 프랑스와 러시아도 영향권 안에 있다.

바이킹 시대에 덴마크 식민지가 된 경험이 있는 영국은 늘 덴마크의 해군을 경계했다. 19세기의 시작도 그러했다. 당시 해상국제무역의 주도권을 쥐고 있던 영국은 덴마크의 잠재적 저항을 사전에 봉쇄하고자 1801년 4월 2일 코펜하겐 항구의 정박소를 폭격했다. 이때 덴마크는 상당수의 무역상선을 영국에 빼앗겼다. 이 전투의 패배를 시작으로 덴마크의 19세기는 끝없는 내리막길을 걸었다.

그로부터 6년 후인 1807년, 영국 대함대가 코펜하겐을 다시 포위했다. 영국군은 새로운 무기인 소이탄 등을 사용해 4일 밤낮을 폭격했다. 2000여 가옥이 파괴되었고 1800여 명이 사망했다. 항구에 정박 중이던 해군함선과 무역선들은 강탈당했다. 건조 중이던 배들도 모두 불살라졌다. 선박 건조와 관련된 서류들까지 압수당했다. 당시 배는

곧 길이었다. 단순한 패배가 아니라 덴마크의 손발이 모두 잘린 셈이었다. 해상무역이 완전히 멈추자 재정 궁핍이 찾아왔고 그 여파로 국립은행이 파산하는 사태까지 벌어졌다. 덴마크는 길을 잃었다.

밖에서 잃은 것을 안에서 찾자

그리고 다시 7년 후, 덴마크는 길뿐 아니라 산도 잃었다. 덴마크는 어디나 평평하다. 원래 산이 없었던 게 아니다. 1814년, 당시 소유하고 있던 노르웨이를 스웨덴에 빼앗기면서 산을 잃었다. 덴마크의 7.5배에 달하는 면적을 가진 노르웨이는 첩첩 산들이 절경을 빚어낸다. 지하자원도 덴마크보다 훨씬 풍부하다. 400년 이상 한 나라였던 노르웨이를 잃자 덴마크인들의 사기는 땅에 떨어졌다.

이런 잇단 참사는 강대국 사이에 끼어 있는 나라의 운명이기도 했다. 덴마크가 노르웨이를 잃은 것은 고래 싸움에 새우 등 터진 격이었다. 나폴레옹이 벌인 프랑스와 영국 사이의 전쟁에서 프랑스 쪽으로 줄을 잘못 섰기 때문이다. 전쟁에서 영국이 승리하자 밉보인 덴마크는 친영국 노선이었던 스웨덴에 노르웨이를 양도해야 했다. 14세기 전후 126년간이나 덴마크의 통치를 받은 스웨덴의 면적은 지금의 덴마크의 약 10.5배 크기다. 덴마크가 스칸디나비아 3국을 통합했을 때를 기준으로 하면 덴마크는 그때보다 영토가 약 19분의 1로 줄어들었다.

그런데 19세기의 재앙은 그것으로 끝이 아니었다. 길도 잃고 산도 잃었는데 이번엔 먹을 것까지 잃었다. 이번 상대는 대륙의 강대국 독일이었다. 1864년, 독일과의 전쟁에서 패하면서 덴마크는 가장 비옥한 곡창지대였던 슐레스비히와 홀슈타인을 빼앗겼다. 영토의 3분의

1, 인구의 5분의 2가 독일로 넘어간 것이다.

덴마크는 국가적 자존심에 치명상을 입고 유럽 서북부에서 인구가 적은 나라의 하나로 전락했다. 독일과 다시 한 번 전쟁이 났다가는 국가의 존립 자체가 불안한 상황이었다. 따라서 생존을 위한 굴욕적인 몸조심이 시작되었다. 덴마크는 1864년 이후 끊임없이 독일 눈치를 봐야 했고 대외적으로 '중립국'을 표방할 수밖에 없었다.

그런데 여기에 역설이 있었다. 누구도 상상하지 못한 대반전이 일어났으니, 상실의 아픔 속에서 덴마크는 가장 건설적인 새 시대를 일구기 시작했다. 이 패전으로부터 수십 년간 덴마크에서는 사회의 모든 분야에서 역동적인 발전이 시작되었다. 현대의 덴마크는 이때 설계되고 정비되었다.

역사 저술가 팔레 라우링(Palle Lauring)이 표현한 대로 덴마크는 "재앙에서 빨리 회복하는 이상한 힘"을 가지고 있었다. 그 회복의 시대를 상징하는 모토는 '밖에서 잃은 것을 안에서 찾자'였다.

누가 이 모토를 처음 사용했는지는 덴마크 사람들도 정확히 모른다. 그러나 이는 덴마크가 독일과의 전쟁에서 패배해 최악의 상황에 처한 때로부터 150여 년 만에 어떻게 오늘날의 나라가 되었는지, 그 비밀을 여는 시작점이 되기에 충분하다.

덴마크의 다시 일어서기는 하나의 나라를 처음부터 새로 만드는 일이었다. 지금 생각해보면 그것은 바로 '행복지수 세계 1위의 나라 만들기'였다. 그래서 19세기 중반 이후 덴마크의 역사를 찬찬히 훑어보면 새로운 나라 만들기가 어떻게 가능한지를 배울 수 있다. 행복지수 세계 41위인 우리가 행복한 새 나라를 만들기 위해 지금 어디서부터 시작해야 하는지 타산지석으로 삼을 수 있다.

덴마크 다시 일으켜 세우기는 크게 세 가지 혁신 운동과 함께 시작되었다. 그 운동에는 어김없이 비전을 가진 리더와 '함께'하는 시민이 있었다. 철학과 헌신성, 실천력을 갖고 깃발을 든 리더와 그 꿈과 뜻을 알아주며 함께하는 깨어 있는 시민들 말이다.

혁신을 이룬 세 개의 씨앗

첫째, 그룬트비가 주도한 '깨어 있는 농민 되기' 운동이 확산되었다. 목사이자 시인이자 정치가인 그룬트비는 요즘으로 말하면 '참교육 운동가'였다. 그는 당시의 주요 시민이었던 농민이 깨어나야 좋은 사회, 좋은 나라를 만들 수 있다고 확신했다. 그래서 국가가 주도하는 정규 교육과정과는 별개로 농민이 주도하는 농민학교를 만들게 했다. 이 성인용 자유학교에서는 농사일은 물론 덴마크 역사와 문학 등을 공부했다. 3개월, 6개월, 길면 1년간 다른 농민들과 함께 기숙하면서 농민들은 새로운 시민으로 거듭났다. 그들은 시험을 보지 않았고 자격증도 따지 않았다. 토론을 통해 '어떻게 살 것인가'를 고민했다. 농민학교는 1844년 뢰딩에서 처음 선을 보였는데 20세기 초에는 매년 5000명 이상이 이곳에서 새로운 시민으로 각성했다. 덴마크의 성인 농민이라면 으레 그곳을 졸업해야 한다고 인식될 정도였으니, 요즘으로 말하면 평생교육이 그때부터 이뤄진 셈이다. 그룬트비는 새로운 나라를 위해 국민의 마음을 갈아엎었다.

둘째, 협동조합 운동이 거세게 일어났다. 여느 나라와 마찬가지로 덴마크는 농촌 사회였는데 농촌의 공동체 문화는 18세기 말이 되면서 매우 옅어졌다. 그러다 독일과의 전쟁에서 패한 1864년 이후 협동조합 만들기를 통해 농촌 커뮤니티가 급속히 복원되었다. 더불어 협동

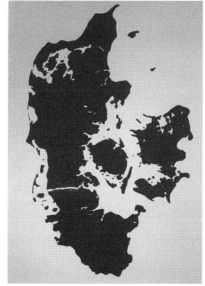

+

▲ 19세기 후반 국토 개간 운동에 나섰던 덴마크 농부들.
삽자루를 쥔 그들의 표정과 눈빛이 비장하다.
▼ 1864년 독일과의 전쟁에서 패한 덴마크는 영토의 3분의 1,
인구의 5분의 2를 독일에 빼앗겼다.

조합을 만들면 개인에게도 이득이 된다는 사실이 확인되면서 협동조합 운동은 덴마크의 거의 모든 마을로 확산되었다. 1882년 최초의 낙농 협동조합이 만들어진 이후 소를 키우는 동네마다 협동조합으로 운영되는 낙농장이 세워졌다. 1900년에 그 수는 1000개 이상으로 늘어났다.

그들은 협동조합의 집단 지성으로 창의적인 농법을 고안해냈다. 원래 덴마크 농촌에서는 소 키우기와 옥수수 재배가 주요한 산업이었다. 그러나 미국에서 옥수수와 소를 대량으로 생산하자 경쟁력을 급격히 잃었다. 덴마크 농민들은 이때 협동조합을 통해 살길을 모색했고, 그 대안으로 버터, 달걀, 베이컨 등 고품질의 농산물을 생산하기 시작했다. 이러한 농산물 상품의 업그레이드와 더불어 판로 확보에도 협동조합은 큰 힘을 발휘했다. 농민들은 서로 협력하면 농산물 가격의 변동에도 효율적으로 대응할 수 있음을 알게 되었고, 작은 협동조합들이 연대해 큰 협동조합을 만들면서 조직과 연대가 개개인에게 이득이 된다는 것도 몸으로 터득했다.

셋째, 달가스(Enrico Mylius Dalgas, 1828~1894)가 시작한 국토 개간 운동이 패전 후인 1870년대에 본격화되었다. 독일에게 국토의 3분의 1을 빼앗긴 상태에서 달가스는 그나마 남아 있는 덴마크 땅을 효율화하는 운동을 펼쳤다. 잡초만 무성한 쓸모없는 땅이었던 해변 습지에 배수 시설을 설치하고 나무를 심고 개간해 곡식을 생산할 수 있는 땅으로 변신시켰다. 덴마크군 장교 출신으로 엔지니어였던 그는 이 개간 사업을 정부에 제안했다가 거절당하자 사설 기업을 만들고 주민 모금을 결합해 불도저처럼 일을 추진해나갔다. 덴마크 농부들은 초기에는 그가 사심을 품지는 않았는지 의심했지만 점차 그의 진심을 믿게 되면

서 적극적으로 동참했다.

달가스와 그의 아들이 주도한 국토 개간 운동으로 덴마크의 황무지는 30년 만에 60퍼센트 이상 줄어들었다. 당연히 줄어든 면적만큼 농사를 지을 수 있는 땅이 늘어났다. 그야말로 잃어버린 땅을 남아 있는 땅 안에서 찾아낸 대혁명이었다. 이 과정에서 근면성은 곧 덴마크인의 특성으로 자리 잡았다. 한국과 일본의 교과서에 실릴 정도였으니 말이다. 그룬트비가 교육으로 사람들의 마음을 갈아엎었다면 달가스는 국토 개척으로 다시 한 번 사람들의 마음을 갈아엎었다.

+

깨어 있는 농민이
사회를 바꾸다

덴마크를 새로운 나라로 만든 농민학교(자유학교) 운동, 협동조합 운동, 국토 개간 운동은 공통점이 있다. 모두 시민의 주체적 참여로 가능했다는 점이다. 국가나 어느 정파나 일부 지식인이 주도하지 않았다. 운동의 과정에서 '깨어 있는 농민'들이 탄생했고 세 가지 운동이 서로 어울려 좋은 화음을 냈으며 하나의 운동은 다른 운동을 더 발전시키는 시너지를 냈다. 학교에서 눈을 뜬 농민들은 협동조합과 국토 개간 사업에도 열심히 참여했다. 황무지를 농토로 일구는 과정에서 농민들은 땀을 흘리며 땅만 가는 것이 아니라 연대의 마음도 함께 갈았다. 또 그렇게 해서 만들어진 농토에서 경쟁력 있는 상품을 생산하기 위해 협동조합을 만들었다. 국토 개간과 협동조합에 참여하다 지치거나 실패하면 다시 농민학교에서 충전하며 새 길을 모색했다.

3대 운동으로 덴마크는 새로운 나라를 향한 튼튼한 기틀을 마련했고 깨어 있는 농민을 얻었다. 깨어 있는 농민은 여러 가지 사회적 자본을 부가가치로 만들어냈다. 그 핵심에는 신뢰와 연대가 있었다. 협동조합은 1인 1표 원칙에 따라 큰 농장을 가진 사람이나 작은 농장을 가

진 사람이나 동등하게 한 표를 행사했다. 그러나 이익을 나눌 때는 투자한 만큼 가져갔다. 대농과 소농이 서로 신뢰하지 않았다면 협동조합은 성공하지 못했을 것이다. 국토 개간 운동도 달가스에 대한 의심이 신뢰로 바뀌면서 성공할 수 있었다.

농민학교에서는 교사와 학생이 자격증을 따거나 지식을 습득하기 위해서가 아니라 어떤 인생을 살 것인가를 주제로 마주 앉았다. 농민학교의 모든 프로그램에서 강조된 기본 자세는 반대 의견에도 귀 기울일 수 있는 열린 마음으로 토론하기였다.

신뢰와 연대라는 사회적 자본이 튼튼히 만들어졌기 때문에 덴마크는 19세기 말과 20세기 초중반 전 세계가 격동할 때 피의 혁명이 아닌 사회적 대타협으로 민주주의 사회를 이룩할 수 있었다.

농촌에서 시작된 기틀

깨어 있는 농민은 덴마크의 산업화 과정에서 깨어 있는 노동자, 깨어 있는 시민으로 진화했다. 이들은 이후 덴마크 노동운동과 정치운동의 중심축이 되었다. 덴마크는 다당제지만 20세기 덴마크 정치는 주로 노동자 중심의 사회민주당과 중농(中農) 중심의 벤스트레(Venstre)가 주도했는데, 두 당의 당원들 상당수가 3대 운동이 만들어낸 깨어 있는 시민들이었다. 이들은 평등과 자유라는 두 마리 토끼를 잡으려 시도했고 결국 선진적인 사회복지 시스템을 완성하는 데 성공했다.

농촌에서 태어나고 자란 나는 덴마크를 돌아보며 참 부러웠다. 새로운 나라 만들기가 농촌과 농민에서 시작되었다는 점이 말이다. 오늘날의 덴마크가 신뢰와 연대 속에 유지되고 있음은 바로 그 농촌과 농

민의 건강함이 전 사회로 전이되고 있음을 말한다. 현재 덴마크 산업에서 농업이 차지하는 비중은 5퍼센트에 불과하다. 제조업이 24퍼센트, 서비스업이 70퍼센트다. 덴마크는 낙농 선진국이지만 경제에서 농업이 차지하는 위치는 그만큼 줄어들었다. 그러나 농촌의 공동체 문화, 농민들의 근면과 신뢰의 정신은 현대 덴마크 사회에 깃들어 있다.

다른 한편으로 농촌의 아들로서 부끄러웠다. 우리 농촌은 급격한 산업화와 도시화의 물결에 휩쓸려 서서히 쇠퇴의 길을 걸어왔다. 청년들은 죽어가는 농촌을 뒤로하고 서둘러 도시로 떠났다. 마을에 아기 울음소리가 그치더니 초등학생이 사라지고, 중고등학생이 사라졌다.

서울로 간 그 많은 농촌 청년들은 어떤 마음을 품었던가? 나도 그랬지만 고향을 떠나는 순간부터 농촌의 앞날에 대한 걱정은 깨끗이 접었다. 지긋지긋한 가난의 기억을 지워버리면서 '우리'까지 없애버렸다. 나 한 명의 출세로 우리 한 가족을 구해야 한다는 생각뿐이었고 농촌 사회를 어떻게 살릴지 고민하지 않았다.

뿌려야 거둔다

더 가슴 아픈 것은 농촌 청년으로서 농촌의 좋은·문화와 가치를 도시에 전이시키지 못했다는 점이다. 농촌 문화는 촌스럽다는 도시의 인식에 너무 쉽게 굴복하고, 농촌의 정과 이웃을 챙기는 마음을 도시로 연결하지 못했다. 그래서 나는 서울의 아파트에 살면서 '옆집에 누가 사는지를 몰라야 예의가 되는 사회'를 만드는 데 부끄럼 없이 어쩌면 당당히 동참했다. 이제야 서울 등 도시에서도 마을 공동체 만들기 운동이 벌어지기 시작했지만 그 단절의 기간이 너무 길다. 아파트 마을 만들기 기사를 보며 반가운 마음이

들지만 내가 먼저 옆집 초인종을 눌러 인사를 나누기가 참 어색하다.

어디서부터 시작할 것인가? 우선 이것부터 인정하자. 씨 뿌리지 않고 거두려 해서는 안 된다. 행복지수 1위의 나라는 그냥 이뤄지지 않았다. 덴마크에는 150여 년에 걸친 '깨어 있는 시민 만들기'가 있었다. 오랜 세월을 투자했고, 리더가 있었으며, 리더를 신뢰하고 따라준 시민들이 있었다. 길게 보고 뚜벅뚜벅 가자. 설익었는데 뚜껑을 열고 밥맛을 논하지 말자.

핵심은 새로운 사회, 새로운 나라 만들기를 위한 나의 일을 찾는 것이다. 가슴 뛰는 일을 찾아 더불어 하는 것이다. 그룬트비는 농민들과 시민들에게 무조건 교육을 강조하며 깨어 있는 시민이 되라고 하지 않았다. 교육 방법은 일방향이 아니었다. 그는 농민과 시민이 스스로 문제 제기를 하고 스스로 깨달아야 한다고 생각했다. 그리고 무엇보다 그 과정에서 '스스로 또 더불어 즐거워야 한다'고 강조했다. 너와 내가 함께 우리의 문제를 토론하며 즐겁게 일하는 것이 바로 패전국 덴마크를 부흥시키고 오늘날의 행복사회를 만든 핵심이다. 사실 우리 안에서도 묵묵히 씨앗을 뿌려온 이들이 적지 않다. 이제 더 본격적으로 하자. 더불어, 우리가.

+

행복의 땅을
조화롭게 일군 사람들

달가스는 우리 세대에게는 친숙한 이름이다. 나는 초등학교에 다닐 때 교과서에서 그를 만났다. 불굴의 애국정신으로 덴마크의 황무지를 개간해 옥토로 만든 사람으로 기억한다. 그래서인지 어린 시절 내게 달가스는 황무지와 거의 동의어였다.

'황무지'라는 단어를 접할 때마다 산골짜기에서 거친 땅을 일구는 달가스의 모습을 떠올렸다. 어릴 적 동네 형들을 따라 지게를 지고 나무하러 산에 올라가면 깊은 산중에 외딴집이 하나 있었다. 한 가족이 거기에 살면서 농사를 지었다. 메마른 산등을 곡식이 자랄 수 있는 논밭으로 바꿔놓기 위해 얼마나 많은 고생을 했을까.

한데 덴마크에 와보니 그런 달가스는 없었다. 앞에서도 말했지만 덴마크에는 높은 산이 없다. 어디를 가나 땅이 거의 평평하다. 산이 없으니 산골짜기도 없다. 그래서 우리 고향 농민들보다 훨씬 개간이 수월했겠다고 짐작했다. 하지만 실상을 알고 보니 내 생각이 짧았다. 유틀란트 지역은 평평하되 최악의 조건을 가진 땅이었다. 덴마크에서 황무지는 '히스랜드(Heathland)'로 불렸다. 히스라는 식물만 자랄 수 있

고 다른 어떤 식물도 자랄 수 없는 척박한 땅이라는 뜻이다. 히스는 철쭉과 비슷한 모양에 키가 작고 억센 식물인데 습하고 영양이 거의 없는 땅에서 자란다. 히스의 존재는 땅의 묘비명인 셈이다. '여기 땅은 다 죽은 지 오래되었으니 기대하지 말라.'

19세기 중반 달가스의 도전은 사형선고를 받은 지 오래인 땅을 되살리는 작업이었다.

황무지를 비옥한 땅으로

유틀란트 반도 중북부의 도시 비보르(Viborg)에는 달가스 기념관이 있다. 5층 건물인데 기념관뿐 아니라 달가스가 만든 국토개발협회(DDH)와 단체들이 함께 모여 있다. 기념관 안내를 맡아준 크리스티안 알스(Christian Als)는 70대 초반으로 35년 동안 DDH에서 일했다. 그는 우리를 건물 밖 달가스 동상이 서 있는 곳으로 안내했다. 언덕 위의 달가스는 당당한 모습으로 차들이 달리는 도로를 내려다보고 있었다.

"이 도로는 비보르의 도심으로 연결됩니다. 원래 도로가 없었는데 달가스가 주도해 만든 겁니다. 달가스가 없었으면 이 지역의 발전도 없었죠. 그래서 동상을 이 자리에 세운 겁니다."

동상 옆에는 덴마크 국기가 펄럭이고 있었다. 그런데 바로 옆에 태극기도 나란히 펄럭이는 게 아닌가. 멀리서 온 손님을 환영하기 위해 일부러 걸었다고 했다.

"내가 여기서 수십 년 근무했는데 한국인이 찾아온 건 아마도 처음인 것 같습니다."

달가스는 공병 장교였다. 1855년 비보르에서 군사용 도로 건설을

담당하는 중위로 군대 생활을 시작했으며 1864년 덴마크가 독일에게 패해 국토의 3분의 1을 잃었을 때 중령까지 승진한 상태였다. 전쟁에 진 충격으로 온 나라가 실의에 빠져 있는 동안 달가스는 희망을 만들어냈다. 공병 장교의 경험을 살려 황무지를 개척하기로 한 것이다. 패전 2년 후인 1866년 그는 몇몇 친구와 함께 DDH의 전신인 황무지개간협회(Danish Heath Society)를 만들었다.

'밖에서 잃은 땅을 안에서 찾자!' 당시 덴마크에서 널리 주창되었다는 이 멋진 말은 달가스의 도전을 상징한다. 그는 이후 덴마크 황무지의 절반 이상을 비옥한 땅으로 바꿔놓는 선봉장 역할을 했다.

알스는 지하 1층에 있는 기념관에서 미리 준비해둔 스크린으로 매우 열정적인 프레젠테이션을 해주었다. 인상적인 장면은 달가스 운동 이전과 이후를 대비한 덴마크 영토 그림이었다. 그 차이를 비유하자면, 원래 얼굴의 절반이 검은 점투성이였는데 상당수의 점을 빼내 거의 하얀 얼굴이 되었다고나 할까? 달가스와 그의 아들이 대를 이어 주도한 국토 개간 운동으로 30년 만에 덴마크의 황무지는 7380제곱킬로미터에서 3120제곱킬로미터로 60퍼센트 이상 줄었다.

기념관 전시물 중에 황무지 들판을 일구는 농부들을 찍은 사진이 눈길을 끌었다. 한 사람도 빠짐없이 삽자루를 쥔 그들의 표정과 눈빛이 비장했다. 그들은 이렇게 합창하고 있는 듯했다.

'우리는 허리 끊어져라 고생하면서 땅을 일구고 있다. 후대여, 나중에 이 땅에서 덕을 보거든 우리의 이름을 기억하라.'

달가스 국토 개간 운동의 성공은 오늘날의 덴마크가 행복 선진국이 된 비결과 일맥상통하는 교훈을 전해준다.

달가스의 5가지 성공 요인

첫째, 어떤 일을 성공시키려면 타이밍이 중요하다. 알스의 설명에 따르면, 당시 적기에 적절한 사람이 일을 시작했다. 달가스는 황무지 개간을 시도한 첫 번째 사람이 아니었다. 이미 덴마크 정부가 그보다 50년 전에 시도한 바 있지만 농부들이 따르지 않아서 실패했다. 또 100년 전에는 독일인들이 1000여 명이나 몰려와 개간을 시도했으나 사나운 날씨와 기술 부족 등으로 포기하고 돌아갔다.

그러나 1866년의 시도는 실패하지 않았다. 그해 덴마크에는 철도가 개통되었고, 그룬트비 정신으로 세워진 학교에서 수많은 농민이 깨어나고 있었다. 1864년의 패배로부터 2년이 지난 시기였기에 국민들은 절망의 바닥을 찍고 뭔가를 해야 한다고 느끼고 있었다. 그때 가장 적절한 사람이 등장했다. 공병 장교 출신의 달가스는 땅을 알고 다스릴 줄 알았다. 추진력이 있었다.

둘째, 위에서 아래로가 아니라 아래로부터 기운을 모아 '더불어' 해야 성공한다. 달가스는 농부들의 마음을 얻어가며 그들과 함께 일을 추진했다. 그룬트비 정신으로 무장한 농민학교 출신들과 마음을 합친 것도 주효했다. 기념관에는 달가스를 처음부터 지원해준 5명의 초상화가 걸려 있다. 그중 한 사람이 그룬트비 정신으로 설립된 학교의 교장 루드비 슈뢰데르(Ludvig Schrøder)다. 슈뢰데르는 당시 학생들에게 달가스와 함께하자고 권유했다. 함께 힘을 보태면 이득이 생긴다는 것을 체험한 협동조합원 농부들이 비슷한 시기에 늘어난 것도 도움이 되었다.

셋째, 참여자에게 실질적인 이득을 줘야 성공한다. 농부들이 황무

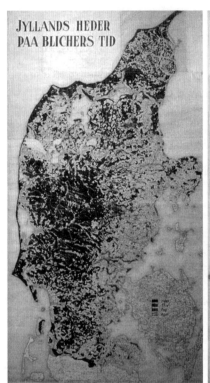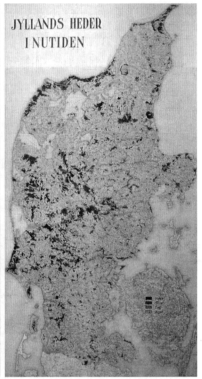

달가스 운동 이전과 이후를 대비한 덴마크 영토의 모습.
국토 개간 운동으로 30년 만에 덴마크의 황무지가 7380제곱킬로미터에서
3120제곱킬로미터로 60퍼센트 이상 줄었다.

지 개간에 열심히 동참한 배경에는 애국심도 있었지만, 무엇보다 자신에게 확실한 이득이 돌아오기 때문이었다. 개간이 끝나면 참여한 농민들은 일정한 땅을 소유할 수 있었다. 이 과정에서 4만 5000명의 '내 땅을 가진 농부'가 새로 만들어졌다. 그래서 당시 덴마크에서는 달가스 드림(Dalgas Dream)이라는 말까지 생겼다.

덴마크 농민들은 황무지 개간 운동을 전후로 약 30만 명이 미국으로 떠났다. 미국에 서부 개척 시대가 열리고 있다는 소식이 전해지면서 덴마크에서 먹고살기 힘든 이들이 이민을 간 것이다. 그러나 달가스 드림은 그 흐름을 일부 바꿔놓았다. 미국에 가지 않고도 여기서 내 땅을 차지하고 잘살 수 있다! 이렇게 참여자에게 실질적인 이득을 준 점은, 앞서 소개한 덴마크 최초 낙농 협동조합의 성공 요인과 맥을 같이한다.

넷째, 희망만으로는 안된다. 의지와 근면만으로도 안된다. 지식과 과학이 있어야 한다. 달가스 기념관을 둘러보면 마치 과학 실험 전시실에 온 듯하다. 황무지 개간 운동사는 어찌 보면 흙, 물, 나무에 대한 연구사였다. 표면의 흙들은 죽었지만 40센티미터 이상 파면 흙이 살아 있다는 사실을 연구를 거듭하여 알아냈다. 저습지에서 물을 빼내야 땅을 개간할 수 있기 때문에 물에 대한 과학적 연구도 필요했다. 개간된 토양에서 살 수 있는 나무에 대한 연구도 중요했다. 오랜 시행착오 끝에 흙, 물, 나무에 대한 3대 연구가 궤도에 오르자 개간 운동은 날개를 달 수 있었다.

다섯째, '아래로부터 더불어'가 확고해진 후에는 정부의 지원을 받는 유연성을 발휘했다. 정부는 개간에 필요한 자금을 일부 지원하고, 감옥에 있는 사람들을 황무지 개간에 동원할 수 있게 조치했다. 농민

들이 개간지에서 농사지을 때 바람막이 나무숲 조성이 꼭 필요한데 나무를 심어도 거의 20년간 아무 수익이 없음에도 정부는 자금을 지원했다.

정부가 처음부터 이렇게 호의적이지는 않았다. 달가스가 처음 황무지 개간을 시작할 때 정부는 그의 지원 요청을 거절했다. 달가스의 개간 이야기를 접한 국민들이 성금을 모아 후원해줄 정도로 분위기가 무르익자 뒤늦게 부분적인 지원을 시작했으나 이 운동을 주도하려 하지는 않았다. 덴마크 정부는 앞장서기보다 균형 있게 절제하며 지원하는 역할에 충실했다.

초등학교 때 내가 배운 달가스는 너무 단순했다. 애국심, 투지, 근면이 그때 배운 키워드였지만 달가스는 사실 그 이상이었다. '더불어'였고 과학이었다. 황무지 개간은 달가스의 리더십과 참여 농민들의 땀과 연대의식, 전문가들의 과학적 연구 헌신과 정부의 절제력 있는 지원 등이 합쳐져서 가능했다. 또한 비슷한 시기에 이뤄진 그룬트비의 깨어 있는 농민 만들기 운동, 협동조합 만들기 운동 등과 결합돼 덴마크의 농촌을 되살렸다. 그 과정에서 시민들은 주인의식을 길렀고 참여와 연대의 정신을 가졌다. 행복사회 덴마크의 오늘을 만든 씨앗은 그렇게 150년 전에 뿌려졌다.

+

좌우를 초월한
사회복지의 연속성

덴마크 농민들의 도전은 농촌 혁신에 머무르지 않았다. 그들은 정치 혁신에도 도전했다. 농민의 당을 만든 것이다. 그 당의 이름인 '벤스트레'는 왼쪽(left)이라는 뜻이다.

벤스트레의 후예를 만나기 위해 코펜하겐 시내 중심에 있는 덴마크 의회를 방문했다. 60대 후반의 에위빈 베셀보(Eyvind Vesselbo)는 정치에 참여한 지 25년이 되었고 14년째 국회의원으로 일하고 있으며 현재 벤스트레의 사회복지 분야 대변인을 맡고 있다. 그를 만나 벤스트레를 선택한 이유부터 물었다.

"개인의 자유를 중시하기 때문입니다. 벤스트레는 개인의 삶과 지방자치단체의 행정에 중앙정부가 덜 개입하길 원합니다."

덴마크 의회에는 8개의 당이 있다. 이 가운데 주요 경쟁 상대인 사회민주당(사민당)과는 최근의 정책에서 어떤 차이가 있을까?

"벤스트레는 사회복지와 실업보조금 등에서 상대적으로 보수적입니다. 수혜자들 가운데 정부 지원을 받지 않아도 되는 사람들은 없는지 점검하고 있습니다."

중도우파라 불리는 벤스트레는 2014년 현재 덴마크의 제1당이다. 그러나 집권당이 아니다. 왜 그럴까?

농촌 혁신에서 정치 혁신으로

덴마크 의회 건물 지하 1층에는 방문객 대기실이 있는데, 이곳의 구경거리 중 하나는 스크린 179개로 구성된 의원들의 얼굴 사진이다. 스크린은 변화무쌍하다. 약 3초 간격으로 당별, 성별, 지역별 의원들의 모습을 보여준다. 벤스트레 의원들만 나오는 차례가 되자 전체 스크린 중 4분의 1가량만 불이 켜졌다. 덴마크 제1당인데도 그렇다.

덴마크는 다당제의 나라다. 1901년 이후 2014년까지 113년 동안 어떤 당도 의석의 과반수를 차지해본 적이 없다. 2014년 현재 전체 의석 179석 가운데 8석 이상을 획득한 정당은 8개다. 제1당인 벤스트레의 의석수는 47석에 불과하다. 20세기 내내 그리고 21세기 들어서도 어느 당도 과반수를 차지해본 적이 없기 때문에 덴마크의 정부는 늘 연립정권이 담당해왔다. 좌파는 좌파대로 우파는 우파대로 공감대가 많은 정당끼리 의석을 합쳐서 집권한다.

2011년 10월부터 현재까지는 좌파연합 정부다. 44석으로 제2당인 사민당이 주도가 되어 중도인 덴마크사회자유당(17석), 좌파인 사회주의국민당(16석) 등과 연합해 집권하고 있다. 덴마크의 정치는 이처럼 당은 많지만 크게 보면 중도좌파 사회민주당과 중도우파 벤스트레의 대결로 이어져왔다.

벤스트레는 영어로는 덴마크자유당(Danish Liberal Party)으로 불린다. 그래서 유럽과 미국의 자유주의(리버럴) 당들과 연대하고 있다. 미

국 민주당도 그중 하나여서 2012년 미국 대선에서 벤스트레는 오바마를 지지했다. 덴마크의 우파가 미국의 좌파를 지지한 것이다. 헷갈리면서도 이해가 된다. 그만큼 덴마크의 정치 지형은 전체적으로 왼쪽에서 형성되었다.

우파도 찬성하는 높은 세금

벤스트레의 문자적 의미는 '좌파'다. 현 덴마크 정치 지형에서는 중도우파인데 당명 자체는 '좌파'인 것이다. 벤스트레가 이런 이름을 갖게 된 이유는 첫출발이 좌파였기 때문이다. 벤스트레가 창당되던 1870년, 덴마크에는 대지주 등 보수 특권 세력으로 구성된 기존의 당 호이레(Højre, right)가 존재하고 있었다. 반면 벤스트레 당에는 대지주에 저항하는 농민들이 대농, 중농, 소농의 구분 없이 대거 참여했다.

그런데 왜 현실 변화에 따라 개명하지 않고 그대로 벤스트레라는 이름을 쓰고 있을까? 그동안 이름을 바꾸자는 논의는 없었을까? 베셀보는 전혀 없었다고 잘라 말했다.

"만약 우리보다 더 오른쪽에 있는 당들과 합당한다면 그때는 이름을 바꾸자는 논의가 나올 수 있겠죠. 그런데 우리는 그들과 많이 달라서 합당할 일이 없고, 이름을 바꿀 일도 없습니다."

벤스트레가 현재의 정체성과 모순되는 이름을 유지하는 이유는 다음 질문과 연관이 있다. 행복사회 덴마크를 취재할 때마다 늘 궁금하던 점이기도 했다. 왜 덴마크에서는 우파마저도 사회복지 시스템을 만드는 데 협력했을까? 왜 수입의 50퍼센트 이상을 세금으로 내는 복지 제도에 부자들이 찬성했을까? 우리나라 같으면 상상조차 할 수 없는

+

덴마크는 다당제의 나라다. 덴마크 의회 지하 1층 방문객 대기실에는
179개의 스크린 위에 전체 의원들의 얼굴이 전시되어 있다.
스크린이 깜박일 때마다 당별, 성별, 지역별 의원들을 확인할 수 있다.

일이다.

　여기에는 역사적 이유가 있다. 덴마크에서는 우파 정당마저 사회적 연대에 바탕을 두고 탄생했다. 벤스트레의 중심에는 농민이 있었고 그들은 그룬트비 학교의 학생이었으며 협동조합의 조합원이었다. 자유와 평등을 체화한 깨어 있는 시민이었다. 출발선부터 그들은 대지주 등 기존 특권 세력에 저항하며 자유를 쟁취하기 위해 싸웠다. 지금은 중도우파의 노선을 걷고 있지만 과거의 역사와 정신이 살아 있기에 '사회적 연대'를 철학적 기반으로 하는 사회복지 정책의 초당적 협력이 가능한 것이다.

　벤스트레는 당시의 시대정신과 맞았기 때문에 1901년 처음 집권을 했다. 그러다 세월이 흘러 산업화가 진행되고 도시의 노동자들이 중심이 되어 사민당을 만들자 벤스트레는 그들에게 좌파의 자리를 내주고 상대적으로 중도우파가 되었다.

　벤스트레는 1924년부터 사민당에 집권당 자리를 내준 이후 20세기의 대부분을 야당으로 보냈으며 가끔씩 집권을 했다. 그러나 야당일 때나 집권당일 때나 사민당이 주도한 사회복지 정책의 필요성과 핵심 정책에는 뜻을 같이했다. 특히 2001년부터 2010년까지 연속 2회 집권했을 때도 사민당의 사회복지 정책을 보수적으로 다소 '개혁'했을 뿐 기본 틀을 크게 바꾸지는 않았다. 이런 역사가 있기에 덴마크 우파는 못 가진 자, 덜 가진 자를 향한 연대의식을 갖고 있다. 그리고 덴마크는 지구 상에서 가장 평등한 나라 중 하나가 되었다.

+

사회적 연대와
평등사회의 실현

덴마크 우파의 중심이 벤스트레라면 좌파의 중심은 사회민주당이다. 덴마크 정치사에서 1924년은 매우 중요한 해다. 산업화의 물결 속에서 노동자들이 새로운 계층으로 등장했고 그들이 중심이 된 사민당이 의회선거에서 처음으로 36퍼센트를 득표해 제1당이 되었다. 이때부터 사민당은 20세기 내내 제1당의 지위를 뺏기지 않았다.

첫 집권 때 수상이었던 토르발 스타우닝(Thorvald Stauning)은 1940년까지 16년 동안이나 덴마크를 다스렸다. 그만큼 덴마크 현대 정치는 사민당이 압도했다. 사민당이 창당할 때 내세운 3대 가치는 평등, 자유, 이웃 사랑으로, 행복의 3대 요소라 할 만한 것을 다 포함하고 있었다. 사민당은 그 꿈을 집권 동안 현실로 만들어내는 데 앞장섰다.

그렇다면 사민당의 무엇이 그런 일을 가능하게 했을까? 바로 당대의 과제이자 기회이기도 했던 공산당과의 대결이었다. 그 과정에서 사민당은 행복사회 만들기에서 자신들이 공산당보다 낫다는 것을 입증해냈다. 사민당은 마르크시즘의 영향을 다소 받기는 했지만 공산주의와 분명히 선을 그었다. 혁명은 민주적인 절차와 방법으로 기존 헌법

을 준수하면서 이뤄져야 한다는 확신을 가지고 있었다.

사민당은 공산주의자들을 두려워하고 경계했다. 러시아의 사회주의혁명 바람을 타고 1919년 창당한 덴마크 공산당은 선거에서 1920년대에는 1퍼센트 미만, 1930년대에는 최대 2.4퍼센트를 얻었지만, 민심의 밑바닥에서는 선거 결과보다 더 큰 지지를 받고 있었다.

사민당의 위기의식

그들은 큰 도시에서 큰 목소리를 냈다. 자본주의의 기득권 세력을 척결해야 한다는 시원하고 과감한 목소리는 노동자들에게 매우 호소력 있게 들렸다. 그러나 사민당이 보기에 공산당은 평등을 강조하지만 자유가 없었다. 위험해 보였다.

사민당이 얼마나 공산주의자들을 경계했는지는 이들이 1935년 9월 이른바 '코펜하겐 정보홍보 기획단(HIPA)'을 만든 것에서 알 수 있다. 이 조직은 미국의 CIA, 우리나라의 국가정보원 같은 조직이다. 공산주의적 성향을 띤 개인이나 단체의 활동을 감시하고 파악하는 것이 주요 임무였다. 사민당은 자신들의 당 안팎에서 공산주의자들이 사민당의 가면을 쓰고 활동하는 것을 방지하기 위해 이런 정보 활동을 벌였다.

사실 이는 그룬트비의 자유정신에 맞지 않는 것이었다. 그룬트비는 사상의 자유를 중시했으며 그것을 제한하는 어떤 행위도 반대했다. 그룬트비 정신을 위배하는 무리를 해가면서까지 공산주의자를 경계했다는 데서 사민당이 얼마나 그들을 위험하게 보았는지를 알 수 있다.

공산당은 1945년 선거에서 역대 최대치인 12.5퍼센트를 득표했다. 사민당은 32.8퍼센트를 얻었다. 위기의식을 느낀 사민당은 공산주의

자가 발붙이지 못할 정도로 평등한 사회를 구현해내는 데 앞장섰다. 그런데 당시 사민당에는 좋은 경쟁 상대인 야당이 있었다. '사회적 연대'가 무엇인지를 아는 우파 벤스트레는 공산당이라는 공동의 적을 상대하기 위해서 사민당과 큰 틀에서 협력했다. 덴마크의 사회복지 시스템은 그 과정에서 뿌리를 내렸다. 1960년대 공산당의 득표율은 1퍼센트대로 추락했다.

자유와 평등의 결합

여기에서 중요한 관전 포인트는 공산주의에 대처하는 방식, 덴마크의 주류 정치인들이 선택한 길이다. 그들은 공산주의를 쉽게 이기는 방법을 알았다. 그들은 공산당 활동의 근거가 되는 사회 경제적 불평등 요소들을 근본적으로 제거하고 노동자들에게 최대한의 자유를 주었다.

그 결과 덴마크는 노조 조직률이 70퍼센트가 넘고 평직원 대표들이 이사회에도 참여하는 등 일하는 사람들이 주인의식을 느끼는 사회가 되었다. 대한민국 보수 세력이 반공을 외치고 종북 세력 척결을 외친 지 오래지만 사회 양극화를 해결하는 데 성의를 보이지 않은 것과는 대조적이다.

덴마크인들은 실용적이다. 베셀보는 덴마크 정치 현안에 대한 이야기를 나누면서 이렇게 말했다.

"우리는 여야가 협력을 잘합니다. 그래서 법안의 85퍼센트 이상이 대다수 의원들의 찬성으로 통과됩니다. 당내에서 이견을 낼 수 있는 자유를 충분히 보장하고 다른 당 사이의 입장 차이를 놓고 충분히 토론하되 막판에는 합의점을 찾아냅니다. 그래야 일이 된다는 사실을 서

로가 잘 알기 때문이죠."

자유롭게 토론하되 일이 되게 만든다! 그런 문화가 있기에 자유와 평등이라는 서로 충돌할 수 있는 두 마리 토끼를 한꺼번에 잡을 수 있지 않았을까? 그것이 덴마크의 어제를 만들었고 또 오늘을 만들어가고 있다.

새로운 길이
필요하다

나와 우리를 일깨우는 성찰

+

행복사회를 위협하는
효율과 차별

덴마크에서 무엇을 배워 우리에게 적용할까를 고려할 때 전제할 것이 있다. 덴마크는 완벽한 사회가 아니라는 점이다. 코펜하겐 대학에서 사회학을 가르치는 페테르 구넬라크(Peter Gundelach) 교수를 만나 덴마크 사회에 대한 냉정하고 객관적인 분석을 들어봤다. 그는 본격적인 이야기에 앞서 주의할 점을 이야기했다.

"덴마크 사람들은 '행복하지 않다, 불행하다'라고 말하기가 참 어려워요. 덴마크가 세계에서 가장 행복한 나라라는 조사가 그동안 많이 나왔잖아요. 언론을 통해서도 널리 알려졌고요. 그래서 덴마크 사람들은 이제 '행복'을 당연하다고 생각합니다. 하나의 트레이드마크가 되었어요. 그러니 '아니요'라고 다르게 이야기하기가 힘들죠."

구넬라크의 말은 나에게 덴마크의 속살을 더 들여다보라는 조언으로 들렸다. 그렇다면 행복사회 덴마크의 미래를 위협할 수 있는 문제는 어떤 것들이 있을까? 구넬라크는 크게 두 가지를 들었다.

하나는 경제 상황이 녹록지 않다는 점이다. 2008년 유럽 경제위기의 여파를 덴마크도 겪고 있다. 구넬라크는 충분한 사회복지 시스템을

+

덴마크는 유토피아가 아니다. 신의 나라도 아니다. 다만 불완전한
인간들이 만들어낼 수 있는 최선의 나라 가운데 하나다.
그래서 더욱 중심을 잡고 우리가 배워야 할 긍정적인 면에 주목했다.

유지하려면 경제력이 뒷받침돼야 하는데 세계경제와 유럽경제가 좋지 않기 때문에 덴마크도 부정적 영향을 받고 있다고 했다.

"기존의 넉넉한 사회복지가 효율화라는 이름 속에 조금씩 위축되고 있습니다. 정도가 심해지면 기존의 평등한 덴마크 사회에 불평등 요소가 생길 수 있어요. 그동안 '더불어'가 문화로 정착돼 있었는데 경제위기가 계속되면 '각자도생' 문화가 확산될 수 있습니다."

사회복지가 계속 위축된다면

실업보조금 기간 단축은 위축된 사회복지를 상징적으로 보여준다. 실업자들이 재취업할 때까지 받을 수 있는 실업보조금의 기간이 2008년 전까지는 7년이었는데 이것이 4년으로, 다시 2년으로 축소되었다. 이는 실업자들에게 자신이 좋아하는 일을 여유 있게 선택하는 것을 어렵게 하고, 정해진 기간 내에 마음에 들지 않는 일이라도 빨리 선택할 것을 압박한다. 실업률이 2008년 유럽 경제위기 전 2퍼센트대에서 지금의 5퍼센트대로 올라선 것도 덴마크 행복사회가 넘어야 할 큰 산이다. 대학을 갓 졸업한 청년들의 실업률은 2013년 기준 12.9퍼센트다. 덴마크의 대학 졸업생들은 10년 전의 선배들이 전혀 하지 않던 고민을 조금씩 하기 시작했다. 자신이 좋아하는 직업을 선택하지 못하면 어떻게 할 것인가라는 고민이다. 먹고살기 위해 아무 직업이나 선택하는 일은 그들의 행복감을 떨어뜨릴 것이 분명하다.

구넬라크가 지적한 두 번째 문제는 덴마크인들과 이민자들의 조화로운 삶이다.

"우리는 이민자들이 얼마나 행복한지 제대로 알지 못합니다. 물론

고국보다 여기에서 사는 쪽이 더 행복하다고들 하지만요. 이민자들이
덴마크인들에 비해 행복감이 떨어지는 것은 사실 같아요."

덴마크 인구는 약 560만 명인데 그중에 이민자가 약 60만 명이다.
덴마크인들은 게르만 민족의 한 분파이며 단일민족의 끈끈함을 전통
적으로 유지해왔기 때문에 그들만의 문화적 공감대가 크다. 아직까지
외형적으로는 덴마크 사회에서 민족 차별, 이민자 차별이 크게 문제되
고 있지 않다. 이민자들에게도 덴마크인들이 누리는 사회복지가 똑같
이 적용된다. 그러나 토박이 덴마크인들과 문화적으로 융합되지는 않
고 있어 사회적 문제로 불거질 가능성을 안고 있다.

"덴마크 사회는 그동안 자신감이 충만해 있었어요. 우리는 어떤 문
제든 조화롭게 잘 해결할 수 있다는 자신감이죠. 그런데 이민자들과의
조화 문제는 간단치 않을 수 있습니다. 이 문제를 잘 해결하지 못하면
그동안 자신만만하던 덴마크 사회가 흔들릴 수도 있어요."

구넬라크의 우려는 딱 거기까지였다. 그는 몇 가지 문제가 있음에
도 덴마크인들이 다른 나라 사람들보다 행복하게 살고 있는 것은 분명
하다면서 아직까지는 '덴마크' 하면 곧 '행복한 나라'라는 이름을 붙
일 만하다고 했다.

"이 사회는 큰 부자들 몇 명보다 중산층이 더 많아야 한다는 데 합
의했기 때문에 매우 평등한 사회입니다. 게다가 신뢰가 있는 사회죠."

사실 나는 코펜하겐과 그 외 지역을 다니면서 덴마크 사회의 장점
뿐 아니라 문제점을 발견하려고 애를 썼다. 미국의 〈뉴욕타임스〉에서
덴마크의 사회복지 시스템이 놀고먹는 사람을 늘릴 수 있다는 기사를
봤을 때 그런 현상이 실제로 어느 정도 광범위한가를 파악하고자 했
다. 덴마크에 생각보다 우울증 환자가 많고, 그래서 우울증 약이 많이

팔리고 있다는 〈가디언〉 기사를 접했을 때도 내 눈에는 보이지 않는 '우울한 덴마크'의 민낯을 찾기 위해 돌아다녔다. 덴마크 부부들의 높은 이혼율이 어떤 부작용을 야기하는지 사람들을 만날 때마다 묻고 또 물었다.

하지만 취재를 거듭할수록 그 '예외적' 문제들이 '본질'을 뒤흔드는 수준은 아니라는 확신이 들었다. 그래서 더욱 중심을 잡으려고 노력했다. 우리가 배워야 할 긍정적인 면에 깊이 주목하고자 했다. 사실 그것만 제대로 소화하기에도 벅찼다. 우리가 배워야 할 그들의 장점이 차고 넘쳤기 때문이다.

덴마크는 유토피아가 아니다. 신의 나라도 아니다. 다만 불완전한 인간들이 만들어낼 수 있는 최선의 나라 가운데 하나다. 그러니 그들의 장점부터 먼저 배워보면 어떨까. 우리 사회의 문제점들을 치유하는 데 그들의 장점이 얼마나 유용하게 쓰일 수 있을지를 함께 고민해봐야 한다.

+

"덴마크를 배워
새 길을 찾아야겠다"

코펜하겐에서 2차 취재를 마칠 때쯤 재미있는 사실을 발견했다. 우리나라 사람들이 덴마크를 배우자고 한 지가 무려 90년이나 되었다는 점이다. 그 시작은 1926년 일제강점기로 거슬러 올라간다. 조선총독부 기관지 〈매일신보〉의 편집인을 지낸 방태영(1885~?)은 그해에 시베리아를 거쳐 덴마크로 갔다. 그는 "현재 막다른 골목에 있는 우리 조선 민족의 영구적 활로는 오직 덴마크를 배움에 있다고 굳게 믿었다"라고 동기를 밝혔다. 이듬해 덴마크를 돌아보고 귀국한 그는 319쪽짜리 단행본 《농촌의 정말(丁抹)》을 펴냈다. '정말'은 덴마크를 한자음으로 표기한 것이다. 그런데 이 책은 적극적 친일을 했던 저자의 이력답게 일본어로 작성되었다.

2년 후인 1928년에는 기독교도 청년들이 덴마크를 방문했다. YMCA를 중심으로 활동하던 김활란, 홍병선, 신흥우와 양주삼은 덴마크를 배워 하루빨리 조선의 살길을 찾기 위해 시찰에 나섰다. 이후 이들은 각자 덴마크 체험기를 한글로 펴냈다. 최초의 이화여대생이자 최초의 여성 미국 유학생이었던 김활란(1899~1970)은 이때의 덴마크 여

행을 바탕으로 미국 대학에서 박사 논문을 썼다. 주제는 덴마크의 농업 교육에서 조선의 교육이 무엇을 배워야 하는가였다. 훗날 감리교단의 대표적인 목사가 된 양주삼(1879~?)은《농민의 낙원인 정말》을 펴냈고, 한국 YMCA의 핵심이었던 홍병선(1888~1967)과 신흥우(1883~1959)는 YMCA 기관지 〈청년〉에 덴마크 방문기를 연재했다. 이들 가운데 홍병선은 YMCA 국제위원회의 후원으로 약 1년간 덴마크에 체류한 뒤 돌아와서 단행본《정말 농민과 조선》을 펴냈다.

나는 중고시장을 통해 이들이 쓴 덴마크 관련 책들을 모두 입수했다. 양주삼과 홍병선의 책은 해방 직후 나온 개정판인데 누런 책장을 넘기면 부스러질 정도로 세월의 무게가 담겨 있다. 이 책들의 분량은 고작 40쪽 전후다. 그래도 나라를 빼앗긴 민족에게 새 길을 제시하려는 정성과 염원은 진하게 담겨 있다. 홍병선은 책의 서론에서 이렇게 적고 있다.

덴마크는 여러 번 전쟁에서 지고 온 나라가 망했다고 실망낙심하고 살 소망을 잃은 가운데서 농업국으로 다시 일어나서 살게 된 나라다. 그러 므로 세계 여러 나라가 모두 덴마크를 주목하여 찾아가서 보는 사람들 도 많고 연구하는 사람들도 많고 덴마크에 대한 책도 많이 나왔다. 오 늘같이 혼란과 비참한 지경에 든 우리 조선 아니 조선 농민들이 참으로 덴마크 농민을 배워서 하루빨리 살길을 찾아야겠다.

한국 YMCA는 홍병선 이후 7년 동안 덴마크의 농업고등학교에 수련생을 파견했다. 얼마나 열심히 덴마크를 배우려 했는가를 알 수 있다.

당시는 일제에 빼앗긴 나라를 되찾기 위한 하나의 노력으로 이른바 농촌계몽 운동이 일던 때였다. 그래서 덴마크에 직접 다녀온 사람들의 '농촌 이상국가'에 대한 소개는 큰 반향을 불러일으켰다. 그 영향이 어느 정도였는지를 잘 보여주는 것이 심훈(1901~1936)의 농촌소설《상록수》다. 1935년에 나온 이 작품에도 덴마크 따라 배우기 현상이 소개되어 있다. 작품 속에서 농촌에 투신해 농민 계몽운동을 하는 채영신은 실존 인물인 여대생 최용신(1909~1935)이 모델이다. 소설 전반부에서 채영신은 이렇게 말한다.

"여러분은 학교를 졸업하면 양복을 갈아붙이고 의자를 타고 앉아서 월급이나 타 먹으려는 공상부터 깨뜨려야 합니다. 우리 남녀가 총동원을 해서 머리를 동쳐 매고 민중 속으로 뛰어들어서 우리의 농촌, 어촌, 산촌을 붙들지 않으면, 그네들을 위해서 한 몸을 희생해 바치지 않으면, 우리 민족은 영원히 거듭나지 못합니다."

절실했던 덴마크 배우기

그룬트비가 덴마크 농민을 깨우치고자 외친 말과 많이 닮아 있다. 이 소설에는 신여성 '백씨'도 등장한다. 그는 농촌계몽 활동에 참여하는 대학생들의 지도자 겸 후원자다. 백씨는 대학생들에게 "몇십 번이나 곱삶았을 듯한 덴마크 시찰 이야기"를 "풍을 쳐가며 청산유수로 늘어놓았다". 이 신여성의 실제 모델이 바로 이후 이화여대 초대 총장이 된 김활란이다.

《상록수》에는 우리 농촌에서 덴마크 체조가 유행한 세태도 묘사되어 있다. 덴마크 체조는 활력 있는 덴마크 농촌, 행복한 덴마크 농민을

상징적으로 보여준 것인데, 우리가 따라 배웠다. 실제로 덴마크 체조를 우리나라에 널리 보급한 사람은 독립운동가 여운형(1886~1947)이었다.

일제강점기의 우리 지식인들은 어떻게 해서 덴마크를 배울 생각을 하게 되었을까? 여기에는 외국의 영향이 작용했다. 1850년대 전후로 시작된 그룬트비 등의 덴마크 부흥 운동은 1890년경부터 효과를 나타내기 시작해 세계적인 주목을 받았다. 가장 먼저 '새로운 나라 덴마크'를 연구한 이들은 독일과 영국이었다. 영국의 영문 보고서는 미국에 영향을 미쳤고 1910년 전후로 미국에서 덴마크 농촌의 교육과 부흥을 소개하는 책들이 쏟아졌다.

이어 일본이 미국의 영향을 받아 덴마크에 주목했다. 일본은 1924년부터 10여 명의 시찰단을 덴마크에 보내 3년간 그곳에 머물며 배우게 했다. 그중 한 명인 히라바야시 히로토(平林広人, 1886~1986)는 1924년에 단행본 《농민의 나라 덴마크》를 펴내 일본에서 덴마크 배우기 열풍을 불러일으켰다. 일제의 식민지였던 우리나라 지식인들은 이런 일본의 영향을 받았다. 우리가 좀 더 빨리 주체적으로 덴마크를 배웠다면 어땠을까?

사실 그럴 뻔했다. 조선인 최초의 일본 유학생이자 최초의 미국 유학생인 유길준(1856~1914)은 1895년에 《서유견문》을 펴냈다. 그는 미국 유학을 중단하고 귀국하는 길에 유럽을 돌아본 뒤 이 책을 썼다. 영국, 독일, 프랑스 등 유럽의 주요 국가들을 돌아보았고 네덜란드에도 들렀는데 바로 옆 나라인 덴마크에는 가지 않았다. 결국 덴마크가 우리나라에 소개된 것은 그로부터 20년이 지나서였다.

《상록수》에서 채영신은 마을회관에 이런 표어들을 써 붙였다.

갱생의 광명은 농촌으로부터.

아는 것이 힘, 배워야 산다.

우리의 가장 큰 적은 무지다.

일하기 싫은 사람은 먹지도 말라.

우리를 살릴 사람은 결국 우리뿐이다.

　적어도 《상록수》의 주인공은 무엇이 덴마크의 농촌을 살렸는가를 알고 있었다. 그래서 "남의 강제나 일종의 유행으로 하는 소위 농촌운동"보다 "우리가 스스로 깨닫고 자발적으로 해야만 할 농촌 운동"을 지향했다. 그러나 안타깝게도 일제강점기의 '덴마크 따라 새로운 농촌 만들기'는 실패했다.

친일로 전향한 지식인들

　　　　　　　　　　이를 상징적으로 보여주는 사실이 있으니, 1928년에 덴마크로 가서 각자 책까지 펴낸 기독교 지식인 네 명은 일제 말기에 모두 친일로 전향했다. 덴마크 배우기의 핵심은 "우리를 살릴 사람은 결국 우리뿐"이라는 주인정신이고 비판의 자유와 상호 토론인데, 그것을 주창한 선도자들이 천황 폐하에 대한 굴종을 선택했으니 일반 농민들이 어찌 제대로 방향을 잡을 수 있었겠는가? 해방 직후 홍병선은 《정말 농민과 조선》 개정판 서문에서 "일인(日人)의 압박으로 농촌 사업도 모두 폐쇄해버렸다. (…) 이 책이 조선 농민이 다시 서는 원동력이 되고 건국의 토대가 되기를 바란다"라고 했으나 민족을 배신하면서 한번 꺾인 목소리에 힘이 실릴 수는 없었다.

　물론 그런 와중에도 덴마크 모델을 제대로 배워서 이상촌을 만들어

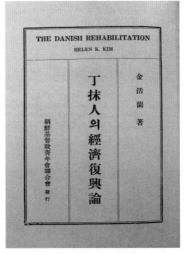

+

우리나라 지식인들의 덴마크 배우기는 일제강점기로 거슬러 올라간다.
홍병선의《정말 농민과 조선》, 양주삼의《농민의 낙원인 정말》 등에서
나라를 빼앗긴 민족에게 새 길을 제시하려는 정성과 염원이 느껴진다.

낸 드문 사례는 있다. 가나안 농군학교(1962)를 설립한 기독교 농민운동가 김용기(1909~1988)는 이미 1931년에 그 전신 격인 '봉안 이상촌'을 건설했다. 이 마을에서는 10여 호의 농가가 공동체 생활을 하면서 상당히 높은 농가 수입을 올렸다. 김용기는 자서전《가나안으로 가는 길》(1968)에서 봉안 이상촌이 덴마크를 모델로 했음을 밝히고 있다.

평시에 덴마크를 우리나라에 비교해보고 명색이 같은 농업국이라는 이름의 나라로서 그 차이가 심한 데 스스로 한숨을 내쉰 때가 한두 번이 아니었다.

봉안 이상촌은 독립운동가를 지원하는 활동도 함께 했는데 일제의 감시와 탄압을 받아 겨우겨우 유지되었다. 그래서 김용기는 해방을 맞이하자 이렇게 큰 꿈을 품었다.

8·15 해방을 감격으로 맞이하지 않은 사람이 있을까마는, 나는 빼앗겼던 우리나라를 되찾는 그 감격보다 바야흐로 나의 마지막 꿈을 이룰 날이 도래했다는 것으로 더욱 기뻤다. 그 마지막 꿈이란 나의 이상촌 운동을 전국적으로 전개시켜 덴마크와 같은 이상국을 건설해보자는 것이었다.

그러나 이상촌 운동을 전국적으로 전개하려던 김용기의 꿈은 이뤄지지 않았다. 1962년에 설립된 가나안 농군학교는 박정희 대통령이 방문할 만큼 큰 주목을 받았고 지금까지 유지되고 있으나 그 모델이 전국적으로 퍼지지는 않았다.

해방 후 우리나라에서 덴마크-그룬트비 모델을 시도한 사례는 더러 있었다. 1958년 충남 홍성군 홍동면에 세워진 풀무학교도 그룬트비의 교육철학을 받아들여 만든 대안학교다. 그러나 가나안 농군학교도 풀무학교도 우리 사회의 주류로 성장하지 못했다. 그룬트비가 내세운 교육 모델은 비주류에서 주류가 되었는데 왜 김용기의 모델이나 풀무학교 모델은 주류가 되지 못했을까?

교육과 사회, 두 개의 수레바퀴

덴마크-그룬트비 모델은 교육을 중시한다. 정신교육이 출발점이다. 그런데 사회가 함께 바뀌지 않으면 아무리 정신교육을 시도해도 효과가 제대로 나지 않는다. 일제강점기와 남북 분단, 한국전쟁을 거치면서 우리는 사회 경제적 토대를 혁신하지 못했다. 예를 들어 농지개혁도 제대로 이뤄지지 않았다. 일제강점기의 지주는 해방 후에 부자가 되었다. 일제강점기의 소농이나 소작인은 해방 이후 중산층이 될 기회를 얻지 못했다. 서민은 계속 서민이었다. 반면 덴마크는 철저한 농지개혁으로 두꺼운 중산층 농민을 육성했다. 대농이 일정 규모 이상의 토지를 소유하지 못하게 하고 소작인과 소농에게는 거의 무료로 토지를 분할해주었다. 그런 사회 경제적 토대의 혁신 과정이 그룬트비의 교육철학과 만나면서 서서히 그리고 자연스럽게 그룬트비 방식이 주류가 되었다.

앞서 여러 번 말했듯이 덴마크에서는 학교에서 배운 것이 사회에서 통한다. 그 이야기는 사회가 학교에서 배운 것이 받아들여질 정도로 개혁되어 있다는 뜻이다. 우리나라의 경우 그동안 가나안 농군학교나 풀무학교에서 배운 것이 사회에서 통하기 힘들었다. 그래서 그들은 계

속 비주류일 수밖에 없었다. 그러나 비주류라고 해서 그들이 내세운 가치의 크기마저 줄어드는 것은 아니다.

2014년 지방선거에서 공교육 혁신을 내세운 교육감들이 대거 당선되었다. 뒤늦게나마 가나안 농군학교나 풀무학교에서 내세운 '더불어'의 가치들이 공교육에서도 주요하게 대접받기 시작했다. 이 교육감들은 모두 '행복한 학교, 즐거운 교실'을 내세우고 있다. 그들이 앞으로 시도할 교육 혁신이 기대된다. 그러나 명심하자. 교육 혁신은 그것을 받아들일 만한 사회의 혁신이 없다면 한계가 있을 수밖에 없다. 교육 혁신과 사회 혁신은 두 개의 수레바퀴처럼 같이 가야 효과를 볼 수 있다.

+

'위에서 아래로' 개혁의
실패

여기 한 고등학생이 있다. 1935년 일제강점기, 수원 고등농업학교에 다니던 류달영(1911~2004)은 일본인 교사에게서 책을 한 권 선물받았다. 일본 무교회주의의 창시자이자 사상가인 우치무라 간조(內村鑑三, 1861~1930)가 지은 《덴마크 이야기》였다. 이 책을 통해 덴마크의 농촌이 어떻게 부흥했는가를 알게 된 류달영은 가슴이 뛰었다. 청년 교육과 협동조합 운동이 조선 독립을 위한 최선의 방법이라는 신념이 생겼다.

그는 우리나라를 동양의 덴마크로 만드는 일에 일생을 바치기로 마음먹었다. 《상록수》의 실제 주인공으로 농촌에서 계몽운동을 하고 있던 최용신을 직접 만나 후원을 해준 것도 그런 마음을 품었기 때문이었다. 최용신이 26세의 나이에 요절하자 류달영은 직접 그의 전기를 썼다. 1942년에는 이른바 '성서조선 사건'에 연루되어 11개월간 옥살이를 했는데 〈성서조선〉의 발행인이자 그의 스승이었던 김교신(1901~1945) 등과 함께 성서를 공부하면서 조선의 독립을 꾀했다는 것이 죄목이었다.

류달영은 해방 후 1946년에 서울농대 교수가 되었다. 그사이 덴마크 전문가가 된 그는 학생들에게 '덴마크 부흥사'를 강의했다. 그러나 몇 해 지나지 않아 전쟁이 터졌다. 동족상잔의 비극이 계속되자 류달영은 대구로 피난을 떠났고, 그곳에서 그동안의 강의 노트를 모아 단행본《새 역사를 위하여》를 썼다. '덴마크의 교육과 협동운동'이라는 부제를 달아 1952년에 펴낸 이 책의 머리말과 제1장의 서두에서 류달영은 이렇게 말했다.

6·25 전란의 피난 생활 중에 견딜 수 없는 나의 비분과 열정이 집필을 주저치 않게 했다. (…) 이 전고에 없는 참혹한 환란의 날에 과연 우리는 희망을 어디에서 찾아낼 수 있을 것인가? 우리의 꺾이지 않은 용기를 어떻게 북돋을 수 있을 것인가?

책의 초판이 나온 지 4년 후인 1956년에 그는 직접 덴마크에 가서 이상 국가를 눈으로 보고 증보판을 냈다. 이후《새 역사를 위하여》는 20년 동안 꾸준히 팔릴 정도로 대중적 생명력이 있었다.

류달영과 박정희의 인연

여기 한 군인이 있다. 1961년 5월 16일, 소장 박정희(1917~1979)는 군사 쿠데타를 일으켰다. 바로 1년 전에 4·19 혁명으로 이승만 독재를 무너뜨리고 민주주의의 씨앗을 뿌린 시민들 앞에 낯선 군인이 등장한 것이다. 군사독재의 시작이었다.

박정희는 총칼만으로는 통치가 어렵다고 생각했다. 민심 수습을 위해 그는 재건국민운동본부를 만들었다. 나라를 다시 건설하기 위해 관

과 민이 힘을 합쳐 국민운동을 하자는 것이 명분이었다. 이때 본부장으로 발탁된 사람이 류달영 서울농대 교수였다. 박정희는 직접 지프차를 몰고 서울대학교에 나타나 류달영에게 동참을 권했다고 한다.

몇 차례 고사 끝에 본부장을 맡은 류달영은 발이 닳도록 뛰었다. 덴마크에 갔을 때 가져온 그룬트비 사진을 집 거실에 걸어두고 '그룬트비라면 지금 어떻게 했을까'를 자문하곤 했다. 그는 동양의 덴마크 건설이라는 목표를 세우고 무엇보다 청년들의 정신교육에 힘을 쏟았다. 그러나 곧 군사독재의 한계를 절감했다. 김홍근이 지은 류달영의 전기 《나라사랑》(2006)에는 이렇게 적혀 있다.

나라의 부름이라는 대의를 위해 국민운동이라는 배에 올라타서 키를 잡았지만, 혁명을 일으켜 권력을 쥔 군인들을 상대하는 것은 결코 쉬운 일이 아니었다. 서슬 퍼런 군사정부 시절 그들은 무소불위의 힘을 휘둘렀고, 그에 따라 애꿎은 민간인들의 희생이 따랐다.

류달영은 그 자신도 "중앙정보부(현 국가정보원)로부터 친구와 우동한 그릇 먹는 것부터 일거수일투족을 감시"당했다고 말했다. 결국 2년 만에 사표를 낸 그는 군사 쿠데타 4주년 되던 날, 박정희 정권을 정면으로 비판하는 칼럼을 〈동아일보〉에 실었다. 그는 이 칼럼에서 군사혁명은 실패했다고 단정하고, 군인들의 총칼로는 나라를 바꿀 수 없으며 "남은 것은 고요한 국민혁명뿐"이라면서 국민의 자각을 촉구했다. 본질을 꿰뚫어본 셈이다. 박정희 군사정권 초기의 덴마크 배우기는 류달영의 본부장 사퇴와 함께 흐지부지되었다.

머슴 아들 류태영의 꿈

여기 머슴의 아들이 있다. 1936년 전라북도 임실군 관촌면의 한 농촌에서 태어난 류태영. 그의 아버지는 남의 집 일을 해주고 밥을 얻어먹는 머슴이었다. 배불리 밥을 먹어보는 것이 꿈이었던 류태영은 동네에 새로 생긴 교회를 다녔는데, 여기서 우연히 류달영의 책 《새 역사를 위하여》를 접했다. 이후 신학교에 들어간 그는 큰 꿈을 키웠다. 언젠가 덴마크로 유학을 가서 농촌 부흥의 비밀을 내 눈으로 직접 확인해보리라!

류태영은 자신이 덴마크 유학을 가게 된 과정은 '기도와 응답의 연속'이었다고 말했다.

"류달영 씨의 책 《새 역사를 위하여》를 읽고 덴마크에 꼭 가고 싶었어요. 그러나 머슴의 아들인 나는 돈도 학벌도 없었어요. 그래서 10여 년간 매일 기도를 했죠. 그랬더니 덴마크 국왕에게 편지를 써보라는 응답을 얻었어요. 그래서 서툰 영어로 편지를 썼어요. 근데 주소를 모르잖아요? 그래서 기도를 했더니 다시 응답을 주셨어요. 덴마크 우체부는 국왕이 어디에 사는지 알 것이다! 그래서 덴마크 우체부에게 부쳤더니 정말 국왕에게 전달되었고 국왕의 배려로 유학생이 됐습니다. 기적이 일어난 거죠."

류태영은 자신의 꿈대로 우리나라 최초의 덴마크 유학생이 되어 1년 6개월 동안 이상 국가를 체험했다. 귀국 후 덴마크 전문가가 된 그는 박정희 대통령과 만났다. 1970년 새마을운동이라는 이름으로 다시 덴마크 배우기를 시도하던 박정희가 그를 선택한 것이다.

"어느 날 박정희 대통령이 나를 청와대로 불러서 밤늦게까지 덴마크 농촌 부흥과 한국 농촌의 미래에 대한 이야기를 나눈 적이 있습니

다. 대통령이 그 자리에서 바로 다음 날 청와대로 출근하라고 하더군요. 깜짝 놀랐습니다만, 대학에서 학생들을 가르치고 있어 안 된다고 했죠. 그런데 다음 날 학교에 갔더니 총장이 나를 불러 청와대로 출근하라고 하더군요. 박정희 대통령이 전날 밤 12시에 중앙정보부 요원 두 명을 총장 집으로 보내 '대통령의 지시이니 류태영 씨를 내일부터 청와대로 출근하게 하라'고 했다는 겁니다. 그런 일이 통하는 세상이었죠."

류태영은 심혈을 기울여 새마을운동을 추진했다. 전국을 돌면서 덴마크 농촌이 어떻게 부흥했으며 우리는 무엇을 해야 하는지를 역설했다. 당시 중학교용 국정교과서 《민주생활》에 덴마크와 그룬트비를 소개하는 내용을 집필해 네 쪽에 걸쳐 싣기도 했다. 기억을 되살려보니 나도 중학교 때 이 교과서로 공부한 적이 있다. 동그라미를 치면서 외웠던 덴마크, 그룬트비, 달가스. 50대가 되어 행복지수 1위 나라 덴마크의 비결을 찾기 위해 노력하고 있는데 이미 중학교 때 덴마크와 그룬트비를 접했다니! 만감이 교차했다.

그러나 새마을운동의 덴마크 배우기는 출발선부터 한계를 잉태하고 있었다. 시작부터 '위'에서 '아래'로였다. 류태영도 새마을운동이 정치적으로 활용되고 있음을 느끼면서 한계를 절감했다. 1년 만에 이스라엘 유학을 이유로 비서관을 그만두었다.

'잘살아보세'를 모토로 시작한 새마을운동은 초기에는 성과가 있었다. 박정희는 그 일시적 성과로 얻은 인기를 정치적으로 활용해 유신독재를 선포하고 새마을운동의 지방 조직을 그의 정치적 조직으로 활용했다.

박정희는 농촌을 살리기 위해 새마을운동을 시작했다. 급격한 산업

화를 추진하다가 도시와 농촌의 격차가 크게 벌어지고 농촌 사회가 무너질 조짐이 보이자 새마을운동을 펼친 것이다. 3대 정신으로 근면, 자조, 협동을 내세웠으나 한계가 분명했다. 군사독재와 깨어 있는 시민은 함께 갈 수 없었다. 새마을운동에는 위에서 아래로 전달되는 '잘살아보세'와 근면하게 일하자는 지시는 있었지만 정치적 자유와 비판, 연대는 철저히 제한되었다. 비판의 자유를 인정하지 않으니 '스스로 즐겁게'가 없고, 평등이라는 가치를 불온시하니 '더불어'도 없었다. 그 후유증은 오늘날까지 이어지고 있다.

+

사회적 대타협
'20년의 약속'

　일제강점기와 박정희 시대에 덴마크 배우기가 시도된 사실을 아는 사람은 매우 드물다. 나도 이번에 덴마크를 집중 취재하면서 알게 되었다. 그때는 주로 농촌 부흥이 핵심이었다. '잘살아보세' 구호로 대변되는 새마을운동은 배고픔의 해결이 1차 목표였다. 지금은 그때와 다르다. 경제 규모로만 따지면 우리는 이미 세계 20위 안에 드는 나라다. 나는 배고픔 때문이 아니라 어떤 인생을 살 것인가, 어떤 사회가 행복한 삶을 보장하는가에 대한 답을 찾으러 덴마크에 갔다. 삶의 질, 사회의 질을 높이기 위한 길을 찾아보고자 했다.

　덴마크에는 300여 명의 우리 교민이 살고 있는데 그중 약 30명이 교환학생을 포함한 유학생들이다. 나는 코펜하겐을 방문할 때 그들을 꼭 만나고 싶었다. 대한민국의 미래를 짊어질 청년들이 덴마크에서 무엇을 느끼고 어떤 생각을 하고 있는지 궁금했다. 페이스북을 통해 연락했더니 25명 정도가 모였다. 유학생들은 모두 덴마크가 행복한 사회라는 데 동의했다. 그리고 두 시간 동안 '우리는 무엇을 할 것인가'를 주제로 열띤 토론을 벌였다.

한 학생은 눈치 보는 문화를 없애야 한다고 했다. 각자 하고 싶은 일이 있어도 대한민국에서는 부모 눈치 보랴, 사회 눈치 보랴 못 하는 일이 너무 많다는 것이다. 또 다른 학생은 신뢰하는 사회를 만들어야 한다고 했다. 정부와 기업에서 부정부패가 사라져야 높은 세금을 흔쾌히 낼 수 있다는 것이다. 또 남북통일이 되지 않고 한반도 긴장이 그대로인 한 행복한 사회는 불가능하다는 주장도 나왔다. 긴 토론 끝에 행복한 사회가 행복한 개인을 만든다는 결론에 도달했다.

그렇다면 우리는 무엇을 할 것인가? 이 질문과 관련해 지난 1년간 덴마크를 공부하면서 나름대로 정리한 10가지는 다음과 같다.

다른 길도 있다

그동안 우리가 걸어온 길은 '미국식 자본주의 따라 배우기'였다. 그 과정에서 우리는 사람의 자유와 권리보다는 돈의 힘을 중시했다. '더불어'보다 개인의 성공과 경쟁의 효과를 강조했다. '삶의 질'보다 양적 성과를 중시했다. 그러나 미국 자본주의 모델은 미국에서는 물론 우리나라에서도 한계에 도달했다. 이제 다른 길도 있다는 것을 인정하고 대안적 길을 모색해야 한다. 더불어와 삶의 질을 중시하는 덴마크 모델은 대안의 하나로 검토할 가치가 충분하다.

덴마크와 우리는 처한 조건이 너무 다르다. 덴마크 모델은 작은 나라에서나 가능하다고 반문할 수도 있겠지만, 사실 미국과 우리의 차이는 덴마크와 우리의 차이보다 더 크다. 미국은 우리보다 땅이 얼마나 크며 민족 구성 역시 얼마나 다양한가? 그런 미국을 우리는 지난 60년간 따라가기 급급했다. 덴마크의 장점도 얼마든지 배울 수 있다. 다만 이번에는 우리에 맞게 잘 배워야 한다.

자존감과 연대의식

사회는 '나'와 '우리'가 어울려 이뤄진다. 덴마크가 행복사회인 것은 두 가지가 적절히 조화를 이루고 있기 때문이다. 다시 말해 나의 자존감과 우리의 연대의식이 살아 있는 것이다. 자존감은 내가 소중한 존재이고 우리 사회를 건강하게 만드는 데 나도 일정한 기여를 하고 있다는 생각이다. 이 자존감은 주인의식과 책임의식을 갖게 하고 이것은 투철한 직업정신과 연결된다. 덴마크의 식당 종업원과 택시기사에게서 나는 직업정신을 느꼈고, 그래서 그들의 서비스에 신뢰가 갔다.

그런데 개인의 자존감은 '우리'라는 연대의식이 동전의 양면처럼 함께 있을 때 제대로 갖춰진다. 개인이 자존감을 갖기 위해서는 사회가 개인의 다양성을 존중하고 개인이 우리 속에 함께하고 있다는 것을 인정해야 한다. 나 혼자만 행복해서는 결코 행복해질 수 없으며 너와 우리가 행복해야 나도 행복해질 수 있다는 것을 인정해야 한다. 그것이 바로 연대의식이다. 연대의식이 있으면 '나 홀로 탈출'이 아니라 '함께' 살길을 찾는다. 우리나라는 자살률이 세계 최고 수준이며, 노조 조직률은 고작 10퍼센트 수준이다. 자존감과 연대의식이 매우 낮음을 보여준다. 학벌 문화, 특권의식, 양극화 등 자존감과 연대의식을 떨어뜨리는 것들에 대한 청산 운동이 필요하다.

나의 작은 실천

덴마크는 행복한 사회가 행복한 개인을 만들어낸다는 것을 보여준다. 개인적으로 행복해지고 싶은가? 그럼 행복사회를 만드는 데 동참하라. 작은 실천이라도 지금 당장 시작해야 한다. 행복한 사회 만들기에 앞장서고 있는 개인, 단체, 언론에 정기적으로 기부하는 것도 하나

의 방법이다. 독서 모임을 만들어 우리가 가야 할 길에 대해 토론하는
일도 의미 있는 시작이다.

옛것을 포위하라

사회는 어떻게 바뀌는가? 각 분야에서 행복한 인생, 행복한 사회를
위한 혁신적 모델을 선보여야 한다. 물론 처음에는 비주류와 소수일
수밖에 없다. 그러나 대중이 점점 그 가치를 인정한다면 서서히 옛것
을 포위하고 뛰어넘게 될 것이다. 덴마크의 그룬트비가 몸소 보여주지
않았는가.

이분법은 가라

덴마크는 이분법이 극복 가능하다는 것을 보여준다. 자유와 평등이
조화된 나라, 안정돼 있으면서도 도전 정신이 있는 나라, 기업하기 좋
은 환경이면서 직장인에게도 천국인 나라다. 그곳에서는 진보와 보수
가 '실용성'을 중심으로 타협한다. 우리도 이분법을 극복하고 서로 힘
을 합쳐 새 길을 모색해야 한다.

20년의 약속

행복한 사회는 하루아침에 이뤄지지 않는다. 5년짜리 정권으로는
어림없다. 개혁은 길을 바꾸는 것이므로 그 과정에 혼란과 회의가 따
를 수밖에 없다. '길게 내다보는 대타협'이 필요하다. 보수와 진보, 여
당과 야당, 정부와 시민사회, 경영진과 노동자가 머리를 맞대고 행복
사회를 향한 '20년의 약속'을 만들어내야 한다. 20년이면 정권이 네
번 바뀐다. 어떤 정권이 들어서더라도 20년간 흔들림 없이 추진해야

하는 핵심 가치와 어젠다를 만들어야 한다. 그리고 '20년의 약속'을 현실적으로 실현해낼 수 있게 권한과 예산이 있는 독립기관을 두는 것도 고려할 만하다.

남북통일과 행복사회

걱정 없이 살고 있는 덴마크인들은 내가 한국에서 온 기자라는 것을 아는 순간 걱정부터 시작했다.

"당신 나라에 곧 전쟁이 일어날 것 같은데 여기 이렇게 한가롭게 있어도 괜찮습니까?"

코펜하겐에서 돌아오는 길에 잠시 들른 로마에서 만난 벨기에인도 "당신 나라가 참 걱정"이라고 했다. 남북 분단이 세계인에게 걱정을 끼치고 있음을 절감했다.

남북 분단은 한반도에서 생명의 안전을 위협하고 사상과 표현의 자유를 결박한다. 사회복지를 위해 써야 할 비용을 아깝게도 분단 관리에 쓰게 한다. 통일 없는 대한민국에서 행복사회를 온전히 이루기란 불가능하다. 따라서 행복사회 만들기를 위한 '20년의 약속'은 반드시 통일을 이루기 위한 노력과 함께 가야 한다.

우리의 힘을 믿자

내가 덴마크를 배우던 기간에 덴마크 언론인 20명이 한국을 찾아왔다. IT 강국 한국과 시민 참여의 나라 한국을 배우기 위해서였다. '모든 시민은 기자다'를 8만 명의 시민기자와 함께 구현하고 있는 오마이뉴스에 방문한 덴마크 언론인들은 시민이 자발적으로 기사를 쓰고 구독료도 낸다고 하자 무척 놀라워했다. 어떻게 그런 일이 가능하냐고

물었다. 우리나라는 자살률 세계 1위, 출산율 세계 최하위다. 세월호 참사를 겪으면서 우리가 이룩한 것들이 얼마나 부실한 것인지 뼈아프게 되돌아볼 수밖에 없었다. 철저한 반성이 필요하다. 그러나 그동안의 위대한 성과들까지 한꺼번에 깎아내리지는 말자. 한국전쟁 참화를 겪은 후 짧은 기간에 경제성장을 이룩하고, 독재에 맞서 수많은 피와 땀으로 민주주의를 일군 우리의 노력과 참여를 자랑스럽게 생각하자. 나를 사랑하고 이웃을 사랑하고 더불어 사는 공동체를 이뤄나갈 때 진정한 행복사회를 만들 수 있다.

결국 시민이 관건이다

덴마크의 새 출발은 1864년 독일과의 전쟁에서 진 후 시민들이 자각을 했기 때문에 가능했다. 왕이 주도한 전쟁에서 패배하자 왕을 다시 보기 시작했고, 왕이 아니라 시민 스스로 길을 개척해야 한다는 사실을 깨달았다. 그래서 그룬트비의 시민 교육이 시작되었고, 시민이 함께 참여하는 협동조합 운동이 시작되었다. 대한민국의 지금도 마찬가지 아닌가? 정치권에 대한 실망이 어느 때보다 높다. 그러나 대통령에게 여야 정치인에게 내일이 오느냐고 묻지 말자. 우리가 나서서 내일을 만들자.

이제 나의 차례다

덴마크를 세 차례 취재하고 책으로 엮어내는 지난 1년 6개월 동안 우리 사회에서 새로운 내일을 만들기 위해 애쓰는 사람들을 만나왔다. 물론 그런 만남은 전에도 꾸준히 있었지만 우리 사회를 덴마크 수준의 행복사회로 만들기 위해 무엇을 할 것인가라는 고민을 품고 있으니 마

+

아직 미약하지만 우리 사회에도 행복사회를 향한
희망의 씨앗들이 계속 뿌려지고 있다.
이제 지금, 나의 차례다. 나와 당신이 새 씨앗을 뿌릴 때다.

음가짐이 달라졌다. 서울 도심의 아파트에서 마을 공동체를 가꾸는 사람들을 만나 악수를 나눌 때 내 손에는 따뜻한 온기가 더 뿜어져 나왔다. 죽어가는 농촌을 살리기 위해 청춘을 바치고 있는 젊은이들을 만날 때, 그들의 검게 탄 얼굴을 존경심으로 한참이나 바라보았다. 폐교 위기에 처한 공립 초등학교를 행복한 학교로 변신시킨 학부모와 교사들의 강의를 들을 때 누구보다 힘차게 박수를 보냈다. 나는 이들을 볼 때마다 생각했다. 그래, 아직 미약하지만 우리 사회에도 행복사회를 향한 희망의 씨앗들이 계속 뿌려지고 있다!

덴마크 행복사회는 교실에서부터 시작됐다. 최근 몇 년간 우리나라의 교실에도 조금씩이나마 변화의 바람이 불고 있어 다행이다. 진보 교육감이든 보수 교육감이든, 진보 학부모든 보수 학부모든, 혁신학교에 대한 긍정적 관심이 높아지고 있다. 혁신학교는 본보기 학교다. 공교육 전체에 문제가 많으니 일부 학교라도 혁신적인 본보기를 만들어보자는 것이다. 덴마크에는 혁신학교가 따로 없다. 거의 모든 학교가 혁신학교이기 때문이다. 우리 혁신학교 운동의 목표도 더 이상 혁신학교라는 말이 필요 없는 세상을 만드는 것이리라.

'즐거운 교실, 행복한 학교'를 표방하고 있는 혁신학교는 2009년에 경기도 교육청 산하 13개 학교에서 시작되었다. 2014년 현재는 전국 700여 개 학교로 확산되었다. 전국 학교의 6퍼센트가 넘는 수치다. 물론 모든 혁신학교가 잘되고 있는 것은 아니고 초기의 혼선도 있다. 그렇지만 성공적 모델이 되는 학교들이 등장하고 있다. 이 학교들의 공통점은 학생들이 등교하기를 좋아한다는 것이다. 학생이 즐겁고 선생님이 즐겁다.

혁신학교의 모태 중 하나는 경기도 광주의 남한산초등학교다. 이

학교는 2001년에 혁신을 시작했다. 왜 새로운 길을 선택했을까? 깨어 있는 교사와 학부모가 있었기 때문이다. 학생 수가 줄어 폐교 위기에 처한 학교를 학부모들이 나서서 즐거운 학교, 살아 있는 학교로 만들자고 앞장섰다. 그리고 이들과 깨어 있는 교사들이 손을 잡았다.

그러자 폐교 위기였다는 사실이 믿기지 않을 정도로 몇 년 만에 학생들이 넘쳐났다. 이 학교의 아이들은 참 행복하다는 입소문이 났기 때문이다. 당시 이 학교에서 6학년 담임을 맡았던 안순억 교사는 "그때는 몰랐지만, 우리의 노력이 혁신학교 바람의 시작이었다"라고 말했다. 새로운 내일은 이렇게 온다. 그때는 몰랐지만!

새로운 내일을 위해 일하는 사람들의 이야기를 들어보면 닮은 점이 있다. 앞 세대 누군가에게 영향을 받았다는 점이다. 남한산초등학교에서 시작된 혁신학교 운동은 한국전쟁 후에 '더불어'를 추구했던 가나안 농군학교, 풀무학교 정신과 이어져 있다. 더 멀리 가면 일제강점기에 자유학교, 민족학교를 표방한 오산학교(五山學校)의 정신과 닿아 있다. 오산학교는 "민족이 살려면 교육이 살아야 한다"라고 외친 도산 안창호의 강연을 우연히 들은 평범한 장사꾼 이승훈의 결단과 희생이 있었기에 가능했다.

교실이 바뀌면 사회가 바뀐다. 사회가 바뀌지 않으면 교실을 바꾸는 일이 너무 힘들다. 교실의 혁신과 사회의 혁신이 서로 영향을 주고받아야 한다. 행복사회가 되면 학생들이 교실에 들어가기가 부담스럽지 않고 즐겁고, 어른이 되어 동창회에 나가기가 부담스럽지 않고 즐겁다.

이제 지금, 나의 차례. 나와 당신이 새 씨앗을 뿌릴 때다. 우리 서로 먼 훗날 웃으며 이렇게 말하면 얼마나 좋겠는가.

"새로운 바람이 왔다. 그때는 몰랐지만."

사람이 변했다. 행복사회는 어디에서 오는가를 취재하고 책으로 정리한 지난 1년 반 동안 나는 개인적으로 적지 않은 변화를 겪었다. 우선 '빨리빨리'를 의도적으로 경계했다. 일을 할 때 최대한 여유를 갖고 즐겁게 하려고 노력했다.

해외 출장을 대하는 자세도 바꿨다. 덴마크 취재 전까지는 해외 출장을 가면 그곳에 머무는 동안 바로바로 기사를 썼다. 2010년 '유러피언 드림'을 취재하러 파리에 갔을 때는 새벽 두세 시가 되어서야 잠을 잘 수 있었다.

그러나 이번엔 달랐다. 첫 취재를 준비할 때부터 작심했다. 행복은 어디에서 오는가를 취재하는 기간 동안 나도 좀 행복해야겠다! 그래서 덴마크에 머무는 동안은 취재만 했고, 한국에 돌아와서 시간적 여유를 두고 짬짬이 글을 썼다. 자칭 일중독자이자 '빨리빨리'의 대가였던 나로서는 큰 변화가 분명했다.

덴마크인들에게 행복 인생을 위한 관습법이 있다면, '여유를 두고 내가 무엇을 좋아하는지를 여러 선택지 가운데 살펴보고, 남의 눈치

보지 않고 스스로 선택해서 즐겁게 살자'가 제1조가 될 것이다. 이러한 점을 깨닫고 나서 내 삶의 방식도 조금씩 달라졌다.

인생 후반전, 다시 묻다

당신의 가슴은 뛰고 있는가? 나는 인생을 살면서 늘 이런 질문을 품어왔다. 어떤 일을 벌일 때 내 가슴이 뛰고 있는가를 점검하는 버릇이 꽤 오래전부터 있었다. 전공을 선택할 때도, 첫사랑을 할 때도, 첫 직장을 구할 때도, 결혼을 할 때도 기준은 '가슴이 뛰는가'였다. 2000년에 '모든 시민은 기자다'라는 모토를 내걸고 세계 최초로 시민 참여형 인터넷신문 〈오마이뉴스〉를 창간할 때도 마찬가지였다. 다행히 내 인생을 돌아보면 큰 후회는 없다. 감사한 일이다.

그런데 덴마크라는 행복사회에서 여러 사람을 만나는 동안 나는 스스로에게 다시 묻고 있었다. 얼마나 자기 주도적으로 내 인생을 살고 있는가? 덴마크의 교장은 학생들이 즐겁게 등교하는 것이 목표라 했고, 회사의 인사 담당은 직원들이 즐겁게 출근하는 것이 목표라 했다. 이런 말을 들으면서 내가 요즘 얼마나 즐겁게 회사에 출근하고 있었는지 자문할 수밖에 없었다.

자문은 꼬리에 꼬리를 물고 과거로 달려갔다. 청년 시절 읽은 몇 권의 책들은 내 인생에 많은 영향을 주었는데, 그것을 나는 얼마나 자기 주도적으로 소화했던가. 한 번밖에 없는 인생에서 기자를 평생의 업으로 선택했는데, 당시 내 앞에는 충분한 선택지가 있었던가. 나는 다른 선택지에 대해 얼마나 여유를 갖고 점검했던가. 어떤 인생을 살 것인가에 대해 얼마나 진지하게 검토했던가.

한국 나이로 50세에 덴마크를 만났다. 넉넉잡아 100세 시대라 치면 인생 후반전의 출발선에서 덴마크를 만난 셈이다. 덴마크의 행복한 사람들, 아니 그들이 사는 방식과는 또 별개로 '행복은 어디에서 오는가'라는 질문과 함께한 1년은 나에게 인생 후반전을 어떤 전략으로 살 것인지를 고민하게 했다.

그러다가 어떤 결심이 내 안에 자리 잡고 있음을 느꼈다. 후반전은 전반전처럼 속공 일변도로 달리지 말자. 강공만 하지 말고 연타도 섞어서 유연하게 가자. 지쳤다 싶을 땐 쉬고 더디 가더라도 자신을 보채지 말자. 의무감 때문에 또 눈치 보느라 하고 싶은 일을 포기하지 말자. 무엇보다 나의 성공뿐 아니라 실패도 안아주고 감사하자.

나를 바꾸다

나에게는 고3 아들과 대학 2학년 딸이 있다. 덴마크와의 만남은 아이들을 대하는 방식도 바꿔놓았다. 아이들의 진로와 관련해 절대로 선택지를 좁히지 말 것, 더디 보이더라도 스스로 무엇을 할지 찾도록 기다려줄 것, 아이의 자존감을 높여주기 위해 최대한 노력할 것. 고백하건대 나는 그동안 기자 생활과 회사 운영이 바쁘다는 핑계로 아이들과 오래 이야기를 나누거나 함께 지내는 시간을 갖지 못했다. 당연히 아이들의 진로 문제는 주로 아내의 몫이었다. 그런 점에서 내가 아이들과 만나는 방식이 바뀌었다는 것은 '나와 아내가 함께 바뀌었다'고 해야 정확할 것이다.

대학생 딸은 애초에 생각해온 진로가 있는데 요즘은 그 길이 옳은 선택이었는지 회의하고 있다. 매일매일 생각이 바뀌면서 결정을 못 한 채 방황 중이다. 예전의 나였으면 벌써 참지 못하고 개입했을 텐데 지

금 우리 부부는 '기다려주기'를 실천하고 있다.

"어떤 길도 좋으니 네 마음대로 해라. 그 선택이 혹여 틀린다 해도 그때 또 다른 선택을 하면 된다. 인생은 길다."

고3 아들은 현재 우리 집의 상전이다. 고3을 둔 대한민국 가정은 모두 전쟁 중이라는 말을 실감하고 있다. 아들의 표정과 컨디션에 따라 집안 분위기가 달라진다. 덴마크에서 고3 아이들의 여유를 보고 온 나는 아들이 더욱 안쓰럽다. 인생은 한판 승부가 아니며 어느 대학을 가느냐가 중요한 것이 아니라고 해도 아들의 긴장과 초조는 덜어지지 않는다. 학벌을 따지는 사회, 숨 막히는 경쟁 구조 속에서 미래를 걱정하는 아이들을 부모의 마음 비움과 위로만으로 안심시킬 수 없음을 절감하고 있다.

그래도 노력하는 수밖에 다른 길이 있겠는가. 덴마크에서 이미 행복은 성적순이 아님을 확인했다. 우리나라에서는 현실성이 없어 보이는 말이지만 덴마크에서는 확실히 통하는 개념이었다. 나는 고3 아들에게 자존감을 심어주기 위해 애쓴다. 칭찬해줄 만한 일이 없는지 세심히 살피고 찾았다 싶으면 놓치지 않고 칭찬한다. 그러다 보니 전에는 보이지 않던 것들이 눈에 들어오기 시작했다. 우선, 아들과 함께 매주 참여하는 일요일 축구 경기에서부터 칭찬거리를 찾았다.

"역시 넌 개인 드리블이 아빠보다 좋아. 아까 수비 두 명 제치고 크로스해준 것, 참 멋있었어."

그래도 아들과의 대화는 여전히 힘들다. 고3의 압박과 사춘기의 예민함이 섞여 있는 아들은 아빠와 활짝 웃으며 대화해주는 일이 별로 없다. 기자 생활을 25년 이상 하고, 인터뷰를 어떻게 하면 잘할 수 있는지 강의하고, 심지어 언론학 박사이기도 한 내게 가장 어려운 커뮤

니케이션이 바로 고3 아들과 대화하는 일이다. 요즘도 둘이 식당에 앉아 밥을 먹을 때면 당황스러운 순간이 많다. 나는 완전한 문장으로 질문하지만 아들은 늘 불완전한 문장과 단어의 파편으로만 이야기한다. 아들은 아빠의 말에 관심이 없고 스마트폰만 만지작거린다. 어떻게 하면 마음의 문을 열 수 있을까? 덴마크의 인생학교를 취재하면서 얻은 힌트를 써먹을 때다. 상대가 좋아하는 것을 이야기하면 말문이 트인다! 그래서 아들과 대화할 때면 축구 이야기를 꺼낸다. 항상 그런 것은 아니지만 효과가 꽤 있다. 자기가 좋아하는 분야니까 완전한 문장이 나온다.

뒤늦게나마 아들이 다니는 학교에도 관심을 기울이게 됐다. 나는 덴마크의 학부모들이 학교 이사회에까지 적극적으로 참여하면서 자녀들의 교육에 신경 쓰는 데 감동을 받았다. 많은 아빠들이 아이를 학교에 데려다주고 출근하는 모습을 보면서 반성도 했다. 나는 지금까지 한 번도 학교에 찾아가 아이들의 담임을 만나본 적이 없다. 그동안 얼마나 아이들의 교육에 무관심했는지를 깨달으면서 나는 작은 결심을 했다.

"아들, 내가 너희 담임선생님을 한번 찾아뵈야겠다."

참회의 심정으로 말했는데 아들은 콧방귀를 뀐다.

"아빠, 뭐 잘못 드셨어요?"

나의 변화가 아들에게는 너무 느닷없이 느껴진 모양이다.

자유로운 도전

왜 성장해야 하는가? 왜 성공해야 하는가? 덴마크와 만나는 동안 나는 이런 근본적인 질문과 새롭게 맞

닥뜨렸고, 성장과 성공에 대한 강박관념을 상당 부분 덜어낼 수 있었다. 덕분에 홀가분해졌다.

2000년, 나를 포함한 직원 네 명과 함께 〈오마이뉴스〉를 만들었다. 지금은 110명의 월급을 책임져야 할 만큼 규모가 커졌다. 다행스럽게도 지난 14년 동안 월급날을 미뤄본 적은 없다. 그런데 회사를 운영하면서 인간의 욕심이란 참으로 끝이 없음을 느꼈다. 직원 네 명일 때는 10명인 회사가 부러웠고 30명일 때는 60명인 회사가 부러웠는데, 지금은 300명인 회사가 부러울 때가 있다.

행복한 인생, 행복한 노동, 행복한 사회가 어떻게 가능한가. 이 화두를 붙잡고 지내온 1년은 나에게 간단치 않은 질문을 던졌다. 성장의 끝은 어디인가? 업계 1위 달성은 어떤 의미가 있는가? 〈오마이뉴스〉의 성장과 성공은 우리 사회를 더 행복한 사회로 만드는 데 어느 정도 기여하고 있는가? 한국에는 글로벌 경쟁력을 갖춘 대기업이 많고 신도 수 세계 10위권 교회도 즐비한데, 우리는 왜 행복지수에서 세계 40위권에 머물고 있는가? 회사는 점점 커져가는데 직원의 행복지수는 제자리걸음이라면 그것이 무슨 의미가 있을까? 회사는 업계 1위인데 그 업계의 생태계는 피 흘리는 경쟁만 있을 뿐 '더불어'도 신뢰도 패자부활전도 없다면, 그래서 우리의 승전탑은 수많은 패자의 시체 더미 위에 세워진다면 그것이 무슨 의미가 있을까?

덴마크를 취재하면서 마을 공동체를 실험 중인 한 교사에게 들은 말이 떠올랐다. "인간의 욕망이 통제 가능하다는 것을 보여주고 싶다." 고민 끝에 나는 덴마크가 준 교훈을 되새기며 이렇게 방향을 잡았다. 회사를 양적으로 키우기보다 질을 향상하는 쪽으로, 직원들의 직무 만족도와 삶의 질을 높이는 쪽으로 가자고 말이다. 그리고 그 실

천을 위해 이런저런 새로운 실험을 회사 안에서 시도하고 있다. '스스로 주인이 되어 즐겁게' 일하는 문화를 정착시키기 위해 '자유독립 편집국'을 실험 중이다. 기자에게 한 달간의 자유 시간을 준 뒤 사장, 편집국장, 팀장을 포함한 누구의 지시도 받지 않고 본인이 쓰고 싶은 기사를 작업하게 한다. 출퇴근 일정과 근무지도 마음대로 정할 수 있다. 우선 3개월의 수습 기간을 마친 수습기자들이 정기자가 되는 시점에 이 '자유로운 한 달'을 시도해보고 있다. 왜 기자가 되려고 했는지, 초심을 마음껏 발휘해보라고 말이다.

'아름다운 실패상'도 새로운 실험 중 하나다. 상은 꼭 성공을 해야만 받을 수 있는 것인가? 우리는 자유롭게 도전하는 문화를 만들기 위해, 성공이라는 결과보다 최선을 다하는 과정이 중요하다는 생각을 공유하기 위해 '아름다운 실패'에 상을 주면서 칭찬하고 있다. 2015년 2월 22일은 〈오마이뉴스〉 창간 15주년이 되는 날이다. 나는 이날을 맞아 '행복한 회사 오마이뉴스 선언'을 내놓기 위해 직원들과 한창 머리를 맞대고 있다.

내 마음속의 행복연구소

나는 이 책을 〈오마이뉴스〉 서교동 마당집 2층의 한 방에서 주로 썼다. 덴마크 관련 자료들이 어수선하게 널려 있는 방이다. 한창 책을 쓰던 어느 날, 문득 이 방의 이름을 짓고 싶어졌다. 뭐라고 부를까? 이런저런 생각 끝에 '행복사회연구소'라고 정한 뒤 A4 용지에 출력해 방문에 붙였다. 아무에게도 알리지 않았다. 아직은 내 마음속의 연구소이자 나의 다짐이다.

이 책을 쓰면서 나는 우리 사회가 진정 행복한 사회가 되기를, 개인

들이 더 행복한 인생을 누리기를 바라는 소망을 내내 품고 있었다. 그런 희망이 있었기에 책을 쓰는 동안 나의 가슴은 뛰었다. 개인적으로도 행복했다. 이 책을 읽는 독자들에게도 나의 뛰는 가슴이 전해졌으면 좋겠다. 그래서 독자들이 조금이라도 더 행복해지면 좋겠다.

덴마크에서 즐거운 취재를 함께한 김민지, 노영숙, 김선아, 오은별 씨와 책으로 잘 편집해준 오마이북 서정은 팀장, 차경희 씨에게 감사드린다.

우리도 행복할 수 있을까

행복지수 1위 덴마크에서 새로운 길을 찾다

초판 1쇄 펴낸날 | 2014년 9월 5일
초판 33쇄 펴낸날 | 2024년 5월 28일

지은이 오연호
펴낸이 오연호
편집장 서정은 마케팅·관리 이재은

펴낸곳 오마이북
등록 제2010-000094호 2010년 3월 29일
주소 서울시 마포구 월드컵로14길 42-5 (04003)
전화 02-733-5505(내선 271) 팩스 02-3142-5078
홈페이지 book.ohmynews.com 이메일 book@ohmynews.com
페이스북 www.facebook.com/Omybook

책임편집 차경희
교정 최미연
디자인 박진범
인쇄 천일문화사

ISBN 978-89-97780-13-6 03300

이 도서의 국립중앙도서관 출판예정도서목록(CIP)은 서지정보유통지원시스템
홈페이지(http://seoji.nl.go.kr)와 국가자료공동목록시스템(http://www.nl.go.kr/kolisnet)에서
이용하실 수 있습니다.(CIP제어번호: CIP2014024275)

오마이북은 오마이뉴스에서 만드는 책입니다.